左左右右

薛友津 著

北京燕山出版社

图书在版编目（CIP）数据

左左右右 / 薛友津 著 . -- 北京：北京燕山出版社，2014.3
ISBN 978-7-5402-3497-3
Ⅰ．①左… Ⅱ．①薛… Ⅲ．①中篇小说 - 小说集 - 中国 - 当代 Ⅳ．① I247.5

中国版本图书馆CIP数据核字（2014）第031666号

书　　名：左左右右
作　　者：薛友津
责任编辑：金贝伦　陈赫男
特约编辑：叶青竹

出版发行：北京燕山出版社
社　　址：北京市西城区陶然亭路53号
邮　　编：100054
电　　话：010-65243837
经　　销：新华书店
印　　刷：北京兴星伟业印刷有限公司
开　　本：710毫米×1000毫米　1/16
字　　数：300千字
印　　张：20 印张
版　　次：2014年7月第1版
印　　次：2014年7月第1版
定　　价：35.00元

版权所有　翻印必究

目 录

左左右右…………………………001

里里外外…………………………040

好大一张床………………………066

激情疲劳说………………………105

缘分………………………………130

楝枣冲一九五九…………………151

往日，往事………………………191

常胜创业简史……………………240

梅朵，梅朵………………………261

左左右右

一、她嫣然一笑，风摆柳的样子

房门吱呀一声开了，响声极轻，连大闺女放的屁响都没有，但邱东风还是觉察到了。他努力想看清楚是谁三更半夜摸他家房门。然而他的眼睛不知怎的不太好使，什么也瞧不清楚。猛然间他发现了一条猎猎的裙子在他眼前摆动，裙子的颜色他却一时分辨不清。不过来者肯定是个女人无疑。邱东风有些喜不自胜。老婆走了一年之久，他想找也没力量找了，路途太遥远了，即便是有飞机也用不上，因为天堂还没有通航呢！女人哪女人，没有女人的日子真是太难过了！要说不想那是瞎话，这不，睡觉之前，女人身上的零部件还令他走火入魔好一阵子。是谁夜深人静闯入他的思绪？他将身边的所有的女人在脑海中过滤了一遍，一个女人渐渐地在他的面前清晰起来……是团支部书记柳云凤？果然是她！她嫣然一笑，风摆柳的样子。没等邱东风动手，她已经将身上的裙子脱了下来。邱东风这才看清楚了，裹在女人身上那裙子原来是红颜色的……

二、风起雨过，院子里还漂浮着中草药的味道

手机铃声将邱东风的魂魄召唤回来，他看一眼手表心说糟了。上午九点镇里有个会，现在都八点五十了，你说他能不着急吗？牙都没顾上刷，拧开自来水，接一口水漱漱嘴，用毛巾胡乱擦一把脸，这才清醒过来，心说不对

啊，我睡过头了，难道二胖也他妈的睡死过去了！二胖是他的司机，一年三百六十五天，从不误事。再看一下手表，刚八点，整整看错了一小时。邱东风又重新刷了牙，泡了一杯茶，坐在那里想事情，这是他多年的习惯。将今天要干的事情再考虑一遍，想周全一些，有备无患。然而，他的思绪一直被梦中事情所缠绕，令他想不明白的是，他与那个团支部书记柳云凤几乎没有多少接触，除了开会，好像很少单独说过话，你说怎么想起来做了她的梦呢？

傻傻地想了许久，越想越糊涂。索性就不想了，站起身上楼去喊外甥李文博起床。邱东风住的是楼下，外甥住在二楼，邱东风就站在二楼的楼梯口喊，连叫了几声都没有回应，上楼一看，外甥的床铺早就叠起来了。刚转身出来，李文博从外面进来了。文博说，舅你找我？邱东风说，你出去转去了？文博说，一大早，刘会计打电话来，说有笔账算不清，叫我过去帮他看一看。邱东风没好气地说，亏他当了一辈子会计，账目总也算不清，要不村里怎么都喊他刘迷糊呢！正说着话，二胖的车已到院门口。接着从车上拎下来一塑料袋东西，边向院里走边说，邱书记，我给你爷儿俩买了半斤素煎包，你们趁热快吃吧。邱东风说，好久没吃煎包了。伸手捏出一只，问道，谁家的？二胖说是陈老九家的，刘武家的包子不能吃了，老煎不熟。邱东风说，这样就将自己的牌子给砸了！二胖说，刘武狗日的，新娶个年轻老婆搂着，哪还有心思做生意呢！邱东风又捏出一只包子，然后将塑料袋给了李文博，剩下你包圆，我得走了。忽然想起什么，说对了，昨天大庄村来参观大棚蔬菜，上午你写一篇新闻报道报道。李文博说好。邱东风又说，下午妇女主任黄大桂来家里，说是给你介绍个对象，女方家也是城跟前的，听说那女的长得不错，跟你一样，也是高中生，也差几分没考上大学。你见见。李文博脸一红，说舅舅，我现在真的不想谈。邱东风说你今年都二十一了，明年就是国家法定的结婚年龄，我们又不违反计划生育政策，你早点结婚，省得你妈老在我面前叨叨。李文博说舅，倒是你该考虑考虑你自己的事情了。想起外面风言风语传的舅舅与干娘黄大桂暗地相好的事情，就说，舅，上天我回家看妈，妈还叫我劝你早点再找一个，舅妈已经走了多年了，妈说，家里没个女人不像家。邱东风笑道，那咱们就共同努力，到时一起办喜酒！李文博顺嘴说道，再一起要孩子。话一出口，才知说麻嘴了，因为舅妈一直不能生，中药吃了半车皮也没能奏效，风起雨过，院子里还漂浮着中草药的味道。看到外甥一脸的尴尬，邱东风说文博，交代你的事情别忘了，说罢就上

了汽车。

三、绿叶想变红花谈何容易啊

　　写一篇百把字的小消息，对于李文博这个高中生来讲，可谓是小菜一碟，端坐在电脑旁，不一会儿就打好了，接着给县委宣传部的新闻中心发了过去。上了一会儿网，觉得没啥意思，正无聊，民兵营长兼治保主任赵有亮推门进来了。李文博主动打招呼，说有亮叔来啦？赵有亮说文博干啥呢？李文博说舅安排我将昨天大庄村来我们村参观的事情写篇报道报上去。赵有亮说应该报。黑天遇着大闺女，不报（抱）白不报（抱）！对不对？李文博知道赵有亮好闹笑话，也没往心里去，忽然想起什么，拉开抽屉，从里面拿出一包烟，说有亮叔，这是昨天招待用剩下来的，你拿去吸。赵有亮也不客气，接过烟，抽出一支点燃，然后抬手在李文博的肩头拍了拍，好好干文博。李文博微笑着说道，以后还得多多向你老学习呢。赵有亮说，你舅很有本事，要学就向你舅学，跟我学就怕将你领到茄子稞地里面去了呢！对不对？李文博仍旧微笑着，你看你老说的。李文博忽然想起一件事情，说有亮叔，我入党的事你老还要多费心。赵有亮说，我只是个党小组长，你舅是支部书记，他说一句顶我一万句！对不对？李文博说，我舅虽是支部书记，但在党小组里，你不还是他的上级吗？赵有亮大笑，可不是，我经常用你这句话宽我自个儿的心，一般场合，你舅还真得买我的账！李文博心里清楚，赵有亮说的没有错，他与舅舅可以说是交情深厚，两人自小一块长大，又是小学、中学同班同学。关键是，小时两人一次去大运河里洗澡，舅舅因为腿抽筋，沉入水底，多亏有亮叔拼死相救，捡了一条命。所以说，无论公私，只要不是原则的问题，舅舅都会让着他。不过，赵有亮也很坦然，虽然有恩于邱东风，却从不居功自傲，在村里这么多年，他处处维护支书的威信，支持支书的工作，每年镇里来考察村委会的班子，几乎是全票通过，邱庄村班子和谐、精诚团结的典范还多次作为榜样到县里的三级干部大会上介绍经验。

　　正说着话，村主任张官山、副书记张祺祥一前一后进来了。张官山问赵有亮，邱书记呢？赵有亮说，邱书记去镇里开会了。有啥事情？张官山说运河边的那一千亩地到底还征不征？群众天天来找我问。张祺祥说，牵扯一百多户呢。赵有亮说，估计邱书记去镇里恐怕为的就是这个事情。老邱也急呀！你想想，征地建亿吨大港，那是市里说了算的事情，别说是我们村里，即便是镇里、县里说话也不管用！对不对？张官山说，群众不管你这些，只找你村里说事，你就得立马答应，不然说你不作为。张祺祥说，一点不假，天天晚上去你家找，找得你不得安生！张官山说，这也能理解，他不找你找谁？去镇里找？镇里知道他们是老几！

这时矿泉水烧开了，李文博找来几个一次性纸杯子，每个杯子都放了一撮茶叶，然后接满水，端到每人的面前。张官山吹着杯口的茶叶，想起什么，说文博，我听说黄大桂给你介绍一个对象真的假的？张祺祥说，听说是长得蛮不错的。李文博有些害臊，小脸一红，没有影的事！张官山说，怎么没影的事？黄大桂那天亲口与我说的。张祺祥说道，其实咱们村里的团支部书记柳云凤就不错，你们团员经常一起活动，难道说还没撞出点儿火花来？略停又说，文博，我觉得你和柳云凤挺般配的。会计刘迷糊端着个罐头瓶的茶杯也走过来凑热闹，冷不丁地问道，谁与谁般配？张祺祥开玩笑道，说你与黄大桂……话说了半截立刻住嘴了，他瞅见妇女主任黄大桂过来了。黄大桂一脚门里一脚门外，哑着嗓门嚷嚷道，谁背后说我的坏话呢，怪不得我的耳根发热呢！会计刘迷糊看见过去的儿媳妇来了，急忙转身出去了。李文博眼头活，瞧见黄大桂进门，早已接一杯水送过去了。赵有亮看着黄大桂急急慌慌的样子，就知有情况，说大桂你别急，喘口气再说。黄大桂喝一口水，继而说道，正好你们几个头儿都在，我今天刚刚发现一个计划。说着用手一指张祺祥，对了张书记，就是你那个小张庄的！一听这话张祺祥脸上有些不自然，半晌问道，谁、谁家的？黄大桂想一想说道，就是她对象去新疆开小煤窑的那个，名字好像叫什么张传文的，他媳妇叫于二丫。

张祺祥站起身说还有事，一杯茶水未动一拍屁股就走了。别说是妇女主任黄大桂，就连赵有亮也看出来了，张祺祥刚才神情有点儿不对劲。黄大桂说，张书记今天是怎么啦？赵有亮说，我看张祺祥的表情也觉得有些不太自然。张官山说表嫂，你说的这个于二丫……黄大桂脸一板，张主任，谁是你的表嫂？我与你说过多少次了，我已经与刘雨生离了，你的表嫂也让风飘走了。你别自作多情行不行！张官山也不生气，说表嫂，我喊惯了，一时半会儿怕是改不了口，你多多原谅！说罢端着茶杯走了。

会计室敞着门，张官山径直走了进去。见会计刘迷糊戴着老花镜正聚精会神地看报纸，说表叔，学习哪？会计刘迷糊摘掉镜子笑道，没有文化，不学习哪行！张官山说，再学也没有用了，下一届镇里换届，你也上不去了！会计刘迷糊说，不还有你吗？你若能当个镇长、副镇长什么的，你表叔老脸上不是也光彩吗！张官山说，看起来，这辈子你老脸上不可能光彩了。会计刘迷糊说那不一定。说着，提着水瓶给张官山的杯子里续满水。张官山说，别说我了，邱东风不也是当了两届候选陪衬吗？绿叶想变红花谈何容易啊！会计刘迷糊点点头，长叹一声，然后问张官山道，你那个养猪场如今办得怎么样了？张官山抿一口茶说道，还行。会计刘迷糊说，现在一共有多少头猪了？张官山说，母猪二百多头，肉猪八百来头。会计刘迷糊说，已经不错了，等到将来上规模就好了。张官山说，这话对，猪场一旦上了规模，单国家生猪补贴这一块就发了！会计刘迷糊说，你狗日的发财了，别忘了表叔！当初还是我支持你的呢！张官山说表叔你放心，你百年之后，我给你买个汉白玉的骨灰盒行不行！会计刘迷糊说，说话算话，到时你狗日的别装孬种！又说，你即便骗你表叔的，我也不知道了。张官山哈哈一笑。忽然想起什么，说表叔，最近我看黄大桂与邱东风联系怪密切，雨生表哥不是还想复婚的吗？你可得要抓紧了啊！会计刘迷糊"唉"一声，这个孩子就是不争气，咋办！雨生表哥现在还赌吗？会计刘迷糊说，若是不赌就好了，一见牌场，比见到他亲爹还亲！张官山正欲说什么，民兵营长赵有亮推门进来了，两人只好另起话头。

四、也就是与政府的赔偿政策打个擦边球而已

镇里的会议开到中午一点多才结束。又是麦田浇水的事，又是计划生育的事，又是建设亿吨大港的事，还有招商引资的事，内容繁多，分管领导讲罢镇长讲，镇长讲罢书记再强调。所以时间拖延了。已经过了饭点，不论路近的还是路远的，办公室通知集体到食堂就餐。食堂烧了一锅羊肉汤，准备了一蒲合烧饼，吃多吃少随便自个儿。邱东风喊上二胖，准备去喝一碗羊肉汤算事，吃完抓紧赶回去。哪知，刚预备动身，就被副镇长兼姚庄村支书姚富贵拦住了。姚富贵说邱书记，喝那熊东西干什么？两泡尿尿过就没有了，走走走走，好久没在一起喝了，弄两杯去。邱东风推让道，下午还要回村传达会议精神呢。姚富贵调侃道，又不是中央三中全会精神，你忙这么很干吗！邱东风说，中午还有禁酒令呢！姚富贵说屁！然后扯着邱东风的膀子，上车上车，看你面黄肌瘦的，肯定是最近叫哪个女人给整苦了！嫂子已经不在了，也没人管你了，不过你也不能不爱惜身体啊，对不对？到我那里去，给你整只老鳖补补。见邱东风还要推辞，姚富贵说别整那些熊事，再怎么我还是个副镇长，与我一起去喝酒，即便上面打板子，也打不到你的屁股

上去。邱东风心说,姓姚的,我比得了你吗?你上面有你副市长的老表给罩着,要不然,凭你自个儿的本事能当上副镇长啊!提就提吧,偏偏还赖着姚庄村支部书记的位子。谁都知道,姚庄村紧靠姚庄煤矿,这块肥肉他怎能舍得松口呢!想想自己,无论资历,还是能力,还是人脉,都在姚富贵之上,可这些都不管用,没有背景这些都是一句空话。自己曾经连续两次被提名副镇长人选,可到时都被差额选举给差掉了。其实原因很简单,连看大门的老王头儿都明白这个道理,上面没有关系。像姚富贵这样的都能当红花,他只能给人家当绿叶,当陪衬的货!

到了姚庄煤矿大门口一家豪华饭店,令邱东风没有想到的是,偌大的房间,竟然只有他们两个人喝酒,二胖也被姚富贵的司机带到另一边吃去了。邱东风问,就我们两人?姚富贵说就我们两个。在看到服务员打开那瓶五年的茅台酒之后,邱东风就知晓今天的酒不是白喝的了,姚富贵一定是有事情求自己。果不其然,两杯酒下肚,姚富贵说正题了。姚富贵说邱书记,有个忙你一定要帮。邱东风说姚镇长,只要是我能帮上的。姚富贵却不说帮啥忙,又将话题扯开了。姚富贵说邱书记,用不了几年,你们邱庄村就是块福地了!邱东风说你指的是市里建亿吨大港的事?姚富贵点点头,说不错。今后,你邱东风可就厉害了!邱东风说,我还是我,怎么就厉害了?姚富贵说,你们邱庄村东临姚庄矿,西靠京杭大运河,北面市里又准备在那里建港口,既有经济利益又有政治利益。你们那个村将来的发展是不可估量的。邱东风说,早着哪,刚才镇党委李书记不还说最快也得三年之后的吗?姚富贵摇摇头,不不不,很快。邱东风一心想赶回村里,除了传达镇会议精神之外,他想起来,黄大桂还要给外甥文博介绍对象的事。就说道,姚镇长,你刚才说的帮忙,到底是啥事情?姚富贵举起酒杯,不忙不忙,咱先喝着。邱东风说,我下午还有一点儿其他的事。姚富贵一笑,等我将我的想法说出来,恐怕你有天大的事情也不会走了。邱东风说,你说我听着。姚富贵说,现在有个财路你想不想发?邱东风半开玩笑地说,有财不发不是个憨种吗?姚富贵说,对喽!少时又说道,市里在你们邱庄的大运河旁建亿吨大港,前期准备征1000亩土地。邱东风一愣,说定了吗?姚富贵说定了。邱东风说,我怎么不知道?姚富贵说,你要是知道了全世界的人都知道了。点燃一支烟继而说道,我想,先将这1000亩土地租下来,之后,一部分栽上果树,比如油桃、梨树、苹果树,什么值钱栽什么,剩余的土地挖鱼塘,建度假村。你别摇头,你听我说,我们并不指望果树开花结果,度假村有人来住,三年之

后，等到政府大面积征地了，在我们这块土地上，一片树叶、一株青草、一片鱼鳞都是财富。按照国家现在的赔偿政策，你不想发都不行！我粗略算了一笔账，现在租一亩地也就是八百块钱，三八二十四，三年也就是两千来块钱，可是一亩土地若是全种上果树或者养鱼的话，到时至少获赔两三万，甚至更多。除掉果树苗钱，以及其他的本钱，1000亩土地净赚两千来万没问题。到那时，你什么都别想了，就想怎么花这些钱就是了。我还告诉你，做这事既不违法，又不违反政策，你大可不必担心什么。也就是与政府的赔偿政策打个擦边球而已。还有，关于资金的问题，不要你出一分钱，我也不出一分钱，有人替我们出。再者，这件事老百姓是愿意的，你想想，辛辛苦苦一年，一亩地的收成不过五六百块钱，现在一点儿力不出，风不打头雨不打脸的，不出力比出力的得到的还要多。你说说哪个合适？当然是将地租出去合适了。就是憨子傻子都会算这个账！你说我说的在不在理？你回去也好好地谋划谋划，怎么运作法，只要你应承这件事，余下的事我出面替你操作。

五年茅台酒虽说值钱，可那种酱香型的味道，邱东风却享受不了。非但一点也没喝出快乐来，相反觉得心烦意乱。

口干舌燥说了半天，见邱东风没有表态，姚富贵就想挽留邱东风停停再走，再进一步做做他的思想工作。想起邱东风如今是床凉被寒独自一人，就说道，老邱，我带你去放松一下吧？脚下这个酒店里新近来了几个东北妞，人漂亮，活儿还好！邱东风撒谎道，姚镇长，你这好酒我享受不了，头疼得厉害。姚富贵说不可能是假酒啊，这是我那副市长的老表送我的，怎么会呢？

五、有几次，黄大桂想在邱东风家中留宿，都被他以各种理由拒绝了

车子没出姚庄，邱东风给文博打了电话，叫他通知全体村干部开会，传达上午的会议精神。等邱东风到了村委会，全体干部都已经到齐了。开会的时候，邱东风下意识望了一眼团支部书记柳云凤，见小柳今天下身穿的是一条红色的裙子，心中不由得"咯噔"一下，神儿走了半天才返回来。以至于黄大桂连喊他几声他都没有反应过来。

散会后，黄大桂跟到书记办公室，张口就问道，刚才在会上你是怎么了？邱东风装糊涂，什么怎么了？黄大桂说，那会儿你好像有点儿心不在焉，大家伙都看见了。有什么事吗？邱东风说没事，可能是夜里没有睡好。

黄大桂打趣道，是不是想哪个女人了？邱东风说道，是的，可想的不是你。邱东风说的是实话，黄大桂哪里知道呢？她认为是邱东风故意这么说的。她还认为，邱东风夜里想的肯定是她。心中不由甜滋滋地好一阵子。别人不说，黄大桂自个儿心中明白，如果邱东风的女人不死，她不可能与原来的男人刘雨生离婚。就像当年看到邱东风成家之后她不得不嫁人一样。有件事向你汇报。半晌黄大桂说。邱东风给自己的茶杯里续上水。是不是小张庄张传文的媳妇于二丫怀孕的事？黄大桂咦了一声，你怎么知道的？邱东风说，我怎么就不能知道呢？黄大桂还是不明白，真是奇了大怪了！我才刚刚调查清楚，你怎么？邱东风呵呵一笑，是张祺祥上午打电话告诉我的。黄大桂一下醒悟了，怪不得呢，原来是有人走露了消息。邱东风喝一口水，然后说道，这不好吗？这说明人人都在关心计划生育，往后你的工作就好做了。不过……不过什么？当时你去镇里开会的时候，我们几个说到这个事，我发现张祺祥脸上的表情有些不对劲。怎么不对劲？黄大桂说，我也说不清楚。邱东风说，我明白了，那个于二丫是张祺祥的侄媳妇，可能他觉得有点儿那个了！

屋里上黑影了，邱东风打开电灯。说大桂天不早了，忙了一天了，你早些回家歇着吧。黄大桂说，我闻着你中午好像喝酒了，咱们一路回家，我给你做碗手擀面吃吧。邱东风说不了，有亮还在等着我呢，大概是有什么事。黄大桂心中明白，邱东风是故意躲着自己，他怕人家说闲话。心说你有什么好躲的呢？你邱东风死了女人，我也离了婚，只要你愿意，咱俩天天睡在一张床上，官不查民不究，又有谁能说出什么不好听的来呢？

黄大桂刚欲转身，猛然想起什么，对了，下午我给文博介绍的那个女孩子来了，文博一口一个现在不谈，弄得我差点儿下不来台。邱东风说这孩子。少时说，那只有等等再说吧。

黄大桂走后，邱东风坐在办公室里连续抽了两支烟，他一般不抽烟，除非遇到什么事情才抽。他在想中午姚富贵说的那件事情，思来想去，还是拿不定主意。突然他想到了民兵营长赵有亮，他想听听他的想法。他拿出手机给赵有亮打电话，问他在哪儿，赵有亮说在家里，正准备吃晚饭呢。稍停又说道，酒已经满上了，没事的话，你不如过来喝一盅吧。邱东风说你等着我。起身关了电灯，正要走，见会计刘迷糊正在他的门口转悠呢！不由得问道，迷糊叔有事吗？刘迷糊嗫嚅道，也没大事。邱东风说有事情你就说。刘迷糊说书记，你是有身份的人，也是我比较敬重的人，有句话我要是说错了你可别生气。邱东风说你看你,我们在一起共事也有十几个年头了吧,无论你老讲什么即便是不对的我也不会见怪的。那就好那就好。刘迷糊一个劲地点头。突然,扑通一下跪在邱东风的面前,书记,求你千万别与黄大桂在一起。邱东风很少见过这种阵势,急忙扶起刘迷糊,你这是干什么呢?有什么话你只管说。刘迷糊说,我知道我那儿子雨生不争气,也没有本事,不过孩子没娘不像个家,黄大桂听你的,你有空替我劝劝她吧。最好是能够让他们俩复婚……

  邱东风认认真真地想了想,他与黄大桂真的是清清白白的。这一段时间,特别是媳妇去世之后,他和黄大桂的确接触多了些,不过,起码在他的心中,还没有想与黄大桂怎么怎么的。他也知道黄大桂从年轻时就钟情于自己,按照老百姓的说法,那是没有缘分。有几次,黄大桂想在邱东风家中留宿,都被他以各种理由拒绝了。邱东风之所以不想与黄大桂在这个当口闹出什么闲言碎语来,就是想在事业上有所进取。在全镇十几个村之中,他的威信及业绩是有目共睹的。前些时,从镇党委书记李赵兴的口中知晓,有可能下一届他仍然是被提名副镇长的人选。到年底只有半年多时间,所以,在这个时候,闹出什么闲言碎语不好,他不想因为女人而毁了自己的前途。他不像姚富贵有后台,他要靠自己的实力证明给人看。他现在什么都不想,就想努力工作,为邱庄村的老百姓多做一点儿实事。

  邱东风说迷糊叔,我与黄大桂只是上下级工作关系,一般的兄妹关系。我向你保证,今后也不会有什么事情发生。至于能不能劝她与你家雨生复婚,我不敢肯定,也没有把握。不过你放心,我会尽一切力量劝劝大桂的。怎么劝?用什么理由劝?去赵有亮家的路上,邱东风一直在想这个问题。

六、这个柳云凤高不成低不就的,是要求条件过高,还是受过感情挫折

  今晚文博回他妈那儿去了,因为邱东风两口子一直没有子女,姐姐就把老大文博过继给了弟弟。

  在赵有亮家,邱东风将中午姚富贵所谈的事情原原本本地讲了出来。赵有亮一听,也觉得事情不一般,要邱东风慎重考虑,并提醒他警惕,这件事办好了没事,若是出了问题,乱子可就闹大了。邱东风何尝不晓得其中的利害关系,只是这个姚富贵不是一般人,上头能通天,下头能入地,得罪不起,既然他提出来的事情,他绝不会轻易地放手。在镇里,别说一般干部,

即便是镇党委书记李赵兴，也要摸着他的大腿找蛋子儿，瞅着他的脸色行事。邱东风心中明白，只要这件事沾上了，他想脱离关系恐怕是很难！

邱东风干十几年村支部书记，大大小小的事情处理千千万，也没有像今天这件事情这么棘手。他反反复复在心中琢磨，却一直找不到解决问题的良策。

有人敲门。

这么晚有人来访，按照自己的经验，邱东风估计来者要不就是太熟的人，要不就是有求于他的人。他对着院门问一声，谁？半天没有人回答。邱东风猛然意识到，可能是黄大桂那个女人。有两次，也是晚上，黄大桂到家里来，敲了门却不搭腔。这时，邱东风的脑海里不由浮现出刘迷糊那种哀怨的表情与祈求的目光。最后，邱东风还是拉开了院门。他心中已经想好了，准备与黄大桂彻底地谈一谈，探探她的口风，最好劝她与刘雨生破镜重圆。以后她再怎么着，那就是她自己的事情了。

站在门口的是团支部书记柳云凤，这令邱东风不由得愕然一愣。他与柳云凤虽说是上下级关系，可平常接触并不多。柳云凤在村里算得上是个漂亮的女人，可不知为什么，至今也没有找婆家。论家庭，她的父母亲都是镇中学老师，算是个吃皇粮的国家干部。背后，许多人都在猜测，这个柳云凤高不成低不就的，是要求条件过高，还是受过感情挫折？不然的话，怎么至今不考虑婚姻大事呢！

云凤，这么晚了，找我谈工作吗？邱东风故意抬高嗓门，好让左邻右舍听见，那意思是柳云凤来串门，不是谈情说爱，那是有重要的公事要谈。柳云凤心说，没有事就不能来坐坐吗？对不起邱书记，我是路过这里，没有影响你休息吧？邱东风说没事没事，平常我睡得很晚。突然发现，自己的身子还堵着大门呢，慌忙撤开身子，说云凤，屋里说话吧。柳云凤很少到支部书记家中来，还是一年前，邱东风的老婆病故时她与村干部一起来过一回。坐呀云凤。邱东风将沙发上的报纸归归拢，不好意思地笑道，家中太乱了，我平常也想不起来收拾。随便坐，随便坐。柳云凤轻轻地坐下来，好像生怕那沙发撑不住自己的身体似的。邱东风说喝水吗？说着去提水瓶，却提了空，不由得尴尬一笑，今晚文博没在家，我也是刚刚从有亮家中回来。柳云凤说我不渴。邱东风说，那就不客气了。柳云凤说，邱书记，你该考虑考虑你的个人问题了。邱东风嘿嘿一笑。柳云凤问道，嫂子走了该有一年了吧？邱东风点头说，一年零二十三天了。略停，说云凤你今晚来是？柳云凤说，刚刚

我不是说吗，我是路过。邱东风没有话讲了，半晌问道，你们团支部最近活动还好吧？柳云凤说邱书记，你不提我倒忘了，团支部准备搞一个活动，对那些去外地打工的缺少劳力的家庭，进行一对一帮扶行动。我算了一下，我们全村有这样的家庭三十多户，团员正好每人一户，从现在开始到麦收，全程上门服务。邱东风一拍手掌，这个想法好，支部全力支持，有啥困难你与我讲。柳云凤淡淡一笑，然后站起身来，天不早了，我回去了。走至院门口，柳云凤突然想起什么，说邱书记，我今年已经二十六了，早过了退团的年龄，下一步谁来当这个团支部书记，希望党支部早早考虑。邱东风说，眼下，村里还没有合适的人选，你先兼着再说吧。柳云凤说，你眼前就有一个。邱东风问道谁呀？柳云凤说，就是你的外甥李文博啊！邱东风想了想，文博还不太成熟，再说吧。

邱东风回到屋里，想着柳云凤这么晚造访，心中不免有些疑惑，说是路过，不大可能。要说是仅仅就因为那一点工作三更半夜专程上门，又觉得有点儿不可思议。正琢磨呢，院门又响了起来。邱东风心想，可能是柳云凤有什么事情忘记说，急忙拉开门。哎呀！邱东风打了个愣神，门外站着的却是副书记张祺祥。

七、于二丫早就预谋好了，故意怀孕让她男人戴绿帽子的

刚才在巷口，张祺祥与柳云凤打了个照面，因为天黑，谁也没认出来谁。但张祺祥知道从邱东风家中出来的是一个女人。看身架不像是黄大桂。那会是谁呢？

张祺祥闷不吭声随着邱东风向屋里走。外头有未眠的青蛙在清唱，邱东风心想今年还是头一回听见这种东西叫唤，也许早有了他一时未发现。

邱东风知道张祺祥这时来，肯定有事，他不开口，也不方便问，接一壶水在煤气上烧着，然后埋着头只顾洗刷工夫茶的茶具。平时他很少有闲工夫伺候这玩意儿。自从老婆去世之后，有时忙起来，恰巧水瓶没有水了，接一杯自来水咕嘟咕嘟下肚完事，哪还有闲情逸致摆弄这个资产阶级的情调呢？张祺祥三更半夜造访，又不说事，他平常也不是这性格。看样子这事肯定小不了。邱东风不吭气，就是想让张祺祥自己先开口。

其实张祺祥心中一直有顾虑，来之前，他也是经过很长时间的思想斗

争才决定来的。现在的邱庄村,是由原先小张庄、大张庄、邱庄三个村合并而成的,当时他是小张庄村的支部书记,三个村并在一起后,他变成了副书记,他心中一直窝着火,对邱东风也有想法,他总觉得镇里欠考虑,张官山与自己同是小村的支部书记,为啥他可以当村主任,我为啥就不能当?叫谁说,谁心里都不会平衡。

张祺祥的阵脚一会儿就乱了,他本想,一进门,邱东风一准问道,这么晚来,有事吗?然而邱东风却不动声色,唉,这就是水平啊!张祺祥掏出烟来点燃,吐出一口烟雾,才又说,邱书记,我有事汇报。邱东风说,难得今晚空闲,水马上就开了,咱们边品茶边说话。说着拿过一包茶叶,这是我今天上午去镇里开会讹李书记的,上等的铁观音,今年的新茶。张祺祥说邱书记,我……我……出了点事。邱东风马上联想到了是不是经济方面的事情,因为三村合并之后,虽说一年多过去了,原先小张村的账一直没有交,原因是原来的会计跑了,至今没有下落。邱东风斟了一杯茶水推到张祺祥面前,你喝水,慢慢说。然后问道,是经济方面的吗?张祺祥将手中的香烟摁灭,若是贪污受贿的事,我就不怕了,也不会这么晚来打扰你。这下轮到邱东风沉不住气了,端到嘴边的茶水停在那里,心说那会是什么事呢?张祺祥又点燃一支烟,邱书记,不知黄大桂与你汇报了没有?邱东风云里雾里,问道,啥事情?张祺祥说,就是我们小张庄张传文家里怀三胎的事情。邱东风说,这个事我知道。对了,你上午不是也给我打电话了吗?那个女的叫于二丫对不对?张祺祥说我都急昏头了,就是她。邱东风问,怎么了?张祺祥说,于二丫怀的是我的孩子。邱东风说哎呀!张祺祥说,我是上了那个女人的当了!邱东风有些不悦,没好气地说,难道是那个于二丫硬拉着你上床的?祺祥,不是老哥批评你,事情到这样了,说话别不负责任!张祺祥说,对对对对,责任确实在我。男人不脱裤子,女人再解腰带也没有用。半晌邱东风问道,我听说,于二丫的男人在外地干活?张祺祥说,在新疆开小煤窑。邱东风说,明天叫黄大桂抓紧上门做那个于二丫的思想工作,尽快让她将手术做了,一旦孩子没了,事情就好说了。张祺祥说,怕是不行。邱东风不由得问道,怎么不行?张祺祥说,于二丫的男人张传文在外头有了女人,已经个把年没有回家了。邱东风说,那不更好吗?张祺祥说,好什么,于二丫早就预谋好了,故意怀孕让她男人戴绿帽子的。为的就是报复!所以即便是死,她也不愿意流掉肚子里的孩子。邱东风一惊,我说祺祥,你的这顶绿帽子糊出麻烦来了!张祺祥说邱书记,麻烦远不止这些。还怎么了?邱东风不由得一愣。张祺祥头一低说道,那个于二丫是我的侄媳妇。邱东风惊出一

声冷汗，哎呀我的老天爷，祺祥哪祺祥，你真能乱哪，你这个灰扒得太有点儿那个什么了！

八、你死了也是白死，轻如屁毛，一个熊钱也不值

早饭后，邱东风没有去村里，骑上自行车直接去了小张庄，边骑着车子边给妇女主任黄大桂打了个电话，叫她也去小张庄。黄大桂没问干啥去，骑上车子就出门了。邱东风在村口刚站了一会儿，黄大桂就过来了。邱东风说咱们边走边说吧。黄大桂说邱书记，今天在这里开什么现场会？邱东风开玩笑道，开于二丫的批判会！黄大桂一愣，真的假的？你是不是头脑发烧说胡话呢！邱东风一本正经地说，但愿我是说胡话就好了。接着就把张祺祥和于二丫的事情简单地说了一遍。黄大桂一听就傻眼了，说怪不得嘛，昨天我就发现，当我提起于二丫怀孕的时候，张祺祥脸色立马变了。这下麻烦了，这下麻烦了！邱东风说所以啊，今天我专门与你一起来做于二丫的思想工作。黄大桂说，以我的经验，这事怕是悬。邱东风说怎么悬？黄大桂说你想想，那个于二丫，就是想以这种办法迫使她的男人回家来，她能轻易流掉身上这个孩子吗？再说这个张祺祥也真是胆大，哪个女人不好搞，偏偏搞自个儿侄媳妇，虽说是远门，可毕竟是本家，又晚一辈，你说他怎么想起来的呢！如果张传文回来了，有包子操呢！邱东风说，你不能光说风凉话，你得想想办法啊！黄大桂说，他的屁股还是他自己擦吧，你忘啦，那年三村合并，他是怎么给你下套子的？邱东风说，过去的事就不要再提了，眼下得尽可能让于二丫将孩子打掉，不然的话，这可不是闹着玩的事。黄大桂冷笑一声，弄不好，这下我们邱庄村出名了，村副书记将自己的侄媳妇肚子给搞大了，假如有人往网上发一个帖子，你瞧着吧，跟帖子的比春天的蜜蜂还要多！邱东风止住步，严肃地说，大桂，你别光看笑话，邱庄村臭了，你也香不了！我与你说，这件事你要想尽一切办法，你别忘了，这是你的本职工作！

于二丫的家黄大桂几天前来过，轻车熟路。二人来到门口，只见大门紧闭，还上了一把大铁锁。黄大桂趴着门缝喊了半晌，也没有人回应。隔壁出来一位老太太，认得黄大桂，告诉说，人走了。黄大桂问到哪里去了？老太太摇头，说不清楚。继而说于二丫是带着东西出门的，怕是三天两天回不来呢。邱东风问道，他们家孩子呢？老太太说，两个孩子都住校，一月回来一回。黄大桂说，一定是跑了。又说，跑到天边也得将她追回来！邱东风说大桂，你马上回村去找二胖，从现在开始，村里的车就归你调遣，你到哪里车

就到哪里。无论想什么办法，一定将于二丫找回来。我告诉你，这是政治任务！

回到村委会，邱东风泡了一杯茶，还未来得及喝，李文博急急慌慌跑进门，说舅，你快去看看吧。邱东风说怎么啦？李文博说大张庄有个老头要寻死，人爬到房顶上不下来，谁去劝，他不但不听，还揭屋顶的瓦向下面砸。邱东风问道，知道因为什么事吗？李文博说不清楚。张主任已经赶过去了。邱东风急忙向外走，在楼下遇到民兵营长赵有亮骑着摩托车过来，就说，有亮赶快骑车带我去大张庄一趟。赵有亮不知哪头逢集，见邱东风匆匆忙忙的样子，就知道有事情，等邱东风坐稳了，油门一加，车子像一匹野马蹿了出去。

一座三层小楼前聚集了许多人，邱东风与赵有亮刚停稳车，村主任张官山就跑了过来。没等邱东风问，就汇报起来：这个老头儿叫张震山，有两个儿子，几年前他的老伴过世了。一直是与小儿子住在一起的，当初盖这座小楼的时候，张震山将积蓄全部给了小儿子盖房子了，现在小儿子撵老头儿回大儿子家住去，大儿子也不愿意接收，说你都将钱给了小儿子，我凭什么养你！所以两家都不接收老父亲。张震山一气之下，跑到楼顶上寻死觅活的，谁劝都不听。邱东风说过去看看。

楼前的地面上残存着许多碎瓦，看热闹的群众躲得远远的。见书记邱东风来了，这才往前凑了凑。

张震山骑在屋脊上，他认识邱东风，见书记来了，更加来劲了，一只手勾住屋脊，整个身子几乎滑落在外。赵有亮扬着脖子喊道，张震山，你想干什么？你不要老命了！张震山声泪俱下道，我养儿防老，到头来落得这个下场，我活着还有啥意思？不如死了算了！邱东风说老张，你若死了，正合了你那两个不孝子的意。你偏不死，你要好好地活着，他不想养你就不养了？有我给你撑腰呢！你赶快下来吧，我找你儿子说事。张官山接着说，老张头，邱书记都亲自来了，你再不给面子，就真有点儿不像话了。你死了也是白死，轻如屁毛，一个熊钱也不值！邱东风觉得张官山的话有点儿不入耳，就白了他一眼。其实张官山是故意这么说的，他是有意刺激张震山，当着邱东风的面，他希望张震山能跳下来那才好呢！那样的话，邱庄村就声名远播了。假如老张头牺牲了，我看你邱东风怎么和镇里交代！邱东风说老张，你赶快下来吧，有啥事你下来再说。俗话说得好，好死不如赖活着。再说了，真要是你那两个儿子不赡养你，这你也不用怕，咱村里不是有敬老院吗？村

里养你的老！张震山说书记，就是死我也不会去敬老院的，去那儿都是无儿无女的，我丢不起那人！张官山说，老张头儿，你这人怎么不听劝呢？你要是真想死，你就跳呗！你别癞蛤蟆趴在脚面上，不咬人，恶心人！再说，大家还都有事！邱东风说官山，你怎么这么说话呢！张官山像是受了委屈的样子，邱书记，不这样说，恐怕不知要多晚他才能下来呢！你真认为他想死？要想死还等到这会儿？有十个老张头儿也都没有了！

这时，房上面的张震山显然受到了刺激，顺着屋脊向屋山头爬去。

邱东风对赵有亮说道，有亮，你抓紧去附近人家找几床被子，以防万一。赵有亮答应一声走了。邱东风随着张震山移动的身子渐渐靠近了屋山墙，二人的位置几乎是直上直下。张震山说邱书记你让开。邱东风说老张，听我一句劝，你这么做真是不值得！对于邱东风的话，张震山似乎迟疑了一下，然后面向天空望着，嘴里好像念叨着什么，突然两臂平伸，纵身向下跳去……下面的邱东风见状，急忙伸开双臂，试图接住张震山，发现位置不对，紧接着顺势向前一扑，恰在这时，张震山的身体从上面落了下来，重重地砸在了邱东风的身上……

九、表面看你很正派，岂不知你也这么骚呢

邱东风当时被砸得休克了，也没有汽车，赵有亮背起他就跑。哪知一会儿两条腿就跑不动了。幸好半路上张官山拦了一辆私家车，几个人七手八脚将邱东风小心翼翼地架上车，直奔镇医院。到医院之后，邱东风就醒过来了，一睁眼就问人呢？赵有亮说谁？邱东风说那个老张头儿怎么样了？张官山说，别提了，你被砸晕了，他啥事都没有，只是脸上和胳膊肘擦破点儿皮，也许认为祸闯大了，爬起来连说没事没事，快救邱书记吧！吓得连医院都不敢来了。邱东风说那就好，若是他的身体被摔坏了，他那两个儿子就更不愿意问他的事了。少时与张官山说道，你俩明天去找张震山两个儿子谈谈，狠狠地批批他们！赵有亮说，先瞧瞧你的伤再说吧。邱东风说，我没有事，你看我不是好好的吗？说着想伸伸胳膊给人看看，哪知疼得他龇牙咧嘴哎哟了好半天。几个人七手八脚将邱东风推进X光室，结果片子显示，胳膊腰椎胸椎多处骨折。医生说，幸好不是十分严重。须在医院里躺几天。赵有亮说老邱，安心养病吧，权当是给自己放几天假。张官山说邱书记，当时真是吓死我了，我真怕……邱东风笑道，你怕我成了烈士？张官山嘿嘿一笑，

心说,你邱东风真要是成了烈士,恐怕是我应该接你的位子呢!可惜老天没有如我的愿。真他妈的后悔自己当时不该去拦汽车,若是没有汽车送的话,也许邱东风现在没有这么神气呢!

不一会儿,镇党委书记李赵兴带着镇里几个干部到医院看望了邱东风,镇各个部门以及各村也都派人到医院探视。弄得邱东风像个英雄似的,自己倒觉得有些不好意思了。

姚富贵是晚上来的,除了拎了一些水果,还送了一个大信封。邱东风用手一捏,估计里面不少于五千块钱。他死活不收。说姚书记,你不是叫我犯错误吗!姚富贵说邱书记,我不是来给你送礼的,我是来慰问你的,这是我们姚庄村全村几千口人的一片心哪!

前脚姚富贵刚走,黄大桂就来了,手里提着一保温瓶老母鸡汤。一进门就要盛汤给邱东风喝,要他补一补。邱东风说,我又不是生病,补的什么劲!黄大桂眼里闪着泪花,邱书记,你险些连命都没有了,还说哪!邱东风说,我现在的确喝不下去,等一下我自己喝行不行?黄大桂也只好随他。少时说道,邱书记那天你真是太傻了,再怎么也不能不要命啊!多吓人哪!邱东风说没事的。黄大桂没好气地说,有事就晚了!邱东风哈哈一笑。我的命大。黄大桂叹一声,说,真悬哪!邱东风忽然想起什么,于二丫的事情怎么样了?黄大桂说,我是谁啊!邱东风就知事情有眉目了,忙问,找到于二丫了?黄大桂说,不但找到了,而且她答应就这几天同我一起去医院做手术。邱东风说太好了。没想到这个于二丫思想转变得这么快!黄大桂说,她也有些后悔了,她并不想与她的男人离婚,假如她这么不顾一切闹的话,那不是故意将自己的男人往外推吗?再说,她与自己的叔叔有关系,到哪里讲,也是满腔骚。唉,出了这种事,吃亏的永远是女人!半晌,邱东风问道,这事你和张祺祥说了吗?黄大桂说还没顾上。先叫他猴急两天再说,谁叫他这么不讲究呢?俗话说,兔子还不吃窝边草呢!邱东风看了一眼手表,天不早了,你这几天辛苦,早些回家歇着吧。黄大桂说,你身上不方便,我在这陪陪你吧?邱东风说,真的是用不着,一会儿文博就过来了。黄大桂站起身来,说邱书记你好好养着。邱东风淡淡一笑,快回吧。

黄大桂刚走至门口,邱东风忽然想起什么,说大桂,现在你给我办一件事行吗?黄大桂求之不得,说这么早回去也睡不着,有啥事你吩咐。邱东风拿出姚富贵刚送的那个信封,说,你叫上二胖,现在去姚庄村一趟,帮我将这钱还给姚富贵。黄大桂说这是什么钱?邱东风说这你就别多问了,只要

你将这个信封送还给他就行了。黄大桂说，他要是不要呢？邱东风说，那就看你的本事了！黄大桂说，我听说那个姚富贵挺骚的，这么晚了，你就不怕我会出点儿什么事？邱东风哈哈一笑，故意开玩笑道，你的能耐不在姚富贵之下，倒是我担心姚富贵会不会被你忽悠了主动让你上身呢！黄大桂说邱书记，表面看你很正派，岂不知你也这么骚呢！

十、会议开到了外面的月亮已伤了神，还是没有一个定夺

邱庄村离县城比较近，这几年看种蔬菜比较来钱，村里调整产业结构，引导农民拿出一部分土地种植了季节性蔬菜和大棚蔬菜。往年蔬菜行情一直很好，根本不要进城卖菜，菜没下来，地头就停满了来收购蔬菜的汽车。喇叭一天从早响到晚。今年开春以来，市场突然起了变化，不但田边地头见不到汽车的影子，连人的鬼影也遇不上。菜农只好自己弄两筐菜进城摆摊，卖不上价不说，就那也销售不了多少，还得撅着屁股挑回来。家中有车的，方便是方便了，一来一回连个油钱都不够。报纸、电视上都说了，这个原因是全国性的大环境……蔬菜过剩。全村种菜的老百姓惶恐了，眼看着这么新鲜的蔬菜烂在地里，连个本钱都收不回来，既心疼又着急。一些人这时就想到了村委会。这是全国性的难题，张官山、张祺祥、赵有亮等人也是一筹莫展。没有辙，几人只好去找邱东风。邱东风在医院哪还躺得住呢？

连夜，邱东风召开了村委扩大会，大家集思广益出主意想办法。有的说，将卖不掉的蔬菜放在冷库里，等季节过去，再拿出来，还能卖个好价钱。话没讲完即被否定，你这是不懂头，蔬菜就是卖个新鲜劲儿，冷库虽好，再是恒温，要不了几天，再好的蔬菜也都打蔫了，那还卖给鬼去啊！有的说，干脆到外地找门路，比如远点儿的城市，像什么新疆、西藏那些地方，蔬菜到了那，一准销路好。又有人反对，蔬菜过剩，那是全国性的大环境，你能想起那些地方来，别人就想不起来吗？也许你还未动身，人家的菜车早就到了那儿了呢！再说，新疆、西藏那地方，千里迢迢的那么遥远，恐怕蔬菜运到那里，早就烂掉了。这也不行那也不行，你说说怎么行？持反对意见的人不吭气了。

会议开到了外面的月亮已伤了神，还是没有一个定夺。

邱东风腰上有伤，早就有些坐不住了，可是讨论不出一个方案来，心里也很着急。他向赵有亮要了支香烟，一口吸去了一半。这支烟还真管事，邱

东风猛然想到了他的老表徐刚烈。

徐刚烈在矿务局物资供应处当处长。矿务局有二十多个煤矿,矿工近三十万人,假如整个矿务局食堂蔬菜都由邱庄村来供应的话,那就解决大问题了。邱东风将他的想法一讲出来,大家都很兴奋。邱东风立即给他的老表打电话,并将眼下的困难说了一遍。徐刚烈说,事情不大,也是我管辖之内的事情,不过不太好说。别人会误认为我一定是拿了你们邱庄不少的好处呢!邱东风心中就明白了,老表这是明着要回扣呢。邱东风说老表,你放心,事情办好了,我一定忘不了你。徐刚烈说,不是这个意思,我恐怕有人讲闲话,说我搞垄断。你很少找我办事,我先联系一下再说,明天你等我的回话。

第二天一早,邱东风哪儿也没有去,就在办公室等老表徐刚烈的电话,村委会楼下站了许多老百姓,他们都是来探听消息的。

十点多钟,电话突然响了,邱东风急忙拿起听筒,说老表,我已经等你的电话多时了。对方说,你是找男老表还是找女老表?邱东风这才听出来,电话那头是姚富贵。姚富贵说邱书记,你怎么不在医院里待着,跑到村委会干什么呢?邱东风说,村里这么多事情,哪待得住啊!姚富贵说,村里熊工作就是这么回事,你若想忙啊,一天二十四小时你都别想清闲。邱东风笑笑。姚富贵说,老弟你不够意思,我好心好意专程去医院看望你,是真心实意的,你不该将钱给退回来。邱东风说,你来看我,我已经就感激不尽了,哪能让你再破费呢!姚富贵说,好了不说这事了,等以后有机会我再表示吧。少时又说道,邱书记,你村里那个妇女主任黄大桂可不简单哪!邱东风说怎么了?姚富贵说,人精明又会说,虽说是个半老徐娘,可风韵犹存,能看得出来,她对你不但忠诚,而且关系不一般!邱东风说你别瞎胡扯。姚富贵哈哈一笑,这不正常吗?要是我,我早就将她给办了。邱东风生怕老表的电话进来,说姚镇长,我在等一个重要的电话,你要是没有要紧的事,咱们改天再聊好吗?姚富贵说这事要紧,还是租地那件事,你得当大事办。一旦操作成功,那可是互惠互利的好事情啊!

放下电话,邱东风半晌没有言语,一早上的好心情被姚富贵这通电话给破坏掉了。好在这时,桌上的电话又一次响起。是徐刚烈的电话。

邱东风直奔主题,说老表那事怎么样了?徐刚烈说,都说好了,你现在就将各种蔬菜装车,往各个煤矿送,你们村里有什么菜就送什么菜。最后一起算账。邱东风说真是太好了。忽然想起什么,说老表,你说最后一起算是什么意思？徐刚烈说，煤矿的日子富得往外流油，我就在供应处当处长，你还害怕收不到钱吗！邱东风一笑。徐刚烈说，我是为你们着想的，现在菜价这么便宜，等过了这一段，菜价上来了，你们再去结账，不是能多结一些吗！邱东风说老表，谢谢啦！

电话还没放下，几个村委就涌进了门。邱东风将这个好消息一说，大家不由得一齐鼓起掌来，欢呼雀跃地喊道：老表万岁！徐刚烈万岁！万万岁！

十一、人这一生啊，谁能说谁没吃过一次哑巴亏呢

这几天邱东风与几个村干部整天泡在菜地里，忙着指挥农民收菜装车往矿上送。表面看起来，干部去不去没有什么事，其实不然，干部一步都不能离。一离步就出乱子。比如你家装多了，我家装少了，他家先装了，他家后装了，没有人看着就会出事情，本来是好事情，弄不好就成了坏事情。邱庄村是全县得过奖状的有名的和谐村，怎么和谐？邱东风的经验就是，鸡犬和睦相处，邻里不吵不闹，太平盛世，不出任何事情。

忙了一上午，邱东风一口水也没顾上喝，觉得嗓子有些干，正想回村喝杯茶，这时，张祺祥不知从哪儿拎来一箱矿泉水，对众人说道，来来来，今天我请客。民兵营长赵有亮说祺祥，你早就该请。不过，喝熊水这算什么请客，你请我们喝五粮液都不为过！对不对？张祺祥心中明白，赵有亮话中有话，他知道赵有亮指的是他与侄媳妇那档子事。张祺祥就说营长，五粮液没问题，哪天有空，我做东，全体村干部都有，咱们一定喝五粮液！妇女主任黄大桂大嘴一撇，那不管，喝五粮液是你们爷们的事，咱们女同志不热衷那玩意儿！村主任张官山说，那叫张书记给你扯二尺花布得了！赵有亮说道，二尺花布够干什么的？是够大桂做个裤头的？还是够大桂做个胸罩的？对不对？黄大桂说赵有亮，你嘴里留点儿德好不好！张祺祥趴在黄大桂耳边，黄主任你是个人功臣，放心吧，我一定忘不了你！说罢走到邱东风的面前，递过一瓶水，说邱书记，那件事谢谢你了。邱东风压低声音，于二丫那边，多花点儿就多花点儿，千万别出事，什么是福？平安才是福！你懂不懂？张祺祥说那是那是。

正说着话，会计刘迷糊慌慌张张地跑了过来，老远就喊邱书记邱书记。邱东风问啥事情？刘迷糊说两个人打起来了！邱东风问道，谁和谁打起来了？刘迷糊走得有些急，喘了一口气，就是那个陈老九与刘武。赵有亮笑

道,有意思,两个卖包子狗日的怎么掐起来了?邱东风问道,因为啥事情?刘迷糊说,说不清。继而说道,两个人好像已经动过手了,正在村委会等你评理呢!大概是因为女人的事情。在村里出现有打架斗殴的事情一般由民兵营长赵有亮处理。因为赵有亮还兼着村治保主任。邱东风听说还有女人什么事,有点儿不放心,就对赵有亮说道,我同你一块儿回去。又安排张官山等人一定要按秩序装车,千万注意安全。

邱东风与赵有亮一进村委会的大门,老远就闻见一股包子味。

看见村干部来了,刘武和陈老九像是见到了久别的亲人,都慌忙迎了过来。刘武腿脚好又年轻,跑在前头。陈老九有一条腿伤过,年岁又比刘武长几岁,所以落在后头。刘武一把抓住邱东风的手不丢,邱书记你得给我做主!陈老九与赵有亮有点儿拐弯的亲戚关系,老远就喊,赵营长,赵营长,我可冤死了!我比那窦娥还冤哪!赵有亮一瞧,两人谁也没占便宜,刘武左眼窝青了,陈老九鼻子流血了用一块烂棉花堵着。说你们厉害了,还动起手来了?你们是故意给我们和谐村抹黑的!对不对?稍停又说道,你们两个都给我到茅房门口蹲着去,谁觉得谁没理谁再来找我。刘武与陈老九对视一眼,半晌方明白过来,齐说,营长我有理啊!赵有亮说,你们两个都有理那就都在门口蹲着吧!刘武说营长你这不是不想给我们处理吗?赵有亮说,你们都有理,就是我们当干部的没有理喽?对不对?两人都不言语了。

邱东风打开办公室的门,叫刘武和陈老九都进去坐下,然后倒两杯水放在他们的面前,故意岔开话题,说刘武,你最近光顾着热炕头了,你瞧瞧你那熊包子做的,一咬全是面疙瘩,还不熟。刘武看一眼陈老九说,肯定是有人败坏我。陈老九说,你别看我,我不是那种不讲究的人!刘武说,你狗日的讲究就不会摸我的女人!陈老九说,狗日的才摸了!赵有亮说慢,问刘武道,你说陈老九摸了你的女人,你可有证据?刘武说,我女人回家与我说的。赵有亮说,哪天若是你女人说我摸了她你信不信?刘武哑巴了,半晌说,你是干部你当然不会了。赵有亮说未必,好多大干部,官高职显,比我的纱帽翅硬多了,玩的女人比我们一个村的女人还多,那怎么说呢!对不对?邱东风说刘武,你刚才说陈老九对你的家属动手动脚的,你说到底是怎么一回事情?刘武揉揉那只青眼窝,目的是让书记看到他的伤处,哪知邱东风正低头喝水,没注意到这个细节。刘武说,那天上午收了生意,我女人去陈老九家喊他的媳妇打牌,当时他媳妇不在,陈老九就对我女人动起手来。赵有亮问,怎么动的手?刘武说,他狗日的摸我女人的裤裆。陈老九说,我

赌咒，狗日的才摸了！有什么摸的，摸那地方还不如摸我的包子柔乎呢！刘武说听听，这证明他狗日的还是摸了！少时又说道，书记、营长，你想想，我女人才与我结婚不到半年，这种事情如果不是真的话，她自己的脸她不要啊！赵有亮说在理。刘武继续说道，再说了，假如他陈老九没有摸我女人的话，我们两家没有冤没有仇的，她何必冤枉他呢？赵有亮说在理。接着对刘武说，你说陈老九摸你女人了，陈老九说没摸，这种事情去医院也查不出来；若是去派出所吧，那地方是讲究证据的，对不对？不能凭你一句话说摸就摸了，对不对？既然到我们村委会来了，也都是想解决问题的，对不对？我问你刘武一句话，你觉得这件事情怎么处理好呢？怎么才能让你满意呢？刘武愣了许久，半响憋出一句话，从今往后，陈老九不能再在我们门口做生意！陈老九说没门，我早就料到你玩的这一出了，你看我生意好，就想挤走我，我说为何你女人平白无故冤枉我呢，原来使的是这个下三滥的手段！邱东风好像听出点儿眉目来了，他向赵有亮递个眼色，说这样吧，有亮你送刘武先回去。我再与老九谈谈。

　　等两人出去，邱东风将陈老九的杯子里加满水，哎老九，俗话讲得好，大事化小小事化了，俗话又讲，冤家宜解不宜结。刚才我也听出来了，你可能是无辜的。可这种事情，怎么说得清呢，大粪愈扬愈臭。你说没摸他女人，他偏说摸了，谁来给你断这个理？要我说，退一步海阔天空，就按刘武说的，不如将你的包子铺挪个地方。俗话讲，酒香不怕巷子深，我不是经常光顾你的生意吗？陈老九说，生意上我不怕他，当初我来这条街时，也是一步步赢得了市场的。不过，这个哑巴亏我是吃大了！邱东风说哎呀老九，人这一生啊，谁能说谁没吃过一次哑巴亏呢！

十二、天天说精简会议、精简会议，越精简会议越多

　　送走了陈老九，邱东风一看手表，快一点了。身体觉着有些沉，也不想回家吃了，猛然想起，柜子里还有两桶"康师傅"，便找了出来。接着大声喊文博。文博过来问道，中午怎么吃？邱东风说，我这里有两桶方便面，咱爷俩凑合一顿吧。文博说，我年轻，吃啥都无所谓，填饱肚皮就行。不过你早上几乎没吃什么东西，中午再瞎将就，我就怕你的身体撑不住。邱东风说，像我这个年龄，吃得简单一点，才不得那些富贵病呢！文博说行，我去烧壶开水，矿泉水的热度不够，泡不开。说着拿起桶面走了出去。这时，桌

上的电话响了起来,邱东风一接,是赵有亮打来的。赵有亮说书记,刘武与陈老九的事已经调解好了。邱东风说那好。赵有亮说,那个狗日的刘武,明显有诈!有意诬陷陈老九的,生意不如人,就出损招!邱东风说我也看出来了。赵有亮说对了老邱,这几天大家都很辛苦,中午我请客,去乔大嘴家吃小鸡炖蘑菇怎么样?邱东风说,我已经泡好方便面了,你们吃吧。赵有亮说,你书记不到场,咱们几个吃还有啥滋味!邱东风看推不过,只好应承下来。说有亮,不然中午我请吧。赵有亮说咱弟兄之间还分什么彼此呢!对不对?少时又说,你顺便喊一声文博和刘迷糊。邱东风说哎呀,黄大桂在那里了,刘迷糊好意思去吗?赵有亮说对对对。不过,邱东风略一沉吟,说有亮,你打个电话给团支部书记柳云凤,叫她一起参加。俗话说,能码一村不能码一家。再说这几日,小柳带领青年团员与外出打工的家庭搞帮扶,也很辛苦。这样的话,村干部全体都去了,刘迷糊到场脸就磨得开了。

饭刚吃了一半,邱东风的手机突然响了起来,是镇政府办公室打来的。通知支部书记和团支部书记今晚就去县里报到,明天参加全县召开的综合治理工作会。邱东风想起向煤矿运输蔬菜的事,就问办公室,开会能否换个人,派副书记去可不可以?办公室说怕不好办,县政府办说了,谁都不准代替,特别是你,不但不能换,你还得在大会上发言介绍经验呢!邱东风说哎呀,然后对文博说,你现在就回村里给我准备材料。李文博答应一声走了。张官山心说,你走了我才好施展手脚呢。天天弄得我像个跑堂的,啥家也不当!就说邱书记,你放心去吧,家中有我们几个,不会出什么事情的。万一有啥事,我给你打电话。邱东风点点头。接着问团支部书记柳云凤,你明天参加会议没有问题吧?柳云凤说,有你书记去就行了,我去了也是陪衬,什么情况你不比我掌握得清楚。邱东风说那不一样。柳云凤说,全村还有十几家没有跑完,眼看就要准备轧麦场了呢!我能不去最好。邱东风说,刚才你不是听见通知了吗?任何人不得请假,不得代替。柳云凤说,天天说精简会议、精简会议,越精简会议越多!邱东风说,不过,好在会议只有半天的时间。柳云凤望一眼邱东风,欲言又止。

十三、自从邱东风的老婆去世之后，
希望又一次在她的心中点燃甚至燃烧

参加会议的人，吃罢晚饭，没有事情做，好多人就在县宾馆里面转圈子闲遛。宾馆是新建的，有点儿南方的味道，绿地面积非常大，院中不但有花园、亭榭，还有小桥、流水、假山、喷泉、景观树；池中鱼儿戏水，林中鸟儿啾唧，花丛中鲜艳的蝴蝶翩翩……

报到的时候，邱东风遇见了姚富贵。姚富贵说老邱，饭后别出去，晚上我去找你说说话。吃罢了饭，邱东风连房间都没敢回去，为了躲避姚富贵，他想去找找老熟人拉拉呱，哪知找了一圈儿都不在，只好一人在院子里闲溜达。正漫无目地行走着，迎头碰见团支部书记柳云凤。柳云凤说邱书记，你也出来走走？邱东风说没事闲溜达。两人走了一段路，柳云凤说邱书记，咱们出去走走好吗？我好久没看看这座城市了。若在以往，邱东风会找个借口推辞，今天他怕姚富贵纠缠，想都没想就答应了，说好啊！心想正好，这样的话，姚富贵就找不到我了！

城市的傍晚写满忙碌；街道上，车不厌倦地奔跑，斑马线上，不同的人，匆匆而过，四下里穿梭，为各自的目的奔波着。华灯初上，楼层上的窗户，亮了一扇，又亮了一扇。邱东风心中突发感慨：有光的地方，不一定干的都是光彩的事，黑暗中，也不一定全是龌龊的勾当。

柳云凤走着走着，突然一捂嘴笑了。邱东风说小柳，好好的你笑的啥？柳云凤说邱书记，我能喊你老邱吗？邱东风说哎呀好啊！可他心中没有想到，这个柳云凤说的第一句竟然是这句话。

走过一条马路，又走过一条马路，两人都没有说话，眼睛都在城市的喧嚣中逗留。其实女人心中一直没有闲着，她在琢磨身边这个男人。自从当了团支部书记，几年来，她一直关注着这个令她既敬佩又心动的男人。她承认，眼前这个男人的身上，那种成熟的美深深地吸引着她。她不止一次在梦中与他谈笑风生；田野里、月光下、运河旁、树丛中，他们一次次约会相拥……醒来也时常耻笑自己，怎么就梦着他的呢？为啥不是别的什么人。上中学三年，她曾经爱恋过自己的语文老师，而偏偏他也是个已婚的男人。她喜欢他什么？有时连她自己也说不清。现在才有所悟，是老师身上透出的那种成熟的东西牢牢地吸引着她，好长一段时间令她不能自拔。当了村干部之后，虽然与邱东风接触并不多，但与语文老师的那种情感，又一次在这个比自己大了十多岁的男人身上体现了出来。不过自己也明白，这种单相思，绝不会有结果的。因为她知道，人家不但有牢不可破的家庭，而且家庭的篱笆又是那么坚不可摧！自从邱东风的老婆去世之后，希望又一次在她的心中点燃甚至燃烧。无论有没有可能，她都觉得一定要搏一搏。她在等待，等待那连她自己也觉得非常渺茫的所谓的机遇。

又走了一会儿，二人好像都觉得走得有些远了，女人折回身，男的也随着女人折回身。女人说老邱。男人说嗯。女人说，你家嫂子走了不短时间了吧？男人说不短时间了。女人说，你怎么不考虑考虑的呢？男人说哎呀，考虑什么？女人说，你装傻！男人不经意一笑。女人说，家中没有女人不像个家。男人点点头说哎呀，是这话。女人说，那你怎么还不抓紧找一个呢？男人摇摇头。女人说为啥？男人说不为啥。

斑马线前方亮起了红灯。谈话也作短暂停留。

绿灯亮。他们不由得加快了脚步，穿越了"斑马"。

这回轮到男人先开口了。哦对了小柳，我倒想问问你呢，你到现在怎么也没有考虑个人的问题呢？女人反问，你怎么知道我没有考虑呢？这下男人愣了。你有了？女人哑笑。男人说，我还想你假如没有对象的话，我想请大桂给你提桩媒呢！女人问，谁、谁呀？男人说，就是我的外甥文博啊！女人大笑，很开怀的那种样子。我的妈呀！女人说。男人说，我知道文博比你小几岁，俗话不是说嘛，女大三抱金砖呢！女人笑声戛然而止。笑死我了！少时又说，我比文博大五岁呢！女大五，赛老母！是不是？男人哑然。半晌，女人说老邱，你怎么没有考虑考虑你自己的呢？我自己？男人愣在那里，我自己什么？女人调皮一笑，你家嫂子去世之后，你就没有想到或者梦到过其他的女人？比如我！……男人一惊，想起不久前的那天清晨做的梦，脸上不由得一阵发红。

到了宾馆门口，女人说老邱，我同屋的在县城谈了一个男朋友，晚上说是不回来了，你要是没事的话，再到我的房间坐一会儿吧。男人心中暗想，全镇来开会的二三十口子的人，一个死了老婆的半大老头子深更半夜的往人家大姑娘的房间跑，万一碰见了熟人，还不知怎么添油加醋地瞎传呢！还有那个姚富贵，若是他得到了这个消息，要不了到明天天亮，保证全镇几万口人无人不知无人不晓。自己无所谓，可人家柳云凤毕竟还是个未有婆家的大姑娘呢，真要是有了风言风语，怎么对得起人家呢？男人只好推脱道，我今天有点儿疲劳，想早睡一会儿。女人说，那也好。男人刚欲转身，女人说老

邱,假如你睡不着的话,就去我那里坐坐,拉拉呱好吗?男人没敢看女人的眼睛,他知道女人那双眼睛里一定蕴藏着翻江倒海的热浪……

邱东风没有回自己的房间,现在才九点钟,他料想,那个姚富贵一定在他屋里等他呢。他只好在院子里转悠,转悠累了,就到假山旁的石凳子上坐一会儿。坐在那里,满肚子的心事,想不想也不成。他想着刚才与柳云凤那番谈话,到现在还觉得在梦中。怎么可能呢?年龄差别且不说,一个大姑娘家,怎么会看中他这个半大老头子呢?他自己也从来不会往这方面想的。又想起那个梦,那晚怎么想起来会做那种梦呢?难道说,他与柳云凤真的前世有缘?再有那个姚富贵,一直躲避也不是个办法。你躲过初一,还能躲了十五吗?可这种损害集体利益的事情,邱东风说什么也不会做。

突然,邱东风这会儿特别想抽支烟。他身上从来不带烟,便起身想去宾馆的小卖部买一包,却不料小卖部已经关门了。猛然想起了他的司机二胖。二胖正在屋里看电视,听说书记要烟抽,也觉得奇怪,不由得问道,邱书记,你心里有事?邱东风没理会,接过烟,抽出一支,又抽出一支,走了出去。他又回到了假山旁的石凳子上坐了下来,烟叼在嘴上,忽然想起来刚才光顾要烟却忘记要火了。正在那里瞅着有没有抽烟的人路过借个火,这时手机响了起来。

电话是民兵营长赵有亮打来的。邱东风一听对方的声音就不对,说有亮出了什么事情?赵有亮说老邱,出大事情了!邱东风一惊,连忙问啥事情?赵有亮说,地塌陷了。邱东风问在哪儿?赵有亮说,大张庄村东面。邱东风想起什么,急忙问道,有没有人员伤亡?赵有亮说,塌陷地全在大田里。邱东风这才松了口气。略顿又问道,大约塌陷有多少亩地?赵有亮说。目前还说不清,天太黑了。少时又说,估计,最少不低于五百亩。邱东风说,其他村干部都知道了吧?赵有亮说,只有村主任张官山知道,就是他发现的,他在外面喝酒喝多了,去麦田里解手,没想一头钻洼地里去了。邱东风对这个没有兴趣,就说有亮,你通知全休村干部多找几只手电筒,立即到地里仔细检查,我这就开车回去。

邱东风二番去喊二胖,二胖误认为邱东风又来寻火,急忙递过来打火机,说书记,忘了给你火了。邱东风说,你狗日的快穿衣服起来。二胖一愣,去哪儿?邱东风说回村。

车发动起来了,邱东风忽然想起来,要不要告诉柳云凤一声,又一想,还是算了吧。接着对二胖说,开车。将你的熊本事全使出来,越快越好!

十四、你怎么不能上台的？台上都是人，又没有鬼

邱东风领人连夜到大张庄察看了塌陷地，初步估计有六百多亩土地，这地界属窑桥矿，随后邱东风就与窑桥矿的夜间指挥部取得了联系。这种事情，煤矿是司空见惯，听说没出人命，虽说也是火急火燎地大呼小叫，却是雷声大雨点小，推脱深更半夜看不清楚，答应这就给矿长汇报，明天一早就派人过来到现场察看情况。当夜，村委会召开了紧急会议，邱东风将所有的在家干部做了部署：安排民兵营长赵有亮带领基干民兵蹲守塌陷地观察情况，村主任张官山与副书记张祺祥以及妇女主任黄大桂，将大张庄村的村民全部动员起来，以防塌陷地波及村里，造成人员及牲畜不必要的伤亡，会计刘迷糊与李文博做好后勤保障，一旦发生突发事件，负责粮食与水的安全与供应。安排好了一切，邱东风又驱车去镇政府，将情况向书记镇长做了汇报。

将事情安排得差不多了，天已经放亮了。邱东风让张官山在村里等窑桥矿的人，然后叫二胖开车去市里。在去矿务局的路上，邱东风突然想起今天县里的综合治理工作会，连忙打电话给柳云凤，叫她上午在会上发言。柳云凤一听就急眼了，说老邱，你可别出我的洋相，我怎么能上台呢？邱东风说，你怎么不能上台的？台上都是人，又没有鬼！柳云凤说老邱，你是不是与我开玩笑的？邱东风说，我的大姐嘞，大张庄的地塌陷了，六七百亩呢，我哪有心思和你开玩笑呢？柳云凤也听出来了，昨晚那个令她心旌旗摇的老邱，一夜之间好像换了个人，连嗓音都变了。像老虎似的，都能吃人。

从矿务局出来，已经是上午十点多钟了。邱东风忽然感觉胃里一阵难受，这才想起，忙了一夜到现在连一滴水还没进呢！就说二胖，找个地买两个烧饼吃，胃里提意见了！二胖说，你刚才上楼谈事情，我就出去给你办好了。说着递过来一个塑料袋，袋子里装着两只烧饼，烧饼里面还夹着邱东风最爱吃的腌辣椒。邱东风喜不自胜，转眼工夫，就将两只烧饼给消灭了。由于吃得急，噎得他直打嗝。

手机这时响了起来，是镇委书记李赵兴打来的，问邱东风去矿务局谈的情况。邱东风一五一十地汇报了一遍。末了，李赵兴说老邱，我刚刚挨县委书记批了一顿，说我怎么搞的，就是你今天没上台发言的事。他问我那个邱东风呢？太不重视了，弄个小女孩上去糊弄人！你们村里地塌陷的事，我还未来得及和县委书记汇报。我说他村里有急事。县委书记说急事？什么急

事？地塌了吗！我心说，可不就是地塌了嘛！他熊我，我得听着，我跟你说老邱，我是因为你挨的熊，回去你得请我喝酒。邱东风心说，我都成了热锅上的蚂蚁了，你宰我也宰不出血来了！

回到村里，窑桥矿的人刚走，村里全体干部正在村委会等邱东风。张官山向邱东风汇报说，塌陷地已经丈量过了，共有六百七十三亩，煤矿全认账。不过在赔偿上，矿上坚持按照省政府189号文执行，不按市政府的84号文执行。邱东风问道，两个文件有什么不同？张官山说，省文是2002年颁发的，每亩赔偿青苗费是900元，市政府的文件是2009年颁发的，上面规定一亩青苗赔偿1600元，差700元。邱东风说那不行，就高不就低，不能让老百姓吃亏！说着站起身，不行，我还得去矿务局争取，哪怕是跑断腿，也得将这个赔偿费跑成功。刚欲走，想起什么，吩咐赵有亮道，塌陷地那儿一刻不能松懈。赵有亮说老邱你放心吧，我已经安排民兵日夜两班巡逻，一班十个人，观察塌陷地的变化。一有情况立即汇报。邱东风点点头，说这我就放心了。说罢，叫上二胖，开车上矿务局去了。

十五、邱东风心想，三十六计走为上，我得走

事情并不像邱东风想得那么简单，矿务局一连跑了十几天，大门口都被他的车辘轳轧得不长草了，可还是一点儿进展也没有。矿务局始终坚持按照省文件执行，每亩地只赔偿青苗费900元。其间，邱东风又托他的老表徐刚烈找人做工作，结果酒也喝了，烟也接了，啥事也没有办成，白花了一千多块钱。

这天中午，邱东风刚从矿务局出来，正好遇见姚富贵到矿务局办事。邱东风本想扭脸躲过去的，哪知姚富贵却主动上前招呼，说邱书记，来矿务局跑赔偿的事？邱东风点头说是。姚富贵说，看你脸上的表情，肯定没有办成。邱东风叹一口气，矿务局真是不讲理，任你说破嘴皮，他就是非按照省文件执行不可！我们市里的文件是狗屁吗？姚富贵说，省里文件赔少，市里文件赔多，他当然选择省文件来执行了！不过事在人为，也不是一点不能通融的。这样行不行，你若是相信老哥，这事我来帮你操作。邱东风问，怎么操作？姚富贵说，你村里出十万块钱，我帮你能将青苗补偿费每亩提高到1200元，你回去合计合计，若是行，你给我个电话，不行就算我白说。一下拿出这么多钱，邱东风自己的确做不了这个主，就说姚镇长，等我回村与其

他几个支委们商量商量。姚富贵说，邱书记，我与你说清楚了，这十万块钱是给人家的，我可是白给你帮忙的。若是办的话，这个情你知也得知，不知也得知！邱东风心中非常明白姚富贵这句话的意思。

支委会从下午一直开到晚上，大家讨论来讨论去，一致同意这钱得花。若是能办成，按一亩地增加三百块钱的话，一年增加就是近二十万元。这笔账谁都能算得清楚。十万块钱值得一花！可村里一时拿不出这么多钱来。开会前，邱东风曾找会计刘迷糊扒拉扒拉账，账面上能够支出的钱不足两万，还差八万块，邱东风问大家怎么办？有人建议，说以村委会的名义到外面借。也有人说，羊毛出在羊身上，将十万块钱摊派到失地的各家各户头上。在情在理。这两条邱东风感觉都不合适。出外借的话，这不难，村里有钱的户还不少，借十万八万块钱，还是非常容易的。但是这个事情本来就是偷偷摸摸的事情，假如传了出去，影响不好。如果向群众摊派的话，固然这个理也说得通，可这年头，老百姓也不是好伺候的，你若是给他几个钱，他高兴，若是让他们掏几个钱那可就难了。弄不好，再有存心不良的人往上面打小报告，说村里乱搞摊派，本来是好事情，恐怕会变成坏事。再说万一钱花出去了，事情没有办成，村里一时又拿不出钱来还给他们，造成群众集体上访，那麻烦就更大了！最后，邱东风提出一个想法，动员全体村干部集中筹资。有多多出，没有多有少，相互凑凑，渡过这一关，等村里有钱了，再还给大家。邱东风一提出这个方案，赵有亮、黄大桂、柳云凤立即举手赞成。张官山本想提出不同意见，见大家都举手了，看一眼张祺祥，也只好点头同意。邱东风说，我有两万块钱存折，我马上回家取。刚才张祺祥落了后，见邱东风报了钱数，立即响应，我也出两万。接着大家一一报数，最后一算，竟有十二万之多。

第二天一早，邱东风将筹集的十万块钱，准备送给姚富贵，恐怕夜长梦多。车子刚发动，没想到姚富贵来了。邱东风说姚镇长这么巧，我正准备给你送钱去呢！说着急忙将钱交给姚富贵。姚富贵用手一推说，这钱现在用不着了。邱东风一愣，心想是起了什么变化了吗？就问道，姚镇长，钱送晚了吗？还是……姚富贵一笑道，给你省了。省了？邱东风又是一愣。姚富贵说，不但钱省了，事情我可是给你办好了。你明天就可以带着村里公章到矿务局办理相关手续。邱东风简直有点儿不相信，自己辛辛苦苦跑了这么多天，连个眉目也没有，人家姚富贵一句话就将事情给办妥了，而且连一分钱也没有花。谢谢你了，太谢谢你了！邱东风紧紧握着姚富贵的手，激动得有

点儿热泪盈眶。姚富贵大咧咧说道，小事一件，不必客气。少时又说道，我们村里塌陷地多，与他们交道打得也多。俗话讲，人熟好办事就是这理。再说了，大家以后谁还用不着谁呢！邱东风从心里佩服人家姚富贵，真是牛皮不是吹的，火车不是推的！半响，姚富贵想起什么，说邱书记。我给你办了件大事，又省了这么多钱，你不会连杯茶都不给我喝吧？邱东风心中明白，姚富贵是那种不见兔子不撒鹰的人，今天为邱庄村办了件这么大的事，他不会没有条件的，如果估计不错的话，肯定还是因为土地的事。邱东风心想，三十六计走为上，我得走。邱东风咂咂嘴，姚镇长，今天我本打算给你送了钱之后就到县里去的，那边我已经约了人了，事情还非常急。要不哪天我再专程请你？姚富贵显得很能理解人，说有事你忙你的，你们村里哪个我不认识？今天中午正好我空闲，就是想到你村里敲你的竹杠讨杯酒喝的！不然的话，我不是亏大了！邱东风知道今天想撵姚富贵是撵不走了。这时，张官山、张祺祥、赵有亮等几个村干部陆续来了，邱东风便将姚镇长来的目的简单地讲了一遍，惹得几人既感动又肃然起敬。没等邱东风发话，张官山与张祺祥一边一个，扯着姚富贵的胳膊，说姚镇长，今天中午你一定得赏脸，我们可得好好地办一桌，隆重地谢谢你这个大恩人！邱东风给赵有亮使眼色，说我还有个急事去县里，中午你们几个代表我一定要好好地敬姚镇长一杯。

十六、这儿不是他的邱庄村，

小狗小猫进去屙屎屙尿都没人管没人问

车子出村子了，二胖问到哪里去？邱东风一下被问住了。他也不知道要去哪里。刚才撒谎推脱有事，那是不想留姚富贵吃饭，却不料他死赖着不走。现在回又回不去，去也没地方去，真还难住了邱东风。忽然想起来，市行政机关搬到了新城区，听说建得非常先进豪华。机关都搬了快两年了，他还没有进去看过一回，不如趁这个空，给自己放半天假，好好地放松放松。

邱庄村离市里四五十里路，邱东风在车上打了个盹儿，一睁眼就到了。本想进行政中心转转的，他的车子没有出入证进不了，人也不能随便进去。这儿不是他的邱庄村，小狗小猫进去屙屎屙尿都没人管没人问。这儿是党政机关，不是谁想进就进的，去哪单位办事或联络什么事情，须由对方打电话给门卫或专程到门口领人。邱东风想了半天，也没想起这里面有个他认识的人。像他这样全国最低层的干部,想进到这么辉煌的建筑里面去,还是有一定困难的。即使开什么会也轮不到他这一级干部参加。二胖说,有什么看的,除了房子就是房子,又不是皇宫!邱东风说,你是进不去急得!

车子沿着新城区的护城河转了一圈,远远地看了看景色,只好打道回府。邱东风一看手表,还不到中午。即便村里喝酒进行得早,这个时候回去,他们也结束不了。看着路旁有一家牛肉拉面馆子,二人进去,一人一碗拉面,吃得满脸满头是汗。吃饱喝足,看看太阳,时间还早,忽然看到附近这个地方,一眼全是望不到边的蔬菜大棚,也没有人带领,邱东风就径直走了过去。没走出几步,手机突然响起来,是村主任张官山打来的,问邱东风的事情办得怎么样了?若是办完了,让他抓紧回村有事研究。邱东风本想问问姚富贵走了没有,话到嘴边又咽了回去。

十七、我们不要只看到眼前的利益,
要看远一点,能看多远就看多远

一到村委会,张官山、张祺祥、赵有亮几个村干部正在会议室里等他。村里这么正规在会议室开会还很少,一般村里有啥事情,遇到哪屋就在哪屋里说说,除非是上级来检查工作或是外地来人参观需要,一般不会这么兴师动众的。还没等邱东风坐稳,张官山就先打头炮,邱书记,我们几个中午陪姚镇长都没多喝,目的就是好与你汇报。邱东风感到事情不小,也的确发现他们几个没饮多少酒,连一沾酒就红脸的张祺祥不知怎么的今天脸上竟然也没有红色。张官山继续说道,中午听姚镇长讲,他准备在我们村,承租1000亩土地建度假村,而且所租土地每亩按照1200元钱补偿给老百姓。我个人认为这是个天大的好事情:一是,流转土地国家政策允许。二是,老百姓愿意,一年辛辛苦苦的,即便是风调雨顺,靠种地也收入不到这么多钱,还不算人力物力。三是,姚镇长还答应,每亩地再加300元钱,这钱留给我们村里作为集体资金。我一算,每年就有30万元。姚镇长说只要我们做好老百姓的说服工作,其他一切事情由他来跑。另外,听姚镇长讲,这件事之前已经与你说过了。他委托我们几个抓紧向你汇报并召开会议研究一下。

邱东风听完,一直沉思不语。他没有想到,姚富贵竟然直接插手他们村里的工作。你姓姚的也太过分了吧,你是副镇长又怎么啦?在镇里你不过是

个啥都不管的虚职，即便是镇党委书记李赵兴也没你这么大的权力吧！邱东风望一眼在那里闷头吸烟的赵有亮，说有亮，谈谈你的想法。

赵有亮笑笑说，还是祺祥书记先说吧。赵有亮这么一说，邱东风心中不由得一愣。哎呀，今天这个赵有亮是怎么啦？是叫猫尿给烧昏头了吗？不对啊，前一段时间，他的态度还是很坚决的，怎么一下变了卦呢？村里无论研究什么事情，只要定好调子，邱东风一般都会叫赵有亮先表态发言，他与赵有亮之间好像有一种默契，无论什么事情，他们的思想和观点总能不谋而合。邱东风说祺祥，既然有亮点你的将了，那你就说说你的想法吧。

张祺祥有些为难了，最近他与他侄媳妇那件事虽然暂时平息了，村干部也没有当面取笑或者质询自己，可心中总觉有点儿不得味，对于出让土地这件事情，他也觉得很好，一年有30万收入，对于一个村子来说，的确不是个小数目，村子集体资金富裕了，无论对于哪个干部来讲，都是件好事情。假如有了这30万，能给他们几个副职配辆轿车也是好的。这是他早就有的想法。还有，好久没出去旅游了，只要村里有了钱，这些事情都可以考虑的。不过他要看看支部书记邱东风的意见，他不想随大流，也不想得罪邱东风，起码这个时候观点保持与姓邱的一致最好。现在既然书记点到他了，看来他不表态是不行的。张祺祥说，邱书记，你是班长，你的意见就是我的意见，你的想法就是我的想法……

张官山瞅一眼张祺祥，心说张祺祥你这个东西，你瞧你这个杆子爬的，你瞧你这个马屁拍的，你还是不是一个副书记？太他妈那个了！刚才姓邱的没来的时候你是怎么说的？每年这30万，你说买辆轿车绰绰有余，剩余的钱，还够村干部出去旅旅游什么的。你现在又这么说了，战争年代，你狗日的就是叛徒你知不知道！张官山忽然想起一件事情，说邱书记，刚才我忘记汇报了，姚镇长临走的时候，偷偷地与我讲，只要度假村建起来了，从每年的纯收入之中给我们几个村干部，提成百分之五作为辛苦费，人人有份。邱东风说是吗？

自从开会，会计刘迷糊抱着罐头瓶一直坐在那里喝水，膀胱充盈了，就上厕所放掉，然后回来再喝。他把会议室当作茶馆了。邱东风说迷糊叔，该你发言了。会计刘迷糊没有料到邱东风会拿他当盘菜，他是那种很少有主见的人，在家里他听老婆的，在村里他听支部书记的。过去开会他只带耳朵不带嘴，纯属听会，很少说话。今天他听会与往日不同，边听边在脑子里算账，一亩地租出去，群众能落多少，村里能落多少。无论怎么讲，作为村里的会计，抽屉里有钱，他觉得心里踏实。所以他的想法，是完全支持将土地租出去，这样不但村里富裕了，群众手里也有了票子，肯定也拍手欢迎。却不知书记邱东风是啥态度，不过，既然支部书记点他的将了，他不说又不好。会计刘迷糊心说，我就当一回自己的家吧。他说书记，大家都说了，我就不重复了，我表个态吧……我得上趟厕所回来再说！

全场皆笑。张官山说表叔你别急，你慢慢尿，千万别尿湿了鞋！

从会议一开始，赵有亮几乎没有停止吸烟。邱东风说有亮，这回轮到你了，谈谈你的想法吧。这下赵有亮不能不发言了。赵有亮重新点燃一支烟，深吸了一口，然后说道，其实这件事情，我早已知晓，不瞒各位，姚镇长曾经找过老邱，老邱也问过我的意见，当时我是不大赞同的，好好的地不种粮食，去搞什么度假村，总不是那么回事情。群众不骂我们吗？不过，现在我的想法变了，姚镇长不是憨人，姚镇长要租的那一千亩土地，不是因为那块土地是福地、是宝地，而是因为那块地方将来要建亿吨大港，现在在那儿建度假村，实际上是想将来得到更多的补偿。我的想法变的原因是，反正这块地方政府肯定要征用，不如现在给姚镇长一个人情，不光老百姓得到了利益，村里也得到了利益，说句不好听的，我们村干部也得到了实惠，我们为啥不干呢？不干那不是傻瓜吗？

邱东风好长时间没言语，眼睛始终盯着墙上那张全村的土地使用情况表。窗外天气不知何时变阴了，忽然一阵风，将没有挂好钉扣的窗户扇吹得哗啦哗啦响，邱东风急忙站起身，将窗户钉扣插好，二番坐下，向赵有亮要了支烟，吸了几口，这才说道，各位，大家的想法我都明白，不错，如果将地租给姚富贵，老百姓与村里集体都有利益，我们也有实惠，多好的一件事情呢！不过大家想过没有，我们邱庄村本来土地就不宽裕，平均每人不足亩半地，前些时，大张庄又发生塌陷，又损失了将近700亩土地。几年后，市里在我们这儿建港口，当然那没有办法，这是国家建设需要。我们必须服从。但是，国家一天不征用土地，我们就要一天种好庄稼。现在全国的土地形势一直不容乐观，我们一定要珍惜土地，每一寸都要珍惜。能珍惜一天就珍惜一天。这不是官话，这是我的真心话！所以，我不会同意将土地租出去建度假村。虽然我们只是一个小得不能再小的村官，可我们是党员，党员无大小，我们不要只看到眼前的利益，要看远一点，能看多远就看多远！

外头天暗了，屋里更加显得闷。张官山起身将灯开开，随手也把电扇开关打开，而后坐下来说道，邱书记，大道理我们都懂，不过，这块地早晚都

得占用，假如能坚持三年，不说老百姓，就我们村里，也可以有将近百万的收入呢！实在是太诱人了！再说，前些时，姚镇长不光帮助我们村里办了高赔偿款，又给我们节省了十万块钱，就凭这个人情，我们也得考虑考虑。

邱东风说官山，人情毕竟是人情，说句唱高调的话，我们没有权力用所谓的人情来损害群众的利益和国家的利益。虽然我们官轻职微！

瓢泼大雨夹杂着闪电雷鸣，横空出世。

邱东风望着窗外，惊呼，好雨好雨，这场雨来得太及时了，麦子正缺雨呢！

十八、酒泡人哪有人泡人舒服呢

散会之后，张官山躲在自己办公室，拨通了姚富贵的电话，如实将会议的情况汇报了一遍。

姚富贵问道，下面你还有啥主意没有？张官山沉吟了半响，说姚镇长，我真的没有主意了。姚富贵说你个孬熊，怪不得你一直扶不正，你的脑袋小时候肯定叫门给挤过！刚才在会上，意见几乎是一边倒，多好的机会啊！你却没有抓住。你知道上回你的猪场那头花母猪是怎么死的吗？张官山老实回答，我不知道。姚富贵说，今天我告诉你，是笨死的！张官山这才明白姚富贵是借机骂自己的。他不敢得罪姚富贵，他还指望人家姚富贵帮着自己撑腰当上支书呢！张官山只有嘿嘿干笑着。半响问道，姚镇长下一步该怎么办呢？姚富贵说你听着，过几天，你直接找邱东风摊牌，建议召开村委会议，暗地里将租地的风放出去，再找一些群众代表参加会议。我想，无论是干部还是群众都会支持将地租出去的。况且，邱东风的得力干将那个民兵营长赵有亮不也与你站在同一个战壕了吗？你还怕什么呢！有机会在村两委中间你再活动活动，多争取几个人，要团结一切可以团结的人，无论过去与你有意见还是没有意见的，你都要搞好团结，那样，你才能一呼百应。告诉你，一旦邱东风被孤立了，事情就有希望了。

雨停风止，空气里弥漫着庄稼即将成熟的味道。

晚上没有安排，张官山想去猪场转转，然后再回家吃饭。突然又改变了主意。他想起刚才姚富贵的话，就想喊上张祺祥，还有赵有亮去乔大嘴的饭店弄几杯。刚才在会上，赵有亮的观点与邱东风不一致，这是张官山没有想到的。在他的印象中，自从村子合并以来，无论什么会议，邱东风与赵有亮一直是步调一致的，今天是怎么啦？相反他倒对张祺祥有意见，你那叫什么发言？纯粹是拍马屁！过去张祺祥不是这样的，现如今，他怎么与邱东风穿一条裤子了呢？不论怎么样，姚富贵说得对，要团结一切可以团结的人。那样才能立足于不败之地！

  掏出手机，张官山考虑了一下，还是先拨通了赵有亮的电话。赵有亮说，刚才散会回家淋了雨，这会儿才喝了一碗姜茶，正在被窝发汗呢！张官山心想，赵有亮身体棒得像头牛，淋几滴雨就感冒了，哪有这么娇贵的？肯定是故意推脱的。

  张官山估计得没有错，赵有亮正在家中喝着小酒呢。他知道张官山的目的，想借此机会联络一下感情。心说张官山，你也小瞧我了，在租地这件事情上，自己固然与邱东风有分歧，也不能代表我和你是一伙的，若是那样的话，我赵有亮还算什么人呢？

  接着，张官山又给张祺祥打手机，没等张官山张口说话，张祺祥就说，我在镇里正与几个朋友一块喝酒呢！张官山听那面的动静，根本没有嘈杂之声，就知道张祺祥骗他的。其实张祺祥现在正在他的侄媳妇于二丫家里鬼混呢！上次于二丫去医院流产之后，张祺祥花了万把块钱给于二丫买了一条白金的项链作为补偿。依张祺祥的想法，从今往后他与于二丫老死不相往来。哪知于二丫熬不住寂寞，有空还找张祺祥玩耍，张祺祥好了疮疤忘了痛，一喊就到。不过，张祺祥多了个心眼，垒了一道防火墙，每次办事前都事必躬亲将避孕套在灯下检查许多遍才放心。喝酒与泡女人，张祺祥当然选择后者。酒泡人哪有人泡人舒服呢？

  张官山一肚子气，现在真的想喝一杯消消气。他不习惯自己一人喝酒，自己喝酒没有情趣，他想到村口买点熟食到猪场找喂猪的老杨头儿一起喝。他关了办公室的灯和门，正准备离开，突然发现，会计刘迷糊的屋里还亮着灯，他轻轻推开门一看，会计刘迷糊正坐在桌前发愣呢！张官山说表叔，你干吗呢？这么晚了还赖这里不走！会计刘迷糊说先前开会我不是出去了嘛，你晓得我干什么去了？张官山说你不是出去尿尿去了吗？会计刘迷糊说，本来是去厕所的，突然接到你表哥的电话，他非要到村委会来闹。闹什么？张官山问。会计刘迷糊说，他要找邱东风算账，不知是谁挑拨他的，说是黄大桂与他离婚是邱东风的事！张官山暗喜，心说表哥刘雨生本来精神就不正常，这下好了，若是刘雨生来村里找邱东风一闹腾，那就有好戏看了！我看你邱东风还怎么有闲工夫管租地的事。会计刘迷糊说，你说这不是胡闹吗！所以，我连假都没有请就直接回家了。张官山关切地问道，现在表哥怎么样了？会计刘迷糊说，我将他送到村医务室，打了一针，刚刚送他回家，我叫你表婶在家看着哪，我回这儿来透透气。张官山说表叔你还没有吃吧？会计刘迷糊说吃个甚？我哪还有心思吃饭呢！张官山说表叔你在这等着，我去买点儿喝酒菜，咱爷儿俩整一瓶，半斤酒下肚，保管你啥烦心事都没有了。

十九、我的这块盐碱地你不想种庄稼，有人稀罕种

晚上，邱东风躺在床上，始终睡不着觉，他在想下午的支委会。在土地的使用上，过去他的思路是明晰的，自己也认为是正确的，可现在他反倒糊涂了，不知道他的坚持是对是错。因为大多数，不，几乎全体支部委员都反对他。他不止一次反问自己，为什么？难道说是他的决定是给全村的老百姓带来的不是福祉而是罪恶吗？他重新审视自己的决策，感觉没有错，但他们为什么不支持他这个书记呢？就连昔日救过自己性命的、一直支持自己的兄弟赵有亮，都不赞成自己的做法。所以他的信心开始动摇了。

厨房有响动，邱东风心想是不是外甥文博回来了？一想不对，文博下午就去县城喝喜酒了，并说晚上同学要好好聚一聚，就不回来了。所以邱东风虽然浑身不想动还是起来了。

厨房里站的不是别人，是妇女主任黄大桂。

邱东风有些惊讶，大桂，你是怎么进来的？黄大桂说，你院门大敞着，用不着费事，我一抬腿就进来了。怎么？这门不是给我留的？我还自作多情，认为是你给我留的门呢！邱东风问道，你在干什么？黄大桂说，听说你散会之后连饭都没有吃，所以我想给你擀碗面条。邱东风说大桂，你别忙活了，我实在是吃不下。黄大桂不理会邱东风的话，拿盆舀面，然后添水和面，边揉面边问道，下午支委会开得不愉快？邱东风说，没什么愉快不愉快。黄大桂说，听人家说，好大的一宗生意让你给破坏了！邱东风说，谁说的？黄大桂说，你别问是谁说的，你就说有没有这回事吧？邱东风说，一句话两句话也说不清楚。黄大桂闹笑话，说笨得你，你不会说三句啊！

面条下好了，菠菜炸汤，黄大桂又卧了两个荷包蛋。邱东风推说不饿，一闻那碗面条喷香，碗一端起来，就没放下过，不一会儿就吃光了，连口汤也没剩下。

黄大桂收拾好碗筷，又烧了两瓶开水，然后坐下来，想与邱东风拉拉呱。邱东风忽然想起那天会计刘迷糊说的话，就说大桂，有件事我想与你谈谈。黄大桂说什么事，你这么严肃。邱东风说，就是你和雨生的事，黄大桂一听就明白了，说邱书记我知道你想说什么，你别劝了，劝了也没用，先前村里好多人都来说情，都让我给拒了回去。我与刘雨生不可能复婚。邱东风说，你看在孩子的份儿上，最好还是考虑考虑。黄大桂说，你这么说，是告诉我，我们俩不可能在一起，是不是这个意思？邱东风说，其实……黄大桂打断邱东风的话，有件事，我倒想问问你呢。邱东风说啥事情？少时黄大桂说道，你最近是不是与柳云凤走得怪近乎？邱东风有些惊讶，他与柳云凤那晚上在城里遛大街之后，根本没有再单独见过面，更未谈过什么男女之间的事情，他自己也是头一次听人说他与柳云凤的事。你是听谁胡说八道的？黄大桂冷笑，说出来你也许不信，就是柳云凤亲口告诉我的。邱东风张大嘴巴，半晌合不拢。这……这……这个柳云凤，她怎么会这么说呢！黄大桂说，人家柳云凤人年轻又漂亮，我怎么与她相比呢？不过邱书记，今天我与你说句实话，即便我们之间没有缘分，我也不会与刘雨生和好的。古语说得好，好马不吃回头草。我的这块盐碱地你不想种庄稼，有人稀罕种。即便是地荒了，我也绝不会再种像刘雨生那样的蒿草！

出了邱东风的家，黄大桂眼睛里存了许久的泪水终于打开了闸门，放肆地恣肆着她的脸颊……

此刻，黄大桂想到麦田里走走。心里有气，脚底就重。不知谁家的狗在叫唤。一条街的狗随之呼应，狂吠不止。

穿过村街不远，大块的麦田就在眼前。虽然看不见麦浪，可黄大桂却听见了麦子拔节的声音。她的麦地正好与邱东风家的麦地连边，前不久，她到自家麦地里拔草，还顺便帮邱东风家麦地也拔了。以后她还会帮邱东风拔草吗？还会到他的麦地里去吗？想着想着，眼里不由又涌上了泪水。

黄大桂回到村街的时候，狗吠声却没有再一次响起。正迟疑间，她的脚不知被什么东西给绊了一下，她伸手去摸，却拽出个人，竟然是村主任张官山。黄大桂喊官山官山，你在哪里喝这么多的猫尿啊！张官山醒了，哭喊着，表嫂啊！黄大桂说，我与刘雨生早已经离了，我不是你的表嫂！张官山仍旧哭喊着，表嫂啊，你永远都是我的表嫂！说着一把抱住了黄大桂，手不停在女人的怀里寻觅着什么。东西没找到，脸上却重重挨了一巴掌。响声惊动了庄上的狗们，一起吠起来。黄大桂骂道，让狗啃了你这个狗东西！

二十、钱确实很诱惑人，不过有时候，有钱是买不到粮食的

这天上午，邱东风刚到办公室坐下，张官山就跟进来了。张官山说邱书记，关于租地的那件事，我想召开村委会开个会，好好地研究一下，然后再找一些群众代表座谈座谈，你看行不行？张官山的用意是，你邱东风在党支部不是一手遮天吗？那我就在我管辖的村委会闹腾，等到群众发动起来了，到那时就怕你邱东风不同意也得同意了。邱东风不明白，这个张官山为啥对出租土地这么上心，这里面一定有原因。邱东风笑了，说官山，那天在党支部的会上，我已经说得很清楚了，出租土地的事不要再谈，我不会同意的。张官山说，我从侧面了解，下面有许多老百姓都知道了这件事，据说，有人已经将问题反映到上面去了！其实张官山是瞎编的，一大早，他就接到姚富贵的电话，姚富贵交代他这么说的。邱东风表情严肃地说道，随便他们怎么反映，也不管他们到哪儿反映，总而言之一句话，只要我邱东风当书记一天，这地就不能随随便便租出去。

张官山碰了一鼻子灰，回到自己的办公室，立即给姚富贵去了个电话，将情况简单地汇报了一遍。张官山问姚富贵，下一步怎么办？姚富贵半天不语，少时自言自语道，这样的话，他邱东风就没有好日子过了！张官山没听明白，说姚镇长，你说啥意思？姚富贵没有吭声，随即将电话给挂了。

还有半个来月就要收割了，这天上午，邱东风准备到麦田里看一看，刚欲走，突然接到镇党委书记李赵兴的电话，说是马上到村里来，看看收割的准备情况。邱东风心说正好。忽听黄大桂在走廊上说话，急忙出去，想与她说句什么，哪知黄大桂却一转脸没有影了。

自从那晚上之后，黄大桂有事无事故意躲着自己，邱东风心中知道，黄大桂心里憋着一肚子气呢！邱东风泡一杯茶，又给李赵兴泡一杯茶凉着，刚坐下，柳云凤进门了。

好多天没见了，柳云凤脸被夜夏的风给砭黑了，见了邱东风，柳云凤显得有点儿不好意思。邱东风搬把椅子叫柳云凤坐。又将给李书记泡的那杯茶端给柳云凤喝。柳云凤抿一口茶，说邱书记，现在帮扶人员全部到位，只等开镰了。邱东风说很好。又问道，帮扶小分队有什么困难吗？柳云凤说没有。有了也能克服。邱东风听了很高兴，说云凤，早晨天寒，中午偏热，一天温差特别大，你要多多注意冷暖。柳云凤笑道，过去没有发现邱书记原来还是这么细心的人嘛！邱东风笑了，半晌说，这只能说明你过去很粗心罢

了。柳云凤还想说什么的，这时，镇党委书记李赵兴进门了。柳云凤与李赵兴打了个招呼，出门去了。邱东风要给李赵兴泡茶，李赵兴说咱们先到麦田里转转回来再喝吧。

邱东风与几个村干部一起陪着书记李赵兴到麦田看了看，李书记很满意。特别对邱庄村团支部的帮扶小分队大加赞赏一番，说看不出来这个柳云凤还怪有本事的，今后要好好地培养培养。这句话说得邱东风心中特别好受。

镇党委书记李赵兴下村，很少在下面吃饭，今天特别提出中午要在邱庄留饭。并吩咐叫安排酒。还一再指出这是邱东风该他的。他怕邱东风忘记了，就谈起那次县里综合治理会议被县委书记批评的事。邱东风乐意当这个冤大头，因为李赵兴难得在村里留饭，更难得喝酒。

酒足饭饱之后，李赵兴说还有事与邱东风单独谈，所以其他村干部都避开了。

众人出去之后，李赵兴说老邱，我要说的什么事，你可能已经猜到了。邱东风作考虑状，半晌说李书记，我还真的想不出。李赵兴说我也不绕圈子了，就是姚副镇长要租你们村里地的事情。邱东风方明白过来，今天李赵兴来检查工作是假，为姚富贵当说客才是真。李赵兴说，我听说你们支部会上支持这件事的人比较多。邱东风如实说，有分歧，而且还很大。李赵兴说老邱，你是什么态度？邱东风说李书记，我们村土地本来就少，加上前些时土地塌陷，那就更加紧张了。所以我坚持我的意见，绝不出租土地。再说，我国的土地越来越少，粮食尤其紧张，听说我国每年要向国外进口很多粮食。李赵兴笑了，说老邱，你这种忧患意识，值得我学习，不过，据我所知，姚富贵要租的这一千亩土地，几年之后，肯定要作为市里亿吨大港建设用地的。邱东风说不错，不过，国家一天不征，我一天可以种粮食，一年不征我可以种两季。钱确实很诱人，不过有时候，有钱是买不到粮食的。对不对李书记？李赵兴说老邱，现在你们支部大多数的同志都支持将土地出租，再说，这么做，既不违反国家政策，老百姓还与村里双方都得益，你何必苦苦阻拦呢？邱东风说李书记，我要对全村八千口百姓负责，也要对国家负责。一向沉稳的李赵兴这时显得有点儿不耐烦，老邱，我知道你是一个直脾气的人，你忘了，上两届你的副镇长落选，其中也有这个原因，你知道吗？邱东风点头道，假如叫我选择的话，我宁愿选择后者。李赵兴说老邱，你又何必做这个恶人呢？实话对你讲，这件事情是市里有关领导同意的，别说是你，

就连我也挡不住你知道吗？邱东风一口喝干杯中水，半晌说李书记，那你就先撤了我吧！李赵兴说老邱，这些年来，你为邱庄村做了不少贡献，也争得了许多荣誉，功不可没……你的话我不会介意，因为我们中午都喝了酒，权当你是喝多了！

麦子收到之后，下了一场透雨，正好将玉米点下去了。

玉米苗长到半尺高的时候，一纸调令，邱东风被调到镇里去了，任计生办主任。原计生办主任及会计因为贪污被双规。巧的是，一同调去计生办的还有邱庄村团支部书记柳云凤、妇女主任黄大桂。黄大桂被任命为主任助理，柳云凤被任命为会计，两个女人成了邱东风的左膀右臂。在上任之前，镇党委书记李赵兴找邱东风谈了一次话，告诉他党委的意见，其中重要的一条就是，年底镇里换届选举，他还作为副镇长候选人参与候选。并表态，这次不会再出意外了，事不过三嘛！

邱东风调走之后，村里由村主任张官山临时负责全面工作。支书待年底支部换届选举时再选。另外，姚富贵作为副镇长，联络并指导邱庄村工作。不过，村主任张官山个把月没有问村里的事情，最近他的猪场发生点儿事，许多猪得了猪瘟，损失不小。

不久，姚富贵与邱庄村老百姓出租土地的合同已正式签过了，赔偿款也已经到了位。只等玉米收了度假村就开工建设。

里 里 外 外

盐湖镇，哦，原来叫盐湖乡。早先叫盐湖公社。乡改镇那是几年前的事。

盐湖镇既没有盐，也没有湖，为何叫盐湖？镇志上有这么一句话："传说两千多年前这儿曾经是一片湖泊，面积浩瀚，草尽鸟藏，水苦咸，可制盐。"

盐湖镇离市区只有二十多里路，比到县城还近了七八里。所以这儿的老百姓买买卖卖只去市里而不去县城，就是这个原因。

两年前，盐湖镇划归开发区管，老百姓一夜之间成了城市居民。现在不是前几年，有了城市户口，喜得一蹦多高，就像是做了官，门框都嫌扁窄了。如今人们对于自己是什么身份已经不是那么看重，处变不惊，什么户口都是种地，又不是过去，城里人发布票、发粮票、发煤票、发肉票（除了大粪不发票之外，什么都发票）等，一大堆好处，有那么多的优越条件。现在有什么？有钱就行。有钱别说去市里了，即便是去北京、上海、广州、深圳，或者是去美国的纽约、法国的巴黎、英国的伦敦、德国的柏林、日本的东京也没有人管你的屁事！

盐湖镇自从划归开发区之后，作息时间也同市机关一样，实行的是"朝九晚五"。早上八点半一过，各种车辆，包括摩托车电动车，还有的为了锻炼身体的骑着自行车，陆陆续续从城里各个方向向镇政府办公大楼驶来。固然说城里的空气质量不如乡下，也没有早先享受各种票证的优越性，可是乡机关干部，百分之九十还是喜欢在城里买房，一是光鲜，二是投资。乡下有房权作是别墅，时不时地住一晚，享受一下田园风光，也是挺新鲜与美好的一件事情。

镇党政办公室主任刘耀辉人长得很富态，面相也很憨厚，说话办事，处理各种问题也特别有水平。他每天几乎是第一个（除了看大门的老曹值夜班之外）到单位，多少年来一直如此。被称之为"老黄牛"。刘耀辉每天上班第一件事就是给书记镇长打扫卫生。先打扫书记的房间，然后收拾镇长的屋子，别人想做这件事情还轮不到，因为只有他有书记镇长房门的钥匙。除非出差或者开会，才由秘书小侯代劳。现在书记沈公元生病去上海住院了，由镇长付连发主持全面工作，沈书记的办公室虽然一直闲着，可刘耀辉每天仍然到书记沈公元的房间收拾一番，该送的报纸和文件照样送过去，开水瓶也照样打满水放在那里，他怕沈书记突然回来，固然知道沈书记的病情一时半会儿好不了，他还是习惯地做着这一切。只有一点与过去不同，那就是，每天他先打扫镇长的房间，然后才去收拾书记的办公室，毕竟沈书记生病了嘛，早一会儿晚一会儿没有什么，即便沈书记知道了，这也是很正常的事情，总归是暂时不上班了嘛。先紧上班的，无可厚非！

难得今天没有会议，也没有接待任务，镇长付连发一进办公室就用电动茶壶煮了一杯普洱茶，在那细细地品着。他过去只喝杭州产的"龙井"或者无锡的"碧螺春"，偶尔也喝一点河南的"信阳毛尖"。其他茶一概不饮。后来也随潮流喝了一段时间的"铁观音"，这二年他开始热衷"普洱茶"，因为听说这种茶有抑制癌细胞生长的功效。到底真假，但愿信其有吧！付连发就是这么想的。

有人敲门。付连发一听声音就是办公室主任刘耀辉，说进来。紧接着拿过一只玻璃茶杯，倒了半杯"普洱"，说刘主任你尝尝，这是昨天一个朋友送我的，你品品这茶怎么样？刘耀辉是来送报纸的，放下手中的东西，慌忙接过茶杯，伸出舌尖舔了一舔，而后在口中咂摸咂摸，半晌说不错。又说，这茶恐怕至少也得一千五六一斤吧。付连发竖起大拇指，说内行，内行。其实刘耀辉并不真懂得茶，一是见得多了，二是，他的办公桌上，刚刚镇长司机小王才送过去一张一千五百八的发票，那上面的印章清清楚楚地盖的是茶叶店的，这还瞒得了人吗？并不是如镇长所说的朋友送的，也不是他品茶的道业深，这是一种游戏规则，不点破那才称得上是高人。其实作为一镇之长，喝点好茶，公家掏点儿腰包，那也是自然而然的事情。

今天是星期三，是镇里例行的报销日。刘耀辉回办公室之后，急忙将这一周的发票整理一下，好在十点前送到镇长那儿签字。十点之后，是镇机关的干部签单时间。办公室分管的事情多，除了党委、行政这一摊子，各个口的分管副书记、副镇长一切开销都集中到办公室这里，所以刘耀辉捧着一摞发票，再次来到镇长付连发的屋里，等待签字。这种情况是司空见惯，付连发见票就签，将付连发这三个字练得洒脱纯熟。边签边习惯地与刘耀辉说，刘主任，你事先可得给我把好关了，可别出了问题！刘耀辉说镇长你放心，我会的。这些单据，我都是审了好几遍的。付连发点点头，说那好。你是知道的，现在是我的非常时期，你懂吗？付连发所说的非常时期是指沈书记不在家这一段时间。刘耀辉忙说，我懂我懂。

　　一个上午，镇长付连发除了去了一趟厕所，哪儿也没有去。一直坐在那里签发票。此时正是炎热的夏季，今天又是高温，汗水湿透他的衣衫，顺着胳膊从上往下流淌，一直滴到发票上。前不久镇长屋里刚刚安装一台柜式空调，不知啥原因没有开。却开了一台老式的落地扇，有气无力地在那儿喘粗气。有的干部来报销时就问，镇长，你怎么不开空调呢？今天天气这么热！付连发说，国家电力这么紧张，能省还是省点吧！你们知道吧，我十几岁学打铁，三伏天站在大炉子前，都能闻到自己的肉被烤得那种焦煳味，比起那个时候来，现在还有电风扇吹着，已经是天堂的日子了！一屋子的人都不由得肃然起敬，点头称是。到中饭前，付连发的手脖子险些都要累断了，又酸又麻，连端茶杯都有些力不从心了。

　　付连发中饭是在食堂吃的。饭前，分管农口的副镇长郑丙丁来汇报，说是县农委的来了两个干部，虽然说是私事，毕竟过去曾经还是上下级，固然现在与县里没有任何关系了，不请一场面子上实在是说不过去。付连发说，该怎么办还怎么办。我就不参加了，昨晚没有睡好，中午我还想眯瞪一会儿呢！郑丙丁说好。正要走，付连发又叮嘱道，丙丁，尽量少喝，中午有禁酒令，千万别误事。真要是喝多了，就回家睡觉，可别给我惹乱子。郑丙丁说镇长我心中有数。付连发心说你有他妈的熊数，哪次喝酒你不是喝得两腿发软！在全镇干部之中，付连发最不喜欢郑丙丁，一是好酒，有场就偎，一喝就醉，你就是说得天花乱坠，到时候他还是控制不住自己。二是，姓氏相克，我是正镇长，姓付，大家都叫我付（副）镇长，而他是副镇长，群众都称他郑（正）镇长，所以付连发在镇里反对人叫他付镇长，而直呼他镇长就是这个意思。付连发心中早有打算，一旦他的书记明确了，不出一个月，找个借口，一准将郑丙丁这个家伙给打发走。

　　昨夜付连发确实没睡好，有两件事情一直缠着他的睡眠。一件就是沈

公元住院的事情,听说得的是什么癌,即便是能回来,恐怕也上不了班了。没这档子事,付连发不会多想。再有两三年,沈公元就退了,正常情况下,他满可以就窝歪,十年媳妇熬成婆,顺理成章坐上书记的椅子。可是,沈公元突然间生病了,付连发想的就有些多了。沈公元到底能不能回来上班?如若不能的话,上头会不会另派个书记来?派个老点儿还好说,如果派个年轻点儿的话,那就麻烦了,他的书记位子何时才能到手呢!为了探探上面的口风,前些时,他专门以镇政府的名义,给开发区打了一份报告,意思是沈书记暂时不能来工作,请上级是否派个书记来,镇里工作千头万绪,没了书记,有些工作不好开展。没想到开发区却下文先让他主持工作。付连发一听就恼火了,你这不是脱裤放屁两码事吗?即便你不下文,作为第一副书记、镇长,理所当然是主持工作,还要你开发区放这个臭屁干什么呢!开发区那个水主任还在大会宣布,沈公元那间办公室暂时不准动。这叫付连发更加不明白了,哪有这样的事情,连间房子都不允许动,他还像个主持工作的吗?付连发真是气不打一处来!有啥办法呢?从古至今都是这样,官大一品压死人呢!要是还属县里管就好了,起码说,有人可找。现在属开发区管了,一个鸟熟人都没有不说,连找个知情的人传递传递消息也找不着。现在在眼看着主持工作快大半年了,到如今他还是党政担子一肩挑。其实他也愿意挑。主持工作与一把手没有多少区别,只不过是名不正言不顺罢了。按常理,上面不派书记来,对他来讲倒是件好事情,也许不久的将来他就能顺顺当当地磨正了。可话又说回来,俗话讲,夜长梦多,过一段时间,假如上面突然安插一个书记来,到那时,他可是一点辙也没有了。现在是着不得急,发不得火,大步不敢迈,牢骚不敢发。有时,付连发突然会萌发这样一种恶毒的念头,不知哪天,上海传来消息,沈公元突然不治身亡。若是那样的话就好了,也许他的磨正的问题很快会得到解决。

第二件事情,也与第一件事情有关。镇财政所的小马,就因为自己磨不磨正的事情,好长时间都没在一起卿卿我我了,好像是自打宣布他主持工作以后吧。小马长得很受看,皮肤又白,特别是她的那双迷人的眼睛,一瞧三天都不会对别的女孩子产生邪念!可现在是非常时期,弄不好前功尽弃不说,再想进步可就不太可能了。前几日,连去市里牛肉城吃了几次饭,许是牛鞭那个玩意儿吃多了,可是人鞭可就不那么听话了,这两夜,觉一直不太好睡,都是荷尔蒙在作怪!身边虽然看着个老婆,想办那个事情,不知怎么的,还没怎么着就趴窝不起了。

饭后，付连发关起门来，将里屋空调打开，准备补补觉，哪知一想事情那觉却睡不着了。再一想起小马的身子，就更来劲了，浑身便有一种冲动与力量，刺刺地往外蹿。付连发真有点儿掌控不了自己了，如果再拖下去的话……他摸过电话，随即去拨小马的手机。他想小马现在肯定在办公室里趴在办公桌上休息呢。号码拨通了，付连发又突然摁断了。转念一想，财政所好几个女孩子，都在一个屋里，电话一响，小马就出去了，直接去了镇长屋，半天不出来。再傻的人也能知道个八九不离十。况且，整个机关里没有几个不知道他与小马的关系的。突然付连发想到了一个主意，秘书小侯人很聪明，也非常听他的。当初他是学美术的，能进机关还是他帮的大忙，小侯一直想答谢，付连发却一直没给他机会，这时该是他回报自己的时候了。付连发立即给秘书小侯打了个电话，叫他去约小马出来。然后一再叮嘱道，叫小马在你的屋里等我。你啥事不要打听，啥事不要管，人约到了，你出去转一圈就行了。你明白我的意思吗？小侯非常激动，他等镇长拿他当自己人已经等了许久，这一天终于来了！小侯说镇长，我的明白。那口气像是电影或是电视中的日本鬼子说的那种蹩脚的中国话一样。

过了一会儿，付连发正要动身，秘书小侯突然推门进来了。付连发就知道事情有变，没等他开口，小侯就说镇长，小马不在办公室里。付连发不由得咦了一声，自言自语道，这个小马，这个时候能去哪里呢？小侯说镇长，要不要我再别的地方找找看？付连发摆摆手，说不用啦。你回去休息吧。

小侯走后，付连发用手机给小马发去一条短信：马驹儿，你钻到哪里去了？小马立即回过来了：鸡头你找我有事情吗？付连发回信道：盐湖岸边一杆枪！意指想办那个事。小马立即回道：浪花飞溅露彩虹。付连发就明白，小马身上来那个了。心中不由得有些郁闷，骂道，真他妈的巧！接着回信：你现在人在哪里？半响小马才回过来：我在皇后屋里。皇后是财政所所长史耀环。机关里，付连发也不太喜欢史耀环，因为她是书记沈公元的人。沈公元病了之后，付连发几次想趁机将史耀环拿下来，最后却没有动。原因是时机尚未成熟。史耀环与沈书记关系暧昧，固然此刻沈公元已是虎落平阳，可虎威还在，要是得罪了她，对自己有什么好处呢？再说，书记的位子还未到手，这时变动人事，对上对下都不合规矩。不过，叫付连发想不明白的是，平常小马与史耀环并不是那么对乎，面合心不合，今天怎么混到一起去了呢？怪事！

下午,土地庙村的主任丁维国来了,一进镇长办公室就咋咋呼呼的。付连发说丁维国你啥时候能长点记性呢?说话能不能小点声?你怕镇政府的干部不知道你来是咋的?丁维国嘿嘿一笑,说我这个熊嗓门跟喇叭筒似的,一不留神就忘了!付连发丢过去一支香烟,丁维国急忙用手接住,接着掏出打火机先给付连发点燃。

　　两人吸着烟,扯了一阵闲话。付连发忽然问道,有事情吗?丁维国说有。付连发说,有话快说,有屁就放,我还有事。丁维国是付连发一手提拔的,所以对他说话向来很随便。丁维国说,我的那片猪场这几年效益一直不好,辛辛苦苦一年到头到最后还不够饲料钱的,我打算将它包出去。付连发说,每年政府不是有许多补贴吗?丁维国说屁!那一丁点儿补贴够干什么的?一头猪的补贴钱还买不来一挂猪下水。付连发说,你说话就不实际,我现在给你算算这笔账。丁维国又是嘿嘿一笑。摆着手道,不算不算,反正我是不想养了。再多的便宜也不养了!你想做什么?付连发给自己续上一支烟,又给丁维国丢去一支。丁维国说,我想将那片猪场打倒之后盖厂房。盖厂房?你想开工厂?付连发有些吃惊。不是不是,我费那个劳劲干什么?丁维国习惯性地将攒在口中的烟雾吐出来,继而说道,如今我们盐湖镇与市区几乎是接轨了,听朋友讲,现在有好多企业有资金,苦于没有地皮,再说自己盖厂房也不划算,船大不好掉头,还占着资金,现在一些老板学精了,不建厂房改租。所以朋友建议我建厂房,然后租出去。一年能租多少钱?付连发来了兴趣。丁维国说,就我那片猪场,只要是盖了厂房,一年七八十万租金没问题。付连发问道,有把握?绝对有把握!丁维国弹弹烟灰,哪知没有弹到烟灰缸里去,向付连发不好意思一笑,然后躬下身,用嘴一吹,不料吹了付连发一身。付连发边掸烟灰边没好气地骂道,狗日的,你那嘴是嘴吗?丁维国又是嘿嘿一笑,就刚才的话题,说道,不瞒镇长你说,现在就有老板愿意与我签订合同,而且一签就是三年,让我盖好厂房租给他,预先先付我一年的租金。一年一百万元哪,我得养多少头猪才能挣到这个数呢,而且不要我费一点儿劲!付连发说你问了吗?他们租厂房是做什么用的?丁维国说那我能不问吗?据说是做板材生意的,那个老板是浙江台州人,他在河南洛阳有自己的厂子,他看我们这儿经济环境不错,有发展,所以想来我们这儿投资。付连发沉思半晌,然后说道,好是好,只是你那个猪场若是改变用途,必须上报区土地局,待批准之后才能建。况且,现在中央对土地控制得愈来愈严了。丁维国说我的哥嘞,不严我来找你吗!略顿又说,再说共产党的事情你比我清楚,今儿这儿盖章,明儿那儿盖章,等到批下来,黄花菜早就凉了!付连发说,你想怎么着?你还想像上回盖猪场似的先斩后奏!丁维国点点头。付连发说你算熊吧!现在不是以前了,过去我们属于县管,上下都熟,该办的与不该办的都能办。现在属于开发区了,连我都没有弄清楚开发区的大门朝哪呢,你说我怎么替你找人?再说,沈书记有病,我又不敢胡来,我还想抓紧解决我磨正的问题呢,你千万别给我添乱啊!丁维国从包里掏出一个纸包,放在付连发面前的桌子上。付连发明知是钱,还是装糊涂,问道,这是什么?丁维国说,这里有十万块钱,托你上上下下帮我打点打点,不够我再给你送来。付连发还想假装推辞一番,哪知,丁维国一伸手将报纸包塞进他办公桌下面的抽屉里了。半晌,付连发才又说道,我试试看吧,不过我丑话先说在前头,没有把握啊!今后假如事没有办成,钱也花光了,你千万别怪我啊!丁维国哈哈一笑,镇长,你这话外道了,别人不相信,我能不相信你吗!不是你的提携,哪有我丁维国今天的一切呢?付连发连连摆着手道,错,你有今天的进步,是你自己的努力,还有组织上看重的结果,没原则的话不要胡说八道啊,得长点儿脑子!知道吧?丁维国说是是是是!

  付连发下意识地看了一眼手表。丁维国说,天不早了,你不是说还有事情吗?付连发说,也没大事,我的一位老同学,在市政府办公室当秘书,今晚约我喝闲酒。对了,你认识的,就是那个胖胖的,喝一瓶啤酒只要四十八秒的那个卓大嘴。丁维国说知道知道,还是你带我与他一起吃的饭,在南关张记的驴肉馆里。付连发说对对对对。你今晚与我一道去吧,没有外人。丁维国说,我今晚村里有点事情,有人想托我去信用社办点儿贷款。付连发说那就两便吧。丁维国走到门口又回过头来,说道,镇长,姓卓的那个家伙忒能喝了,我是怕他了,你晚上控制点儿。付连发说,你放心吧,对付卓胖子,我还是绰绰有余的!

  好长时间没有落雨了。人们盼着小雪节气能带来好运,哪知那几天天气尤其地好。到了大雪,天空更是一天赛一天地晴朗。小年过后,天气连续阴,且暖,人们认为这是温雪的征兆,哪知老天与老百姓开了个国际玩笑,过了春节,天气继续走晴空万里的路线。这天一早,付连发本打算下村去看看麦子的长势,听说有的地方叶苗已经干得枯萎了。刚准备走,天突然飘起了雪花。昨晚天气预报的是晴天,他妈的,怎么就下起雪来了呢?气象台的人难道说真如老百姓所说的都是白吃干饭的?他妈的!付连发正在办公室里望着窗外雪花拿气象台的人出气，秘书小侯推门进来了。

小侯说镇长，刚才开发区打来电话，说水主任一会儿就到镇里来。付连发一听险些骂出脏话来，半晌问道，是刚接到通知吗？小侯说，放下电话我就过来了。付连发真是气不打一处来，自言自语道，这个水主任怎么与这雪天一样，说来就来了呢？过去属县管的时候，若是上头来人下来检查或是指导工作，怎么也得头一天通知吧？你连招呼都不打，突然间就来了，若是怠慢了，责任由谁负呢，他妈的！一回头见到小侯还站在那里，就说道，你去告诉刘主任，去食堂安排一下，不论水主任留不留饭，都叫准备着，要高规格的！小侯刚欲转身，付连发又叫住他，说你通知完刘主任，接着去集上买点儿水果，一定要新鲜的。要是忙不过来，你就喊上财政所的小马跟你一起去办。小侯答应一声出去了。

雪下最大那会儿，水主任的车赶到了镇政府。付连发与办公室主任刘耀辉打着雨伞早已站在大门口等着。见车驶进大院，刘耀辉急忙跑步走到汽车跟前，水主任刚一露头，刘耀辉的雨伞早已撑到了水主任的头顶上。付连发很满意刘耀辉的举动，心想，如果机关里多一些刘耀辉这样的干部，还有什么事情做不好呢？

在陪着水主任去会议室的楼梯上，付连发一边回答水主任问话，一边低声问身边的刘耀辉，郑副镇长呢？刘耀辉说，他昨晚喝多了，现在还没有过来呢。付连发不由得皱起了眉头，这时水主任问到了什么，他急忙将不悦的脸庞变得温暖了。

水果已经摆好了，都是时令物品，香蕉、冬桃，还有目前市场上少见的的稀罕物提子、荔枝。付连发说水主任，你先吃一点儿水果吧。水主任说好好好好。付连发看得出来，今天水主任的心情不错。水主任虽然是开发区的副主任，却是主持工作的。因为一把手是市委常委兼的。

还没有谈正事，付连发就想将午饭的事情定下来，不然的话，临时再做，怕是时间来不及。若是提前做，又怕水主任不在这儿吃，一桌子好饭菜岂不是浪费了！

付连发说水主任，今天您冒着风雪来我们盐湖镇检查工作，令我们很感动，中午请您就在我们镇食堂用餐吧，固然我们乡下没有什么好吃的，不过我们食堂大师傅的手艺还是蛮不错的，也能做几道像样的菜肴。水主任说不了，一脸的严肃。付连发心想估计没有希望，就又说道，水主任是第一次来我们镇，一定请水主任赏光，体验一下我们乡下的生活。水主任说付镇长，我就是农村出来的，你别客气，说完工作我就回去，我下午还有事情。再说天下着雪呢。付连发正好找到茬口，说水主任，就因为天气不好，才留你在这儿的。水主任微笑道，今后有的是时间。

小马提着水瓶进来了，将水主任带来的茶杯里茶水泼掉一点儿，然后添满水。为了引起水主任的注意，付连发有意介绍小马。

付连发指着小马说道，水主任，这是我们财政所的小马，大学毕业没几年，学的是财会专业。水主任的目光这才在小马的身上停留，半晌说道，不错不错，学财会分到财政所，正好对口嘛！

付连发见水主任看小马时，眼睛里有种放电的感觉，心说有戏，接着趁热打铁，说小马，你剥一只香蕉给水主任。小马急忙放下手中水瓶，说好。水主任说还是我自己来吧。嘴里这么说，手却没有动作。转眼之间小马便将一只香蕉剥好了，笑眯眯地送到水主任的嘴边。

这时办公室主任刘耀辉来到付连发的近前，付连发知道他的意思，说安排食堂做饭吧。刘耀辉低低问，喝什么酒？付连发想都没想，好一点儿的，拿"五粮液"。刘耀辉又问，几瓶，付连发无意望了一眼水主任，见水主任鼻头发红，就知晓他的酒量孬不了，然后说道，先拿四瓶吧。等到刘耀辉出去，付连发为了证实自己的判断，说水主任，外头的雪一点儿没有停的意思。俗话说，人不留人天留人哪！水主任望一眼小马，说道，到时再说吧，正事还没有谈呢！

这时，水主任嘴里的香蕉已经消化完了。小马的面巾纸正好适时送到他的手中，他边擦嘴边说道，经过调研及多方论证，开发区党委与管委会研究决定，准备在你们镇建一个工业园。付连发不由喜上眉梢，说太好了。不知建什么工业园？水主任说，多晶硅。对于多晶硅，付连发知道甚少，只知道是高科技产业。付连发真是心花怒放啊！这件事情对于他来讲，又是惊来又是喜。惊的是，开发区能将工业园放在盐湖镇，这说明区里重视。喜的是，在盐湖建工业园，他的权限无形之中大了，工业园建在盐湖镇，怎么也得给他个副主任的缺吧，不然的话，征地等一系列的事情不好办。

中午水主任没有走，一是付连发一再盛情挽留，二是建工业园有些事情还没有说透彻。水主任好像并不急着要走，话说一半留一半。其实付连发心中明白，这是小马的功劳。不由得心中感叹，啥事也不能离开女人哪！付连发暗地交代小马，从现在开始，你哪儿都不要去，水主任到哪儿，你就跟到哪儿。小马开玩笑道，要是水主任去茅房呢？付连发趁人不注意，在小马的

大腿根捏了一下,说你也跟着去,但绝不能脱裤子!小马说你真流氓!

午饭的时候,见桌上摆上了酒,水主任对付连发说,老付不行不行,饭可以吃,酒就免了吧。机关有禁酒令你不是不晓得!付连发说,俗话说,酒席酒席,无酒不成席,少喝一点儿吧!再说,开发区在我们盐湖镇建工业园,这是多大的喜事啊,怎么也得庆祝庆祝吧!是不是水主任?水主任说,那就少来一点儿吧。

水主任的"少来一点儿"并没有少,有小马执壶倒酒,那酒就下得快了,四瓶五粮液在风雪声的伴奏下,不到一个小时的工夫就被消灭干净了。

席间,陪水主任去厕所的时候,付连发发现水主任尿线有点儿不连贯,趁着酒意,付连发就说水主任,哪天有机会我陪你去医院瞧瞧,你的前列腺好像是有点儿毛病。我有个熟人,就是专看这个的。水主任不由得脸一红,说好的好的。有酒遮脸,水主任脸红时付连发根本看不出来。

下午水主任离开盐湖的时候,雪突然间停了。在汽车旁,水主任告诉付连发,下个星期还得过来,实地考察一下工业园的选址问题。付连发说好的好的。还想说什么,水主任却掉过头与小马耳语什么去了,声音很低,付连发一句也没有听见。只见小马非常激动与兴奋,满脸幸福得像盛开的玫瑰。

回到办公室,主任刘耀辉也跟着进来了,瞧镇长的酒劲还没有过去,亲自动手给付连发沏了一杯茶,送到办公桌上,然后说道,镇长,中午你喝了不少,要不要躺一会儿?付连发摆摆手说不用了,上班时间哪能睡觉呢?刘耀辉说,要不我叫司机小王送你回家休息?付连发说不需要,下午还有一大摊子事呢。区里多晶硅工业园安在了盐湖,我得考虑考虑放在哪个村合适。刘耀辉正欲走,付连发又叫住他,说刘主任,你去叫一下小马来,我有话问她。

刘耀辉出去之后,不一会儿小马就进来了。小马说镇长你找我?付连发说,你长尾巴了吗?将门关上。小马一笑,又回去关好了房门。一屁股坐在沙发上,半开玩笑地说道,大白天的关啥门,你不怕影响不好!付连发说,要是不顾及影响,你信不信?现在我就将你的衣服给扒干净了!小马一撇嘴,我怎么能不信?你又不是没干过这种事?付连发哈哈一笑,竖起大拇指,小马今天你表现不错,应该给你记头功。小马一头雾水,说你指的是哪一方面,我怎么不明白呢?付连发说,你是装糊涂呢?还是装糊涂呢！小马说我真的不知道我怎么就立了功了！付连发说，那个水主任，今天中午本来是不想在镇里留饭的，我苦苦地说了半天，他就是不点头，可是！付连发将话打住。小马说可是什么？付连发不慌不忙地点燃一支烟，半响才又说道，开发区那个水主任一见到你，不知怎么的马上就改变了主意。小马说我怎么不觉得的呢？付连发说道，你没有发现，那个水主任一个中午一双眼睛全在你的身上吗？你让他喝他就喝，你让他吃他就吃，比我的面子大多了！小马一笑，你吃醋了？付连发说，说老实话，当时我的心里还真有些酸溜溜的！不过，你是功大于过，所以我也就不吃醋了。再说，你又没有与他干什么事！我吃的哪门子醋呢！小马说鸡头，你既然说我立了功，你打算怎么奖励我呢？付连发笑道，我的枪快要生锈了，我想磨一磨！小马一板脸，说咱说正事！付连发说，我说的就是正事！小马说，你过去答应我的事情还算不算？付连发问啥事情？小马说，你许我的，不出半年，让我干财政所所长的。现在快一年了，至今却连一点影儿都没有。付连发说，我一直想着哪，我怎么会忘记呢？不过，要等待机会嘛！小马说你整天想的都是你自己的事，我的事你一点儿也不关心。付连发又点燃一支烟，这样吧，"五一"之前，我一定让你当上财政所的副所长。小马一翻白眼，是副的啊！付连发说我的马驹子哎，没有副哪来的正呢！南北你打听打听，哪个干部不都是从副职做起的？就说我吧，我先干的是村民兵营长，后干村主任、支书、副乡长、乡组织委员、副书记、镇长，一步一步干过来的你知道不知道！小马噘着嘴，我不想在史耀环那个女人手底下干。我烦死她了！付连发劝道，你还不能烦！你知道的，那个史耀环与沈书记的关系，沈一天不挪窝，或者健在，我不好动她你明白吧？小马叹一声。付连发说小马，你别叹气，想当官，就得学会忍，还得学会受，就像我似的，论本事，论能力，我早就该当镇党委书记了，镇长我已经快干满两届了，怎么也该磨正了吧！忽然想起什么，对了，那天中午，你在史耀环的屋里做什么呢？小马想了想，她说她要给我介绍对象。付连发将烟头掐灭，冷笑一声，她这是想拆散我俩呢！小马说，早晚我们得散，你能与你老婆离了娶我吗？付连发说，傻、傻、傻！即便你愿意，我也不能同意，我不会耽误你的青春与幸福的！小马叹一口气，欲言又止。付连发猛然问小马道，刚才在汽车旁，你与那个水主任嘀嘀咕咕地说了些什么呢？小马一拍屁股站起身来，说不告诉你，这是我们俩的秘密！这句话令付连发心里生出些醋意，这才多长时间哪，你就你俩你俩的了！还想说什么，小马已经开门出去了。

付连发站在窗前伫立了一会儿,感觉口有些干,端起茶杯正欲喝,电话突然响了起来,一看号码,是土地庙村主任丁维国的。付连发心中有些烦,料想丁维国准是问他的猪场改变用途的事,心说怎能那么快呢?你当是上街买萝卜白菜啊!就不想接电话,然而电话好像是故意与他赌气,一直响个不停。付连发就想,你再响五声我就接。哪知只响了两声,就没有声音了。付连发喝一口茶水,本想躺在椅子里闭目养一会儿神,却不料电话又一次响了起来,比先前还要响亮,就好像知道屋里一定有人似的。其实,付连发猜得没有错,丁维国知道镇长付连发在他自己的办公室里。因为,之前丁维国与办公室主任刘耀辉刚刚通完电话。

付连发骂了一句,拿起了听筒。

丁维国说镇长你怎么不接电话呢?付连发没好气地说,我正在厕所拉屎怎么接你的电话?丁维国笑,说对不起对不起,没憋着您就好!付连发说别闲扯淡了,什么事?快说。丁维国说镇长,听说开发区的水主任到镇里来了?付连发用鼻子哼了一声。丁维国说,我的那件事你与水主任讲了没有?付连发说丁维国你脑子有病啊!丁维国问怎么啦?付连发说道,这种事情是在公开场合说的事情吗?丁维国似乎明白了什么,嘿嘿干笑了两声,那倒也是。付连发缓和一下口气,问道,还有其他事情没有?丁维国说没有了,不过镇长,这件事情你可得抓紧啊,那边催得紧哪!付连发说我知道我知道!丁维国说,若是钱不够的话,你说一声。付连发说我还有别的事情,别啰唆了行吧!说罢挂断了电话。

有人敲门,没等付连发说进来,门已经被推开了,是刘耀辉。刚才付连发情绪不好,所以没有听出来是谁敲的门。

刘耀辉看见镇长的茶杯里水浅了,急忙端起茶杯到饮水机那儿将茶接满,而后送到付连发的手头上。

付连发恢复了常态,问刘耀辉,有事情吗?刘耀辉说镇长,有件事情必须向您汇报。付连发说什么事情?刘耀辉说,看门的老曹头家中出了点儿事情。这两天没能来上班。付连发说,怪不得嘛,我好几天没有看见他了。刘耀辉说,他的孙子被查出患有先天性白血病,住院得花不少的钱,老曹的儿子、儿媳又双双下岗,家中十分困难。我想请示请示您,镇财政能不能拨一点儿钱帮助帮助他们。另外,我想发动机关全体干部伸出援手,为老曹捐款,多少随大家的心意。付连发说刘主任你做得对。说着拉开抽屉,从里面拿出一沓百元大钞,数出十张来,交给刘耀辉,我先带个头,其他同志多少不限。刘耀辉说镇长，我替老曹全家谢谢你了！付连发说，谢我干什么？我是共产党员，又是一镇之长，扶贫帮困是我应尽的义务与责任嘛！刘耀辉说，这话不错！付连发说，通知在家的党委委员，明天上午开个党委会。专题研究一下怎么捐助老曹的事情。刘耀辉说那行，我这就去通知。又想起什么，说镇长，为老曹头孙子募捐的事情，我想叫小侯去市报社联系一下，看看能否报道报道。付连发想了想，说你看着办吧。

天阴，傍晚透支了黄昏，黑天不知不觉就溜进了门。

晚上没有应酬，付连发有个散步的习惯，也不走远，就围着小区转悠，也不限定时间，看情绪，心情好的时候，也可能走个十圈八圈，若是心中有事，三圈两圈就回家陪老婆看电视剧去了。小区不大，付连发用脚丈量过，走一圈也就一华里左右。

夜晚有些闷，刚走不到五圈，付连发就不想走了，正想走完这一圈就回家，猛然发现书记沈公元家灯亮了，就不由得停下了脚步。自从老沈去上海住院，沈家的窗户很少有灯光。沈书记就一个女儿，一直请假在上海陪父亲看病。沈公元住一单元，付连发住三单元，每天出来进去的，无论是白天还是夜晚，付连发总忘不了往沈家的窗户上瞧上一眼，固然没有什么目的，也没有什么恶意，只是一种习惯而已。

是沈书记回来了吗？还是他的女儿回来拿什么东西？老沈的病是治好了，还是加重了？治好了那是不可能的事情，人一旦接触上了癌那个玩意儿，这辈子就算是交待了，不管你住多么好的医院，也不管你用什么药，即便是进口的，也只是早走一天或是晚走一天的事情。阎王爷的生死簿上你的名字早被画了圈，还能跑得了你不成？

付连发站在一单元的楼梯口，正在那里胡思乱想，突然发现沈家的灯光灭了，接着就听见有人下楼的脚步声，急忙紧走几步，闪到一旁的灯影里。

出来的人付连发认得，正是镇财政所所长史耀环。

很明显，史耀环手中攥着沈公元家中的钥匙，你想想，如果是一般关系的话，史耀环来沈家能如走平地一般吗？可见，过去的一些传闻，并不是空穴来风！

史耀环手中拎着一包东西，下楼时也没有左顾右盼，就像从自己家走出来一样，一点儿也不慌乱，令付连发对自己的判断产生了一丝疑惑。

回到家，老婆正在那里有滋有味地看着一部国产连续剧，见男人回来了，将提前洗好的草莓端到他的面前。付连发喜欢散完步回来吃点儿水果，尤其是春天新鲜的草莓。可今晚不知怎么的，没吃几个就放下了。老婆问道，不甜？付连发不想与老婆多啰唆，随口嗯了一声。老婆想起什么，说儿子的女朋友的肚子一天天大了，什么时候你找个时间与亲家见见面，抓紧将儿子的婚期定下来，不然的话，等到女孩子的肚子出怀了就难看了！付连发没好气地说，你这个当娘的，平时怎么管教孩子的！老婆随口说道，儿子还不都是学你的。她没有注意男人的脸色，自顾信马由缰地说下去，有其父必有其子，当初你才认识我不到三天，就愣是霸王硬上弓，疼得我三天都下不了床……付连发有点儿烦躁，说困了，收拾收拾睡觉。男人很少睡这么早，除非晚上两口子想干那种事。女人很久没有做那事了，显得有些激动，急忙关了电视机，然后到卫生间洗漱去了。回到房间之后，找出那些过夫妻生活的东西，自己先将自己脱光了，又去解男人的衣服。男人说你干什么？老婆说你不是想干那个的吗？男人一甩脸道，不干，你怎么还有那种闲心思？老婆一下愣住了，半晌躺倒身子，将光屁股给了男人。躺在那里，思前想后，越想越觉得委屈，心中一委屈，嗓子里不由得一阵哽咽，终于失声痛哭起来……

上天那场雪，没落到地就融化了，水过地皮湿，有的地方连地皮都没有浸透。土地庙村地势高，更是猫咬猪尿泡空欢喜一场，一点儿旱情也没有解决。

一大早，丁维国就来镇里堵付连发。付连发误认为丁维国是来打听他的土地改项的事情，拉长了脸，说丁维国，你容我喘口气行不行！丁维国说镇长，我没有掐你的脖子啊！我是来请示你，天不下雨怎么办呢。付连发知道是自己想偏了，但他是一镇之长，哪能在下级面前承认自己的不是呢？就说，天不下雨你找天去啊，你找我有什么用，我又不是雨娘娘！丁维国说，找老天行啊，你得借我个梯子啊！

付连发打开自己办公室的房门，丁维国就跟了进来。两人点燃一支烟，坐在那里吞云吐雾。怎么办哪镇长？付连发反问，你说怎么办？丁维国说，我想打机井浇地，否则的话，夏粮就泡汤了！付连发想了想，问道，钻井的人好找吗？丁维国说，只要你手中有票子，原子弹都能弄来！付连发揭他的底，你有那么大的本事，你猪场改变用途的事情还麻烦我做什么？丁维国一笑，唯独这个办不了。付连发没好气地说道，还有你丁维国办不了的事情啊！丁维国说，要不怎么你是我的领导呢！付连发一本正经起来，你还在这里瞎磨蹭什么？还不回去打机井去！丁维国说镇长，我是来请示你一下，若是打机井的话，这个费用谁出？付连发说，啥意思？丁维国说，如果打机井是镇里统一行动的话，这费用理应由镇里统一拿才合理。付连发将烟屁股捏灭，说我明白了，你村里先垫上吧，等镇里有钱了我给你签字报销。丁维国说镇长你说的啊！说罢站起身来出去了。

丁维国前脚刚走，主任刘耀辉随后就进了门，汇报道，镇长，报社已经联系好了，下午就来镇里采访。等一会儿，我准备去各个办公室发动一下，看看有多少人捐款，到时候记者可能还要专门采访你，请你做一下准备。付连发嗯了一声。刘耀辉又说，要不要让小侯给你写个发言稿？付连发说用不着。刘耀辉说那行，我忙去了。付连发想起什么，说不然的话，下午记者来，叫采访郑副镇长吧，这种事情我亲自出面怕不太好，别让人说我争名夺利。刘耀辉说那行，我这就去通知郑副镇长。付连发说你告诉他是我的意思。刘耀辉说那行，接着出去了。

付连发泡了一杯茶，点燃烟，坐在那里正翻着当天的报纸，这时秘书小侯敲门进来了。小侯说镇长，开发区的水主任来了。付连发说在哪里？小侯说，车子已经在半路上了。付连发心中骂道，他妈的，这个姓水的每次都搞突然袭击，事先怎就不能通知一下呢，净叫下面措手不及。不过，付连发也不敢怠慢，别说来的是顶头上司，即便是开发区来个喘气的也不能怠慢了，更何况，这个姓水的，据说是下一届副市长的候选人呢！半晌问道，说没说什么事情？其实他早已估计到水主任此行是为多晶硅工业园区的选址问题。小侯说没说，让你在家等着。付连发心说，我要是有事出去了咋办？等个鬼啊！嘴上却说，我知道了。接着又问道，刘主任知道吗？小侯说我刚才去办公室，刘主任恰巧不在。付连发说，你通知刘主任，叫他做好接待准备。小侯答应一声，刚欲走，忽然想起什么，说镇长，捐款的事我已经与报社联系过了，不知刘主任与你汇报了没有？付连发说我知道了。小侯说镇长我出去了。

喝了两口茶水，发了一阵呆，付连发掏出手机给小马发去一条短信：开发区那个姓水的马上来，可能要下村转转，你要不要去陪着？不一会儿小马回过来了：我的双腿在你的手里攥着，去与不去不是我当家的事。付连发又发：我看姓水的对你有意思，还是去吧。不过你不能太认真，包括思想都不能信马由缰。小马回：呵呵，你的醋坛子倒了？付连发发：坛子里根本没有醋，我也从不吃！小马回：行了鸡头。如果让我去，你让刘主任给史耀环打个电话，免得那个女人多心。

付连发正准备给刘耀辉打电话，正巧他进门了。付连发说，水主任可能马上到，午饭还按上次的规格。刘耀辉说那行。付连发又说道，你回头给史耀环说一声，叫小马陪着水主任下去。刘耀辉说那行。另外，给老曹头的孙子捐款的事情，各个办公室我都通知了一遍，大家的热情很高，目前已经收了三千多块钱，还没有最后统计完。

刘耀辉出去之后，付连发突然决定将多晶硅工业园建在土地庙村，一是离镇政府相对来说比较近，二来也想叫丁维国有点儿利益可图。想到此便拨通了丁维国的手机。丁维国说镇长有事情吗？付连发说，明知故问，没有事情，给你打电话作甚？废话！丁维国我正安排人打井呢。接着付连发就将多晶硅工业园准备建在土地庙村的想法说了一遍。丁维国说，我以为是我的事情有了消息呢！付连发说，假如开发区同意多晶硅工业园区放在土地庙村，将来你们土地庙村的日子就好过了。丁维国说道，怎么就好过了？付连发说，你想想，工业园建在你们村，以后征地、修路、拆迁、补偿，哪一块油水少得了你这个主任的？丁维国念念不忘他的猪场，说镇长，桥归桥路归路，猪场那块地的改变用途事情你还得给我上心。付连发嗯了一声。忽然听见院子里有汽车喇叭声，说水主任来到了，马上就上你的村子里去，你在家等着。

付连发来到院子里，水主任已经下了汽车。付连发紧走几步，走到汽车近旁，与水主任握了握手，说水主任有失远迎。水主任说，咱们一起下村转转，看看工业园放在哪个村合适。付连发说道，先上会议室喝杯茶吧。水主任下意识看了一眼手表，说时间不早了，中午我还要赶回去。付连发心想姓水的可能又像上次似的客气客气，就说，水主任，上次咱们还没有尽兴呢，今天中午我们继续。水主任说，今天真的不行，区里有个接待，我必须赶回去。本来付连发还想争取争取的，突然见水主任的目光走岔道了，这才发现原来是小马过来了。付连发对小马说，你上水主任的车。然后又对水主任说道，我的车子在前面给您带路。

车子直接到了土地庙村，围着村子转了一圈之后，因为有了付连发的推荐与介绍，水主任没有再到其他村子察看就决定将多晶硅工业园建在土地庙村。等两辆汽车驶出了村子，迎头碰着满头大汗的丁维国骑着摩托车过来。付连发摇下车窗，说丁维国你他妈的死哪去了？丁维国用手擦着脑门上的汗，咧着嘴说道，我去集上买水果去了，说着对他的脚跟前一噘嘴。付连发说留着你自己慢慢吃吧。丁维国说水主任咋说的？付连发说定了。就在你们村。丁维国向后面那辆汽车望了一眼，镇长，不去村委会坐一会儿？付连发摆摆手，走了，水主任急等要回去。接着对司机小王说道，开车。

　　汽车在镇政府的门前停住。付连发下车走到水主任的车窗前，水主任这才摇下车窗，说我不停了。付连发说水主任，中午真的不能在这里了？水主任说老付，来日方长，机会有的是。哦对了，小马借我用一下，听说她的嗓音不错。吃完午饭我就让司机送她回来。付连发心里一咯噔，嘴上却说没有问题没有问题。他本想看小马一眼的，哪知小马的身体被水主任挡得严严实实的。

　　水主任的车子开走了，付连发还在原地站了好一会儿。办公室的主任刘耀辉走过来，睁着大眼问道，水主任怎么走了？付连发这才想起来，水主任不在镇里留饭的事情忘记给办公室打电话了。半晌说道，他妈的，他走他的，我们吃！

　　开发区经济工作会议说是半天，不到十一点钟就结束了，付连发是列席会议，带双耳朵听听就行了，会议有材料，所以他连笔记都没有记。本来，付连发想等散会之后去市里找老同学卓胖子叙叙旧的，出了会场，没走几步却遇见了水主任。他说付镇长，你别忙走，我有事情与你谈。随后又说道，你先去我的办公室等我，我一会儿就回来。会前，付连发早早到了开发区，将土地庙村拆迁赔偿的以及安置的情况按照区里的要求写了一份报告送给了水主任过目。所以付连发对于水主任的办公室是轻车熟路。一支烟的工夫水主任就进门了，没等他坐稳，付连发的马屁就拍上了，说水主任，您刚才的报告真是太精彩了，既提纲挈领又有深度，句句都说到了点子上，实在是令人耳目一新啊。水主任摆摆手，说老付，我是学文的，无论从理论上还是工作经验，肯定还有许多不足之处，对于这个报告希望你能直言不讳。付连发说水主任，你太谦虚了，你的这种工作作风真是令人敬佩啊！

　　吸烟喝茶，扯了一阵闲话，就谈起了正事。水主任说老付，首先声明，今天我们是非正式谈话……因为多晶硅工业园区建在了你们镇，园区是县处级单位，市委已经正式下文，由我兼任园区的主任。不过，开发区这一摊子已经忙得我焦头烂额，我的确是有些力不从心。所以市里同意园区选派一名副主任主持工作。区党委以及我个人的意见，我想由你将这副担子担起来，不知你意下如何，今天想征求一下你的意见。具体说，我想听听你的想法。

付连发一下惊住了，他是个聪明的人，水主任的意思再明白不过了，即便是个呆子，也知啥意思了。不过，付连发是那种处变不惊的人，在大喜大悲面前他已经能够运用自如。他说水主任，感谢您对我的信任，不过，我怕我会辜负上级领导的信任与希望，毕竟这么大的重任。水主任一笑说道，你当过几年村干部，副镇长、镇长又干了近十年，无论工作经验还是成绩还是可圈可点的，所以，区党委还是考虑将这副担子压在你的肩上。另外，沈公元书记生病已经许久了，镇里一直没有书记，区党委这次也一并考虑此事，争取在年底前，能将你一把手的问题给解决了。付连发真是做梦也想不到啊，天天苦苦忐盼的事情一下就这么解决了，他真打心里感谢水主任。一连说了许多声谢谢。水主任说你不要谢我，这也是党的工作。是你自己的能力帮了你。付连发说水主任，我一定不辜负您的重托。水主任说，哦对了，你们镇里的小马不错，你留意一下，重点培养培养。付连发本想说准备提小马当财政所所长一事，又摸不清水的意思，话到嘴边又停住了。说过去镇里有过考虑，下一步抓紧落实。水主任说，我好像听说，镇里准备考虑提她当财政所所长的？付连发说是这样，不过，现在的所长史耀环是沈书记一手提拔的，我怕走马换将引起不必要的议论与误会，况且，沈书记健康状况不好，所以一直没有动。水主任说，财政所的所长也就是个股级干部，多提几个天下不但不会大乱，而且还会稳定军心，何乐而不为呢？更何况是做好事。付连发说是是是是。水主任又说，我倒有个主意，你尽快将那个史耀环提半级使用，这样的话，不就两全其美了吗！付连发恍然大悟，说对对，镇里正好缺个搞统战的，统战委员就是享受副科级的待遇。水主任说就是啊，多好的事情啊！付连发心中暗暗佩服水主任的工作能力。既解决了小马的提拔问题，又让那个史耀环让位让得心悦诚服。不过付连发担心，史耀环明升暗降会不会痛快地答应。不过有一点付连发还是特别地清楚，今天水主任找他非正式谈话，一半是正式的，那就是小马的提拔问题。看来小马的身体怕是以后再也不能随随便便地乱碰了。

付连发突然想起了丁维国所托之事，便将情况向水主任汇报了。当时就遭到了水主任的严肃批评。这怎么可以呢？过去国家为了发展养猪业，才给他批的地，他现在如果不想养，可以将地让出来，改作他用那是绝对不行的！再说，多晶硅工业园放在土地庙村，本身土地就紧张，说不定连他现在的养猪场都不一定能保得住呢！付连发见水主任话中一点儿商量的余地都没有，也就没有再说什么。

中午，水主任要留付连发在开发区吃饭，付连发称有事谢绝了。他不是不想吃开发区食堂的大锅菜，付连发有个习惯，只要是有好消息，他就喜欢躲到一个没人打扰的地方，泡一杯好茶，吸着烟坐在那儿静静地享受着幸福的感觉。所以，到食堂吃过饭之后，与办公室主任刘耀辉打了声招呼，一头钻进自己办公室，拉上窗帘，然后泡了杯普洱茶，坐在办公桌前品起茶来！

手机调的是静音，响了几遍付连发才发现，一瞧号码是丁维国的，本不想接，想了想又不免接了。丁维国说镇长你在哪里？付连发说我在开发区里开会呢。丁维国说我长话短说。前几天打的三眼井都已经出水了，麦田也一并浇完了。付连发说拣紧要的说。丁维国说镇长，有个消息要告诉你。付连发说丁维国，有什么事你能不能直截了当！丁维国说行行行行。丁维国说浇麦田的时候，我无意中喝了一口水，你说怎么样镇长？怎么样？那水真他妈地甜，像是里面放了糖似的！付连发说，那是你早上蜂蜜吃多了！丁维国说镇长，不骗你，真的！我就多了个心眼儿，将水拿到市里请人家化验了一下，你说怎么着，这水质竟然好得很。比一般市面上所售的水所含的什么酸啊什么矿物质啊还多十几项。他们说，这水不但没有污染、可以直接饮用，还可以作为饮用水出售。我已经召开了村委会，大家一致赞成我的构想，准备将水拿到省里有关部门进一步化验，假如真的行，我们村将投资建一个矿泉水厂。你看行不行镇长。付连发一听有点儿坐不住了，他说丁维国，我这就过去尝尝那水，看看是不是真有你说的那么好。丁维国说，不然我将水送到开发区会场去，让他们都品尝品尝。付连发说别忙，先不要声张，我十几分钟就到。挂了电话，付连发才想起来，刚才说是在开发区开会的，到那丁维国一定会问，怎么这么快的？是坐直升飞机来的吗？

上午党委会一散，付连发立马想到应该找史耀环谈谈，探探她的口风，才好决定下一步的人事调整方案。史耀环在镇里一贯是敢说敢为，不知怎的，付连发打心里就有点儿怵她。其实也不是因为她和沈书记的关系。

付连发在屋里吸了一支烟，这才叫办公室的刘耀辉去通知史耀环。

史耀环今天上身穿了一件雪白色滑雪衫，脖子上围了一条大红色的围巾，就像是一个雪人抱着一团火进来了。付连发说嚯，史所长今天穿得真是有点儿扎人的眼了！史耀环说，你不看不就不扎了嘛！付连发道，我又不是瞎子，见了你总不能将眼睛蒙起来对吧。史耀环脱掉外衣，将围巾也解了下来，里面只穿了一件紫罗兰色的紧身毛衣，将本来就很丰满的胸衬得更加鼓

胀了，弄得付连发脸前一阵眼花缭乱，下身也是好一阵冲动不已。

付连发说，你坐耀环。史耀环就坐在对面的皮椅里。付连发说耀环，咱们今天随便谈谈。史耀环莞尔一笑，说，我看镇长正襟危坐，不像是随便的样子，有什么话你就开门见山。你知道我的性格，喜欢直来直去，不喜欢拐弯抹角！付连发抽出一支烟，摸过打火机，正欲点燃，猛然想起什么，又放下了。说，忘了，耀环不喜欢闻烟味。史耀环说镇长，你吸你的，这是在你的办公室，我无权干涉你的自由。付连发说等等再吸吧，尽量让你少受一些毒害。史耀环说其实你自己也少受毒害是不是？付连发说对对。史耀环说请镇长指示。付连发一笑，一本正经地说道，耀环任财政所的所长已经三四年了吧？史耀环说好像是吧，具体时间，档案里有。付连发说，组织上想给你身上压压担子。史耀环说呦，想提拔提拔我？付连发手点着史耀环说，对喽！让我干什么呢？史耀环调皮地瞅着付连发。付连发说，给你提半级，副科，做统战委员。史耀环一点儿也不兴高采烈，半晌问道，这是你个人的意见，还是组织上的决定？付连发没有从史耀环的脸上看出半点儿喜悦来，心里不免有点儿惊慌。说耀环，无论是我个人还是组织上都是这么考虑的。史耀环说镇长，你今天找我谈话是不是应该征求一下我的意见？付连发说对对。史耀环说既然是征求我的意见，我就实话实说。付连发说，好，心里怎么想的，你就直言不讳。史耀环说两点，第一，财政所的工作我刚刚熟手，我不想离开目前的这个岗位；第二，统战工作我不懂，不利于开展工作。付连发说，乡镇统战工作不像是县里市里，要那么高的理论水平，只要你挂个名，早晚去上头开开会，领会领会精神就行了！史耀环说，那就更加不适合我了，我这人不喜欢东跑西颠的，也不会阿谀奉承那一套。付连发说怎么是阿谀奉承呢！史耀环说，总而言之，感谢组织上这么信任我，也感谢你这么栽培我，我谢了！史耀环站起身来，穿上滑雪衫，又将围巾围上。付连发有点儿着急，说耀环你别忙走啊！说着点燃一支烟，长长吐出一圈烟雾，咱们还没有说完呢！史耀环说你不说是征求我的意见吗？我已经将我的意见全部讲完了啊！付连发说，你的意见组织上会考虑，但是，你也要严格履行一个共产党员的职责对吧，服从组织上的分配。史耀环又重新坐回到椅子里，镇长你今天给我戴这顶高帽子，看样子我不戴是不行喽？付连发说，情况是这样的，组织上给你一个台阶，今后你还有更好的发展对吧，再说你腾出一个位置，也是给别人一个台阶，大家都有了一个新台阶，这样工作不就更加好做了吗？史耀环似乎明白了什么，说镇长你早说清楚不就完啦，何必兜这么大一个圈子了呢！付连发说，组织上这也是从人性化方面考虑的啊！史耀环嘿嘿一笑，说镇长，有句话我本不该问，但我要是不问，又觉得对不起我自己的良心。付连发心说那你还问干什么呢！嘴上却说，你问你问。史耀环说，我走了，是不是那个小马接我这个所长？付连发说，你怎么知道？史耀环说镇长，我可以走了吗？没等付连发准许，史耀环已经离开了座位。付连发脸上有些挂不住，朝着史耀环的背影说道，这不是我的意思，也不是组织上的决定，这是上面的安排你知道吧！

付连发在屋里吸了一阵闷烟，看了眼墙上的挂钟，快十二点了，起身到洗脸盆里洗洗手，准备去食堂吃饭。正欲起身，丁维国推门进来了。身后跟着副镇长郑丙丁。丁维国说镇长，中午请你去吃驴肉去不去？郑丙丁接话，镇长中午喜欢眯瞪一会儿，我说镇长不一定去。付连发刚才被史耀环呛了一肚子气，正没处发泄，没好气地对郑丙丁说道，你怎么知道我不去的，去！郑丙丁没注意付连发的脸色，他正愁没有酒场，付连发一去，肯定得准备酒，他知道付连发的，一般场要不就不参加，要参加就必须有酒。今天痛痛快快地答应，令郑丙丁没有想到。他问付连发，镇长，我去办公室提两瓶酒？付连发说行，不要太好的，"海之蓝"就行。

出门时又遇到其他村的几个村干部，一招呼都跟了去了，看镇长领头，大家都想跟着凑热闹，喝酒不喝酒不是重要的，关键是联络感情。

驴肉馆就在街上，不几步就到了。付连发对丁维国说，不要太复杂，简单一点儿。弄几个喝酒小菜，烧一个驴肉，再来一个驴大肠，接着耳语，烧根鞭补补。

不一会儿，几样小菜就上来了，丁维国打开酒，从付连发开始，将每人面前的酒杯一一斟满。付连发端起酒杯说道，中午有禁酒令，不应该喝酒，他一指丁维国，这不客商来了嘛，可以小酌几杯，不算违反纪律。有人问丁维国，又做什么大生意了？丁维国笑眯眯地说道，等喝了三杯酒之后，你问我们的镇长。三杯酒下肚，付连发就将丁维国建矿泉水厂的事情讲了出来。接着问丁维国，水厂筹备得怎么样了？丁维国说，今天就是来给你汇报这件事情的。现在什么手续都办好了，可以说是万事俱备只欠东风了！付连发问什么东风？丁维国说，名字。我想了好几个晚上，就是这个熊名字想不好。看看镇长，还有在座的各位能不能帮着给起一个。大家的目光都集中在付连发的身上。这里面就数镇长文化高，谁敢抢这个头功呢？付连发一时也想不

出来。副镇长郑丙丁就说，咱们盐湖镇没有山，没有水，也没有什么泉什么潭的，唯一有个湖现在也没有了，还是个盐湖。总不能叫盐湖矿泉水吧。水中有盐，谁去买你的水喝对吧？付连发说道，真要是有湖就好了，就是这个盐湖还是传说！郑丙丁想喝酒，举起酒杯说道，咱们干一杯，让镇长好好地琢磨琢磨。众人附和，一一干了杯中酒。

付连发说，前年区划的时候，我真想趁机会将我们盐湖镇的名字改一下的，后来一忙乎也就没有顾上。他看一眼丁维国，镇名不好也罢了，你看看你们村，叫什么不好，叫土地庙村！丁维国说的确是，我一个村主任，如果出去办事，我都不好意思拿名片给人家看。付连发说，我想了，这两天就给开发区打个报告，将我们镇名改一改。丁维国说叫什么？付连发说，今年是龙年，就取这个龙字，然后加一个潭字。潭水的潭，叫龙潭镇。你们村是镇的坐下村，也更名为龙潭村，你这矿泉水的名字不就好起了吗！就叫龙潭矿泉水。丁维国带头鼓起掌来。郑丙丁又将酒杯端起来，为了咱们的龙潭镇，我们共同干一杯。众人又都一饮而尽。

付连发继而说道，龙字代表我们华夏儿女，这好解释，不过这个"潭"字可就有点儿牵强附会了！郑丙丁说，其实我们镇志上所说的盐湖也只是个传说。付连发说，我们的镇志也该修订了，既然，盐湖是传说，为啥龙潭不能搞成传说呢？传说两千年前，这儿有个偌大的水潭，连着海眼，里面住着一条金光闪闪的大龙……过不了几年，这个传说就成了名副其实的传说了，两千多年过去了，谁说得清？下一步，我就安排人修订镇志，将这一段传说加进去。郑丙丁说各位，为了我们镇长的新传说，我提议大家再干一杯好吗？付连发说，你知道这在文化人嘴里叫什么吗？大家摇头。付连发说这叫造势。郑丙丁说，为了造势，咱们再干一个！

红烧鞭花上来了，丁维国急忙下筷挑了根鞭稍头给付连发，说镇长，吃了鞭稍头，干大活不用愁。哪知筷子用力有点儿猛，没送到付连发的碗里，鞭稍头滑落在了桌子上。又叽里咕噜滚到桌子下面去了。丁维国开玩笑道，奇怪了，下锅煮了这么久，这个鞭怎么还活蹦乱跳的呢！

饭后回到办公室，付连发将办公室主任刘耀辉找来，叫他立即草拟一份更换镇名的申请报告，一式两份，一份给开发区党委，一份送到市地名办。刘耀辉不知哪头逢集，半天才整明白，说这镇名早该改了，我这就去起草。说罢屁颠屁颠地走了。正好小侯来送材料，付连发便将修订镇志的事情让小侯牵头办理，并规定时间，两月之内看到初稿。小侯一听，心中暗自高兴，差点儿跳起来。他一个同学跑印刷业务,天天让他帮忙在镇里给找活,这下不用发愁了。

中午的菜有点儿咸,特别是那盘鞭花。接了几个电话,有点口渴,付连发正准备泡杯茶,电话又响了起来,一接是丁维国的。付连发说,你还要不要人喘口气了。丁维国说镇长你大喘一会儿,要不等一下我再打过去?付连发说,快说吧,我都给渴死了。丁维国说,还是地那个事情。付连发说,中午我就想给你说的,先是人多不方便,后来一扯改镇名的事情又给忘了。丁维国说有没有消息?付连发说,消息是有,但不是好消息。丁维国说咋的了?付连发说,这事我已经替你找过水主任了,水主任一口就拒绝了。丁维国说,还有没有办法?付连发说,水主任不吐口,你找谁也是白搭!丁维国半晌没有说话。付连发说,你那个钱一点儿也没动,哪天你过来将它拿走吧。丁维国说,先放在你那里,再说吧。

春暖花开的时候,付连发陪着水主任到广东、江南等地为多晶硅工业园招商引资,同行的还有新上任的财政所所长小马。小马很少出去,途中遇到好玩的地方,难免要耽搁一两天,一去一回将近一个月的时间他们才回到镇里。

一进办公室,临时主持工作的副镇长郑丙丁就来汇报工作。还没有说到一半就被丁维国给打断了。丁维国气喘吁吁地说郑镇长你先停一会儿,我有要紧的事情要给镇长汇报。郑丙丁知道他俩关系不一般,见付连发没有吭气,也只好出来了。

啥事情?这么急?付连发点燃一支烟,只顾吸着。丁维国从付连发的烟盒中也抽一支烟点燃,这才又说道,镇长,我们村里这几天闹得很厉害。付连发一惊,闹什么的?丁维国说,他们说区里在这建的多晶硅工业园是危害群众的生命。付连发说怎么讲?丁维国说,你出去招商引资难道一点儿也不知情?付连发说知什么情?丁维国说,他们听说,这多晶硅污染特别厉害,闻到那种气味,男人不产精子,女人不能生育,长期饮用被污染的水,会致癌。付连发说,谁散布的?这是妖言惑众!这种谣言不能听信!丁维国说镇长,你走这么些天不知道,我们生产的矿泉水,现在几乎一瓶也销售不出去,这是事实吧!付连发说,工业园还没有建,这与你的矿泉水有什么关系?丁维国说,都是那个狗日的多晶硅闹得呗!付连发说,你想怎么着?丁维国说镇长,不是我想怎么着,是我们村的群众想怎么着!付连发说啥意

思？丁维国说，他们说如果镇里不解决这件事，他们就要去市政府门前静坐。付连发说反了你们了？你去试试，不一个个给你们逮进去算你们脸大！丁维国说，我也是这么讲的，他们不听，所以我一听说你回来了，立马来找你汇报。我就怕他们真的到市政府门前去闹腾！付连发说，现在是高科技时代了，他们说多晶硅有污染，上网一查不就一清二楚了！丁维国说，他们就是因为查了才闹腾的。付连发还真的不知道多晶硅到底有没有污染源，略顿说道，你回去劝劝他们，不要胡闹，也不要瞎传，等我给区里汇报之后再说。不过，我相信假如有污染的话，市里绝不会批准在我们镇建这种工业园的。天天将环保挂在嘴边上，他们当领导的，还能抬起手扇自己的脸？

丁维国走后，付连发立即将这一情况给水主任汇报了。水主任说，哪项高科技没有污染？只是多少而已。据我了解，多晶硅一百多年前，西方资本主义国家就搞了，哪像他们说得这么邪乎？一定是有人在背后挑动与唆使，你一定要严查，也要防备他们真的到市政府的门前闹事！付连发说水主任我会处理的。

晚饭后，付连发哪儿也没有去，将家中电脑打开，正准备上网查查多晶硅的有关资料，哪知就在这时，办公室主任刘耀辉打来电话，说是沈书记走了。付连发半晌才明白"走了"的含义。心中突然有点儿伤感。刘耀辉说镇长，家人已经带着骨灰就要下火车了。付连发一听半晌没有话，稍时感慨道，唉，人啊真是太脆弱了啊！刘耀辉说镇长怎么办？付连发这才想起来，刘耀辉还等着他做决定哪！付连发说，你现在就通知机关里的同志，没有特殊情况都要去，全部到车站接沈书记。

这一夜，付连发是在灵棚里度过的。他说他要最后陪陪老书记。

第二天的上午，在沈书记的追悼会上，丁维国告诉沉浸在悲痛中的付连发一个消息，说他们村一二百口人今天一早到市政府门口请愿去了。付连发一听，不由得大惊失色，你怎么不拦住他们的呢？丁维国说镇长，我一个人就两条胳膊，最多拉两个人是不是？付连发正欲发火，手机响了，是水主任打来的，叫他抓紧去市政府门口将上访的群众劝回来，并说市领导非常生气，责成镇里一把手写个书面报告送到政府秘书长那儿。付连发心中愤然道，我不是一把手，一把手已经化成灰了，你去阎王爷那儿找他吧！

付连发连追悼会都没有参加完就开车去了市政府，到那里之后，好说歹说，连哄带骗，才将那些上访的群众弄了回去。

晚上，累了一天的付连发，又亲自给市领导写了一份检查，文中多是说自己工作不力，没有深入细致地做好群众的思想工作，请求上级领导给予处分，并保证此类事件以后绝对不会发生等等。

第二天，付连发到市政府送完检查，直接去了开发区，他想摸摸水主任对上访这件事怎么看。另外，也想探探水主任的口风，多晶硅工业园会不会停建或者缓建。哪知水主任不在，说是去市委开会去了。

付连发一肚子气，他想找丁维国算账。他心中有数，这起上访事件一定与丁维国有关。你想啊，若是将多晶硅工业园放在他那个村，他丁维国损失大了，不说别的，单单那十几亩猪舍，就是一笔很大的损失。弄不好，这起事件就是丁维国导演的一出戏。付连发拿过电话，正欲拨丁维国号码，电话却响了起来。

电话是水主任从市委打来的，水主任嗓子都哑了，说付连发你搞什么搞？付连发一头雾水，说水主任我没搞什么啊！水说，你知道吧，你们镇的那些上访的又跑到省政府的门前静坐去了，这下你们镇可露脸了！付连发一听，浑身立即惊出一身冷汗，心说这下坏了，这次祸是闯大了，弄不好，别说年底磨正当书记了，他这个镇长能不能当都很难说。

付连发立即拨打丁维国的手机，他想落实他现在在什么地方。哪知丁维国的手机一直是关机状态。付连发就知丁维国是故意关掉手机的。不由得咬牙切齿地骂道：你这个驴日的！然后决定让刘耀辉租两辆大巴车，与副镇长郑丙丁一起去省城接人，自己开着小车先头里走了，他要尽快赶到省政府，最大限度地减小政治影响。

汽车刚出了城，水主任又打来电话，问付连发到哪里了？并告诉他，他同他一起去省政府，以免事态扩大。付连发有些激动。说水主任，让你操心了，实在对不起你！水主任叹一口气，你不是对不起我，是对不起我的前途，明年我有可能被提名副市长人选，现在出了这件事，这下不知怎么样了。市政府省政府对这件事非常恼火，让我对这件事负责，你说说，我冤不冤！付连发说水主任，眼下怎么办呢，即便他们这次顺顺当当地回来了，谁能保证他们就此停止了上访呢？除非将多晶硅工业园停建了。水主任说你还糊涂着呢，你以为他们真的是为多晶硅的事情吗？不是吗？付连发有些丈二和尚摸不着头脑。水主任说，我分析，上次你说的那个土地改项的事情，恐怕与这次上访的事件有关。付连发也知道丁维国这小子在其中一定起到了不好的作用，他这是给他付连发造势呢！为了证明水主任有水平，他故意惊讶

道，是吗？水主任说，肯定错不了，估计这些群众上访是受他的鼓动。等从省城回来，你将那个姓丁的村主任带到区里去，抓紧将他的土地改项事情给解决了，保证老百姓不会再到上面上访了。即便有个别人想不通，姓丁的自会帮你做工作，解决问题。再有，我老实告诉你，任他们怎么闹，这个多晶硅工业园一定得建！为什么呢？一是已经招来了客商，二来，这是市长主抓的一项工作，如果做不好的话，你我今后还想不想被重用呢？付连发说水主任，我彻底明白了，就按你说的，回来我就将丁维国领到你那儿去。

　　放下电话，付连发猛然想起来试试丁维国的手机这时开机了没有，一拨号码，没承想却一下拨通了。然而他一时却不知对丁维国说些什么好，又立马将手机挂断了。

好大一张床

　　史善春在来龙街上也算得上是一个能人,从小手就巧,啥事一点就通,农活就不用说了,铁叉扫帚扬场锨,锄、耕、收、种都是一把好手。结婚那会儿,市面上正流行老虎腿家具,他带了两个馒头,在县城家具店一坐一天,回来后将屋后两棵槐树锯了,又将院里那棵生长十多年的梧桐放倒了,买来锯子、斧头、刨子,两个多月的工夫,一套老虎腿的家具就做出来了,除了油漆、折页花点儿小钱之外,这套家具基本上没掏自家多少腰包。家具一做出来,当时轰动了整个来龙街,以至于后来许多人家做家具都来模仿,甚至有的木匠也登门找史善春求教。史家这套家具最为出彩的是那张床,床除了非常精细、有派头之外,就是大,在街上诸多人家的床中算是一最。叫街坊邻居想不明白的是,这个史善春做这么大的床作甚?况且他的个子又不高,穿鞋量也只有一米七不到,做这么大的床放在家里既浪费又占地方,图个啥呢?有人与史善春开玩笑,说史善春你打这么大的床,想娶三妻四妾啊?史善春光笑不语。多少年之后,也就是前几年,来龙街上还有一位打这么大床的主儿——来龙镇的镇长崔雷霆,据说,一晚上崔镇长的床上同时睡了三个女人。其中有个女人就是镇文化站站长陈疯子的老婆。陈疯子并不疯,因为老婆被镇长睡了,敢怒不敢言,一憋气就疯了;疯得不太很,时好时坏,好的时候还能写写文章,画画花鸟鱼虫之类的东西。陈疯子明不敢与镇长斗,暗地里就写了一段打油诗,县里省里甚至中央四处寄,并在网上发了许多帖子。你别说,还真叫他给告赢了,不久那个崔镇长就被开了公职,从来龙街上消失了。这个时候,就有人与史善春说笑,说善春,你可要当心了,镇长崔雷霆睡大床落了个鸡飞蛋打,你可别步他的后尘啊!史善春说,我是个平头老百姓,一床睡五个也没事!有人又说了,你那个家伙能撑住

劲吗？别说五个女人，恐怕给你两个，一个回合你都抵挡不住了呢！史善春说，我不逞能，你找两个女人叫我试试看。人说，晚上你回家与你媳妇练练不就知道功夫咋样了吗？

现在一般人不与史善春开这个玩笑了，因为史善春的女人两年前过世了。

女人在世的时候，史善春一直在外面打工，挣钱供儿子读书，妻子去世了之后，他才从外面回来。本来料理完妻子的后事，史善春还准备走的，妻子没了，一人在家更没意思。哪知刚刚新婚不久的儿子家宝偏要去北京闯闯，见识见识外面的世界。史善春阻拦不住，只好自己留在家看门。家里没个男人不行，再说，湖里还有三亩多地，总不能荒了。史善春想，要是妻子活着就好了，自己就可以出门打工了。可是家中有个年轻的儿媳，这叫不算年老的公公多多少少有些别扭。不过，这都是命，就像他一样，当年考大学只差三分，儿子家宝前几年高考也只差三分，你说巧不巧，这不是命又是什么？假如他当年考上了大学，假如儿子家宝上次高考不失利，也许他们家的历史又得重新改写。

史善春的家在西街，六间堂屋，他住三间，儿子住三间，当初儿子结婚的时候，史善春就想在中间砌一道墙，儿子不让，说一家人，当中隔着一道墙，无形之中就生分了。如今妻子去世了，儿子又出门在外，家中只有公媳，出来进去的，总有些不便。史善春便又想起砌墙的事。起初，儿媳秀华说啥不同意，说爸，你是想与我们分家呀？史善春说不是。秀华说那是为什么？史善春支支吾吾说不清楚。其实秀华也明白公公的心思，就顺坡下驴地说道，如果你真想砌的话，就中间留个小门吧，那样进出也方便些，大门却不能开，一是不安全，二来家宝不在家，别人家还以为我们分家了呢！史善春想想也是。

夏收以后，这天没事，史善春去砖瓦窑要了两车砖，又买了些石粉，秀华给打下手，傍晚的时候，墙就砌好了。正在收拾工具呢，张彩霞来了。

张彩霞一双胖手，一手提了个提盒，一手握了一瓶简装"洋河"，人没进门就嚷嚷："善春，我说你今早怎么没去吃豆腐呢，原来是在家垒墙头了。"

秀华上前招呼道："婶子来了？"忙将张彩霞手中的东西接过来。

史善春见是张彩霞，一双小眼早已眯缝起来了，说道："彩霞，又给我送韭菜饺子了？"

张彩霞说："不光是韭菜饺子，你没看我手里的酒瓶吗，有酒就有菜，你这个聪明人这还猜不着？"说着自己动手从堂屋搬出来饭桌，放在梧桐树底下，然后揭开提盒盖子，一样一样向外端菜盘：一盘五香花生米，一盘猪头肉，一盘蚕豆花，还有一盘浇了蒜泥和碎辣椒的热气腾腾的水豆腐。"来得早不如来得巧，正好起工了，给你贺一贺！"

史善春笑道："又不是盖高楼大厦，砌个烂墙头有什么可贺的！"

张彩霞说："难得有人想着你，你别不领情！"

史善春边洗手边点头："领情领情，怎么会不领情呢？"

张彩霞咧着嘴说："人家说，一辈同学三辈子亲，我是上辈子欠你的！"

史善春偷笑着打开了酒瓶盖，接过秀华递过来的玻璃酒杯，斟满了两杯酒。

张彩霞说："秀华，你也过来一起吃吧。"

秀华说："我又不会喝酒，你们先吃吧，我去淘一把绿豆烧点儿稀饭，今天天有点儿热。"说着进了东面的锅屋。

喝了一口酒，史善春问张彩霞："韭菜饺子呢？"

张彩霞说："在提盒里卡着呢，我怕凉了不好吃。"

史善春说："放在肚里就凉不了了！"停停又说，"饺子酒古来有。快端出来。"

张彩霞起身去提盒端饺子，没等她手中的盘子放下来，史善春忙慌捏了一只水饺放在嘴里，边嚼边咂着嘴："香，真香！"

张彩霞说："香吧？今天的馅子里我又特地放了一把虾皮。"

史善春说："怪不得味道与往日不一样呢！"

不经意间，两人的酒杯碰到一处，接着，两只酒杯都底朝了天。

张彩霞说："善春，自从嫂子去世后，咱兄妹俩好久没在一起喝了，今儿高兴，咱将这瓶酒摆弄摆弄咋样？"

史善春说道："摆弄完就摆弄完，多大事儿！"

说话间，二人又喝干了杯中酒。

张彩霞平常虽然有些酒量，因为喝得有点儿猛，分明已有几分酒意，说话的声响却明显放小："善春，嫂子去世，你心情不好，我能理解。太理解了！"少时又说道，"三年前，麸皮的爸去世，一连多半年我都没能

睡个整觉。"

　　本来史善春今天心情还算不错，张彩霞一句话说到了他的痛处，不由得心头一阵发酸。他何尝不是这样呢？想想张彩霞，也真是苦命的人，她的父亲在她一岁多的时候就去世了，她的母亲刘寡妇，就靠卖豆腐将她养大，现如今丈夫又没了，她又成了寡妇，这真是命啊！史善春从身上掏出一支香烟，点燃，长叹了一声。

　　"也给我来一支。"张彩霞说。

　　史善春又重新点燃一支烟，递给张彩霞。

　　张彩霞狠命地吸了一口，又狠命地吐出一口烟雾："我中年丧夫，你中年丧妻，咱们的命一样孬，有啥法子呢？这日子还得过下去！善春，你要想开些！"

　　史善春点点头："想不开又能怎么样呢！"

　　张彩霞踩灭烟头，端起酒杯："为咱们两个苦命的人干一个！"

　　月亮不知何时被夹在了梧桐树的枝杈里，饭桌上早已是碎花一片。

　　史善春怕这样的心情喝下去准得醉，就岔开话题："彩霞，说来也怪，我这辈子就喜欢吃韭菜水饺，一天三顿都吃不够！"

　　"你喜欢吃那不容易吗？我每天都给你包。"张彩霞从伤感中走出来，露出了笑脸。

　　史善春说："我不是这个意思，你嫂子在世的时候，也经常包韭菜饺子，不知为何，就是不如你包的韭菜水饺好吃，真是怪了。"少时又说，"材料也都是按照你的法子调的馅子。"

　　张彩霞得意地说："我有秘方！"

　　"啥秘方？"史善春有些好奇。

　　张彩霞说："我种的韭菜从不上肥料。"

　　史善春问："那上啥？"

　　张彩霞说："不能告诉你！"

　　史善春说："对我也保密？"

　　张彩霞说："等你娶了新嫂子，我告诉她。"

　　史善春故意将脸一板："别乱扯，这辈子不打算找了，就一人过！"

　　张彩霞撇嘴一笑："你守得住空房？"

　　史善春说："孩子都娶媳妇了，还弄那事干啥！"

　　张彩霞说："你那张大床不是糟蹋了？"

史善春说:"糟蹋就糟蹋了!"

秀华从锅屋出来了:"爸,稀饭烧好了。"说着用手拍一下脑门,"我的头突然有些疼,我回房躺一会儿去,碗筷等一会儿我来收拾。"

张彩霞关切地问:"是不是受凉了?"

史善春说:"要不我去二先生药房给你拿几片药?"

秀华说:"不用了,睡一觉就好了。"

看秀华进了自己屋,张彩霞问道:"秀华是不是怀孕了?"

史善春说:"亏你还是个女人!家宝已经走了一年多了呢。"

张彩霞一拍大腿:"你看我这熊记性,去年八月节你家家宝没有回来。我忘了这茬了!"

又喝了两杯酒,史善春猛然想起了什么:"对了,彩霞,刚才说到了二先生,你们俩的事怎么样了?"

张彩霞惨然一笑:"什么怎么样了?我与他是绝对不可能的!"略顿又说,"若是可能的话,二十多年前就在一起了,还能等到如今?"

史善春说:"也是奇了怪了,你们小学、中学、高中十二年一张桌子坐着,怎么就弄不出一点儿闲言碎语来呢?"

"我也常常纳闷儿。"张彩霞苦笑,"是怎么一回事呢?就是不行,我一看着他那张脸心里就腻歪!"

史善春好言劝道:"二先生家庭条件在我们来龙街上是数一数二的,无人可比。打小他的家境就好,他的老父亲朱一刀在外行医,创下家业,过贱年的时候,他家都没断过顿。你记得不?每年闹春荒,我们这些人家是吃了上顿没下顿,而朱家,一天三顿都是干稠干稠的稀饭。上小学的时候,他经常买牛奶糖给你吃,你死活不要,他硬塞,后来你就将奶糖分给我们同学吃。想那时,我们真沾了你不少的光呢!"

张彩霞"哧哧"地光笑不语。

史善春继而说道:"现在人家二先生过得更比我们好,来龙街上他是第一家盖起了小洋楼,又是第一个买小汽车的主。他那个药房,每一年少说也有五六十万的收入。再说,他等你多半辈子了,在我们来龙镇上也称得上吉尼斯之最了。"

张彩霞叹道:"缘分也许真的是上天注定的,我与他没这个缘。"

史善春继续劝:"有缘没缘,还不是你一句话吗,只要你上嘴唇与下嘴唇一碰,说同意二字不就成了!"

月亮今夜无人欣赏，它或许感到了委屈，将身体藏进了一片薄云之中……

张彩霞拿起酒瓶倒酒才发现瓶子早已空了，她要去商店再拿一瓶来，被史善春劝住了。

史善春抬头望一眼夜空："天不早了，哪家商店不关门？再说，明天你还要起早做豆腐呢！"

张彩霞假装生气地说："你这不是往外撵人嘛！"说罢起身拔腿就向外走，连提盒都忘记了拿，等史善春拿着提盒追出院门，张彩霞早已没了人影。

几声狗吠咬破夏夜的梦境，史善春刚欲转身，猛然发现，不远处房屋的黑处里有个人影一闪不见了。

史善春猜想，那个黑影一准是二先生朱怀运。

史家那张出名的大床一直放在东间屋里，妻子去世以后，史善春再也没有在那张大床上睡过觉。他在西屋里支了一张小床，晚上就在那里休息。一早一晚那张大床史善春必须打扫一遍，用湿毛巾小心翼翼地擦拭箱式床头与雕花帐杆，然后抖抖枕巾，抖抖被子，用毛刷扫扫单子，再重新将被子叠好，叠得很工整，有棱有角。接下来，他会坐在床边的小板凳上，抽上一支烟，愣一会儿神，这才回西屋困觉。

从前妻子活着的时候，晚上史善春即便不喝酒一沾枕头就打呼噜，现在就是喝酒也睡不着。过去有时夜间与妻子做爱时，做着做着眼皮一耷拉就能困着。自从妻子走了以后，史善春几乎是夜不能寐。有时困得急火了，趴床边打个盹就完事了。连他自己也不晓得，几乎是夜夜不睡的人，白天怎么会有那么大的精神干事情。

月亮从窗外照进来，屋里就光闪闪地亮堂。有月光的地方，啥都看得清楚。但地面上却没有什么东西叫史善春留恋。这使得他失去了寻找目标的欲望及兴致。正当他心灰意冷的时候，墙角里有个红色的、圆圆的小东西在他的眼前晃了一下。史善春好奇地从小床上下来，连鞋也没顾上穿，走到墙跟前，将那个红红的圆圆的小东西捏在手心，定睛一看，原来是一枚红色的纽扣。

我的屋里怎会有这种扣子呢？是亡妻留下来的吗？不像是。史善春记不得亡妻生前有这种衣服扣子，即便有，人已经死了快两年了，房间也不知打扫多少遍了，这个小东西怎会藏在这里呢？史善春想起来了，这个扣子也许是儿媳秀华的衣服上脱落下来的。不过，秀华平时很少到他住的西间屋里来，没有事她到这里做甚呢？虽说是公媳，一家人嘛，再避嫌，你的房间也不能一步不能进，再说你房里又没有老虎，又没埋地雷，人家为啥不能进呢？史善春想起来了，十多天前，秀华曾经到他的屋子里找衣服洗。固然，平时自己的衣服都是自己动手洗的，因为常年在外打工早已习惯了。可是那次洗衣服叫他这个当公公的很尴尬，自己的袜子及短裤儿媳也帮他洗了。弄得他一连几天见到秀华脸上都有些不好意思。从那以后，该洗的小衣服，再忙再累也要自己洗出来，免得再遭难为情。

二番躺回床上，史善春顺手将那枚红色纽扣塞到枕头下面，心想哪天想起来交还给秀华。正准备睡觉，猛然想起来，刚才秀华说头疼这会儿不知咋样了，疼得厉不厉害呢？要不要看医生呢？连饭也没吃就睡了，真叫人放心不下。唉，若是妻子在世就好了。唉，若是家宝在家就好了。史善春困意皆无，翻了半天身终究还是起来了。

夜静。外头无人说话。连狗也不叫。

其实不然，人狗无言，那青蛙不在闹嚷吗？那蛐蛐不在聒噪吗？

虽然有了这些声音助威，史善春走起路来还是蹑手蹑脚，生怕闹出动静来。

新砌的墙头散发出砖石呛鼻的气味，新装的小门大敞着，一脚门里一脚门外的时候，史善春心中还在想，明天想着去五金店买副插销装在小门上，这样一来，砌这道墙头才能发挥它的作用。至于什么作用，史善春没有过深去想。

儿媳的屋门未关严，中间闪着一道二指宽的缝。史善春不免心中埋怨道，这孩子怎么不关门就睡了呢？多不安全哪！史善春欲抬手想敲门，胳膊在半空又停住了，怎么想怎么不合适，三更半夜地敲儿媳的门，知道的说你去关心儿媳的，不晓得的还不知怎么猜疑呢！

史善春最后决定还是回屋去，别惹出什么闲话来。本想将儿媳的屋门带严的，又怕惊动秀华，若是问起来，叫他如何作答呢？

折回到自己的堂屋前，史善春心想回屋也睡不着，便坐到梧桐树下吸起烟来。一支烟未吸完，突然听见有人敲院门。声音不大，倒吓了史善春一跳。夜这么深了，会是谁呢？是张彩霞？

史善春轻轻走至院门口，边拉门闩边低声问道："谁？"

外面答:"是我,善春。我是朱怀运。"

"二先生?"史善春疑疑惑惑地将门打开,"这么晚了,有事吗?"

朱怀运说:"坐下来说。"

两人坐到树下,朱怀运掏出烟来,给史善春点燃后,自己也点上一支,狠狠地吸了一口。半晌才吐出一口烟雾。

朱怀运说:"多半夜了,我也不绕圈子了。善春,你与彩霞今晚是不是喝酒了?"

史善春说:"喝了,怎么了?"

朱怀运说:"你俩是不是有那个意思?"

"哪个意思?"史善春被问傻了。

朱怀运说:"你老婆没了,是不是想与张彩霞搞对象?"

史善春哈哈笑了,手指点着朱怀运:"我说二先生啊,你胡扯什么呢?彩霞是寡妇不错,我是个鳏人也不假,你别把我们往一起凑啊!"

朱怀运说:"就因为你们一个是寡妇一个是鳏人才叫人不放心呢!"少时又说,"上学的时候,张彩霞就恋着你,要不是因为你,张彩霞早与我结婚了。"

"养鸡场关门,你是无稽(鸡)之谈!"史善春有些恼了。

见史善春不悦,朱怀运忙赔笑脸:"善春善春,消消气,刚才我是故意这么说的,我相信你的话。只要你不与彩霞好,我就不怕了。"

史善春拍一下小腿,说狗日的蚊子!

史善春没好气地:"二先生,我要想与彩霞好,还等到今天?"

朱怀运又给史善春递上一支烟:"我知道,当初是彩霞娘嫌你家穷,其实彩霞心里……"

"过去的事别提,过去的事别提!"史善春连连摆手。

"天不早了,我回去了。"朱怀运站起身,拍拍史善春的肩膀,"善春,耽误你休息了,哪天我一定摆一桌请你。"走两步又折回身,"善春,彩霞听你的话,没人的时候,你替我劝劝她。"

史善春说:"瞅个时间再说吧。唉,你真不容易,等彩霞这么些年……"

两人到了院门口。

朱怀运说:"善春,你回吧,不好意思,这么晚了。"

史善春说:"你我是老同学,还客气什么呢!"

"善春……"朱怀运走两步又转回来，一把拉住史善春的手，"善春，你与彩霞真的没有那个事？"

"二先生，你还是不是个男人？"史善春用力甩开朱怀运的手，三两步回到院子里，"咣当"一声关了院门，气哼哼地回屋子了。

外头传来一阵似唱非唱、似念非念悲凉的喊叫：

雕花大床蝉（蚕）丝被啊，

夜晚歇着三个妹啊，

若问男的是哪一个啊，

一镇之长大老崔啊。

露水夫妻不长久啊，

哪知道啊，

老天不容被双规啊！

……

史善春倚在床头上，叹一口气，自言自语道："这个陈疯子又犯病了！"

月影西斜，秀华还在床上"翻烧饼"。自从男人家宝走了之后，她几乎每夜都是这样睡不着觉。说来也怪，当闺女时，只要是头一沾枕头，便不知东西南北了，睡得还死，即便是将她丢进漫野湖里，她都不晓得。现在可好了，睡觉成了她的一块心病，身子一碰床，精神头就来了，脑子里像是演电影似的，一遍一遍滤着过去的事情，主角当然是她与她家男人。其实她与家宝接触时间并不多，婚前经别人介绍认识后，见面也就十来次，因为婆婆病重，说是冲喜，匆忙结了婚。婚后刚度完蜜月不久，家宝就走了，前后算起来，在一起的时间不足两个月。在这段充满美好与喜悦的日子里，她与家宝之间虽然称不上如胶似漆，但也算是甜甜蜜蜜。秀华感觉到，这种甜蜜的生活只不过是用舌尖轻舔了一下，还没有完全滋润透，就消失殆尽了。她向往着这种日子尽早到来，可是家宝已经走了一年多了，这个男人的一切在她的心目中已经淡忘得差不多了。有时闭目，连他长得啥样子都回忆不起来了。床头上挂着她与家宝的结婚照，没事的时候，或者是睡觉前，她就会呆瞪着双眼看着那张照片，直到二目发涩。继而，心中就跟着酸起来，酸着酸着，就会感到伤心，一伤心眼泪就会在眼眶里打转转，三转两不转，眼泪就像开闸的洪水倾颓而下……这个时候，她就会找条毛巾或是枕巾将泪脸蒙住，任凭多余的泪水恣肆。她多么想大哭一场啊!可是她不敢放声,她怕公公听见。

人不伤心不落泪,秀华是实实在在地体会到了。

伤心一会儿就过去了,接下来便是难耐的寂寞。在秀华看来,寂寞是最最狠毒的,也是最痛苦的事情。如果地里有活,或者家里有事情做,还好些。秀华就怕闲着,一闲着寂寞就会自动找上门来,欺负你不说,还捎带着叫你生怨,叫你生恨!怨有头恨有主,可秀华的怨恨没有头也没有主。她对男人不会有怨恨,也不可能有怨恨。偏偏就是这个样子,练射击的人找不到靶子,只有漫无目地瞎胡瞄。秀华就是那个练射击的人。

这种无端的怨与这种无端的恨在秀华的心中慢慢地生根、开花、结果,然后变成久久的、沉沉的思念;这种思念令她思想变得迟钝、行动变得迟缓、记忆变得模糊。她经常是丢三落四,明明是去拿笤帚扫地,却去拿鸡毛掸子。有时她会在自己屋子里愣神,一愣就是大半天。有时什么事情也没有,却在自己三间房子里不停地走动,来来回回好几趟,连自己也不知道要干什么!

今晚张彩霞来家喝闲酒,秀华表面上没说什么,其实心里不太高兴,所以烧好了稀饭推说自己头疼就回房了。虽说秀华到来龙街时间不久,对张彩霞也不甚了解,不过对张彩霞那种像男人似的喝酒她特烦。一个女人嘛,特别像她这样死了男人的女人,更应该注意自己的言行,说话做事都不能太随便,一随便,邻居们闲话就多。秀华打小就没了父亲,是母亲一手将她抚养成人,二十多年过去了,母亲遵守妇道始终不嫁,全村的老少没有不夸的。张彩霞的男人死了好几年了,虽然没弄出什么笑话来,但是张彩霞那种举止令人不喜欢。固然,听说婆婆在世的时候,张彩霞也经常来家与公公喝闲酒,有时还猜拳行令。但现在情况不同了,如今婆婆已经不在了,一个鳏人,一个寡妇,三更半夜在一起,再清白也不清白了。俗话说,寡妇门前是非多,更何况公公又是个刚死了女人不久的鳏人呢!

这个张彩霞真是叫人好气!

还有,那个张彩霞最近经常死皮赖脸地来家送韭菜饺子,到底怀的啥目的?恐怕是醉翁之意不在酒吧?韭菜饺子有啥了不得的,再好吃不过是个韭菜做的,再香还有猪肉饺子香吗?再者说了,你张彩霞种的韭菜不就是不上大粪不上化肥不打农药而上的是豆腐渣你当我不晓得啊!我早想好了,过几天我就在院子里种几畦韭菜,你种的韭菜不是上的是豆腐渣吗?我也上豆腐渣。公公不是喜欢吃韭菜饺子吗?我就天天包给他吃,看你张彩霞还有啥借口到咱家里来。

对于父亲一样的公公,秀华有说不尽的感激,家中好吃好喝好穿的都紧着自己,地里的农活公公也不叫她插手,生怕她累着。家务活吧,其实两口之家,也没啥家务活,洗洗衣、扫扫地、做做饭,就这样,公公还包揽一多半,所以说秀华整天闲得没事情干。溜门子、逛商店她又不喜欢,只有待在家里,白天闻鸟叫,黑夜听虫鸣,除了想心事还是想心事。

刚才,迷迷糊糊之中,秀华听到了公公的脚步声,固然很轻,她还是觉察到了,甚至听到了公公的喘息之声。几乎每天夜里,公公都会在她的屋门口站一小会儿,然后默默地走开。公公是个老实人,平常不苟言笑,他虽然是个有文化的人,思想却很保守,在男人面前从不放肆,在女人面前从不大言,穿着也是循规蹈矩,不像街上其他的男人,经常光着上身串门。上天秀华回娘家,提前一天回来了,正是傍晚的时分,当时公公正在当院里擦澡,见秀华进门,红着脸慌忙端着脸盆闪进自己的屋子里去了,因为过于匆忙,险些摔了一跤。嘴里连连说,不是说明天回来吗?怎么提前了呢?秀华知道平常公公都是在屋子里擦澡,他是觉得自己今天不回家,所以才弄得这么狼狈。秀华觉得对不起公公,要是进来之前先敲一下院门,或是咳嗽一声也不至于弄得公公这么难堪了。回到自己屋里好长一段时间,秀华还感到好一阵后悔。不过,想起公公那个样子,秀华又觉得有些好笑,所以就笑了,先是偷笑,不觉得竟然笑出了声。

秀华长到这么大,接触男人并不多,亲近的,除了父亲,就是家宝与公公,当时看到公公赤红的上身及发达的胸肌与健康的体魄,秀华心里不由得一震,对于男人的身体,秀华是陌生的,家宝的身体她已经淡忘了,今天另一个男人的身体突然闪现在她的面前,她的神经猛地被公公的身体吸引着,好像是一缕新鲜的阳光在她的眼前灿烂了一下,使得她心猿意马,分了好久的心都没有收回来,以至于公公进屋去了,她还愣在那里傻站着。现在回想起来,还觉得丢得慌!那一夜,秀华几乎是一夜未眠。

秀华睁眼躺在床上,就是不困。猛然间她感到身体有些异样,起初是双颊发烫,然后浑身发痒,像是有万只蚂蚁在她的肌肤上找食;随着心里一阵烦闷,两乳膨胀着,下身肆无忌惮地骚动起来。她心中明白,毁了,又想男女间那种丢人的事情了!她忙将枕巾咬在口中,抱起一只枕头,不由自主地在床上翻滚起来……汗水浸透衣衫,秀华像是从身上刚刚卸下千斤重担,身体发软,一点力气也没有了。

夜老了，蛐蛐与青蛙也累得歇去了；月乏了，也藏到屋山头后面去了，院子里的光亮散乱且无力。

秀华到了屋外，不由打了个寒噤；她双手抱膀站在那里，想起刚才的事情，又觉得有些难为情，不知不觉地流下泪来，用手一抹，那泪竟是凉的。

西墙角那片地是荒的，原先是种了几株月季花，红的、白的、粉的都有，是家宝没走前种下的，也开了一季，农村人对种花养草这个事情也不上心，加上无人照管，那花也就败了。

反正回屋也睡不着，秀华找来一把铁锹，将月季的残枝败叶归拢到一块，然后自顾翻起地来。边翻地心中边盘算，过几天，找一些韭菜种子撒上，用不了多久，就有韭菜吃了。

天刚麻花亮，张彩霞门口就围了一大堆人，都是来吃豆腐的。

吃豆腐是来龙街上一景。兴了几十年了。就像别的地方，有的早上喝热粥吃油条，有的吃包子喝辣汤，有的吃羊肉汤泡馍，有的吃汤面，有的吃热烧饼卷狗肉喝狗肉汤。来龙街上就兴吃豆腐。有人说，来龙街上的人皮肤白，与吃豆腐有关，无从考证，不过，早上吃豆腐的确是当地一道风景。豆腐摊前摆了十几张马杌子（一种矮小的桌子），上面摆着盐、甜油、香醋、青碟(青辣椒)、红碟（红辣椒）、蒜泥、豆瓣酱等佐料，因人的口味不同自己动手丰衣足食。来吃豆腐的不光是来龙街上的，除了本街的，乡下人也来吃，有的骑着车子要跑几里路甚至十几里路专门来吃豆腐。这几年，附近的其他乡镇也到来龙吃豆腐，吃豆腐吃出了文化，有的把豆腐摊当成了请客的场地。比如说，有的人欠某人的情，就说，哎，那哪天我请你去来龙街张彩霞家吃豆腐。有的买卖人谈生意，也约到豆腐摊前来，边吃豆腐边谈。

街上有四五家卖豆腐的，只有张彩霞家的豆腐卖得旺。每天早上都能卖五包豆腐。张彩霞也不多做，每天只做五包。卖完了，其他家的豆腐才开张。张彩霞之所以每天只做五包豆腐，一是做多了人太累，二来也给别的家留点儿生意，所以另外几家做豆腐的都对张彩霞很佩服，说张彩霞会做人。

张家豆腐是张彩霞的娘刘寡妇创的牌子。刘寡妇做豆腐在来龙街上那是出了名的。那豆腐既白又细又嫩，关键的是刘寡妇做的豆腐硬，没有水。过去的人讲究实惠。据说，打一块刘寡妇的豆腐，用一根马尾巴提着，走二里路那豆腐都不会散。张彩霞做的豆腐与她娘不同，那豆腐做得表面硬，其里面柔嫩得很，加上她的佐料齐全，所以吃客盈门那是当然的了。不过，也有人私下议论,说张家的豆腐之所以能够笼络人,靠的是张彩霞那张风骚的脸盘子与她胸前那对勾引人的会说话的大奶子!张彩霞听了,也不生气,一笑了之。

史善春早上也常来张家吃豆腐,不论吃多吃少,张彩霞总不愿意收钱。史善春就说:"你如果不要钱,我就去别人家吃。"张彩霞只好象征性地收一点。

看着豆腐摊前排那么多的人,史善春就找个闲地方吸烟等着。张彩霞眼尖,早望着史善春了,没等史善春一支烟吸完,一盘热气腾腾的豆腐就送到了他的面前。上面还比其他人的豆腐上多了一摊小磨香油。

街坊吴二就故意说捣蛋话:"张彩霞你太势利眼了,史善春后来的你却先给吃,还淋了香油,我们为啥没这个待遇?"

张彩霞说:"有意见去茅坑提去!"继而又说道,"谁叫你不是我同学的呢?俗话讲,一辈同学三辈子亲,打碎骨头还连着筋。你若是我的同学的话,我也会这么对你的。"

二先生朱怀运早来了,其实史善春也早看见他了,在附近瞎转悠。史善春生着昨晚的气,故意不搭理他。

看着史善春吃上了,朱怀运这才凑过来。一屁股坐在史善春的对面:"善春,昨晚的事你别往心里去,今早的豆腐我请。"然后高声喊,"彩霞,善春的豆腐记在我的账上。"随即又说道,"给我也来一盘。"

张彩霞没好气地回道:"这包没你的份了,等着吧!"

吴二打抱不平道:"哎,张彩霞,人家二先生也是你的老同学,你怎么对人家不冷不热的呢,你这不是看人下菜碟子吗?"

张彩霞不理睬吴二的话,却接朱怀运刚才那句话,嘟哝道:"一盘熊豆腐也值得你请?真大方呢!"

朱怀运也不气恼,瞄着张彩霞背影暗笑。

一个人也不好意思吃,史善春掏出烟来与朱怀运吸着等豆腐。两人正说着闲话,村主任史家成偎过来了。按辈分史家成得喊史善春一声叔。

"善春叔,正好有个事找你。"史家成接过朱怀运递过来的香烟,习惯性地在机桌上爽爽,这才叼在嘴上,接着朱怀运送过来的火点燃。

史善春在嘴里"嗯"了一声,算作回答。

史家成说:"镇里秋半天搞大棚蔬菜种植,叔,你家经济条件好,算一

个吧。"

"得投多少钱?"史善春问。

"一个大棚七八千块钱吧。"史家成望着溜地说道。地面上有只蚂蚁正向他的脚面爬,他用指头弹掉蚂蚁,仰着脖子喊道,"彩霞,给我来一盘豆腐。"

张彩霞忙中偷闲应了一声。

"得要这么多钱啊?"史善春有些不乐意。

史家成说:"镇里一个棚补两千块钱呢!"说着吹了一口烟灰,"叔,你带个头还有你亏吃?"

史善春想了想,然后摇了摇头。

朱怀运说:"善春,要是钱不宽裕的话,我那里有。"

"钱有。"史善春掐灭烟头。

"那是因为啥?"史家成忙不迭地问。

史善春说:"我先吃了,豆腐都凉了。"少时又说道,"不瞒你俩说,明年我还想出去。假如我种了大棚,我一走,秀华又不懂农活,你说咋办?"

"你还走啊?"史家成有些失望。

豆腐上来了,却只有一盘,而且是送给史家成吃的。

史善春开玩笑道:"彩霞,你真是看人下菜碟,二先生可是先来的呢!"

张彩霞道:"他天天吃,他吃不腻,我都腻了!"

朱怀运笑道:"不慌不慌,我没有事,等一会儿。"

史家成与张彩霞开玩笑开惯了,望一眼张彩霞的胸脯:"彩霞,一大早忙的,怎么我看你衣服里面没穿胸罩啊?胸脯闪多半个!"

张彩霞笑骂道:"死不正经的,你媳妇的奶子你天天还没瞧够啊!"

"那不一样。"史家成扒一口豆腐说,"就像这豆腐,你家与旁家感觉就大不一样,都是黄豆做的,也全是那么个做法,味儿就是不同!"说着,故意在张彩霞的屁股处挠了一下。

张彩霞与史家成乱惯了,半开玩笑道:"你还是共产党的书记呢?一点儿不正经!我看你是大粪泡尿,又臭又骚!"

史家成说:"共产党书记咋啦,书记也是人,也食人间烟火,也有七情六欲。再大的官也挡不住喜欢女人。崔镇长官比我大,党龄比我长,一张大床上一晚上就睡了伝,不比我还臭还骚?"抬头见陈疯子来了忙住了口。

"陈站长来啦?我给你端盘豆腐去。"张彩霞乜斜一眼史家成,麻利地将陈疯子面前的马机上的盘子筷子收拾一下,用抹布抹干净,对陈站长一笑,"这就来了。"

陈疯子的精神比昨日好些了,目光也不那么散了,他定睛望着二先生:"怀运,过会儿,我去药房拿点儿药。"

朱怀运说:"待会儿我给你送家去吧。"

陈疯子手摇着:"不麻烦不麻烦,还是我去取。"

不一会儿,张彩霞一手端着一盘豆腐过来了,一盘给陈站长,一盘送到了朱怀运的面前。

史家成眼尖:"哎,我说彩霞,二先生的豆腐上怎么也有香油?我吃豆腐也付钱,你有点儿不讲究!"

张彩霞用手撩一下额前的头发:"他今天啊,是沾了陈站长的光。"瞟一眼吴二,"有意见你也去茅坑提去!"

史家成用筷子点着桌面:"你等着,今天后半夜我再找你算账!"

张彩霞叫嚷着史家成的小名:"二妖你来,你不来你二妖是大闺女养的!"

昨天傍晚下了一场小雨,刮了一场这个季节很少有的东北风,早晨就有些凉意。独自坐在梧桐树下的秀华心中暗想,秋深了。

太阳溜达到树梢的时候,寂寞的院子里才显得有点儿生气。孤独的鸟儿在树叶的茂密处鸣叫,踩落了几滴残雨,滴在秀华瘦削的肩头。真凉,秀华不由得抱紧了双臂。

公公去外地看朋友去了,估计一两天才能回来。早饭做了,秀华却不想吃,无事可做,秀华就一个人在院子里呆呆地坐着。平时有公公在,倒没觉得怎么样,如今公公突然离开,心中多多少少有点儿孤单,就像树上那只鸟。

这几天叫秀华憋闷的不只是这些,过去一两天或是两三天,她会主动给男人家宝打电话解闷,不知啥原因,家宝的手机这几日一直关机。是手机没电了,还是手机没钱了呢?不对啊,若是没电的话,不能一直没电吧?假如手机没钱的话,也没道理,过去听家宝说,他们工地附近就有充话费的地方。难道说是手机坏了吗?还是手机被人偷去了?不然的话,家宝的手机不会打不通的。到底是啥原因呢?真是急死人了!秀华又在心里怨恨家宝,不论是没电了，还是没钱了，还是手机丢了还是手机坏了，那你不会借别人的手机打个电话回来啊？笨死你了，是猪才会这么笨你知道吗？那你就是猪猪猪猪……对了，万一不是这个原因呢？会不会是生病了？会不会是受伤了？秀华心中又急又乱，不知如何是好。

偌大的一个院，秀华今天才尝到冷清的滋味。

秀华不知不觉地从那个院子走到自己住的那个院子，虽然当中有道墙隔着，可她还是觉得院子太空旷、太野，令人生出许多凄凉与忧烦。

猛地，她望到了一片绿色，那是她的韭菜园。很显然，那是昨日小雨的功劳。记得两天前她来看时，韭菜还没有出土，一场雨就把它们催出来了。秀华走过去，蹲下身，用手轻轻地抚摸着娇嫩的叶片，心中随即生起一种感动，眼睛里便有亮光在闪动着……

回到自己的屋里，秀华的心情似乎好多了。给家宝打的毛衣还差两个袖子，闲着没事，坐在床沿织了起来。抬眼间，她看到了挂在衣服架上的那件粉红色衬衫，最下边少了一粒扣子，其实前两天她就发现了，四处寻找也没找到，昨日去商店配，就是配不上，她要的那种红扣子断货。她大门不出二门不迈的，又不下地干活，这扣子能掉到哪里去呢？屋里屋外，甚至连洗衣机都找了，就是找不着。真是怪了！猛然间想起，前两天给公公打扫屋子，是不是掉在那儿了呢？正好公公不在家，秀华放下毛衣，去公公住的西屋里看一看。她想，那粒红色的纽扣一定在公公屋子里的某个地方。

公公的屋里有股男人味。男人味是啥味？秀华也闹不明白，反正与自己的屋子里味道不一样。这种味道一直吸引着秀华的心。只要公公不在家，她总要偷偷地来公公的屋里坐一会儿，深呼吸几口气，然后才出去。有时即便公公在家，她也会借故来打扫卫生，或者找公公换下来衣服洗来西屋转上一圈。

扣子要丢肯定在地面上，所以秀华的目光始终在地面上寻找。西屋里摆的东西不多，一眼就能看彻底。来来回回搜寻了好几遍也没找着。桌底下、床拐角甚至墙旮旯秀华都用手摸了好几遍，还是不见那粒红色纽扣的踪影。

秀华坐在床边，打了个愣神，然后站起身，嗅嗅鼻子，又深深地吸了口空气，这才转身向外走去。

正午，院子里除了树底下，四处积满了阳光。秋老虎开始发威了，天气死热。秀华站在当院，不一会儿身上就有些发黏了。昨晚上懒得没有洗澡，估计太阳能这会儿水也该晒热了,秀华现在就想洗洗澡。

西院的锅屋不做饭,改成了洗澡间,家宝出去打工,平常太阳能只有秀华一人用。有好几次,秀华躲出去,叫公公用太阳能洗洗澡,不然浪费可惜了。公公死也不肯。

洗完澡,秀华本已准备好换身的衣服,想想又没穿,家中没人,这时候也不会来外人,难得有展示自己身体的机会,索性光着身子在院子里走动走动。来来回回走了好几趟,身上的水珠也晾干了,秀华还是不想穿衣服。秀华心中暗想,假如男男女女在一起都不穿衣服的话,那将是多么难堪啊!真是那样的话,夫妻不夫妻的,流氓不流氓的也就不那么计较了吧!不过,听说外国有的地方在海边洗澡,男女都不穿衣服,如果有人穿衣服倒被人视为流氓了,因为你看了别人的身体,却不叫人家看你,人家岂不是吃亏了!

秀华在树底下光着身子坐了好一阵子,感觉身子有点儿疲乏,想回屋补个觉,她都好几夜没睡好了,这会儿眼睛都有些发涩了呢。走到公公的堂屋门口,看着东屋紧锁的房门,一直有着好奇之心的她不知不觉地竟然来到了门口。

婆婆死了之后,除了公公进去打扫之外,东屋就一直这样锁着。开始秀华觉得可能是公公与婆婆感情深厚,不愿意外人碰他们的床。况且那张床又是那么特别。不过后来秀华发现,有几次,公公三更半夜偷偷起来进了东屋,进去之后便将房门从里面插死,也不开灯,一二十分钟后才像先前一样,蹑手蹑脚出来,将屋门锁好,然后才回到西屋里睡下。

自打结婚后,秀华一直没有去过公公的东屋。公公之前也与她交代过,东屋不允许她进去。起初秀华也没在意,自从发现公公半夜三更像做贼似的举动,这才引起了她的注意。东屋里到底有啥秘密呢?

东屋的钥匙就在堂屋山墙的相框后面藏着,秀华自从那一次发现这个藏钥匙的地方之后,便对公公的东屋产生了好奇心。其实,令秀华早就有着极大的兴趣的还是公公的那张大床。

秀华从相框后面拿到那把钥匙,不知啥原因,开锁的时候,双手竟有些颤抖。

东屋里前后都有玻璃大窗,光线十分充足。因为没人居住,屋里散发出一种淡淡的霉味。床很大,靠后窗山墙放着,没有外人传说的那样大,秀华眼睛目测,估计长有两米二三,宽大约两米五,几乎是见方。因为床大,再加上衣柜、五斗橱、床头柜,屋里显得很拥挤。

家具不显得旧，可能后来重新刷了漆，紫红的漆面还透出光亮。房间里很干净，家具、地面几乎是一尘不染。秀华在床前傻站着，起先那种好奇心完全消失殆尽。她不明白，公公平常为啥那么紧张，将门锁得紧紧的，就好像屋里藏着什么大秘密似的，却原来啥也没有。秀华突然有一种上当或者被骗的感觉。

秀华正准备离开，她看到床上的被子叠得有些凌乱，就想打开重新叠整齐。当她抖开被子时，突然一样东西从被子里掉了出来。秀华一把没逮住，东西滑到了床下。秀华弯腰捡起那个东西看了半天，也没有辨认出是啥玩意儿。她拿着那件东西在手中一边端详一边琢磨，猛地，她看出来了，那是女人下身的那样东西。秀华啥都明白了，原来公公夜深人静的时候，鬼鬼祟祟来东屋里却是来干这个事情的。不由得，秀华脸上生起了一团红晕，随即心里头有一种不可名状的东西在作怪，冲撞着她的某根神经，她实在是把不住自己的心，浑身直想男女之间的那种事情……她的脑海中便浮现出与男人家宝屈指可数的那几夜的欢愉。她在公公的那张大床上左右翻滚着，呻吟着，那张床虽然宽大，有几次秀华差点儿滚落到床下。这时，她心中才弄明白公公打这么大的床的目的。

一阵疲乏袭上身来，突然之间秀华就被困倦给打倒了，她本想歇一会儿的，哪承想一下子却睡着了。当时，她还想着去看看院门关没关，哪知眼睛一闭就啥也不知道了。

二先生朱怀运突然决定要打一张大床，是与史善春家一样大的那样的床。

近来一段时间他与张彩霞关系有些松动，两人见了面不像往日那么绷着脸，有人的时候，张彩霞还与他开一两句玩笑。这令朱怀运的身心又重新荡漾起来，并且看到了爱情道路上的曙光。

张彩霞多年来暗恋着史善春朱怀运是晓得的，但叫朱怀运想不明白的是，史善春哪一点儿比他朱怀运强呢？论长相他也比史善春长得周正，若是从事业与家庭经济条件来讲，他史善春更是没法比。这却是奇了怪了，张彩霞眼里心里装的就是史善春，而他在张彩霞的眼里心里连泡狗屎都不如。这使得朱怀运的心里多少年来一直窝着个疙瘩。不过追张彩霞的目标一直没有变，相反更加强烈。即便是张彩霞后来结婚生子，朱怀运还是痴心不死，并放出话来，今生今世非张彩霞不娶，现如今已经四十好几了，还是孤家寡人一个。

几年前,张彩霞的男人没了,朱怀运心里又燃起了希望的火焰,哪知道偏偏史善春的老婆也死了,这给朱怀运与张彩霞之间又添了一堵墙。自从那天晚上与史善春夜谈之后,朱怀运心中算是有了底了。不过说是这么说,史善春说的是不是心里话?能不能算话,这都是个未知数。总而言之,史善春一天不结婚,他与张彩霞的事情就不能安稳。所以这段时间,朱怀运一直在心中琢磨,要想割断张彩霞与史善春之间的关系,使其断了念想,唯一的办法就是叫史善春抓紧结婚,若是史善春重新成了家,那么张彩霞也就没有猴跳了。

朱怀运也是一个有心计的人,暗地里他联络了来龙街上几个有名的媒婆,给她们讲,谁要是能帮史善春说到一个合适的老婆,事成后赏金两万。

遍地撒网,总能捕到一两条鱼。这天晚上,一个媒婆领个女的到了朱家药房。那女的三十露头,也是死了男人的,不过没有孩子;人长得挺俊,个头也与史善春般配。朱怀运甚是高兴,见到那个女人后,偷偷和她讲,假如事情成功,他出五万块钱作为陪嫁。

女的姓黄,朱怀运就称呼她小黄,两人私下约定,以远房表妹相称。

朱怀运估计,要是直接由他给史善春提媒,恐怕会引起张彩霞的猜疑。史善春被好事蒙着也许想不到,张彩霞是个鬼精的人,明睁大眼的事情,张彩霞会看不出来?所以朱怀运就想了一招,叫小黄与史善春来一个"日久生情"。

第二天一早,朱怀运到史善春家请工。

史善春一听这话就笑了:"二先生,你是哪根神经扭着了,你这么有钱,红木床你也买得起的。"

"不买,就打,与你家一模一样的。"朱怀运说。

史善春端详着朱怀运的脸:"你的脑子没病吧?想打我这样的床,如今木器厂的手艺比我强得多,你可以去定做。再说了,我又不是正经的木匠,街上真正的木匠多的是,过去我那是闹着玩的。"

朱怀运说:"就请你打,别人的活我相不中。"

史善春无奈地摇摇头:"反正我没事,你去准备木料吧,今天我得磨磨工具,明天过去。"

朱怀运千恩万谢地走了。

将朱怀运送到院门口,史善春突然想起什么,问道:"你打算结婚吗？"

朱怀运本想说先准备着，话到嘴边又咽回去了，叹一口气："老同学取笑了，谁要我呢？还等着你有空在彩霞面前替我美言几句呢！"

史善春说："那是当然的了，你放宽心吧。"

朱怀运走后，史善春将工具找出来，锯子已经锈了，他找来锉刀，将锯齿锉了一遍，又把斧头刨子在磨刀石上磨得锋快，收拾得差不多了，这时秀华上街买菜从外面回来了，史善春连忙从晾绳上拿过来一件短袖褂子披在身上。

秀华问公公拾掇这些东西干什么？史善春就把朱怀运来请他去打床的事情说了一遍。秀华也觉得奇怪，但啥话也没说。

史善春边拾掇东西边说："明儿起，这几天我就不在家吃了。"

"嗯哪。"

"你想吃啥你就自己做点儿。"

"嗯哪。"

史善春想起什么："家宝的电话打通了没？"

秀华苦笑着摇摇头。

"这个狗日的！"少时又说，"回头我去你彩霞婶家问问他儿子麸皮的电话，问问是咋回事。"

秀华忙阻止："别了，许是家宝的手机丢了或是坏了。我再打试试。"说罢，将菜篮子提进锅屋去了。

史善春望着儿媳的背影，突然间想起了什么："你好久没回娘家了，闷的话，回去过几天。"

秀华在锅屋答应着："嗯哪。"接着又说道，"天热，不然等天凉快些再回去吧。"

"也好。"

秀华拿出一把豆角在树下饭桌旁择。

史善春收拾好工具，洗了手，将身上披着的褂子穿好，对秀华说："我出去一下。"正欲出门，又停止脚步，"秀华，这两天你没去过东屋吧？"

秀华被问得一愣怔："东屋？我去那干什么，我又没有钥匙。"

史善春感觉这话问得有点唐突，也就有些不好意思："没有事，我随便问问的。"

秀华想起东屋被窝里那件东西，脸上不由得一阵发烫，也不敢抬头，等公公出门远去了,这才长出了一口气。心中暗想,公公问这话是啥意思,难道说她去东屋被公公发现了吗?想想不会啊,她啥也没动啊?忽想起,她走时将公公的被子重新叠了一下,也许是公公发现了什么。秀华心中好一阵埋怨,自己怎么这样粗心呢?她猛然想起了东屋的那把钥匙,忙站起身来去找,没出秀华所料,相框后的钥匙已经不见了,她心里不由得有些怅惘,后悔当时没有去配一把,看来,东屋今后她是进不去了,那里再发生啥事情,也与她无关了。

朱家药房沿街盖了二层小楼,楼下是药房,楼上是办公室、手术室、仓库。一个大院,很深。后面又盖一座楼,是四层;一、二层当病房使用,三层是会客的地方,最上面一层是朱怀运在那住着,一个人住一层楼,翻跟头都用不了。

朱怀运在后院楼下找了一间空房,临时给史善春打床用。室内有一个柜式空调,温度开得很低,史善春一进去不由得打了个冷战。

史善春说:"二先生,你是找我来干活的吗?分明是叫我来享福的呢!"

朱怀运说:"天这么热,你若是中了暑,耽误了工期不说,我还得给你吃药打针,那样才划不来呢!"

史善春在拾掇木料,朱怀运出去了,不一会儿又回来了,身后跟进来一个浑身散着肥皂味的女人。

朱怀运介绍说:"这是我的表妹,姓黄,你就叫她小黄吧。"

史善春开玩笑道:"哎哟喂,二先生你在哪儿找来这么一位天仙哪?你是叫我来干活的还是叫我来谈情说爱的?"

一句玩笑开得朱怀运与小黄都笑了。这也是他们两人想要的效果。

史善春接着问:"这位姑娘在哪里干活?"

朱怀运说:"在前面药房拿药。"

史善春说:"你药房的人我个个认得,这个小黄我却头一回见呢!"

"刚来不几天。"朱怀运说。说着从身上掏出来两包烟来,放在墙边的桌子上,随口说道,"这几天,小黄就在这里替我给你倒茶、点烟、打打下手,陪你说说话。"

史善春正经说:"我刚才是与你们开玩笑的,我干活身边站个女人,我是来干活的还是欣赏美女的?再说了,要喝茶要抽烟我自己会弄,弄个闲人

伺候我，你说多别扭！"

朱怀运笑道："俗话讲，男女搭配干活不累。别啰唆了，就叫小黄在这帮忙吧，我还有事先走了。"

史善春还想说什么的，旁边小黄早已将茶泡好了。接着打开一包烟，抽出一支，送到史善春的嘴上，又亲自给点上火，然后又将茶杯送到史善春的手中，含情脉脉情地望着史善春。

小黄微笑着说："这是上等的西湖龙井，善春哥，你喝一口茶再干吧。"说着一掀杯盖，满屋溅香。

史善春无意间瞅一眼那个小黄，一双手不去接茶杯都不行了。那个小黄真叫一个俊，怎么看怎么好看。除了在外头打工那阵子，晚上下班没有事，好跟别人一起去马路旁看女人，回来这年把，特别是死了老婆之后，史善春还没有这么正儿八经地打量过一个女人呢。

史善春品了一口茶，咂摸咂摸嘴："他奶奶的，到底是好茶，真香！"

小黄笑了。

史善春说："你笑什么？"

小黄说："没什么，我是觉得你的样子好笑。"

"我的样子咋啦？是不是很老？"史善春不由得用手摸了一下下巴上的胡子。

"不老不老！"小黄赶紧说道。半晌小心地问道，"善春哥，你今年……"

史善春连忙说："我四十四了，属马的。"

小黄有些惊奇："怎么这么巧，我也是属马的，小你一旬。"

"是吗？"史善春也觉得巧，顺口开玩笑道，"我是老马，你是小马。"

小黄更正道："不，你是大马，我是小马！"

史善春好久没这么开心过了，嘿嘿地笑了起来。

小黄也不由得笑了起来，两人都感到很愉快。

史善春忽然想起了什么："光顾说话了，到现在一点活也没干，再不干，怕是中午老板不给饭吃了！"

说着放下手中茶杯，捡起一块木料，搭上锯，"嗯哧嗯哧"地锯了起来。

虽然屋内有空调，史善春干了一会儿活，额头上还是冒出了细细的汗珠,小黄去水管子打了一盆水,湿了毛巾,一趟一趟地给史善春送毛巾擦汗。开始史善春还接了毛巾自己擦拭,后来小黄嫌他手脏,要亲自给他擦,史善春还有点儿不好意思。

小黄说:"你是个走南闯北的人,头脑咋还那么封建呢?"

史善春觉得人家小黄说得有道理,就采纳了人家的意见,再有汗,就伸着额头让小黄给他擦。

快晌午的时候,突然间停电了,在农村,一天停几回电那是常事。小黄叫史善春歇会儿再干,史善春觉得没出多少活,就没有歇,继续接着干,不多会儿,浑身上下衣服就湿透了。小黄去前面找来一把芭蕉扇,替史善春扇着扇子,微风里裹着喷香的肥皂味,史善春愈干愈有劲,一点儿也不觉得累。他忽然想起了朱怀运说的那句男女搭配干活不累的话来,不由得偷看了一眼小黄,心中非常惬意,恣得直痒痒。

晚上,朱怀运从饭店要了几个菜,开了一瓶好酒,又将村主任史家成叫过来陪酒。

酒喝到三五杯的时候,史家成就看出问题来了,对史善春说道:"叔,你与小黄认识多久了?"

史善春说:"咋的了?也是今天刚刚接触。"

史家成说:"不对,当侄儿的说句不当说的话,我看这个场面,总感觉着,你与小黄好像老熟人似的。"

趁着酒兴,史善春笑骂道:"你妈了X,你狗日的啥意思?人家小黄可是个女同志,你别胡咧咧!"

史家成说:"叔,我是说啊,我瞧着你与小黄挺有缘的,如今你是孤家寡人一个,我听二先生说,他这个表妹也是独身,还不如你们两个拉咕拉咕,我做个媒,这条大鲤鱼我就吃成了!你瞧咋样?"

虽然事情来得有些突然,史善春心里也没有思想准备,与小黄才认识一天,史善春对小黄的确有许多好感,不过这么短的时间就确认婚姻大事,双方也没了解了解,总不是那么回事,就说道:"家成,这个玩笑不能开!"

"啥玩笑不能开?"随着话音,张彩霞一脚跨进门来。

早晨史善春来朱怀运家的时候。路过豆腐摊了,张彩霞见史善春拿着工具就问他干啥去,史善春就把帮朱怀运打床的事说了,所以张彩霞特地过来看看。

对于张彩霞的到来,朱怀运是又喜又怕。喜的是,从未登门的张彩霞能赏脸到他家来，怕的是，张彩霞来的不是时候，他怕他导演的这一出戏别被张彩霞给搅黄喽！

朱怀运急忙站起身，将座位让给张彩霞，又给张彩霞重新换了碗筷，拿了一只酒杯，倒满了酒放在张彩霞的面前。

张彩霞望着小黄问朱怀运："这个小妹是哪里的人啊？我怎么不认识呢？"

朱怀运忙介绍："这是我的表妹。"接着与小黄说道，"小黄，这是我的老同学，你叫张姐。"

"张姐。"小黄低低的声音。

张彩霞端起酒杯一饮而尽，然后说道："怪不得刚才这里这么热闹嘛，却原来有个美人尖子在这里坐着，难怪难怪！"

史家成也是被人请来忠人之事的，他也知晓张彩霞心里想着史善春，连忙岔开话题："彩霞，你今儿来晚了，得罚你几杯。"

张彩霞没接史家成的话，却问朱怀运道："刚才你们说这玩笑不能开，开啥玩笑了？"

朱怀运一时语塞，答不出话来。

史善春脑子反应得快："我们在说二先生的事，都四十好几了，到现在都没有成家，家成说你挺合适的，又是老同学。"

张彩霞冷笑道："你们背后乱嚼舌根，罚你们几个才对呢！"

史善春、史家成、朱怀运还有小黄都斟满了酒，一口闷了。张彩霞好强，连喝了两个满杯，算是晚到的罚酒。接下来，朱怀运又开了一瓶酒，又打电话给饭店加了两个菜，不多时第二瓶酒又见底了。朱怀运还要去拿酒，叫史善春给挡住了。

张彩霞说："拿，难得高兴！"

史善春劝道："明天你还做豆腐呢！"

张彩霞说："不做了。"

大家都晓得张彩霞的脾气，知道劝也是无用。朱怀运去楼上拿来了酒，大家继续喝。

又喝了几杯，张彩霞突然冒出一句话："小黄，听说你是孤身一人，人长得也不错，你看看你表哥，要人有人，要事业有事业，至今也没成家，不如你们来个亲上加亲，多好！"

一句话说得在座的都愣住了。

就在这时，药房看夜的老李头慌慌张张地跑进门来，气喘吁吁地对史家成说道："史主任，不好了不好了！"

史家成一惊，问："啥事情。"

老李头说："文化站的陈站长死了。"

史家成又是一惊，酒也醒了："怎么死的？"

老李头说："听说是跳的河。"

屋里除了小黄在那愣着，其余几人都拔腿向外跑去。

老李头腿脚不太好，踢踢踏踏地跟在后头，像是自言自语又像是说给前面人听的："陈站长肚里没有一口水，可能是呛死的。真是可怜哪！听吴二讲，下午还见到他的，说没就没了，你说这人哪，唉！……"

为了陈疯子的后事，史善春、史家成、朱怀运几个人忙到了半夜，当晚派出所也来人了，开始还怀疑是不是有人害的，因为害陈疯子家破人亡的那个崔雷霆还活着，而且当上了房地产的老板，比过去还有钱。姓崔的买通人报复杀人也不是没有可能。后来有人证实，天傍黑的时候，的确有人看见陈疯子一个人在桥头转悠。再后来，在陈疯子的家里又发现了他给在城里念书的儿子留下的遗书，所以排除他杀的可能。

上午，史善春起来，直接到陈站长家烧纸。陈的父母还健在，白发人送黑发人，那种场面的确令史善春伤心落泪。烧完纸之后，史善春又陪着陈家两位老人说了一会儿话，接着镇里来人了，派来一位副镇长专门料理此事。镇里还派了一辆小汽车去县城接陈站长的儿子。镇村都有人在那照应，看看没有多少事，史善春就想回药房继续干他的木匠活。

早晨忙得没顾上吃饭，走到张彩霞的豆腐摊前，史善春本想要一盘豆腐吃的，哪知张彩霞见了他爱理不理、一脸不是一脸的，弄得史善春一头雾水，心中纳闷，奇怪啊，昨晚一起喝酒还是好好的，怎么隔了一夜就变脸了呢？史善春在心里琢磨了半天，也没琢磨出来啥事情。一生气爽当不吃了，昨晚熬夜也不太想吃，加上又碰到陈站长的伤心事，也觉得心里有点儿堵得慌。在豆腐摊前傻站了一会儿，一扭脸，史善春走了。

到了药房，史善春看见朱怀运正在当院与小黄说话。

见史善春过来，朱怀运就说："善春哥，昨儿个为了陈站长的事熬了大半夜，不然上午歇歇吧？"

史善春望一眼小黄说："歇什么？我这人就这脾气，有了活就闲不住，

不干完心不安，抓紧干完了没心思。"

"忙啥呢？"朱怀运掏出烟来，给史善春丢去一支，又亲自给点上。而后说道，"不急不急，慢慢干，我又不急等着床睡。"少时又说，"我去陈家烧把纸。"

史善春说："我刚刚烧完回来。镇里派人来了，我瞧没啥事，我就来了。"

朱怀运说："善春哥，活不急，你干活悠着点儿，天热，别中暑了！"又对小黄一递眼色，"小黄，你可得照顾好我的老大哥啊！"

小黄笑着点点头。

史善春今儿才发现，小黄笑起来很好看，牙齿怪整齐，也很白。昨天闲谈中知晓，小黄过去曾在大城市里打过工，经常刷牙那是一定的。史善春心中暗想。

史善春摸过工具，还没有动手干活，小黄这旁茶就泡好了。茶叶放得有些多，因为小黄心想史善春昨夜熬了眼，所以泡浓点儿。昨儿熬了夜，早晨又没吃东西，史善春空腹喝了一杯浓茶，胃里就有些不舒服。又不好说，又心疼茶叶糟蹋了，所以端起茶杯一口就喝干了。

刚刚才刨好一根木料，小黄将茶杯续满，又递过来了。

史善春说："不渴。"

小黄说："喝点儿吧，我看你都出汗了呢！"

史善春本想说那是虚汗，怕小黄多想，又怕屈了小黄一番好意，就没说。又将那杯茶喝干了。小黄放下茶杯，又去掏一条毛巾，替史善春擦去额头上的汗。

就在这时，门被推开了，是张彩霞，手里端了一盘热豆腐，还拿了两个五香鸡蛋。见到小黄对史善春那个亲热劲儿，一撇嘴儿。

张彩霞："哟，怪不得不饿嘛，有美女在这陪着，即便是三天三夜不吃不喝也不会觉得饿的，是不是史大哥？"

小黄急忙撤开身子："张姐来了？"说罢借故去前面提开水，拎起水瓶出了门。

史善春被弄得很尴尬，也觉得一个男子汉叫一个刚刚认识不久的年轻女人擦汗有点儿不男人！知道张彩霞是个刀子嘴豆腐心的女人，她的心性脾气他摸得一清二楚。她说再难听的话你别理会，也别解释，解释多了相反更加解释不清。所以不接张彩霞的话茬，端起豆腐就吃。

张彩霞一边剥着鸡蛋一边说着怂腔:"史善春,恭喜你啊!"

史善春不能不搭话了,却又装着糊涂:"喜从何来?"

张彩霞冷言冷语道:"恭喜你交了桃花运哪!"

史善春只顾低头吃豆腐,装着没听懂张彩霞的话。

张彩霞将剥好的鸡蛋放进史善春的豆腐碗里:"不是吗?你看看,开着空调在这谈情说爱,这不是交桃花运是什么?"

史善春瞥一眼张彩霞:"别胡说八道!"

"我胡说八道?"张彩霞撇撇嘴,"冤屈你了吗?你们才认识多久?就那样亲热,叫人恶心不恶心呢!"稍停又说,"你都四十好几的人了,别弄出啥事情来,末了没法收场啊!"

史善春叫鸡蛋噎着了,端起茶杯喝一口茶,没有管用,自己在那里用手掌抚弄着咽喉。

张彩霞嗔怒道:"噎死你!看你还想好事不!"

终于顺畅了,史善春长出一口气,开玩笑道:"我死了,你也摆脱不了干系,是你给我剥的鸡蛋。再说了,我死了,你有啥好处?还得花钱烧纸,还得买花圈!"

张彩霞站起身来:"我没有闲工夫与你磕牙,我还得回去做生意呢!"走两步又转回身,发狠道,"史善春,我警告你,你如果胡思乱想,我饶不了你!"

史善春有意装出一脸赖皮相:"想想咋啦?想想又不犯法!"

张彩霞啐了一口:"呸,我看你敢想!"

走到药房门口,正好遇到朱怀运。

朱怀运上前招呼:"彩霞,怎么走了?"

"不走,还等着你来卖我啊?"张彩霞冷嘲道。

朱怀运笑着说:"看你说的!"见张彩霞手中端着碗,就问道,"彩霞,给谁送豆腐呢?"

张彩霞故意说道:"善春早上没有吃饭,我给他送了一碗豆腐,还有两个五香鸡蛋。"

"你对善春哥真是太好了!"朱怀运一脸羡慕。

"我对他好,也没有你对他好啊!"张彩霞话中有话。略顿又说,"好烟好茶招待,还弄个美女在那伺候着,你说你朱怀运想干什么?"

见张彩霞愈说愈来气,朱怀运始终面带微笑:"彩霞,你可能是

误会了!"

张彩霞冷笑道:"朱怀运,你少在我面前要小聪明,你心中那个鬼点子我不猜也知道,你叫那个姓黄的在史善春面前晃来晃去的,你是啥目的我能不清楚?"

朱怀运笑道:"彩霞,你真是想多了!"

张彩霞放缓了语速:"那好,就算是我想多了,你明天就将那个姓黄的女的撵得远远的,别叫我再看到她,行吗?"

朱怀运脸上仍旧挂着笑容:"彩霞,其实……"

张彩霞嗔怒道:"我不听你解释,你如果叫我相信你,就按我说的办!"

朱怀运还想说什么,张彩霞却抬腿走了,回头撂下一句话:"我警告你朱怀运,假如你与我日鬼,我有的是办法治你,不信你就走着瞧!"

第二天,史善春干了一上午活也没见着小黄,他也不便问,心想可能是朱怀运派小黄出去做别的事情了。下午小黄仍旧没有来。史善春就有些奇怪,晚上与朱怀运一起喝酒的时候,史善春就憋不住劲了,问朱怀运小黄怎么一天没见?朱怀运轻描淡写地说,我忘记告诉你了,小黄家中有事,临时回去了。史善春就不好问下去了。又过了两三日,仍不见小黄回来,史善春干起活来就觉得没有劲,吸烟不解闷,喝茶茶没味。眼看着那张大床就要做好了,那晚,史善春又向朱怀运婉转地打听小黄的情况。朱怀运说,小黄的父亲病了,挺重的,以后能不能来还两说着呢。说完这话朱怀运心中一阵思量,心想,假如小黄不走的话,看史善春那个渴望劲儿,说不定他两人准能成。可朱怀运不敢冒这个险,他绝不敢与张彩霞斗心眼,真斗起来,自己绝对不是她的对手。他与张彩霞的关系刚刚有所好转,这好不容易创造的大好局面不能被自己给破坏了。那个小黄对史善春也好像有了意思,不过朱怀运也看出来了,她图的是钱。当叫她离开的时候,表面上小黄有些舍不得,当朱怀运掏出来五千元钱作为这两天的补偿的时候,小黄连停也未停,装起钱就出了门。其实,只两天的工夫,即便是真感情,又会有多少含金量呢?

与小黄两天的接触,史善春的确有点儿相见恨晚的感觉。小黄突然离去,给他的精神上打击很大,刚热乎就凉了,这种反差使他有点儿接受不了。他心中抱着一线希望,他总觉着小黄不能就这样消失了,两座山不能相见,两个人总会见面的。

在大床起工的那天晚上,史善春酒喝得特别少,无论别人怎么劝,他就是不喝。回去的第二天,史善春就病倒了,发烧烧到三十八度几,去朱家药房挂了几天吊瓶烧才退,他与看她的儿媳妇秀华讲,可能是干活时吹空调吹的。

昨晚秀华终于与家宝联系上了,是家宝主动打来的。真叫秀华猜对了,家宝的手机前些时真的丢了。因为没发工钱,所以也没买。昨天刚刚开了工资,就马不停蹄地买了一部,叫啥牌子,秀华一时没有记住。秀华在电话里埋怨家宝道,你不会借人家手机来个电话说一声啊,害得人家提心吊胆了好几天!家宝说了两大车软话,秀华这才算拉倒。

一夜,秀华睡得像头死猪。早晨起床,她觉得心情舒畅了不少。站在屋门口梳好了头,而后就在那里放远望,她便看到了那几畦溅绿的已经爬高的韭菜。心想能割了。

秀华突然萌发了想给公公包一顿饺子吃的念头,可是,这个想法一经形成,又被自己给否定了。她只会和面,却不会包饺子。刚出学校门就结婚了,想学还未来得及。婆婆又不在了,想学也找不到人。当然她不想去求人,怕别人笑话说她笨。想来想去,秀华决定回娘家去一趟,找母亲指导她包饺子,这样,别人想笑话她也笑话不成了。

吃了早饭,秀华对正在扫院子的公公说,我今天想回娘家一趟。史善春说好啊,又说趁凉快,早些动身。说罢,丢下扫帚,去堂屋里将自行车推了出来,又试一试车胎,发现气足足的,就又说,回家想过就多过几天,反正家里也没有啥事。秀华答应一声,又随即说,今晚住一晚,明天一早就回。史善春有些诧异,说你都几个月没有回娘家了,在家多过几天吧。你母亲肯定是想你了,你好好陪她说说话。秀华说,你的身子还未好透,日子长了我不放心。史善春连连摆手,你别管我,我的病早就好利索了,你就放心在家多住几天吧。秀华只好答应着,其实心中早计划好了,只在娘家待一晚,她还惦记着包饺子给公公吃呢!

秀华走了之后,没啥事,史善春想到地里转一转,看看稻子啥时好割。他已经计划好了,明年不准备种庄稼了,想把地改作大棚种蔬菜,听说村里已与上海一家大公司谈好了,全村土地全部种蔬菜,至于种什么,由那家公司说了算,连种子、化肥、农药都由那家公司统一安排。最省事的是,等蔬菜长成了,公司负责销售,全部供应全国大城市超市。农民只出土地、大棚,还有管理什么的,每亩地每年纯收入不低于一万五千元,这比种粮食的收入要高出了一倍,既旱涝保收,又省心,还不担风险。困难就是盖大棚需要投资不少钱，有的家庭置不起，镇里答应，对于有困难的家庭，可以从银行办小额贷款，村里负责担保。像史善春这样经济好些的家庭无须办贷款，一座大棚镇里还一次性补贴两千元钱。村里已经做了动员，镇里说已与上海那家公司签订了合同，时间是十年。史善春算了一笔账，如果种好的话，像他家里三亩多地，一年可以收入五万多元。

稻穗大部分已经出齐了，再有二十多天就可以收割了。史善春在自家的地边转了两圈，想想种了多少年的庄稼，猛然一下改种蔬菜，从感情上讲还有点儿留恋。不过，每年有五万元的收入，他就不必外出打工了。本来他打算明年叫秀华在家看家，自己出去挣钱的，农忙时再回来，现在看来出不去了。他在心中盘算着，如果秀华同意，就叫她也出去打工吧，自己就在家种菜、看家。

傍晚，史善春正准备做饭，张彩霞来了，拎了瓶放了十多年的仙女散花蓝瓷瓶"洋河"，还带了四样小菜：一碟油炸花生米、一碗自家做的卤煮香干、一包荷叶熏肠、半斤史善春爱吃的五香牛肉。张彩霞将树底下的饭桌用抹布抹一下，而后将菜拾掇出来。

自打生病，这几天史善春始终没碰酒，今儿个在湖里转了半天，肚子也有点儿饿了，见了酒就比往日馋得慌。嘴里直泛口水。他嫌一盅一盅喝起来麻烦，拿来两只大白碗，将一瓶酒"咕咚咕咚"倒进碗里，正好满满两碗。两人都爱惜酒，端起来怕洒了，就用嘴拱，一人拱了一大口，不约而同地咂着嘴说道，好香！好香！

三口酒下肚，史善春掏出烟来，边吸烟边与张彩霞说着闲话。

"秀华走娘家了？"

"清早走的。你见了？"

"她打我的豆腐摊前过，我问的她。"略顿又说，"我叫她捎二斤豆腐回去，她死活不要。这孩子！"

"随她。你别见怪。"

张彩霞猛然想起件事："善春，今儿没别人，你与我说句实话，你对那个小黄是不是有点儿意思？"

史善春看看天说："天黑了，我去拉灯。"

张彩霞按住不让，没好气地说："天黑也吃不进你鼻孔里去！"接着说道，"我问你的话呢？"

"就两天的时间，我们能有啥意思？"

"我想你也不会这么憨的,你了解那个小黄吗?看她打扮那个浪样儿,过去肯定风流得很!"

"你别这么说人家,喜欢打扮不一定就是风流!"

"你看看,还没有怎么样呢,就护上了!"

"我护她作甚,我又与她没有啥!"

张彩霞端起酒碗:"为你的清白干一个!"

放下酒碗,史善春又抽出一支烟,用烟头点燃,吸了两口,说道:"彩霞,你与二先生的事情你打算怎么着?"

张彩霞随口答道:"没有打算,所以也没有想怎么着。"

"你这么拖着总不是个事。"

"我的事你别管!"

史善春偷偷一笑:"不管不管,咱们喝酒。"

张彩霞喝了一大口酒,重重地放下碗,眼睛逼视着史善春:"善春,今天我倒要问问你,你自己的事咋想的?"

史善春装着糊涂:"我啥事?"

"你准备就这样过一辈子吗?"

"我还能咋着?一人过才素静!"

"怕不是真心话吧!"

"骗你是狗。"

张彩霞暗中冷笑:"你宁愿当狗,也不愿意讲实话!"

史善春不语。

张彩霞猛地端起酒碗,史善春意识到了什么,欲上前阻拦,却被张彩霞甩开了,接着一口气喝干了半碗酒,而后望着远处喘着粗气。

史善春说:"彩霞……"

"走了!"张彩霞猛地站起身,由于起得有些猛,险些栽倒。

史善春急忙上前扶住:"彩霞,我送你回去!"

张彩霞胳膊用力一甩,弄自己一个踉跄。

史善春一把揽着张彩霞的腰,生怕她摔倒。张彩霞顺势倒在了男人的怀里。史善春想撒手撒不了,想不抱也不行了。他心中暗想,若是这样出去,邻居们肯定议论,一个寡妇一个鳏人,两人这样抱在一起,能说清的事也说不清了!还不如先叫她醒醒酒再说吧,也许那样影响小些。

"你喝多了。不然你到屋里躺一会儿吧。"史善春像拖死猪似的将张彩

霞弄到自己的床上。

张彩霞四仰八叉地躺在那里，眼睛死死地闭着。

史善春不知如何是好坐在床沿上。他心中明白，面前这个女人心中想的是什么，可是他答应过朱怀运，男人说话，吐口痰砸个坑，不能不算数！若是那样的话，还算是什么熊男人呢！

女人的气息在向史善春逼来，他在心中暗暗地告诫自己，史善春哪，你可不能乱来，可不能乱来啊！

其实张彩霞没有醉，她要的就是这样的效果。现如今她的目的达到了，她心中真是兴高采烈啊！一个失去多年男人的女人身边躺着一个她一直眷恋着的男人，你说她能躺得住吗？躺着躺着就憋不住了，突然一翻身，一把将史善春抱住了，抱得像箍桶似的紧……

就在史善春像拖死狗似的将张彩霞弄进屋里的时候，秀华骑着自行车赶到了院门口。

秀华的确准备第二天吃完早饭再回婆家的，吃过晚饭之后，秀华越琢磨越不放心。来时候，她在街口碰见了张彩霞，张彩霞知道她回娘家的事，当时没有想那么复杂，张彩霞的问话引起了她的警惕。当时她都走老远了，那个张彩霞还追过来问她啥时回来，她想也未想就说第二天回来。现在回想起来，为什么张彩霞对她啥时候回来这么关心呢？想必没存好心。所以秀华就没往好处想。晚上包饺子，秀华学习了半天，因为心不在焉，包了好几个都没包成个儿。弄得娘直说她笨。吃了饭，不顾娘的劝阻，秀华硬是骑车回来了。她的哥哥要骑车送她，她没让。

到了院门口，还没有下车子，秀华就闻见了一股扑鼻的酒味。秀华从虚掩的院门往里瞧，只见饭桌上杯盘狼藉，显然是刚刚散席不久，却不见人影。秀华轻轻推开院门，蹑手蹑脚地来到院子里的梧桐树下，看到桌子上摆了两副碗筷，不用猜，准是张彩霞来了。然而，院子里静悄悄的，不知道两人跑到哪里去了，这时候，秀华心里真的没往好处想。

猛然，秀华听到公公的屋里有响动，便小心翼翼地走到窗户底下偷听。

女的说："善春，我能到你东屋的大床上躺一会儿吗？"

男的说："不行。"

男的又说："绝对不行！"

女的说："你这么咬死口？"

男的说:"就这么咬死口。"

女的说:"为啥?"

男的说:"必须是我的女人,才能上我的大床。"

女的说:"我就是你的女人!"

男的说:"你不是。"

女的说:"我就是!"

男的说:"你不是。"

女的说:"我就是!"

男的说:"好好好,我不与你争,是也好,不是也罢,反正你不能上我的大床!"

突然,男的"哎哟"一声:"你别瞎摸啊!"

女的说:"咋的,我摸摸又不犯法!"

男的说:"你别这样!"

女的说:"我咋样了!"

男的说:"咱只说说话。"

女的说:"难道说你不想?"

男的说:"不想。"

女的冷笑:"放你娘的驴屁,你瞒得了我?你瞧你下面硬的!跟槐木橛子似的!"

男的尖叫:"哎哎,你别碰我!"

女的说:"你干不干?"

男的说:"不干。"

女的说:"你干不干?"

男的说:"不干。"

女的说:"我再问你一句,你到底干不干?"

男的说:"我到底也不干!"

女的说:"我日你史善春的祖宗!"

男的说:"随便你日谁,我也不能答应!"

男的说:"你别拽我的裤子啊!"

男的说:"彩霞,你别逼我,我真的不能……"

女的说:"不能什么?你给谁守贞节牌坊!是死去的嫂子还是你心中另有别的女人!"

男的说:"啥都不是,你别乱猜了!"

女的说:"你不说出个子丑寅卯来,我今晚绝不能放过你!"

男的说:"彩霞,你别动,我们真的不能那个……从小,我拿你都是当妹妹看,再说,我已答应过二先生,我不能言而无信!"

女的说:"我是你什么人?你拿我充老好人?"

男的说:"我不是充老好人,二先生的条件确实不错,再说,人家等你这么些年,难道说,你一点儿也不领情!"

女的说:"史善春,你是一个天下难找的大混蛋,从今往后咱俩桥归桥路归路,谁也不认得谁!"

秀华听见屋里有脚步声,慌忙将身体闪到一边。

张彩霞走至房门口,一脚门里一脚门外:"史善春,现在想起来,我真有点儿怀疑,你是不是使了朱怀运的钱了?"

说罢,张彩霞气冲冲地向外走去,走至院门口,见到秀华骑的那辆自行车,不由得愣了一下,然后,一把将车子推倒,大步流星,急匆匆地离开了史家。

再有两天就是中秋节了,街上早已弥漫着月饼甜甜的味道。外出打工的人陆陆续续回家过节。这是本地人的规矩,每逢过团圆节,无论有多远,都撅着屁股往家奔。

上年中秋,家宝就没有回来过节,说是工地排他值班,值一天班,能拿到一百多元钱,几天假可以有一千多元的收入。今年家宝该回来过节了吧?所以一个星期前,秀华就打电话询问这件事。家宝在电话中说,肯定回。就在昨天晚上,突然来电话变卦说又不能回来了,说是老板很器重他,今年还留他带班。家宝在电话中强调,去年是值班,今年是带班。也就是说,老板已经升他为中层干部。秀华不懂这中层干部是多大的官,只知道家宝现如今已经不干活了,只负责指挥。总而言之一句话,他今年又不回来过节了。家宝说他不是图钱,也想家,也想她。不过刚刚当头头,就得作一点儿牺牲。秀华很生气,就说,你作牺牲了,我咋办?结婚不到两个月你就走了,聚少离多,到现在分居已经快两年了,你替我想了吗?但凡你心中有我一点点的话,那你总会找个借口回家的,难道你忘了我吗?忘了我们婚后那段甜蜜的生活了吗?秀华非常生气,最后连话都不想说了,没等家宝讲完,她就生气地将电话挂断了。一个人呆呆地坐在屋里的床沿上伤了半宿的心。

第二天一早,秀华就把家宝不回来过节的事情对公公讲了。

史善春一听也十分生气,大骂儿子不孝,认为家宝是赚钱心切,所以又骂家宝,钱是你的爹啊!

张彩霞的儿子麸皮与家宝同在一个地方打工,麸皮昨晚已经回来了。史善春就想找麸皮问问家宝的情况,因为前段时间晚上与张彩霞的那件事,两人已经好久不说话了,怕见面尴尬,从那以后,史善春连张彩霞豆腐摊都没有去过。最近,街上人风传张彩霞已经答应了二先生,不知真假,传说两人已经进城买了结婚戒指。史善春弄不清张彩霞这次是赌气还是真心,他不想打听,也不想再掺合这件事。

你去张彩霞家将麸皮叫来,我有话问他。史善春对秀华说。

不一会儿秀华回来了,身后跟着麸皮。

史善春直截了当,说麸皮,家宝怎么没有回来?麸皮从身上掏出北边带来的"中南海"香烟,递一支给史善春,说善春叔你吸烟。史善春又把刚才的话说了一遍。麸皮说善春叔,这烟你吸着咋样?北京产的,名牌。史善春来气了,你妈了个X麸皮,北京一趟,你狗日的耳朵叫门给挤着了!你给我装聋作哑!麸皮傻笑,说家宝没打电话回来说吗?史善春说你狗日的别给我嬉皮笑脸的,你给我说真实情况,家宝到底值班还是有其他的事?麸皮说这事你得打电话问家宝,因为家宝提拔了,早就不干重活了,我也不经常见到他。史善春说你早晚总能看到他吧,他没提回家过节的事?麸皮说我不太清楚。史善春说家宝没出什么事吧?麸皮说我不太清楚。史善春见麸皮说话闪烁其词,就明白其中肯定有点儿事情,当着秀华的面,又不好细问。史善春对秀华说,你现在就给家宝打电话,我来接。

秀华拨通家宝手机,刚响了两声,哪知那头突然间又挂断了,再拨,对方却关了机。

史善春就知事情不好,心中突然做出决定,中秋节去北京过。

他对秀华说,家里稻子也割了,地里一时半会儿也没大活,家宝不是不能回来吗?我们就去他那儿过节。你晚上简单收拾收拾,明儿个咱们爷儿俩就动身。

麸皮听罢精神显得有点儿紧张,说善春叔,你还是别去吧?史善春说为啥?麸皮说路这么远,过节人多车又不好坐,票特紧张的,你说去就去,我怕到时你万一找不到他,不是白跑一趟吗!史善春听麸皮话里有话,就追问,麸皮你狗日的给我说实话,家宝到底有啥事情?麸皮一听,拔腿就向外走,边走边说，我啥也不知道，你还是打电话问问家宝吧！

家宝干活的工地说是在北京，其实在密云县，不久前刚改为区，离北京还有近百里地呢。

史善春与秀华坐车匆匆忙忙赶到密云，已经是晚上了，那天正好是农历八月十五。有麸皮偷偷给的地址，爷儿俩很容易就找到了家宝打工的地方。

因为放假，工地上悄无声息，只有两个看工地的老头在工棚里喝酒。看样子两人已经喝了不少了，脸都上了彩。

史善春就向喝酒的老头打听史家宝的下落。看到两人风尘仆仆的样子，其中一个秃顶的老头警惕地问道，你是他什么人？史善春留个心眼，说我们是他的亲戚。秃顶老头说，都放假了，全都回家了，要找十天之后再来吧。史善春掏出烟来，每人奉上一支，说道，家宝没有回家啊！另一个老头舌根喝得有些硬，说你讲的是哪个家？史善春说，他就一个家啊！在苏北农村的那个家。舌头根硬的那个老头接着说，我们的史经理也就是你说的史家宝，现如今马上就是我们大老板的乘龙快婿了……秃顶老头挤眉弄眼，说老张头，你胡说什么？你喝醉了！又对史善春说道，他精神有点儿毛病，你别听他瞎说八道！老张头对秃顶老头一翻白眼，你才喝醉了呢？你才精神有毛病呢！我说的是实情，人家大老远来的，你瞒人家干什么呢？史善春瞅一眼秀华，又对那个老张头说道，老哥哥，现在史家宝在哪里住？老张头摇摇头，他与我们的大老板还有他的女儿一起回北京过节去了，具体住哪儿，我们这些人哪能知晓呢！史善春还想问点儿啥的，就听身后"扑通"一声，只见秀华直直地倒在了地上……

这种场面史善春见过，他连忙将秀华扶起来盘腿坐好，一手掐人中一手轻拍其后背，不一会儿，秀华就苏醒过来了。

转眼之间，秀华就像得了一场大病似的，目光呆滞，脸蜡黄，四肢无力，站都站不稳。史善春说秀华，有委屈你就哭吧，哭出来就好受了！秀华欲哭无泪，一言不发，傻傻地望着工棚外的月光发呆。

两个喝酒的老头仿佛明白了眼前所发生的一切，有一句没一句地劝说着。并指着附近旅馆的位置，叫他们先找个地方住下来再说。

到旅馆安顿好之后，史善春就去外面想给秀华弄点儿吃的，因为今天是中秋节，所以家家饭店都是大门紧闭。连商场、超市也都早早收市回家"团圆"去了。史善春好不容易找到一家私人小商店，本打算买两盒月饼回去当晚饭，又怕勾起秀华伤心，随手拿了两桶方便面匆匆回到了旅馆。

秀华像是哑巴了，任史善春说破了天，她躺在床上就是不言语。史善春为秀华泡的那桶方便面已经凉透了，无论怎么劝，秀华就是不动嘴。史善春也没有心思吃，在那里干坐着，除了吸烟就是骂儿子！史善春虽说另开了一间房，就在秀华这间房的隔壁，他怕秀华一时想不开，就没有回自己的房间，一整夜，爷儿俩就这么睁眼睁到大天明。

太阳老高了，秀华才睡着了，史善春随便洗一把手脸，去外头买了半斤包子，又盛了两碗小米稀饭。回到旅馆，见秀华还在睡，估计她一时半会儿醒不了，便出去找电话亭想给家宝打个电话，电话拨了十几个，家宝的手机始终是关机的状态。没有辙，史善春只好先回旅馆再说。

到了秀华的房间，床上却没有了人。史善春心里不由得"咯噔"一下，一看看，儿媳的随身衣物都在，估计不会有啥事，心想秀华也许是去卫生间方便去了，就坐在那里等。一等二等不见人影，史善春就慌神了，急忙跑到女卫生间门口往里喊秀华的名字，里面无应答。这下，史善春更加着急了，找来旅馆的女服务员帮忙去里面找，结果女卫生间根本没人。问看大门的瘦高个保安，人家说没有看见，因为过节，本来旅馆住的人就少，有人出去，我肯定会看得见的。瘦高个保安说。突然瘦高个保安一拍脑门，说刚才我去厕所撒了泡尿，她会不会那时候出去的呢？史善春听罢，撒腿就向外跑。

今年中秋节与国庆节碰在了一起，密云县城又很大，街上人来人往的十分热闹。史善春见人就问，并将秀华的体征相貌与口音讲给人家听，被问的人不是摇头就是反应平淡，一个上午也没有秀华的消息。虽然是深秋的节气，史善春浑身的衣服都湿透了。

史善春忽然想起，秀华会不会又去工地了呢？这种可能性是很大的。接着便向工地跑，边跑边责怪自己，怎么没想到这一层呢！

工棚里只有秃顶老头在那里埋头吃饭，史善春问道昨晚与我来的那个女的来过没有？秃顶老头说没看见。史善春停也未停，扭脸就走。走两步又折回来，说老哥哥，密云这儿有没有河？秃顶老头没有听明白史善春的意思，说河？什么河？史善春说什么河都行，哪儿有？秃顶老头摇摇秃脑袋，说我不是这儿的人，不知道哪里有河，不过这儿有个水库，很大，那儿的水是专供北京人吃的。如果水库的水污染了，北京人就散秧了……史善春没工夫听老头瞎唠叨，看见一辆出租车过来，连忙招手上去了。

史善春坐着出租车围着密云水库转了两圈，见人多的地方就下来打听，结果还是一无所获。没有找着人，史善春心急如焚，但是他也略略放心，这说明秀华没有出啥事。也许秀华上街散散心，这会儿又回到旅馆去了也说不定。再说从昨晚到现在，史善春滴水未进，又跑了这么多的路，浑身一点儿力气也没有了，他想先回旅馆歇歇脚再作下一步打算。

还未进旅馆大门，瘦高个的保安便迎出来，告诉史善春，说你找的人回来了。史善春喜出望外，心中一块石头落了地，对瘦高个保安连声致谢，然后三步并作两步，向旅馆跑去。

推开房门，史善春看见秀华睡在了床上，心中那种喜悦之情无法言表。一颗悬着的心总算是放下了。他不由得长出一口气，心想，一场虚惊换来平安再累也值了！

史善春倒一杯开水，是昨晚的剩水，大概水瓶不保暖了，冷热刚好，他一口气喝干了。然后点燃一支烟，等着秀华醒。

吸着吸着，史善春感觉有点儿不对劲，他看见了秀华梳得一丝不乱的头发，还有穿得整齐漂亮的衣服，心中猛然一下犯了疑。他掐灭烟头，慌忙来到秀华的床前，连声叫着秀华的名字，喊了十几声，秀华就像睡着了一样，一点儿回应都没有。史善春心说坏了，就在这时，史善春发现了倒在床头柜上的药瓶，他拿过来一看，瓶子上标的是安眠药。史善春头脑一下蒙了，不由得两腿发软，眼前一黑，险些栽倒。猛然，他不知哪来的一股劲，喊了一嗓子，一把将秀华抱在怀里，拼了命地向外奔跑……

秀华虽然吃了一整瓶安眠药，因为抢救及时，洗了胃之后，人就没事了。不过受了精神刺激，医生讲病人暂且还不能出院。

秀华住院这几天，史善春始终人不离医院，连上厕所都喊个护士替他看着，生怕秀华再有什么闪失。

五六天之后，秀华身体渐渐恢复了。这期间，史善春一直给家宝去电话，始终打不通，他不想兴师问罪，也不想求他什么，只是来这儿的时候，身上没有带多少钱，现在已经欠了医院一千多元钱，在这儿举目无亲，他想能联系上家宝，起码将医院的欠款还上。目前看起来是不可能了。还有一个办法，就是想再等两天，等假期到了，家宝总得来上班的。眼下也只有这个法子了。

秀华好像看出公公的意思，急着要出院回家，她不想等那个抛弃她的男人，更不想见到他。

对于秀华的心情，史善春是能理解的，可是欠医院的钱咋办呢？他又不想与秀华讲身上没有钱了不能出院的话。

医院附近有个血站，史善春便想到了卖血。

正常人一次抽血，一般最多也就是500CC。史善春不顾医生一再劝阻，说是自己身体壮，硬是抽了1000CC的血。哪知刚刚拿到了卖血的钱，却一头栽倒在地……

这下想走也走不成了，史善春也只有老老实实地躺在医院的病床上养病，反过来，秀华又伺候起公公来。

史善春卖血的钱，根本还不上医院的账，秀华叫公公安心养病，不要担心钱，并告诉他，她已经给娘家哥哥去了电话，就这两天钱就打过来了。

住院的这几天，史善春心中始终被家宝与秀华的事情缠绕着：家宝今后会离开老板的女儿回到秀华的身边吗？而秀华会不会原谅家宝与家宝重归于好呢？

这天晚上史善春的精神好多了，爷儿俩没事便拉起了闲呱。

史善春说："秀华，我知道是家宝对不住你，我绝不偏袒他。你想怎样做，我都不怪你。"

史善春说："其实我也不想劝你们和好。我明白，出了这样的事情，即便和好了今后也过不好！"

史善春说："你今后打算怎么着？"

史善春有些伤感："我想过了，你想离呢，我准备将你住的那三间屋给你，另外，我再给你准备一部分钱。"

秀华说："离婚协议书我已写好了，今儿一早我已经送给看工地的老张头了，请他转交给家宝。"

秀华说："这几天我想通了，你说得对，强扭的瓜不甜，我与家宝缘分已经尽了。我没有别的要求，我只想……"

史善春说："秀华，你尽管说，你无论有啥要求我都答应！"

秀华说："我想伺候你一辈子，我还想……睡东屋的大床！"

史善春还没明白过来秀华这句话的含意，身体已经被女人那热乎乎的身体给抱住了，抱得是那样结实，像是箍桶似的紧。史善春想反抗，却是力不从心，浑身一点儿力气也没有了……

激情疲劳说

1

吕健好久没有碰女人身体了,包括别人的女人和自己的女人。别人女人的身体一直忙,没机会光顾,自己女人的身体一直清闲,他却不想碰。没激情。今天是周六,是他与老婆秦勤约定的做功课时间——夫妻生活。吕健突然间有些想了,身体敏感的地方就有了盲从与冲动。

傍晚的色彩依然鲜艳,家庭气氛渐渐浓烈起来,所以二人仿佛又找到从前的那种感觉,肢体语言频发,伴有少许的恩爱,幸福都滋润在两人的脸上。秦勤好像从男人的眼神中看出些许内涵,晚饭后,没有像往常那样提出到户外散步,而是主动将身体该洗的部位清洗完毕,还往腋下喷了几滴香水,然后将男人的枕头抱到自己的房间,将身体软绵绵地靠在床头,拿着遥控器在那换着电视频道,脸上脉脉含情,在那酝酿情绪,等着吕健来做功课。

结婚几年来,夫妻二人一直是分床各睡。吕健爱打呼噜,且惊天动地,秦勤受不了男人的酣声,提出要到北屋单睡。吕健死活不愿意,他说这不成了分居了吗?再说吕健也离不开女人,他的性生活一直处于旺盛时期,几乎每晚都要女人陪她做功课。下课之后,吕健呼呼大睡去了,可秦勤却被男人的呼噜声吵得睡不着。长此以往,就落下了失眠症。后来,女人说,我还是住北屋去吧,如此下去,即便是不死,也活不到头。吕健也觉得不好意思,就说,干脆我去住北屋得了,南边房间大,朝阳,光线好,又通风,让给你住，别叫外人晓得了，说我不懂得怜香惜玉。

分床睡之后，秦勤感觉睡眠好多了，不过她也发现了一个问题，那就是男人做功课的次数不如早先那么勤了，从一周一两次变成每月才一两次，就这，有时还是秦勤主动出击的。糟糕的是，两人上课的质量也日渐短斤少两，有时秦勤就觉得男人在应付官差。秦勤就想，是不是分床分的，缺少了肌肤之亲就没有了激情？所以有天秦勤就婉转地提出还是像从前那样合住。没承想遭到吕健婉拒。吕健说，习惯了，还是这样的好，既不影响你，我也能睡个安稳觉。你多会儿想做功课，我就过来。怎么变得我想做功课了！弄得秦勤很不好意思。秦勤是个内向的女人。

有一回，夫妻二人又在做功课，哪知，还没有进入实质性内容，男人先就倒了。秦勤就问道，你怎么了？吕健说什么？秦勤说，你不如往天了！我看出你在敷衍了事。吕健说，也许是学校的事情，我压力的确太大了。秦勤想想有可能，他们办的电脑培训学校，原来全市只有两三家，现在变成二十多家。生源一天不如一天，这倒是实情。不过，他们都才过了而立之年，性生活不可能一下糟到这种程度。现在市场竞争这么厉害，谁没有压力呢！她的老乡方明霞与小谢两口子，也是从外地来到这个城市打工的，他们也有压力啊，人家还有一个小孩子累赘呢，压力不比你大啊！听方明霞说，他们夫妻每周还做两堂功课呢，有时遇上节假日，还增加课时，这令秦勤很是羡慕。她不明白吕健是咋回事，怎么一下说不行就不行了呢！

吕健风一般过来了，洗完澡，连睡衣都未穿。来了就想办。秦勤说不行，得先念诗。诗是吕健作的，他们每次做功课时都念。吕健在读大学的时候，是个文学爱好者，喜欢诗词歌赋，曾经在报刊上发表过几首诗作。有一首还得了奖。吕健一手揽着女人一手在女人的胸脯上摩挲着，动情地念道：我的眼睛里定格着你，你的心中装满了我，爱的火星积聚、迸发，化作一团火。我是五月的谷穗，你是八月的秋荷，成熟的彩虹，在饱满里飘过。从青涩到成果，一次次庄严地承诺，摩挲一如反顾，痴情中又多了一种橄榄色。你是一只琵琶，我是一根老弦，心存一缕光芒，音律才会激情四射……

念完了自己作的诗词，吕健自己也觉得浑身生出了许多莫名的元素，正想进入女人的身体，这时手机响了。秦勤说不接。是的，什么电话能有这件事情重要呢！但吕健却将身体移开了，拿起手机出去了。秦勤余光发现，吕健下身那根单杠还是很强势的，两只吊环在裆中旁若无人地甩来甩去，疯狂的样子如一只饥饿的苍鹰。秦勤心中不由得一阵激情荡漾。

通话的时间是那样漫长，以至于秦勤的心都等冷了，身体也随之渐渐变凉。固然是在夏日的夜晚。不过叫秦勤奇怪的是，吕健接电话为啥出去接呢？有啥事情不能当着自己老婆面讲的？再说，在这个不太熟悉的城市里，他们两口子认识的人不是很多，除了这几年培训的学生之外，他们朋友、熟人、老乡、同学加在一起不足两桌，也就是说，吕健认识的人，秦勤都晓得。最近秦勤发现，吕健老背着她接电话，且神神秘秘的。直觉告诉秦勤，吕健有啥事情瞒着她。肯定不是好事。有句话不是说吗，好事不瞒人，瞒人不是好事。更何况是夫妻之间。

秦勤光着脚走到客厅，吕健是在他住的北屋接电话的，话音极轻，几乎听不见声音。这更加使得秦勤有些猜疑，什么话这么秘密呢，一个人躲在屋里接，声音还是那么低！她仿佛是个毛贼，蹑手蹑脚地走到房门口，将耳朵贴在房门上，然而，屋内的声音像蚊子，她白浪费了精神。秦勤怕被男人发现，转身轻轻地回到房间，躺在床上有一眼没一眼地看着电视，耳朵却不闲着，倾听着北屋的动静。固然明知是徒劳。

对不起。吕健点头哈腰进来。对于男人的客气，更加说明刚才那个电话有问题。秦勤了解吕健的性格，只有做了错事或是亏心事，他说话才会有点儿低声下气。秦勤故意不问吕健刚才是谁的电话，更不问是啥事情，她知道，如果是冠冕堂皇的话，何必瞒着她出去接呢！即便她问他，恐怕他早就编排好了，她不愿意听他的谎话。吕健本想重温旧情，哪想下身那个东西不争气，怎么也打不起精神来。吕健歉意一笑，说今天缺你一课，下周一定补上。说罢，拿起枕头回自个儿屋去了。秦勤感到很委屈，她想吕健即便不能上课，也许会留下来陪陪她的，没想到他一点儿温情都没有，说走就走了，走得是那样的匆忙。秦勤想不难过都不成，心里汪着一汪醋，直酸得她泪流满面。

2

吃完早饭，吕健照例先一步离开家坐公交车去学校，秦勤则收拾碗筷晚一些才出门。在学校里，吕健是校长，秦勤是老师，人面前他们是以同事的身份相互称呼，就连看了几年大门的曹师傅，都不知他们俩是夫妻。他们来去都不一起走，中午吃饭也不在一起吃，目的就是不叫人家看出来是两口子，夫妻办学为私，不利于学校发展。这是吕健的主意。秦勤不以为然，两口子一起办学怎么啦，凭的是技术，又不是藏着掖着的事情，怕什么呢！

洗完刷清，秦勤这才拎包出门。车站离家也就是半站路，下楼一眼就能望见站台。估计这会儿吕健差不多该上车走了，秦勤还是习惯性地在站台上搜寻着丈夫的身影。有时堵车遇巧两辆公交车跑一起了，两口子在站台碰面也是常有的事，那样的话，秦勤只好等吕健先上前面那一趟车走了，她这才上了后面一辆公交车。

站台上等车的人不多，秦勤估计前面的车刚走不久，她走到路边一棵小树下等车。今天的气温有些高，不知是32℃还是33℃，秦勤搞不清了，昨晚因为忙着上课，听天气预报的时候，脑子就没有用心，所以没有记住。想起昨晚的事情，秦勤现在心里还有些不愉快。你说弄的啥事情，好好的一件高兴事情，叫一通莫名的电话给搅和了。现在一想起来，心里还觉得堵得慌。昨晚是谁来的电话呢？吕健为啥偷偷躲在自个儿屋里接呢？还接那么长的时间，肯定不是正大光明的事情！若是正大光明的事情还需那样神神秘秘躲着接啊！

秦勤正站在那里胡思乱想，忽然听见有人叫她的名字。没等她反应过来，那人已经到了她的近前。是她的老乡方明霞。秦勤有些奇怪，你怎么也在这里上车呢？方明霞说，上个星期才搬过来的。秦勤有些惊奇，哟，你买新房子啦？方明霞说是买的二手房，还是做的贷款买的。秦勤问，在附近？方明霞说就在你的隔壁。秦勤说是香花畦小区吗？方明霞点点头说是。秦勤抱怨道，你怎么不给我们打个电话呢？知道的话，我们总得去燎燎锅底的啊！方明霞说，我也是这么想的，你知道，在这个城市里，我只认识你这个老乡。哪知当时却不知怎的就是找不到你的电话号码了！秦勤转移话题，问道，你房子多少平米？方明霞说，大的咱们哪买得起啊！两室一厅，连公摊面积加在一起还不到七十。秦勤说，也不容易了，等以后挣钱了再换大一点的。方明霞说，就这还不知哪年才能还清贷款呢，每月本息加在一起将近两千块钱呢！秦勤笑，慢慢还吧，总有还清的时候。你总租房子住，也不是办法，再说每年也花不少钱呢。这毕竟是你自己的房产，也算是投资吧。

站台上的人一双双眼睛都往秦勤这边张望，不是看秦勤的，他们的目光都在方明霞身上驻足。即便有双不可名状的眼睛在可怜秦勤身上作短暂停留，随即就滑远了，或是移情别恋了。这令秦勤心中很不舒服，还生出一些小小的妒意。固然她的长相在诸多女人中还不是寒碜的那一种。不过，与方明霞比起来，无论是身材还是长相，两人存在着很大的差别。方明霞土生土长在农村,不像自己生长在县城。她皮肤却是出奇的好,白中透着红;身材也长得叫诸多人嫉妒,不胖不瘦的,很养眼;虽然是生过小孩,两只乳房还是像未奶孩子之前那样,朝气蓬勃的,一举一动,一颦一笑,两只奶子就如觅食鸽子似的,活蹦乱跳地乱忽闪。秦勤忽然想起什么来,问道,你的孩子呢?方明霞说送老家叫我妈给看着了。秦勤说,老年人没文化,对孩子成长不好。方明霞叹一声,没有办法,我得出去打工挣钱啊,靠小谢一人的工资,还了贷款就没有钱吃饭了。

车来了,是34路。秦勤就坐这一趟车。方明霞说秦姐,有空与吕健到我家认认门哪。秦勤边向汽车跑边回头说,那是一定的。又说,你有空给我打电话啊!忽然想起来忘记给方明霞留电话号码了,车子启动了,秦勤又从车窗探出头来,大声喊道,小方,你的电话号码存在我的手机里,等一下我给你打过去。

3

到了学校门口,秦勤与正抱着大扫帚扫地的曹师傅打了声招呼。正欲上楼,曹师傅说秦老师,刚才吕校长和我说,看你来了叫你去他办公室一趟,说找你有事。秦勤没当回事,说哦。曹师傅又叮嘱道,你快些去吧,吕校长看样子怪急的。秦勤想,有啥事情?有事情在家不就说了。所以脚下还是不紧不慢的。刚上楼梯,迎面碰上教中级班的同事李金花。李金花说秦勤,你快点儿吧,吕校长都等急了!秦勤有点纳闷,答应一声往上走。步子却还是不快。

吕健见秦勤进门,端到嘴边的茶杯又放下了。等秦勤进门坐下,他起身将房门虚掩。秦勤说啥事情?两道金牌死命催!吕健未曾说话面带笑容。秦勤最烦吕健这个表情,心想肯定没有好事。吕健说秦勤,这个事你听了先别激动,也别小心眼!秦勤被搞糊涂了,啥事情?你怎么知道我会激动?你怎么料定我会小心眼?吕健说那好。略顿,吕健才又说道,徐美芳回来了。秦勤一听,心中不由得"咯噔"一下,她不是去深圳找那个有钱的老板了吗?吕健说,前几天她刚刚回来的。秦勤小声问道,啥意思?吕健说,她闲着没事,她说她想来学校帮帮我。不过不要薪水。你知道的,深圳那个老板是房地产大鳄,啥都缺就是钱不缺。秦勤不语。吕健又说道,我想叫她替你教初级班,李老师还是教中级班,我还是负责高级班。你专门负责招生,兼兼财务。再有，家中的事情你也就能兼顾了。秦勤还是不语。吕健最怕秦勤不说话。端着茶杯连喝了几口水，然后盯着茶杯看。见秦勤没反应，眼睛又转移视线，不由得盯着秦勤看。他没有正视女人的眼睛，只是在她那熟悉的身体上作短暂的回访，接着目光又信马由缰了。

昨晚那个电话是徐美芳打来的吗？半响秦勤问道。吕健显得有些慌乱，不……不是。又说，绝不是。昨晚那是外地一个朋友打来的。徐美芳的电话我是今早在公交车上接到的，她回来好几天了，我根本不知道。骗人是狗。你是知道的，这几天我一直没有与她联系。骗人是狗。秦勤说，你本来就是狗嘛！吕健打趣道，我不是狗，我是属狗！秦勤站起身来。吕健说，这事怎么说？秦勤没好气地说，你是校长，你说了算！说罢扭脸走了。

徐美芳长得有点儿像明星范冰冰，所以已经上了年纪包养她的老板看中的就是她的那张恰似明星的脸。当初，徐美芳来学校学电脑的时候，秦勤就不太喜欢她。本来是秦勤教的她，她却在吕健屁股后面乱转悠，有时没有事，还总爱给吕健发短信。说吕健长得帅，说吕健有男人味，喜欢他等等。晚上回到家，吕健就拿着手机把这些内容翻给秦勤看。秦勤看后直撇嘴，说徐美芳这个女孩长得妖里妖气，肯定不正经！吕健说，长得好与坏，咱们不好评说，你凭什么说人家不正经呢？秦勤，就凭她给你发的这些无聊的短信。吕健说人家又不知道我们是两口子！秦勤说，她不是已经又勾引上了有钱的大老板了吗？为啥还这么风骚！吕健说，这句话有些严重了，这不是好玩吗。好玩？那你就陪她玩吧！秦勤就是这样的脾气，你若是向着别人讲话，她就偏与你争论。你看你看，又来了！吕健有些无可奈何。秦勤更加来气，你要是看她好，我闪，让你们成就好事！吕健说你就会瞎说。秦勤没好气地说，我怎么是瞎说呢？她勾引一个还不够，还再来勾引你！吕健说，这哪叫勾引呢，你不会是嫉妒人家吧？秦勤说我凭什么嫉妒她，就她那样还值得我嫉妒！说罢一生气回自个儿房了，两天没和吕健说话。后来，徐美芳又经常发一些黄段子给吕健看，那段子黄得连吕健都不好意思念出口。再后来，徐美芳又偷偷将自己一些穿得很暴露的照片发给吕健欣赏。有一天，这些黄段子以及徐美芳的艳照被秦勤发现了，秦勤得理了，一定要赶走徐美芳。不然的话，她就离家出走，当时徐美芳也是学习结束后在学校无偿帮忙的。没有办法，吕健只好硬着头皮将徐美芳"动员"走了。没有想到，安宁的日子才过不到一年，这个徐美芳竟然又厚着脸皮回来了，而且还要顶替她的位置。你想想，秦勤能不生气吗！秦勤是那种心中不能盛事的女人，一下

就被别人给看出来了。在楼下遇着李金花。李金花就问，怎么回事？脸色这么差？还开了一句玩笑，是不是吕校长这月扣你的奖金了？连曹师傅都看出来了，怎么回事呢？嘴上都能拴一匹马了呢！说罢，突然想起什么，说秦勤老师，刚才曹磊来了，他说找你有事，我说你正忙着，然后他就走了，他叫我给你传句话，说中午再来找你，还说请你吃饭。就在不远处那个面馆，说你知道的。

4

曹磊是曹师傅的儿子，几年前来学校学习电脑，所以就与秦勤认识了。其实曹磊懂电脑，他是搞装饰设计的，又是大学毕业，能不会电脑吗？当时培训学校生源不足，曹磊来找他父亲有事，见了秦勤，不知哪根筋扭着了，也没考虑就报了名。后来秦勤知道了内情，有点儿不好意思，要将学费退给曹磊，曹磊说秦勤你这不是骂人的吗？就凭你收留我父亲，我做这点事不是应该的吗！秦勤就没再坚持。虽然曹磊学电脑是三天打鱼两天晒网，他与秦勤却成了无话不谈的朋友。偶尔，曹磊会请秦勤随便吃顿饭，有时会弄来两张市面上很火的电影票，秦勤也会如约而至。当然，每次与曹磊出去，不论是吃饭还是看电影，秦勤总是要与吕健讲一声的。秦勤在这个城市里，基本上没啥朋友，再说，作为老公，他又不能公开陪她出去。不就是吃吃饭看看电影什么的嘛？有什么呢？秦勤承认，这方面，吕健还是很大方的。不过，今天中午去与曹磊吃饭，她就故意没与吕健讲。她在生他的气。

秦勤与曹磊常去的那家面馆名叫诗雅，左边是沃尔玛超市，右边是一家规模比较大的服装店，专卖女人服装。面馆虽然处在非闹市区，生意一直都很好。面馆一进去两排蓝色桌子，旁边还有几个小单间，不大，里面可以坐五六个人。小单间的都有名字，像诗雅面馆的名字那样让人赏心悦目，什么"早春二月""花好月圆""平湖秋月""万紫千红"等。面馆既卖面条，又卖水饺及馄饨、米线之类，还经营一些小菜，素的常备的有水煮花生、毛豆、凉皮、盐水笋片、酱茄子等，荤的常备有盐水虾、自灌的香肠、蚝油肚片、卤牛肉、捆蹄。店里还有三四种牌子啤酒供应，那些小单间就是供一些食客们即兴小酌两杯的。

秦勤来到面馆，曹磊早已在"早春二月"的单间里等着她。他们只要来这个面馆吃饭，就会来这个单间。因为秦勤喜欢这个单间的名字。

现在还不到正常吃饭的时间，店里的人不是很多。曹磊已经点好了秦勤喜欢吃的盐水笋片与水煮花生，还有盐水虾及蚝油肚片。看到桌上摆了四瓶啤酒，秦勤就问道，怎么中午还喝酒啊？曹磊说喝。在看到酒瓶盖子全部打开时，秦勤瞧瞧曹磊的脸色，又止不住问道，怎么，遇到烦心事情啦？曹磊不语，摸起酒瓶将两人面前的玻璃杯子斟满，由于倒得太猛，酒沫刺刺地往外冒。秦勤一般不喝酒，能不能喝连她自己都不清楚。再说下午还有课，就将啤酒杯子推过去。忽然想起来，自己的课已经被那个叫徐美芳的给抢走了，心底猛然生出一团怨气，便将推出去的酒杯拿回来，端起来一饮而尽。曹磊从来没有见过秦勤这个样子喝酒，愣了一下神，也端起酒杯一气喝光了。接着又都满上了。刚才由于喝得太猛，秦勤不由得打了一声酒嗝。她觉得心中仿佛有一扇窗户被推开了，明媚的阳光一下涌了进来，令她一阵心旷神怡。秦勤看着曹磊，你有啥心事就说，别憋在心里。曹磊眼神老躲着秦勤，秦勤顶不喜欢曹磊这点。一个大男人，又不是小姑娘，你躲的个啥劲！曹磊又将面前的那杯啤酒喝光了，仍旧低着头，看着空杯子发呆。秦勤今天特别想喝酒，便也将面前这杯啤酒喝了个底朝天。曹磊又将两人的杯子倒满酒。叫别人看来，他两人今天是来拼酒的。要不然桌上的菜为何一筷子未动呢？秦勤心中本来就不那么顺气，两杯啤酒下肚，说话也就没有往日的矜持，她说曹磊，你再不说话，我就走了。这句话果然有效。曹磊说，我不是不说，是不好说。秦勤说，不好说你找我来干什么？你看看谁好说你就找谁说去！说着站起身。这一招怪灵，曹磊忙将秦勤按坐下，憋了半天，说道，我……我……我确实说不出口。秦勤未生气反倒笑了，说道，实在是不好说就算了吧，那就吃面吧。说着欲去叫服务员。曹磊仿佛下定了决心，说我不怕丢丑了。然后说道，是家务事，是我与小蔡的事情。小蔡是曹磊的老婆，秦勤不光认得，还在一起吃过两次饭。小蔡人长得蛮不错的，身材也是挺好的，肤色也很白，秦勤觉得小蔡要比自己长得出众些，就问道，小蔡怎么啦？曹磊说她有病。有病？秦勤一惊，啥病？曹磊说她性冷淡。秦勤一下没搞明白，问道，什么蛋？曹磊说她性冷淡，就是说她不愿过夫妻生活。秦勤不好意思笑，怕曹磊误会，然而还是笑了，说道，夫妻之间特别是这种事情有时有点儿不和谐是自然的事情，你不必大惊小怪。也许过一段时间就好了。曹磊说道，不是这样的，刚结婚那会儿，我们一周一次很正常，也就是半年多以后，她就经常拒绝与我过夫妻生活，说是干这种事没意思透了。累得半死，一点都不快乐！我说啥叫有意思？这不是快乐不快乐的事情，这是

夫妻间正常的性生活，按照法律，夫妻双方都有这个义务，你必须满足我的要求。你听听小蔡她怎么说，我烦这个事情。后来干脆说，你这个义务我义务不了，不然咱们离了吧。秦勤问道，是不是小蔡有外遇？曹磊说道，起先我也是这么想的，我丢下工作，跟踪了她半个多月，每天她都是准时上下班，除了上超市、逛服装店，她哪儿都不去。我就奇怪了，这是怎么回事呢？不怕你笑话，我连她的手机都偷偷查过了，也没有陌生人的电话，一切正常。秦勤想起与吕健惨淡经营的夫妻生活，不由得问道，是不是小蔡工作上遇到什么压力，或是家庭方面，我指的是她父母亲那里，有什么问题没有？曹磊说，小蔡在机关工作，风不打头雨不打脸的。她的家庭，更没有什么，她的父母亲都是教师，现都退了休，一月老两口都拿六七千块钱工资，花都花不完，家中就小蔡一个闺女，你说能有啥事情？秦勤再也想不出有啥事情使得那个小蔡不能与曹磊过正常的夫妻生活了，就像她自己与老公吕健一样，这种事情外人哪能够弄得清楚呢？

外头有客人进来了，秦勤坐的这个位置，正好能看见门口来人。秦勤的余光看见进门的是一男一女，好像那个女的还挎着男的胳膊。秦勤本来没太注意，只听面馆的服务员随口问道，几位？男的回答，就两人。一听口音那么熟，秦勤不由得抬起头，正好与那个男的还有那个女的目光遭遇——吕健与徐美芳。吕健说，这么巧，你们也来这里吃面哪？这时，曹磊也望见了来人，说吕校长，真是巧了，一起吃吧，你看看，菜都未动一筷呢！秦勤气不打一处来，站起身就从吕健的身边挤过去了，连个招呼都未打。吕健装得一本正经，说道，这个秦老师，怎么不吭一声就走了？曹磊也觉得奇怪，说道，就是啊！

5

下午，秦勤没有回学校，也没有回家，出了面馆，她去隔壁沃尔玛超市转了一会儿，啥也没买，不过心情倒是好了许多。接着又到旁边的女人服装店遛了一下午，买了一件T恤衫，又买了一件天蓝色套裙，回到家中，将两件衣服对着穿衣镜试了试，感觉非常满意，这才动手做晚饭。秦勤不像其他女人，若是与老公吵架或生气，一赌气饭是肯定不做的，即便是做，也是只做自己的。吕健常夸秦勤，说秦勤有知识，不同于一般女人。秦勤嘴一撇说，我是顾及你不会做饭，若是哪天惹恼我，哼！说是这么说，再生气，饭还是要做的。就像今天。

  吕健像往常一样回到家,一看桌上的饭菜,听到秦勤卧室里开着电视,就知道女人生气生不到哪里去,一边洗手一边喊秦勤出来吃饭。秦勤说你吃吧,我不饿。其实秦勤在说假话,她中午只喝两杯啤酒,啥也没吃,怎么能不饿呢?不过,秦勤耍了个小聪明,吕健还未回来时,她早就先吃过了,她怕吕健看出来,还将吃过的碗筷刷干净放好。吕健知道秦勤还在生他的气,就到卧室里面亲自请。秦勤说我真的不饿!吕健说,不饿也得吃,哪怕是少吃一点点呢!秦勤说,一点点也不吃。吕健只好用老办法,一伸手将秦勤抱起来,走到桌子跟前,放在板凳上,又将筷子硬塞到秦勤的手里,累得自己直喘粗气。

  秦勤刚刚吃过,怎么还能吃得下去呢?只是喝了两口稀饭,然后又回卧室去看电视了。吕健自己一人吃饭也没劲,中午又和曹磊喝了几瓶啤酒,也不怎么太饿,随便吃一点儿就饱了,然后收拾收拾,将碗筷刷洗干净。又去洗手间冲了一把澡,连睡衣都没穿,就这样赤裸着身子,边用干毛巾擦着湿漉漉的头发便向南边卧室走。见秦勤像是没看见他一样,故意将挺瓜湿的身体挤在女人的身边。你还在生我的气啊?秦勤不作声。吕健又说,徐美芳来学校帮忙,又不要工资,这种好事打着灯笼也找不着!秦勤还是不作声。吕健又说,你不教初级班了,能省下许多时间。第一,你可以专心致志地做好招生工作。第二,财务工作交给别人我又不放心,你是我的老婆,我不交给你交给谁?第三,余下时间,你还可以帮助我做一些行政事务工作。你为啥就想不通呢?秦勤说,你的嘴巴会说,我说不过你。死人都能被你说活了!吕健笑,说老婆,你不想想,我如果想与徐美芳怎么怎么的话,还将她弄到你的眼皮底下啊!一句话将秦勤点拨开了,是呀,吕健假如想与徐美芳好的话,还需要这样明目张胆地将她安插到自己能够监视得到的地方吗!那她徐美芳神经啊?无缘无故地啥也不图来学校无偿帮忙?吕健说,她不是没事干嘛,又不缺钱花,她就是图玩。秦勤不言语了。吕健见秦勤基本消气了,继而说道,还有件事我得与你商量。啥事情?吕健说,我想叫徐美芳到我们家来住。秦勤一听就火了,我告诉你吕健,你别得寸进尺,你是觉得我好欺负是吧?吕健说秦勤你别生气,你听我把话说完。秦勤说我不听!吕健说你不听我也得说,因为你是我的老婆,再说我们住的这套房子是你母亲花钱买的,你是房主,我必须得向你汇报。秦勤不吭气。不吭气代表默许。吕健继续说道,徐美芳是有房子的,在绅士花园,而且很大,四室两厅两卫,二百多平方，是深圳那个老板花钱给她买的。徐美芳说她一人那么大房子害怕，她想在学校附近再租一间小一点的房子住，我不赞成，其原因，我怕你今后知道了，脑子会瞎胡想。我以后若是加班什么的晚回家你一定不向好处想，所以我想叫徐美芳在我们家挤一挤，这样，我与徐美芳一天到晚二十四小时都在你的监控之下，你也不就放心了吗！秦勤平常是个性格简单的人，任何事情不往复杂的地方想，家中一切事情都是由吕健出主意，或是当家做主。再说，平常过日子，有多少复杂的事情呢！不过今天的事情超出秦勤的想象，家中突然多了一个女人，而且是她不喜欢的女人，她确实一下接受不了，不过，真要是叫徐美芳在外头租房另住，她更是不放心，别说你只有一双眼睛，哪怕你有十双眼睛，恐怕你也看不住！无论吕健说的真假，也无论他出于什么目的，不过，若是叫徐美芳住在家里，要比她住在外面的危险要小得多，起码他们的一举一动她都能摸得着看得见吧！秦勤说家中只有两间房子，徐美芳来了怎么住？吕健，我想好了，只要你同意，你还住你的南屋，叫徐美芳住北屋，我住在客厅的沙发上，你看行不行？秦勤说不行又有啥办法？又不能突然变一间房子出来！秦勤本想说叫吕健还回到南卧室与她同住的话，话到嘴边又咽回去了，即便这样，最好让吕健自己提出来。可吕健却没有提。吕健说，谢谢你老婆。秦勤心说，要不是怕你们在外面出事，我才不会这么好心呢！

吕健有些激动，下身那个物件像只夜间觅食的蛇，摇头摆尾地张头探脑。他便去脱女人的衣服。秦勤一晚上面对着男人的裸体，心里早就心潮澎湃着，嘴上却故意说干什么，今天可不是周末。吕健说补你上天缺的那堂课。女人想着男人那根蓬勃的东西，今晚的节目一定很精彩。上课铃声刚刚响罢，哪知暴风骤雨还没有来临就风消云散了，弄得秦勤心中十二分的难受，她恨不得想咬吕建一口。然而吕健却像一条狗似的趴在她的身边打起了呼噜。秦勤手抚摸着男人的头发，突然发现他耳边有一根白头发，很耀眼，她欲将那根白头发拔下来，又怕将他弄醒了就没有拔。吕健的酣声很响，秦勤被吵得想睡也睡不着，睡不着就想男女之间的事情。她反复地想，她与男人的夫妻生活的质量为啥一落千丈？然而百思不得其解。

6

自从徐美芳住了进来，秦勤才发觉事情远不是她想的那样。她觉得自己是个冤大头。早晨,秦勤要早起去很远的地方买来早点,等他们起来梳洗完毕,吃过了,拎着包一同走了,秦勤这才匆匆忙忙吃点他们剩下的东西。为了赶时间,她甚至一边吃一边干着家务。等拾掇差不多了,也该走了,连喘口气的工夫都没有。往常,早饭她与吕健随便对付一点就行了,有时,吕健高兴去外面吃,更省事,秦勤将昨晚上的剩稀饭热热,啃几口凉馒头就打发了。徐美芳来了之后,吕健就对秦勤说,要提高早饭质量,并说徐美芳教课很辛苦,又不要工资,吃不好对不起人家等。秦勤只好每天早上变着花样去外头买早点。因为附近没有早点铺,要跑一站多路穿过两条小马路才有。晚上下班,秦勤要赶到菜市或是超市,买好了菜,急急慌慌地赶到家做饭。过去,两口子晚上随便炒一个菜就行了,徐美芳是外人,就不能随便了,素的要弄一两样,荤的也得炒一两样,因为徐美芳喜欢吃荤菜。炒少了怕不够吃,炒多了不行,剩菜第二天徐美芳不吃,嫌有冰箱味。这些还不算事,吃完了饭,徐美芳说出去走走,吕健就陪她出去。要是有好看的电视剧,离开饭桌连屁股都不挪就看开了。本来,晚上刷碗一直是吕健的工作,自从徐美芳来了,秦勤怕让徐美芳看了大男人刷碗不好看,就主动承担了下来。这都不算事,最让秦勤头疼的是,徐美芳换下来的衣服从来不洗。开始,秦勤洗衣服的时候,不好意思将徐美芳的衣服挑出来,那样的话,不是显得太刁钻了吗?只好一起洗了。再说,如果徐美芳单洗,既浪费洗衣粉又浪费水。要说大衣服你不洗倒还罢了,就连小衣服,比如短裤、胸罩、袜子之类,徐美芳也不动手。这下秦勤火了,你徐美芳算啥子,我是你什么人?你拿我是你家的保姆了呀!不对,这不是你的家,我也不是保姆!秦勤是个爱面子的人,虽然心里不痛快,嘴上又不好讲出口,只好对吕健讲。吕健不以为然,不咸不淡地说,你不洗不就得了!秦勤有些不悦,心说你当我有病啊,不给她洗衣服我不能活咋的!以后,秦勤当真再洗衣服时就将徐美芳的衣服丢一边去,只洗她和吕健的衣服。哪知,吕健看到了,撅着个屁股不吱不吭地给徐美芳洗衣服去了。秦勤那个气啊!又心疼又气愤又说不出口。吕健哪天洗过衣服呢?再说,自己的男人给别的女人洗衣服,他们结婚近十年了,还没有享受过这样的待遇呢!秦勤只好认倒霉,再洗衣服也不将徐美芳的衣服挑出来了。

还有一件事,令她十分烦心。自从徐美芳来了之后,秦勤的睡眠直接受到威胁。你想想,家里住了个年轻貌美的女孩子,叫她怎么能放心得下呢?即便自己的男人再正经,也撑不住别的女人的勾引哪!所以,秦勤每晚打起

十二分的精神,等到吕健与徐美芳都睡下了,她这才敢去睡。将房门大敞,躺在那儿,又不敢睡着,生怕她一眯瞪眼,两人会干出对不起她的事情来。哪怕是有一点儿响动,她都会一下子惊醒。后来,秦勤猛然想到一个办法,从关心的角度,叫吕健搬到南边的卧室来住。提了两次,吕健都说算了吧,我的呼噜太响了,还是睡沙发吧。别影响你睡不好。秦勤不好再劝了,再劝就假了,吕健肯定会怀疑她的居心。

　　这样的日子又过了许久,秦勤觉得再不能这样下去了。得想个办法叫徐美芳离开这个家,不然的话,即便是不死,也叫这样的日子给逼疯了。徐美芳当然不会自己提出来离开,吕健也不会同意徐美芳走的。怎么办呢?秦勤每日每夜都在想着这个事情。

　　这一天下班之后,秦勤去家附近的菜场买菜,在门口,她遇见了方明霞。秦勤说方明霞,你胖了,也白了。方明霞说是吗?不过我到看你又黑又瘦,怎么回事?是工作压力大,还是你对象欺负你的?秦勤惨然一笑,他怎么敢欺负我呢,是学校的事情太多了。学校还是那么忙吗?方明霞问道。秦勤说,忙得很。方明霞说,再忙也要注意身体。少时又说道,还是忙点儿好,不忙就完了,上哪儿去找钱?秦勤问道,你们都好吧?方明霞说好好,就是贷款压得我俩抬不起头来。你看看,我这又怀孕了,马上我又不能做工了。你又有了?秦勤有些兴奋。方明霞说你没看出来?已经五个多月了。都是死小谢,本来没想要的,现在我们这个困难劲哪敢再添一张嘴呢?平常我与小谢都累得连那个事情都不想了,有时个把月都不办一回。那一天也巧了,小谢老家来人,小谢就请了半天假陪他老乡办事情,晚上我们就早睡了一会儿,就做了那事情,真是巧,就这一次就怀上了。依我绝不想要。小谢不愿意,死活得要……忽然想起什么,说道,秦姐,你怎么不要孩子?你也快三十岁了吧?得抓紧要,再大就不好生了。

　　一句话提醒了秦勤,在与方明霞分手之后,秦勤心中暗想,要想赶走徐美芳,必须得赶紧要孩子,只要一怀孕,吕健就不会留徐美芳在家住了,而徐美芳也不好意思再死皮赖脸地留下来!

7

　　那天上午,徐美芳与李金花都有课,办公室里只有秦勤与吕健两人。秦勤想起要孩子的事,就与吕健讲了。吕健一听很是吃惊,说秦勤,我不知你的脑子里是怎么想的？现在我们哪有能力要孩子呢？秦勤说怎么没有？吕健说，我是个男人，我得对家庭负责。你想想，学校刚刚走上正轨，有多少事情等着我。还有，我要挣钱，挣很多的钱，你清楚吧？我现在是寄人篱下，到现在我还住着你的房子呢！秦勤说，难道我们不是夫妻吗？夫妻之间还讲谁住谁的房子呢？吕健说，那不一样，房子本来就该男方准备的，所以，在你的父母面前，到现在我都抬不起头来！秦勤没好气地说，那是你自己想的。吕健说道，当初，你父母嫌我穷不同意我们结婚，那时，我就立下誓言，一定挣很多的钱，在你的父母面前扬眉吐气，在亲戚朋友以及认识我们的人面前能挺起胸脯！秦勤说，人不一定非要有很多的钱，只要是过得幸福就行。难道说，这一辈子不挣到你所谓的那些钱，就不要孩子啦？吕健说是。略顿又说，起码得等我有能力养起孩子。秦勤说，人家方明霞和小谢，拼命地工作，拼命地挣钱，固然没有多少钱，可人家照样要孩子，生了一个，现在又怀了第二个了。吕健说人家是人家我是我，再说，我们现在每天都与电脑打交道，你知道的，电脑辐射是很厉害的。秦勤说，我现在不是不与电脑打交道了吗？吕健说，可我每天还得与电脑在一起啊？秦勤无何奈何地叹一声，我都多大了呀，我都快三十了我！

　　离开办公室，秦勤突然决定，这孩子一定得要，即便是吕健不同意也得要！固然生孩子是两个人的事。

　　刚结婚那会儿，秦勤与吕健过夫妻生活的时候，一直戴的是避孕套，后来吕健嫌戴套子既不舒服又麻烦，就动员秦勤去医院做埋线。当时，避孕采取埋线是新生事物，手术几分钟就完了，既简便，效果又好。在女同志身上埋根线，不耽误吃不耽误喝，也不影响工作与学习，更没有副作用，假如哪天若是想怀孕了，去医院取出来就行了。可当秦勤去医院想将身上那根使她不能怀孕的线取出来的时候，却遇到了麻烦。

　　离学校一站路就有一家大医院，当初做埋线也在那儿做的手术。秦勤想，还去那家医院吧，一是觉得近，二来也图个路熟。那天上午没事，秦勤也没有与吕健商量就去了医院。当然，要是与吕健商量他肯定是不同意，不如偷偷将线取出来，等到怀孕了再告诉他，到那时生米已经做成了熟饭，他吕健想不吃怕是也不行了。

　　挂了号，到妇产科，秦勤便对大夫讲了来意。女大夫上下打量秦勤一番，就像派出所民警看一个刚刚抓到的小偷那种目光，冷眼说道，到当地街道开个证明，然后与你的丈夫一起来。为什么？秦勤不由得睁大了眼睛。女

大夫说，他要在手术单上签字！秦勤一听就火了，没好气地说道，当初我来做埋线的时候，为啥不要街道开什么证明？也不要丈夫签什么字？女大夫白一眼秦勤，一字一顿道，你讲得没错，做的时候不要，取的时候就需要这些手续。为什么？秦勤更加来气。女大夫反问，你说为什么？秦勤被问糊涂了，我问的是你，你怎么反倒问起我来了？看到秦勤气不打一处来的样子，女大夫这时倒显得很有耐心与大度，你问我，我不是与你讲明白了吗？你要是取埋线的话就按照我刚才说的去做，否则……否则怎样？女大夫没有讲。秦勤心中烦得起烟，恨不能找谁吵一架，然而，那个女大夫已经转脸给另一位病人看病了。秦勤失去了发泄的对象。

整个下午，秦勤心中像是窝了个大疙瘩，连同事李金花都看出来了。李金花问怎么啦？是不是吕校长又找你的事了？秦勤没好气地说，我一没惹他，二没有做错什么，他凭什么找我的事？我还想找他的事呢！李金花刚下课，反正是闲着没事，本来她就是个爱刨根问底的人，就又问道，那是啥事情？嘴上都能挂油瓶了。秦勤不能讲实话，只好撒谎道，刚才去超市，丢了一百块钱。李金花啧啧几声，怎么这么不小心呢？会不会是被小偷偷了？当时你的钱是装在包里的还是放在口袋里面的？发没发现有人贴着你？昨晚电视里播放说，最近从东北那儿来了一批聋哑小偷，据说，已经有好多人被偷了，都是在超市作的案，你可要当心了。李金花是一个话唠，说起话来一般止不住，除非她有事。瞅个空当，秦勤说我得去趟洗手间。这才抽身走开了。

快下班的时候，秦勤去办公室里拿包，正好遇见吕健和徐美芳在那儿说话，亲密得很。本来秦勤心中就不愉快，一看到他们两人卿卿我我的样子，更加不悦，连个招呼都没打，拿起包就准备走人。这时吕健突然问道，秦老师（他们在学校都这么称呼），听说你的钱被偷了？秦勤心说，这个李金花嘴真快！秦勤从鼻腔里哼了一声。吕健说，不就是一百块钱吗？你看你满脸苦大仇深的样子。下月开工资的时候，我给你补上。秦勤讥讽道，你是校长，你有钱！徐美芳看到秦勤两口子唱双簧，不由得笑了，说秦姐，就叫吕校长赔你，职工丢钱，当领导的就应该救济。徐美芳不说话还好，一说话更加惹得秦勤光火，白了他俩一眼，头也不回地走了。

8

第二天一早，秦勤连学校都没去，直接去了远一点的一家小医院，她估计小医院也许不会这样较真的，再说，又不是多大的事。

接待她的是一个男医生，看妇科一般情况秦勤不会去找男医生，女的一些生理现象讲给一个陌生的男人听，就像是解开衣服给人看的感觉。不过取埋线又不牵扯敏感的地方，所以秦勤今天没有排斥男医生给她看病，她想，也许男医生要比女医生好说话一点。男医生态度很温和，面部表情也很友善，眼睛却比较随便，肆无忌惮地在秦勤胸前光顾来光顾去，秦勤心中虽说有些不高兴，又不好说什么。便将肩上的大书包下意识地往胸前挪挪。当秦勤说明来意后，那个男大夫几句话差一点将秦勤给噎过去。除了昨天那个女大夫讲的那两条外，男大夫还附加一条，做手术的时候必须带夫妻俩的结婚证。人家讲的也有道理，叫你去街道开证明，证明你是这个街道的居民，并证明你没有超生。叫你丈夫来签字，这是对你个人负责，固然手术小，毕竟也是个手术，是手术就必须有亲人签字，谁是最亲的亲人？对于女人来讲，结婚以后当然是丈夫最亲。字一定是要签的，这是医院的制度或者说规定。为啥说要带结婚证呢？这也是有道理的，做手术时，你随随便便带一个人来，说是你的丈夫，到时一旦出了事就麻烦了。为了证明带结婚证的必要性，那个男医生还举了一个例子，说前不久，一个女的搞婚外情，不小心怀了孕，到医院来做流产，当时签字的就是她的外遇。事后不久，那个女的丈夫知道了，他不去找那个给他戴绿帽子的人算账，偏偏来医院闹事，理由是，他媳妇来做手术时，应该是他来签字，这是医院没有把好这道关。要医院赔偿他的损失。这不是混账话吗？若是叫你来签字，不就露馅了吗？再说你那个红杏出墙的女人能让你来签这个字吗！所以说，带这个结婚证是很有必要的，防止扯皮。

秦勤真想当场给那个男医生几个耳光，而且一定要用力，她确实是气极了。可是她没有理由泄她的私愤达到她出气的目的，因为人家说得既在情，又在理，态度又是那么友好，口气又是那么温文尔雅，偶尔还会露出令人舒畅的微笑，你秦勤即便是再厉害、再气恼，恐怕你也是下不去这个手。

仿佛小偷似的，秦勤逃离了这家医院。到了红绿灯路口，她却不知怎么办才好。去找吕健显然不行，不找吕健的话，她的计划无疑就要落空。正当她一筹莫展的时候，突然一下她想到了曹磊。固然她不希望外人知道这件事。

掏出手机的那一刻，秦勤心里还在犹豫，这个电话要不要给曹磊打，考虑再三，还是拨通了曹磊的手机。在电话里，从秦勤那欲言又止的、带着一种伤感的语调中，曹磊仿佛觉察出了什么，他说秦勤你现在在哪里？秦勤说出自己的位置。曹磊说你不要动，就在那等着我，我离你挺近，十几分钟就能到你那里。

不一会儿，曹磊就来了，是开着车来的。曹磊下车打开右边前车门，对秦勤说道，上车说吧。秦勤有点儿迟疑，最后还是坐了进去。不等曹磊问，秦勤就将来医院的事情经过讲了一遍。曹磊说，你事先怎不找我呢？医院里还是有几个熟人的，但是我认识的几个人当中，没有在妇产科的，不过不要紧，可以找他们想想办法。

曹磊开着车子没走多远，猛然一拍脑门，他的举动吓了秦勤一跳。曹磊说，瞧我这记性，秦姐，你说的这个埋线术是不是归计划生育管？秦勤说，好像是吧。曹磊说那就好办了，市计划生育服务站有我一个朋友，听说还是个小头头，关系还不错，我这就带你去找他。

前面是红灯，曹磊望一眼秦勤，秦姐你是该要个孩子了。秦勤一笑。曹磊说，有个孩子真好！秦勤说是的。曹磊轻轻地唉了一声。秦勤知道曹磊哀叹的内容，他一心想要一个孩子，可是他妻子却死活不要，这却是个怪事！正常的夫妻，谁不想早早有一个自己的孩子呢！绿灯亮了，后面的汽车响起了催促的喇叭声，曹磊这才回过神来。

要说事情顺，即便是面前有座山也挡不住。到了计划生育服务站，曹磊那朋友正好在，一说这个事，那个朋友说，这事太不是个事了，一支烟就搞定。啥证明都不要，有曹磊做证就行了。结果，连消毒加取线，前后没有十五分钟。

离开计划生育服务站的时候，曹磊那个朋友送到汽车旁，眼睛瞟着坐在车里的秦勤，小声与曹磊嘀咕，说曹磊，这个不会是"小三"吧？曹磊一本正经道，别放狗屁！那个朋友又说，现在很正常，你别不好意思。曹磊说，你的脑子被门给挤着了吗！那个朋友不怀好意地一笑，线也拆了，可当心一点儿。不过，要是怀孕了，你再来找我，我连一分钱费用都不会收你的，摆一场就完事。狗日要是侃空！两人谈话，秦勤其实断断续续听到了，虽然言语有点儿流氓，她却一点儿也不生气，因为她的一块心病去掉了，心情正好着哪！

9

接下来，秦勤的日子是快乐的，是没有心思的那种。生活上也一下讲究起质量来，鸡鱼肉蛋，荤素搭配，天天饭食不重样，还经常煲汤，什么鸡汤、排骨汤、草鱼汤、猪蹄汤、肚肺汤，全是新鲜的，也是一天一变，过去这是难得的。喝不完就倒掉，一点儿都不心疼。弄得吕健与徐美芳都是一头雾水，秦勤这是怎么啦？一天晚饭后，吕健说秦勤，你不能这么喂我们了，再这样下去，我的裤子一条都不能穿了！徐美芳附和着说，真的秦姐，自从来你家，我都长了十几斤了呢！秦勤光笑不语。等到徐美芳去洗手间时，秦勤才与吕健说，我天天这样伺候你，也不要你啥回报，只需你答应我一件事。吕健点头说好。秦勤说，除了教课，你要少接触电脑。吕健说，这个不用你交代，电脑有辐射我不是不知道。我今后尽量多注意就是了！

这一个多月里，秦勤与吕健过了两次夫妻生活，虽说都是秦勤主动的，可秦勤感觉没有什么不好意思的，又不是别人，是自己的男人，有啥好丢人的呢！有一次做爱，秦勤故意叫出声来，想叫北屋的徐美芳听见。倒是吕健有些奇怪，因为他知道自己的家伙并不至于使得秦勤那样疯狂，所以吕健就说，秦勤你嚎什么呢？秦勤说，你过去不是叫我大声咋呼的吗？今天你是怎么啦！吕健被问住了，一时找不出合适的话来说。

自那以后，秦勤时时在观察自己身体的变化，哪怕是有一丁点儿的蛛丝马迹，她都要想上半天。可是，每一次都使得她灰心丧气。每月该来的来东西照样来，还特别准时。没有理由的啊，怎么怀不上的呢！大四那年，她与吕健偷吃禁果，过后她还将下身洗了好几遍，结果还是怀孕了，当然是不能要。这两次，她与吕健在一起，虽然感觉质量不是很高，但不可能怀不上的呀！

秦勤只好从头再来，生活上依旧是那样高水准的。对于吕健，平常她不叫他喝茶水，天天给他泡一杯稠稠的枸杞茶，亲自送到他的手边。又去药店买来西藏产的鹿茸泡酒给吕健喝，每晚一小杯。吕健说有股怪味，不愿意喝，秦勤就硬逼着他喝，不喝就不允许他吃饭，吕健只好忍气吞酒。正巧，这一段时间，徐美芳深圳那个老男人来了，徐美芳回绅士花园住去了，秦勤与吕健又过起了二人世界。秦勤真是高兴死了，每天小心翼翼地培养着感情，夜夜用尽苦心经营着功课，她要趁徐美芳不在的这一段时间里，开发肚皮，喜结果实。

时间又过去两三个月，秦勤的肚子还是一点儿动静也没有。这下秦勤慌了神，心中不由得瞎琢磨起来，难道是自己身体出了毛病？还是吕健身体哪方面出了问题？秦勤回忆每次与吕健做爱时情景，固然男人有些敷衍，自己的激情也明显不如以往，可是当男人东西进入她身体的时候，虽然不像过去那么坚挺有力，但每一次她都明显地感觉到，精液流入她身体的全过程。为啥会怀不上呢？没有理由的啊！

　　秦勤决定去医院彻底地查一查，看看到底是怎么一回事。这事当然不能与吕健讲。

　　检查生育的内容分好多项，其中一项一周只检查半天，要排队等。所以秦勤觉得时间是那样的漫长，是那样的难熬。也使她懂得了什么叫度日如年。

　　结果终于出来了，一切正常。

　　这个消息令秦勤喜极而泣。面对医生连连说了好几声谢谢，就差些没下跪了。既然自己的身体没有问题，不用说，一定是吕健的身体出了毛病，怎么办呢？本来吕健就不愿意要孩子，他能同意去医院做检查吗？这下可难坏了秦勤！

10

　　这天下班后，秦勤正做晚饭，突然接到父亲电话，告诉她母亲生病住进了医院。父母亲就秦勤一个孩子，所以秦勤一接到电话就急得不得了，恨不能现在就赶回娘家去。可她又不放心吕健，其实她是不放心徐美芳，生怕自己离开后，他们会做出那种越轨的事情来。

　　吃饭的时候，秦勤就将母亲住院的事情对吕健讲了。吕健说，今天晚了，也没有车了，明天一早你回去看一看吧。秦勤说，我想叫你同我一道回去。俗话讲，一个女婿半个儿，况且，父母亲身边就我一个女儿。再说，我们已经很长时间没有一起回去了呢！吕健笑道，你知道的，现在学校高级班刚刚开班，我一走，那些学生咋办？秦勤说那好办，停几天课怕什么？吕健说，平白无故地停课，影响不好。秦勤争辩道，怎么是平白无故？不是家中有事情吗！吕健说道，家中再有事也不能丢下几十个学生的学习而不顾，去处理私事。再说学校有好多事情，我一走，万一有事怎么办？秦勤嘴一噘，我知道你不想回去，何必给自己找理由呢？吕健争辩，你的爹娘也是我的爹娘,你怎么能这样讲话的呢?

见两口子争起来了,在一旁吃饭的徐美芳也不好插嘴,借故吃饱了,出门散步去了。

徐美芳走后,秦勤更加不依不饶,说话就有些不好听。吕健你不想与我回去,是不是有啥目的?吕健说真是可笑,你母亲突然间生病,先前我又不知道,能有啥目的?秦勤说,咱们说白了,你是不是想趁我走了,好与徐美芳成好事!吕健有些来气,说秦勤,你愈说愈来劲了,半天你想叫我同你一起回去,却原来是这个用意!秦勤说怎么啦?就是这个用意又怎么啦?我在捍卫我的尊严,其实也是保护你,我怕你犯错误。吕健冷笑。秦勤说我说你别不爱听,假如你与徐美芳出了事,她那个老情人若是知道了,能饶了你吗!吕健气愤地挥挥手臂,你的脑子里天天就胡思乱想!秦勤哎了一声,如果徐美芳不是无缘无故来学校帮什么忙,如果徐美芳不是无缘无故地住在我们家里,我会胡思乱想吗?你想怎么办?半晌吕健问道。秦勤不言语。吕健说,你走这几天,要不叫徐美芳还回她自个的房子去住行吧?秦勤心想,这不一样吗?我走了,我又看不见,你说徐美芳搬回去住了,或者说徐美芳还住在这里,我哪里能知道!见秦勤不说话,吕健又说道,要不你找个人来我们家住,替你看着我们!秦勤心里话,你明知我没有什么朋友,唯一两个关系好一点的,一个是曹磊,他是个男的,不能来,再一个是方明霞,挺着个大肚子不方便来。再说,叫人家来干什么?告诉人家,你给我看着这两个狗男女,不要叫他们在一起睡觉,这不是让人家笑掉大牙吗!到底怎么办哪?吕健无可奈何地问道。秦勤没好气地说道,你自己看着办吧!说罢起身拿着钱包去了超市,她想买点什么,明天捎回去。

在超市里转了几个来回,秦勤也没有看到什么好买的,天下超市东西都一样,这儿超市有的,老家超市也都有,就想,等到了老家看看需要啥再买吧,不然的话,还得大包小包提着,怪沉的。临出门的时候,秦勤忽然看到了超市里的监控探头,头脑一下豁然开朗,心想,这个现代科技我怎么没有想到呢?家里如果有了这个东西,要比自己两只眼睛好使多了,老虎还有打盹的时候,更何况是人呢!秦勤不由因自己的新发现而心花怒放。

早上,秦勤连早饭也没有准备,就说去车站了。吕健要送,秦勤不让,秦勤说我空着手,要你送干什么!

秦勤直接去了电子城,时间尚早,还没有开门,等了好大一会儿,商场才开门上班。一问探头价格,吓了她一跳;一般的要两千多元,好的,也就

是高清那种，每只要五千块钱。秦勤有些心疼钱，咬咬牙，还是买下了那只高清的。接着，领着工人去家里安装。

安在哪里合适呢？秦勤一时拿不定主意。若是安在北边徐美芳住的那间房子里吧，很容易被发现，因为那间房子里，墙壁上啥也没有。最后秦勤决定就将探头安在客厅里。客厅大门上方有个电表箱子，几年前电表出户，那儿就留下个疮疤，一直没有机会处理，后来，吕健不知从哪儿捣鼓来一张印刷品的书法，内容是毛泽东的狂草《沁园春·雪》，贴在那里正合适。天长日久，房门一开一关，来来回回就将那幅书法给挣得咧开了嘴，秦勤就叫工人将探头装在那张开嘴的书法之中，那儿很隐蔽，一般不注意，是断然发现不了的。探头直对北屋门口，假如，他们有啥举动，一定能够照下来。

临上汽车的时候，秦勤给吕健去了个电话，直截了当地说道，还是叫徐美芳住家里吧。吕健有些奇怪，问道，你放心吗？秦勤说放心。吕健说你相信我？秦勤说相信。不过，秦勤停顿一下。吕健问不过什么？秦勤说，我不在的时候，你不准去北屋。吕健说一定！秦勤为了使吕健不怀疑，故意说吕健你发誓。吕健说我发誓！

11

秦勤的母亲患的是心脏病，在医院里挂了两天盐水，病情得到了控制，到了第三天，秦勤心中实在放心不下家里，谎说学校有课，没等母亲出院就坐上汽车回来了。

秦勤没有去学校，直接回了家。一进家门，秦勤下意识地抬头看一眼藏在那里的探头，见没有啥变化，然后直奔自己的房间。房间她走时是锁上的，可能是紧张的原因，秦勤拿钥匙的那只手都有些抖了。过去，秦勤离开家房门从来不锁，现在因为屋里安装了探头，探头的线是连在自己屋里的电脑上的，所以她必须得锁。不然的话，吕健一眼就知道是怎么一回事了。

在没有打开电脑之前，秦勤的心中一直怦怦地在跳，假如录像里没有什么，那当然好，万一录像之中发现了什么秘密，叫她怎么办呢？还是去找他们俩兴师问罪，还是与吕健大吵大闹呢？不过，这两种形式都不好，也许为此，她与吕健彻底撕开了脸面，到那时，不吵也得吵了，不闹也得闹了，结果会是怎么样，谁也料想不到。这时，秦勤反倒觉得偷偷摸摸装这个探头有点儿后悔了，如果不装这个东西，也许就没有这些烦恼了。

电脑打开了，秦勤来来回回一遍又一遍地查看录像，也没有发现问题。那个徐美芳，比她在家的时候还老实，吃过晚饭之后，按照时间推算，她连电视都没有看就直接回北边房间去了，很少出来，即便是出来（可能是上卫生间）时间也很短，也就是分把钟的样子，在这么短的时间里，即便她与吕健在一起，又能干些什么呢？什么也干不了！

心中那块大石头放下了，秦勤在高兴之余，反倒觉得自己这么小心眼是不是有点儿太过分了。不过细想想，这也不为过，一个孤男一个寡女，老婆又不在身边，很容易会做出一些出格的事情，这也是很正常的。防备总比不防备得好，也算不上什么过错，更不是相信或者不相信的问题！

秦勤心情很好，给吕健去了个电话，告诉他自己回来了，然后去了菜市场，买了许多吕健与徐美芳喜欢吃的菜，准备将晚饭做得丰盛一些，她想他们这几天一定没有吃好，得好好地补偿补偿他们。更多的是，对自己暗地这种做法有一种深深的愧疚吧！

洗菜的时候，秦勤突然想到一件事，那个探头只能照到北屋门口，并照不到客厅，晚饭后与睡觉之前这段时间，假如他俩在客厅的沙发上干那种龌龊之事，她怎么会知道呢！秦勤现在真有点儿后悔，后悔自己心太粗，当时怎么没有想到这一层呢？如果将探头调成旋转式的，那么图像里就不会有死角了。

秦勤没有心情做饭了，转身去了客厅，眼睛在沙发上、沙发下，甚至墙旮旯的地方搜索，看看能不能发现什么蛛丝马迹，然而她失望了，什么也没有发现。不过秦勤心里还是有些怀疑，我走这几天，吕健与徐美芳真的什么事情也没有发生吗？再一想，吕健是个非常谨慎、又特别细心的人，他会给她留下可疑的证据吗！

一个傍晚，秦勤就是在这种糟糕的心情中度过，当吕健与徐美芳回家时，她这才想起来，晚饭还没有烧呢！

12

上午，吕健与徐美芳都有课，李金花家中有事，没有来上班。办公室里只有秦勤一人。一前一后，有两个新生来报名，秦勤为他们办了手续之后，人刚出去，李金花就进门了。秦勤咦了一声，你不说家中有事情的吗？怎么又来了！李金花不吭气，一屁股坐在自己的桌前，望着墙拐角发愣。秦勤有些奇怪，李金花平时是一个话唠，你不说话，她都得找你说，今天是怎么回事呢？秦勤就绕到李金花的桌子前面，发现李金花右半个脸通红，还有明显的手指印，像是刚刚被人打过。秦勤就不由得问道，李姐，你今天这是怎么啦？李金花突然"哇"一声号啕大哭起来，无遮无拦，哭得稀里哗啦，一发不可收拾。弄得秦勤一头雾水，想劝却不知怎么劝，站在那里束手无策。

　　半晌，李金花才止住哭声。秦勤就上前问道，李姐，到底是怎么啦？李金花揉着眼没头没尾地骂道：龟孙羔子不是人！秦勤不是本地人，不知道龟孙羔子是啥意思，又问道，谁是龟孙羔子？李金花差些被惹笑了，就是俺家那个龟孙羔子！见秦勤还是不明白，又说道，就是俺男人！秦勤方才明白过来，你们两口子吵架啦？李金花说秦勤，我也不怕丢人了，你给评个理。没等李金华说下去，秦勤好言劝道，清官难断家务事，你瞧你气得！李金华说道，能不气吗？前几年，俺那口子下岗了，天天啥事不干。他这人小事情瞧不上眼，大事情他又干不了，整天闲着没事情做。我说，你瞅瞅有合适的事情做一点儿，整天闲着会闲出病来的。他将眼一睁，说是不是你看我吃你的闲饭了！我看他心情不好，就不与他争。后来不知怎的学会了打麻将，这下好了，白天我见不着他，夜里我还是见不着他，有时十天半月都照不着面。咱们都是女人，不怕你笑话，俺们两口子，都有几个月没有过夫妻生活了，这我也就不说了。昨天下午我回家早一些，你说怎么着，他竟然与一个女牌友睡在了一起，就在我的床上。最可恨的是，他当着那个女人的面，竟然大言不惭地说与我没有激情了！你说说，这个龟孙羔子可气不可气，想当年，他一晚上都爬我身上好几回，那时候他也不提什么激情不激情的了！我……我要与他离婚！秦勤联想到现在她与吕健的状况，不由得叹了一声。李金花继续说道，男女在一起时间久了，天天哪来那么多的激情呢？这句话得到了秦勤的共鸣，秦勤说就是啊！说罢又觉得这句话有些唐突，因为秦勤声称自己还没有结婚。李金花说秦勤，你今后一定要注意，可别像我似的，找了这个龟孙羔子！又说她男人，他自己不要脸，干出那种丢人现眼的事情，竟然还动手打人。说着指指自己的右腮帮，你看看我的脸！

　　这时，吕健端着茶杯进门了，两人都不言语了。李金花生怕吕健看见她的脸会问这问那的，就借故离开了。临出门，还给秦勤使了个眼色。秦勤心中明白，李金花那意思是叫秦勤不要将她的事情说出去。

　　秦勤望着门口，随口问道，徐美芳呢？吕健说，回她自己家了，深圳那个老板来了。秦勤无意间说道，这个徐美芳，也老大不小的了，跟那个老头子瞎混到多晚呢？不明不白的，算什么事情呢？吕健好像有点儿心不在焉，对秦勤说的话不置可否。秦勤又说道，像她这样的，不如正儿八经地找个婆家，过两年年龄大了，又有这个事情，万一被传了出去，有谁还要她呢！吕健大概是听清楚了秦勤的话，不知怎的，脸上就有些不悦，没好气地说道，你管人家那么多的事情干吗呢！秦勤觉得吕健有意无意护着徐美芳，就有点儿不太高兴，谁管她了？我不就是随口这么一说吗！你烦的什么！说罢，提着包就出门走了。

13

　　秦勤在家里做好了晚饭，左等右等不见吕健的人影。外面的路灯已经亮了，往常这个时候，吕健早就回来了。平常吕健在外面很少有应酬，即便临时有啥事情，也会打个电话回来说一声的！秦勤本想打个电话问一下，号码拨了一半又取消了。又等了很长时间，《新闻联播》已经结束，还是不见吕健的踪影。这下秦勤有些坐不住了，她想，没理由的，吕健不会连招呼都不打就不回来吃饭，过去也没有这个事情。秦勤打开手机，正欲拨键，恰巧有条信息进来了，她打开一看，是吕健发来的：秦勤，徐美芳与深圳那个老板关系结束了，她很失落，连人家赔她的青春费都没要就赌气跑走了。我很担心，怕她出事，我去找找她。秦勤看罢，一把将手机丢沙发上去了，心说徐美芳与你啥关系，你这么担心她？假如我哪一天离家出走的话，你会这样担心吗？你会连饭都不吃、三更半夜的满城市去找我吗！

　　饭菜已经凉了，秦勤也没有心情去热，草草吃了几口，就看电视去了。今晚没有好看的影视剧，看了几眼就烦了。她关了客厅里的电视机，回到自己的屋里，又打开室内电视机，躺在床上有一眼没一眼地胡乱看着，哪知一下睡着了，一觉醒来，已是凌晨三点多钟。迷糊了一会儿，秦勤这才想起吕健还没有回来。她的手机一直是开着的，也没有吕健的电话。这下，秦勤头脑里想得有些复杂了，她想吕健找到了徐美芳了吗？假如他们在一起的话，现在会干些什么呢？愈想愈不放心，就给吕健打了个电话，哪知吕健的手机是关机状态，这令秦勤更加怀疑，好好的，为啥关手机呢？吕健过去无论白天还是夜晚从来都是不关手机的，今天是为什么？是手机没电了，还是其他什么原因？躺在那里，秦勤不免胡思乱想起来。突然想起了徐美芳的手机号，急忙拨了过去，结果也是关机。秦勤就想，是吕健没有找到徐美芳吗？

如果是那样的话，吕健没有理由到现在夜不归宿。到底是找到徐美芳还是没有找到呢？到底他们是在一起还是没有在一起呢？秦勤就这样翻来覆去地将床铺滚得一团糟，一直到大天明。

连饭也没有吃，秦勤就早早地赶到了学校，她想，也许吕健会在那里。因为她知道，哪怕是天塌下来的事，吕健都不会误了上课的。现在还未到上课的时间，秦勤还抱着一丝幻想，脚前脚后，吕健就会出现。她有这种感觉。

有脚步声上楼，秦勤以为是吕健，急忙迎到门口，却原来是曹磊。见他灰头土脸的样子，秦勤不由得问道，你是怎么啦？脸色这么难看？曹磊叹口气，说这下解脱了！秦勤云里雾里，说啥解脱了？曹磊说，昨晚与老婆谈好了，我们协议离婚，上午就去办手续。秦勤说，没有商量的余地了吗？曹磊痛苦地摇摇头。看到李金花进门，曹磊打了声招呼，转身离去了。

眼看到了上课的时间，学生也差不多到齐了，还是不见吕健踪影，这下秦勤这才感到事情不像她料想的那样。她与李金花扯了个谎，说吕健临时有事不能来，叫她顶一节课。然后她自己去替徐美芳上课。

一天过去了，吕健没有消息，徐美芳也没有人影。

两天过去了，吕健仍然没有消息，徐美芳也仍旧不见踪影。

秦勤猛然想到徐美芳过去住的那个绅士花园，还有那所大房子，也许能问出一些眉目来。虽然她没有去过，过去影影绰绰听吕健讲过徐美芳住的是五十八号楼，这天上午下了课她直接去了绅士花园。

小区的保安说，小区里根本没有秦勤所说的那栋楼，绅士花园只有五十五座楼，怎么会出来个五十八号楼呢？是不是自己记错了呢？秦勤又问保安，原先这里有没有住过一个叫徐美芳的年轻女人。保安查过住户册之后告诉她，小区里的住户根本没有叫徐美芳的。过去也没有。

是不是吕健与徐美芳合起伙来骗自己的？也许根本就没有所谓深圳老板这一说，更别提什么绅士花园的那个虚无缥缈的大房子了！这下，秦勤有些着蒙了，也感到了事态的严重性。想去报警吧，又觉得没有什么证据。其实她是心存一种侥幸，也许，要不了多久，吕健会突然一下出现在她的面前也未可知！她是这么想的，即便吕健不想要他的老婆，他能丢掉他辛辛苦苦创下来的事业吗？不过有一点秦勤心中是明白的，她与吕健的婚姻的确是出了问题，而解决问题的唯一办法是要相互信任。想到此，她急忙坐车回家，她要在吕健回家之前，将那只探头拆掉，以免横生枝节。

缘 分

一

　　这是月末最后一周星期六的上午，曲歌骑着半旧永久牌自行车，顺着淮海路向天水茶楼飞奔，赶着去与前妻会面。曲歌是个很守时的男人，他不想也不愿意叫女人和孩子等他。按说时间本不该晚，曲歌从不睡懒觉，头晚睡再迟，早晨六点前准醒。今早刚欲起身，女人非搂着他要与他做爱。曲歌说昨晚不是刚办过吗？女人娇滴滴地说我想嘛！曲歌不愿意叫小他几岁的女人笑话他不行，不是有句话说嘛，男人千万别说不行。再说，作为丈夫，没有理由不满足女人这种要求。等到两口子进入角色，再操练完毕，时候也就不早了。

　　骑着车子，曲歌一路都在想，女人明知今天他要与前妻约会，是不是有意的呢？

　　九点整，曲歌一脑门汗，随着电信大楼时钟的尾音走进了天水茶楼。他明知前妻刘娇娇不会准点来，还不免抬腕看了眼手表。表是日本精工牌的，还是前妻去广州出差给他买的，睹物思人，心中难免被一些感情的色彩所笼罩，情绪波动了好一阵子。

　　前妻来了。跑在头里的当然是女儿曲畅。女儿喊了声爸，并没有像以往那样扑进父亲的怀里，而是安静地坐在对面的沙发里。曲歌就想，女儿到底长大了，已经四年级了呢！

　　来了？曲歌望一眼前妻，口气很关切。

刘娇娇"嗯"了一声，嗓音里冷冷地有股凉气。

曲歌要了几样女儿和前妻喜欢的小点心，将茶单递给刘娇娇，喝什么茶，你点。

曲歌很少来茶馆这种地方，除了公事。他觉得喝茶坑死人。昨晚他打电话问前妻，明儿在哪儿见？前妻说出这个地方，他也不好拒绝，他怕前妻又骂他馊抠。

刘娇娇将茶单放一边去，老到地望着服务生，来一壶四十元的"铁观音"。曲歌心里疼得直咬牙，一壶茶能放多少茶叶？四十块钱一壶茶，这不是拦路抢截吗？

女儿从书包里将小考的成绩单掏出来，递到曲歌手中，说爸你看。曲歌看到女儿几门功课都是百分时，咧着大嘴乐了，疼爱地探过身去，用手抚摸着女儿的发辫，我们老曲家的孩子就是聪明！刘娇娇哼了一声，你们曲家除了狗菜还是狗菜！你扳脚指头数数，祖辈有个有文化的吗？曲畅外公外婆都是大学生，还不是遗传我们刘家的基因！还你们老曲家呢，你爹你妈脸朝黄土背朝天，扁担大的一字都不认识，若是遗传你们曲家的基因，曲畅怕是至今连数也数不清楚呢！曲歌向来争不过刘娇娇，只好点头干笑笑。

茶上来了，服务生问曲歌，要不要加只杯子？曲歌问加只杯子多少钱？服务生说五元。曲歌说我的乖乖，五块钱称一斤猪肉，剁馅包饺子够一大家人吃的了！算了吧，曲畅就和爸爸喝一只杯子吧。刘娇娇撇撇嘴，说曲歌你还是那么小气，马都买了，还置不起鞍？孩子再小也是个人，你这个当爹的就这么给孩子做榜样的？曲畅几门功课都考这么好，还不值五块钱吗！曲歌说我怕浪费，对别人舍不得，对我女儿还舍不得！对服务生说，加。稍时又嬉皮笑脸地说，我女儿这次考试考得这么棒，我心里真是太高兴了！曲畅，老爸回头领你去逛书店，你想买啥书？曲畅说我也不知道。

曲歌说曲畅，吃点心，都是你爱吃的。

曲歌说娇娇，喝茶。

刘娇娇说曲先生，以后别叫得这么亲热行不行！叫我全名，连名带姓，后面加个同志也可以。别娇娇长娇娇短的，喊得这么暧昧，如今我们可是一点关系都没有了，没有必要叫旁人产生误会。

曲歌想笑没笑出来，却被茶水给呛了一口，鼻涕眼泪全出来了，一声咳嗽又咳得惊天动地，引来许多茶客向这边观望。

刘娇娇说，曲歌你还是那么恶心人！

刘娇娇说，多亏我们离了婚，不然的话……下面的话没有说出口。

刘娇娇说，有件事想和你商量一下。曲歌揉着鼻孔望着他的前妻。我想给曲畅换所学校。为什么？刘娇娇说现在这所学校质量不怎么的。曲歌说曲畅几门不都考了满分嘛！刘娇娇说你别眼盯着那个分数，五、六年级是关键，不然中学以后想赶也赶不上。再说这所学校离家远，得过四条马路，穿两个十字路口，也不安全，别人家都有老的接送，我们家没有，所以得换近一点的、教学质量好一些的学校。曲歌说你讲得这么在理，我没有理由反对。刘娇娇说那好，然后伸出手，拿来。曲歌问什么？刘娇娇说钱哪！转学赞助费三千元。曲歌说这么多啊！我看还是别转了。刘娇娇说你说了不算，我说转就得转！说话得讲理，这钱也不能叫你一人出，二一添作五，我也掏一千五。曲歌无话可说。曲歌说我掏，不就一千五百块钱吗，过几天我给你送去。

曲歌和现在这个老婆实行的是AA制，各人挣钱各人花，拼钱过日子。上半年男的负责煤气、水电、房费，女人则负责米面、粮油、菜肉，下半年再倒过来，谁也不占谁的便宜。有了第一次婚姻的教训，曲歌非常赞成这种新家庭观念。

刘娇娇站起身来。曲歌说，不然咱们三口还去老地方吃顿便饭吧？刘娇娇说免了吧，喝茶全作吃饭了。给你省点儿，好多给你老婆买条短裤穿。曲歌说我还准备带曲畅去逛书店呢！刘娇娇说你省点力吧，你掏一百块钱我陪女儿去，你该干啥干啥去！别有事无事黏在一起，惹人家说闲话。

曲歌想起什么来，问刘娇娇，你个人的问题处理得怎样了？刘娇娇嗔怒道，谁叫你管我的事情啦？你是我什么人？是关心我还是在笑话我？真是的！

曲歌讨了个无趣，从皮夹里掏出一张百元的票子交给刘娇娇。刘娇娇领着女儿走了。曲歌望着前妻的背影说，我怎么能不管呢，一日夫妻百日恩嘛！我不关心谁关心你呢？

二

刘娇娇与前夫曲歌婚姻失败，刘娇娇从未后悔过。她不止一次在别人面前说过，和曲歌这种人做朋友还行，做夫妻断然不可以。刘娇娇说，将曲歌浑身的优点归在一起，就两个字：热情。不过这种热情一般人接受不了，都认为曲歌这个人脑子里是不是有毛病！随便举一例，逢年过节，厂领导去看望退休、有困难的或是伤病的职工，作为厂工会主席，曲歌当然要陪着去。见了面，他首先冲上去，抓着被慰问人的手，长篇大论地在那里致慰问辞，把那些厂领导晾在那里，站也不是坐也不是，恼得鼻尖上冒汗。领导背地里就说了，这个曲歌想干什么？是不是精神有问题？工人怎么会选这种人当他们的头呢！还有，平常走在大街上，若是碰到人站在那里，他总要走上前去，问人家要不要帮助？且不论曲歌出于一种什么样的目的和动机，他这种热情法是一般国人所不能理解的，特别是对于那些异性来说，招来的白眼算是好的，弄不好反被人家骂一句：神经病！哪值哪不值呢！所以，还是夫妻的时候，刘娇娇很少同曲歌一起上街。关键是他这个人认识不到，问题就出在这儿。你说刘娇娇还能同他过好吗？不过话说回来，中国人夫妻有几家不是凑凑合合过日子的呢？尽管刘娇娇与曲歌性格脾气不合，没办法，还得凑合着过。

刘娇娇在中学当教师，不显山不露水，也没觉出什么不好来。突然有一天，曲歌不知哪根筋出了问题，要给老婆调换调换工作。曲歌在党校学习的时候认识一个有权势的人，叫闵鸿建，在市投资公司当副总，有一天，曲歌就将闵鸿建领家里来，款待完之后，便将要求提了出来。哪知闵鸿建满口答应，说公司党办正缺个人。刘娇娇对于这件事没抱什么希望，她不相信曲歌的能力，她教书教得好好的，也没想着调换工作，再说金融她又不懂，去那儿能干什么呢？

却不知闵鸿建与刘娇娇第一次见面，便被她的容貌给迷住了，而刘娇娇也对这个城府很深刚刚步入中年的成熟男人产生了好感。一来二去的，二人便如胶似膝地分不开了。那边刘娇娇工作一调动好，马上提出与曲歌离婚。曲歌这才醒悟过来，可为时已晚了，是他自己引狼入室，怪得了谁呢？曲歌不愿意离，法院判离。显然闵鸿建暗地托了人的。

后来有人说，曲歌婚变，完全是第三者插足。刘娇娇则不这么认为，她说，即便闵鸿建不出现，她与曲歌离婚也是早晚的事。

几天后的一个晚上，曲歌给刘娇娇去电话，说他一个朋友的朋友在机关工作，条件不错，问她愿不愿意见见，并将情况汇报了一遍：新近死了老婆，年龄四十七八岁，个子一米七六，科级干部（享受副处级待遇），工资四千多，住房三室两厅两卫一百多平米，银行存款达到七位数，还有一辆日本原装价值近两万的雅马哈摩托车……

刘娇娇一听乐了，心说曲歌你真是个人才，哪有前夫热扑扑地为前妻找男人的，也就你曲歌能干得出来，真是滑稽可笑，还有点他妈的浑蛋！刘娇娇没好气地问道，你见过这个人吗？曲歌说只瞅了个背影，人不错！刘娇娇说你只瞅了个背影，怎么晓得人不错的呢？曲歌说娇娇，我办事你还不放心吗？咱们谁和谁呢！刘娇娇说别唬得这么热乎，当心你老婆倒了醋罐子。曲歌嘿嘿一笑，她这会儿不在家。刘娇娇说我说你怎么这样大胆的呢！不过曲先生，你的好心我领了，最后说一句感谢的话吧。曲歌说别客气。刘娇娇说不讲心里不舒服。曲歌说那你还是讲吧，别憋出啥毛病来。刘娇娇说曲歌，你去死吧！

三

离婚不到半年，曲歌就和本厂一个叫余力的女大学生结了婚。女孩子长得干巴巴的，胸脯扁平，臀部无肉，毕业于苏州大学机械工程系，被南方水土滋润了好几年，所以说起话来一股"小桥流水"的味，显得很高雅。刘娇娇有时想起来便替那个女大学生抱屈，这个余力也不缺心眼，怎么会看上曲歌呢。听别人说，余力就是喜欢曲歌说话那种幽默感。刘娇娇说好嘛，一只眼说独眼龙聚光——捧上了。曲歌说话那叫幽默啊！即使算是，也是那种硬咯吱人家胳肢窝叫人笑的下三流幽默，有时还幽默不到地方去，令人像是吞进一只苍蝇那么反胃！刘娇娇倒是怀疑，曲歌和余力会不会在他们没离婚之前就勾搭上了呢？

对于曲歌再婚，刘娇娇是不会嫉妒的，不过一连串好事都叫曲歌摊上了，这就令刘娇娇心里不平衡了。先是曲歌赶上福利分房的末班车，分到了一套三居室，后是曲歌手中五千股原始股上了市，一开市两个多月就涨到二十几块。这五千原始股是他们两人共同财产，离婚时在财产分割的时候，曲歌倒是提到了股票问题，刘娇娇急于想离婚，表态送曲歌了，这一下就是十万多元，这是一笔不小的数目，刘娇娇怎么能丢掉这块大肥肉呢？所以她就想找个机会与曲歌好好地"商量商量"。

下午，刘娇娇刚到办公室，正准备打电话给曲歌，没想到曲歌打电话过来了。曲歌说刘娇娇，曲畅转学的钱已经打到你的牡丹卡上了，回头你查一查。刘娇娇说这次没食言，办得也怪顺当。曲歌说，女儿也是我的嘛！再说了，我何时对你的指令不是坚决执行？刘娇娇说，说你俊，你就向灯亮地儿闯。曲歌嘿嘿地笑。刘娇娇说正好有事和你说。曲歌说等等。刘娇娇说啥意思？曲歌说我打的是公用电话，麻烦你打过来可以吗？刘娇娇嗔怒道，没见过男人像你这么吝啬的！

刘娇娇按照曲歌说的号码又拨了过去。曲歌问啥事情？刘娇娇说有关股票的事。曲歌似乎愣了一下，啥股票？刘娇娇说咱们的股票呗！曲歌说啥咱们咱们的！你别瞎寻思了，寻思也没你的份！刘娇娇说曲歌你别狠，好说呢，按现在股票价格，算一点钱给我，多少看你的心，如若你不讲究的话，我的性格你是清楚的！曲歌说嗨嗨嗨，凭什么呀？当初离婚时可是红口白牙亲口说不要了的，现在怎么又想起来了！刘娇娇说可不是想起来了，你一口吃这么一块大肥肉，不怕噎死你呀！再者说，我啥时和你说这股票我不要了？有凭据吗！曲歌有些急了，曲歌说刘娇娇你别得寸进尺，当初你急着要与我离婚，股票又不知猴年马月上市，你说那五千原始股送你了，你想想，当时是不是这么说的！刘娇娇说就是我说的又咋样呢？官司打到法院，那五千股票是我们婚内共同财产，我要回本属于我的那一半，合理合法，我想啥时要就啥时要，你若是不给的话，咱们法庭上见！说罢，挂断电话。

四

刘娇娇已有好几天没和闵鸿建在一起了。她是那种性欲很强的女人，两天不弄那事，眼里就无神，心中就失魂，身子就发软，干什么事情也就没有热情。闵鸿建在性爱方面是那种高水平的男人，一招一式，花样变幻无穷，由浅入深，循循善诱，刘娇娇仿佛是他掌心的一块面，不一会儿就变成一堆面条似的那样软了。不像前夫曲歌，性生活要求不高，属于次品的那种，想起来汹涌澎湃不可一世，上阵没几下便偃旗息鼓了，往往刘娇娇这时正在高潮之际，正等着春雷一声震天响呢，而他却哑炮了，蓬勃不起来了。刘娇娇那个气呀，那个难受呀，所以，他们每次做爱之后，曲歌的身体上都会留下一道道紫痕，那是女人狠急了掐的！

电话响了，是闵鸿建打来的。叫刘娇娇现在到他的办公室去一趟。刘娇娇明知闵鸿建想做那事,故意问道,有事吗?闵鸿建说这几天忙着开会,想死你了!刘娇娇说,下班后去玫瑰花园吧。玫瑰花园是闵鸿建私下买的房子,是专供他们做爱的地方。闵鸿建说你现在就过来吧,我已经控制不住了,你若不来,我就去你党办"办事"!刘娇娇知道闵鸿建说到做到的脾气,就假装嗔怒道,你的胆子也真是太大了,你不怕出事我还怕呢!

刘娇娇轻轻推开闵鸿建办公室的门,还没等她反应过来,身子就被闵鸿建一把给抱住了。刘娇娇说鸿建,别这样,在办公室里不安全。闵鸿建说错,不安全的地方才是最安全的地方,你放心,没人敢私闯我的办公室。刘娇娇无奈,说你等一下。从闵鸿建怀中挣脱,然后去将门反锁上,才又偎到闵鸿建的怀中。闵鸿建二番将女人抱起来,旋转一圈,然后放在沙发里,接下来便动手去剥她的衣服。夏日穿得单薄,三两下,闵鸿建便将刘娇娇剥得赤条条的了。闵鸿建也脱去裤子,露出下身,但不急于求成,双手在女人的身体各个部位柔软地摩挲着。

刘娇娇猛然想起一件事,说鸿建,你答应将玫瑰花园的房子转到我的名下的,你准备何时办呢?闵鸿建说这你放心,只要我答应你的就不会空许诺。刘娇娇明知闵鸿建答应和她结婚不是真心话,也是不可能的事,他老婆并不老,长得也不比自己差,他的老丈人又是副市级干部,他还想往上爬呢,他能轻易结束这段婚姻吗?不过对于一套房子来说,她想闵鸿建不至于失信吧。她说我相信你,但你总不能光拖着不办吧!闵鸿建的手从女人的肩头、双乳,然后探到她的阴部,轻轻地在那儿揉动。办,办,等我腾出空就办!闵鸿建张开嘴,噙住女人的乳房,轮番吸吮,不一刻,便将女人吸吮成一摊烂泥了。刘娇娇说鸿建,我想了……闵鸿建趴到女人的身上,正欲进入她的身体,办公桌上那只红色电话机突然响了起来。将二人唬了一跳。

那是老总的专线。别人的电话闵鸿建可以充耳不闻,老总的电话他却不敢怠慢。老总在电话里叫他立即过去,有要事商量。闵鸿建急忙穿好裤子,对刘娇娇说,你躺在这里别动,我去去就来。说着对着墙上的镜子整理一下头型,这才走了出去,而后从外头将门锁上了。

刘娇娇躺在那儿,等了闵鸿建老半天也不见他回来,估计他一时半会儿回不来,便将衣服穿好,坐在沙发上发愣。她想与闵鸿建这种关系算什么呢,连自己也搞不清楚,是他的情妇,还是他的性伴侣呢?直想得心中汪起一汪酸水。

办公桌上那只外线电话不时响起,弄得刘娇娇心烦意乱,她不想等闵鸿建了，趴在门边听听外面的动静，确信无人，这才打开门走了出去。

怕遇见人结果还是叫人遇见了，办公室主任小吴手中拿了份材料急匆匆地走过来了，他见刘娇娇从闵鸿建的办公室出来，就随口问道，刘大姐闵总在吗？刘娇娇脸不由得红了，半响才又说道，好像不在，我也有事找他呢！

五

刘娇娇刚进办公室坐下来，倒了杯纯净水正欲喝，电话就响了起来，她猜想一定是闵鸿建打来的，故意不接，心说叫你猴急一会儿！四五声过后，刘娇娇正要去拿听筒，电话却不响了，心里有些后悔，本想打过去，不知怎的临时又改变了主意。

刚才急慌火燎一阵子，又从高潮的顶峰跌落下来，刘娇娇好半天才从这种激动的情绪中缓过神来。不过她现在回想起来，还感觉有些后怕。刚才多危险呀，她想今后再不能和闵鸿建在办公室干这种事了，真要是被人碰上了，她还怎么面对单位里的同事？若是传到闵鸿建那个厉害的老婆耳中，到单位一闹腾，她还怎么在单位里待下去呢？过去刘娇娇也曾想到这个后果，可都经不住闵鸿建死缠硬磨，一喊她，她嘴里说不去不去，最后还是去了。其实她也想与闵鸿建做爱，她早已将闵鸿建看成自己的丈夫了。尤其是闵鸿建给予她的那种感觉真是太美妙绝伦了！她过去与前夫曲歌却从来没有这种感觉。如果说她和曲歌做爱是一种任务的话，而与闵鸿建则是一种神魂融为一体的、永不嫌累的高雅运动。

电话又响了起来，刘娇娇急忙抓起听筒，喂，她说，是鸿建吗？对方是男的声音，说喂，你是娇娇吗？刘娇娇听出是前夫曲歌的腔调，没好气地问道，又是什么事？曲歌说也没啥事。刘娇娇说没啥事打什么电话？你没事别人还有事呢！曲歌嘿嘿一笑，说我老婆怀孕了。刘娇娇扯长嗓音咦了一声，那好啊！你们老曲家又要添人进口了，这是大喜事呀！你不是总想要个儿子吗？这回你满足了。曲歌说才一个来月，还查不出男女呢！刘娇娇还想说句刻薄的话，却想不起来说什么了。曲歌说对了娇娇，我打电话是想提醒你，水电、电话、煤气费该交了，你总是忘，要不又得扣滞纳金了。刘娇娇说谢谢你的提醒，别的还有事吗？曲歌说没了。刘娇娇说你没了我倒是有事问你，那股票怎么说？曲歌说咱能不能不提这个呢？刘娇娇说我为什么不提？

曲歌说说句实在的，看在孩子的份儿上，我对得起你了！刘娇娇说哎哎哎哎，你别这么讲，你若这么讲的话，我还真得好好地与你算一算。离婚之后你涨了好几次工资了，你给孩子增加生活费了吗？还有，一年四季，你给孩子买过一件衣服了吗？曲歌，咱们今天将话讲清楚了，你若是不乖乖地将股票一分为二，还是那句话，咱们法庭上见！曲歌说咱们能不能不提"法庭"二字呢？你觉得爬堂台子光彩呀！刘娇娇说那不得了，既然你嫌丢人，你就老老实实地按照我的话去做，不然的话，休怪我不客气！曲歌叹一声，说刘娇娇，我前世欠你的，你别吵吵了，股票你啥时要，我便按市价卖一半给你，这总行了吧！

其实刘娇娇也不真想要那股票，她就是想气气、难为难为曲歌。本来嘛，他又娶新媳妇又分新房子，日子过得滋滋润润的，她心里能平衡吗？不过刘娇娇有时想起来，也觉得自己这么做有些过分了，是你要和曲歌离婚的，人家过好过坏碍你啥了？是不是看着曲歌打光棍，到大街讨钱你才痛快呢？

刘娇娇猛地想起一件事，说曲歌，明天是你的节日，我祝福你！曲歌云里雾中，什么节日？明天不是什么节呀！刘娇娇说，明天是男性生殖器健康日。曲歌恍然大悟，说刘娇娇，你真损！刘娇娇说，我也是好心关心你的啊，让你那样东西歇一歇，放它一天大假，你媳妇不是怀孕了吗？正好！说着挂了电话。

突然，电话又响了起来，刘娇娇对着话筒大声嚷嚷道，曲歌你还有完没完哪！对方说娇娇我是闵鸿建，你和谁生这么大的气？是曲歌吗？刘娇娇不语。闵鸿建又说，娇娇，晚上下班后直接去玫瑰花园好吗？刘娇娇说不去。闵鸿建说怎么啦？刘娇娇说不怎么，我不想去！继而反问道，我是你什么人？你多会儿想叫我过去我就过去，我为什么要听你的！半响，闵鸿建说，我马上到你办公室去。刘娇娇想说你别过来，对方却将电话挂了。

六

上午，刘娇娇去了趟银行，办完事出来，就没往单位拐，她想去商场逛逛，给女儿买双凉鞋，顺便看看有没有适合自己的裙子。

路过首饰商场，刘娇娇总会去那儿转一转，她对黄金和闪亮的钻戒情有独钟。固然自己已经有好多的戒指和项链。她舍得在这地方花时间，她喜欢对那些手饰的款式、成色加以比较，有时一个上午或下午就在那儿观赏，她觉得很有乐趣。

一男一女正在柜台前挑选黄金项链，听女的说，这款不错吧？男的说我看也不错。刘娇娇正欲凑上去帮人家参谋参谋，猛然发现那女的背影有些熟悉，一时又想不起来是谁了。她远远地望着，想等那女的抬起头，看个仔细，偏偏那女的就是不抬头，这可急坏了刘娇娇。男的终于去收款台付钱去了，刘娇娇发现那个男的一脸糟疙瘩。糟疙瘩脸男人回来之后，又帮女的戴上项链，女的才昂着脖子走到一面大镜子面前，喜滋滋地品瞧着脖子上刚买的金货。这下刘娇娇终于看清楚了，这不是曲歌的老婆余力吗？怪不得这么熟悉！没有错，就是那个没有屁股没有胸脯的女人！虽然她与余力只不过有一两次接触，时间也不很长，凭着女人的敏感和特殊关系的原因，她还是将这个女人的形象记得死牢死牢的！

你这个狐狸精！你这个骚浪货！刘娇娇在心中胡乱地骂着。才几天啊，你就喜新厌旧了，你就拈花惹草了！曲歌啊曲歌，你真是有眼无珠啊，怎么找这个贱女人的呢？你还拿她当宝贝似的宠着，你却不知她正给你糊绿帽子呢！又觉得曲歌有些冤，这个男的有什么好，一脸的糟疙瘩，有的还往外渗血水儿，哪如曲歌的形象呢！曲歌虽说眼睛小些，但还是有一种男人的气质的，起码比面前这个男人好看多了。余力这个女人肯定是看中这个糟疙瘩脸男人的钱了，不与这个男人上床，他会这么出血吗？

刘娇娇气不打一处来，她真想过去给余力那个不要脸的女人两巴掌，可一想，你刘娇娇有什么资格打人家？那女人若是堵你两句：你好？你好怎么没离婚就和那个闵鸿建好上了！你还有脸说人家呢！

商场也不逛了，刘娇娇从包里掏出手机，接着给曲歌打电话。单位的人说曲歌这会儿不在，去外面办事去了。刘娇娇说我是他的前妻，如果他回来，立即叫他给我电话，打我的手机，有急事！出了商场，刘娇娇猛然想起曲歌原先还有部手机，还是她给买的，不知现在还用不用，就拨一下试试了，结果那边说此机已欠费停机。

这时，刘娇娇看见余力挎着那个糟疙瘩脸男人的胳膊，上了一辆红色出租车。在开车门的一瞬间，刘娇娇感觉余力好像看见她了，愣了一下神，急忙缩进车里了。刘娇娇暗骂，浪货，你等着吧！

此时曲歌正在女儿的学校里。

办完了事，正好路过女儿的学校，曲歌突然想进去看一看。女儿自从转校后，他还一次没来过。刚欲进校门，一想学生正在上课，进去找也不方便，心说以后再找机会来吧。正欲走，猛听得有人叫他的名字，抬头一看，是他中学的同学侯大坤。

多年不见，二人都说对方变了。曲歌爱咋呼，亲热难免有些过分。传达室老头儿从窗口探出秃脑袋，说小声点，学生正上课呢！曲歌忙说对不起对不起！一见是校长的熟人，看门的老头干笑一声，你说话，没有事！

曲歌说，侯大坤你怎么在这里？侯大坤说，去年我就从区教育局调来这儿当校长了。曲歌说，我怎么不知道呢，我女儿在你这个学校读书呢！侯大坤问几年级？曲歌说大概五年级吧，是刚从别的学校转来的。叫什么名字？叫曲畅。曲歌将自行车停在校门口的白线内。侯大坤拉着他的手进了校门。侯大坤说我教五年级的语文，没曲畅这个孩子啊！今年刚转来的，只有一个叫刘畅的女孩子。曲歌有些怀疑，心说是不是刘娇娇背地里将孩子的姓偷偷地改了呢！他说老同学，你带我去看看那个叫刘畅的同学。

侯大坤领着曲歌到了一间教室的窗户前，用手指着那个叫刘畅的女同学给他看。曲歌看罢，脸色立刻变了。侯大坤问道怎么回事？曲歌便拉着侯大坤的手走到两座楼房中间的草坪上，他说那就是我的女儿。这个刘娇娇，太不像话了，给孩子改姓也不与我商量商量，还当我是人不是人了！侯大坤看着曲歌气愤的样子，就劝道，姓什么不一样？再改姓，无论从法律还是血缘关系来讲，你永远是孩子的父亲。你已经组建了新的家庭，何必对这个在意呢？曲歌想想也是，姓已经改了，为这生闲气不是自寻烦恼吗！

曲歌要走，侯大坤说，我们好多年不见了，找个地方喝一杯吧。曲歌说不打扰了，我还有事。你若是念同学情谊，想法将我孩子那三千元赞助费给免掉算了！侯大坤有些为难，这恐怕不行，如果在当时的话，我还可以做主少收你千儿八百的，这都啥时候啦？账早就入了呢！曲歌摆摆手，算熊算熊，还一校之长呢！侯大坤无奈地耸耸肩，笑着说，校长也不能一手遮天呀，你讲对不对！

侯大坤送曲歌至门口的时候，正好学生下课了，曲歌怕女儿出来看见他，忙告辞走了。临走又想起来问侯大坤的老婆在哪儿上班？侯大坤说还不知道呢！我如今还是孤家寡人一个，哪晓得老婆做什么工作呢！曲歌有些不信。侯大坤说，你要是不信，我可以同你去医院鉴定一下，不是处男管换！曲歌一抬腿上了自行车，回头说，得抓紧了老弟，侯家不能在你这一辈断了香火啊！侯大坤扬扬手，说了句什么。曲歌没听清，说给我来电话啊大坤！

七

曲歌前脚刚走，刘娇娇就到了学校。她想等女儿放学带她去商场试皮鞋，免得买不合脚，还得麻烦去调换。刘娇娇站在校门口，抬腕看一眼手表，估计是最后一节课，这时她看见了站在大门里边的侯大坤，就礼貌地点点头，微微一笑。她与侯大坤打过交道，除了知道他是校长，还知道他带女儿的语文课。

侯大坤看刘娇娇有些面熟，却一时记不起是哪个学生的家长了。刘娇娇是那种绰约多姿且风韵犹存的女人，侯大坤被刘娇娇的美丽打动了好一阵子，难免多看几眼，还觉得不够直接，继而走到大门外面，向刘娇娇招呼道，等孩子放学？刘娇娇说是，又微微一笑。侯大坤看看手表，快了，还有半个小时就放学了。侯大坤又问，你小孩上几年级？刘娇娇说，是你班上的学生，叫刘畅。侯大坤噢了一声。这时，金灿灿的阳光将他们两个沐浴着，侯大坤感觉与眼前这个女人的距离一下拉近了。他说刚才……本想说，刚才你前夫曲歌才从这儿走，觉得不妥，改口道，刚才曲歌来了。他来干什么？刘娇娇马上警惕起来。侯大坤说他大概是来看孩子的吧。不巧没下课，他又急匆匆地走了。他就那个样，干啥事都是风风火火的，地球上似乎就数他最忙！刘娇娇说。你认识他？侯大坤说，我与曲歌是中学的同班同学。刘娇娇说，是吗？侯大坤还欲说什么，这时下课铃声响了。侯大坤有些歉意地说，我该进去了。侯大坤边走边暗想，这个曲歌搞什么搞，这么好的女人却让她给放飞了，真是可惜了呢！侯大坤不由回首望一眼刘娇娇，恰巧这时刘娇娇也正瞅着他的背影愣神呢！二人不由得相视一笑。

手机响了。刘娇娇说您好。对方嘿嘿一笑，说我好着啊！刘娇娇说曲歌你死哪去啦？到处找不到你！曲歌说我也正有事找你呢！刘娇娇说你找我有什么屁事？曲歌说小孩改姓你怎么不与我商量商量呢？刘娇娇说我为啥要与你商量？曲歌说我总还是孩子的父亲吧！刘娇娇反问道，父亲怎么啦？我觉得孩子姓你的姓有一种耻辱感！曲歌说这话怎么说的？我一不犯法，二还不犯法，怎么耻的辱！刘娇娇说反正不能叫孩子随你的姓，再说，她和我住一起，姓你的姓，算什么事呢！曲歌说好好好好，这个不和你争了，争了也没多大意思，姓氏不过是个符号而已，姓什么都行，我不在乎！刘娇娇说那好，不过有件事恐怕你得在乎了吧！曲歌问什么事？刘娇娇说上午我去商场，看见你老婆和一个男青年在一起，那个男的还给你女人买了一条金项链。曲歌说你讲的这件事情啊！那个青年人长着一脸糟疙瘩对不对？他是余力的表哥，你别胡乱猜疑！刘娇娇说你意思是我多管闲事喽！曲歌说不是不是。余力自己攒的钱，想买条链子，我没空陪他去，恰巧她表哥来了，所以他就陪余力去了。你别想得那么复杂！是我想得那么复杂？刘娇娇有些火了，我看他俩在一起那么亲热，勾肩搭背的，表情也不对……我说曲歌，我这也是关心你，你别狗咬吕洞宾不识好人心，再说了，表哥不是哥，你心中别没个数！曲歌说谢谢你的关心。刘娇娇想自己的身份，话说多了，反而使自己更加难堪，就岔开话头，问曲歌，你打电话找我什么事？曲歌说你听了别烦我才说。刘娇娇说我不烦。曲歌说上午我到女儿学校去了，碰到我中学时的一个同学，他在那里当校长，叫侯大坤，人不错，也挺什么那个的，至今还是个童男子……你是啥意思？刘娇娇打断曲歌的话，说话别曲里拐弯的，你当我手机是公费啊！曲歌说我长话短说，我觉得你们俩蛮般配的！刘娇娇说曲歌，是不是给人介绍对象有提成啊？曲歌说娇娇你听我说。刘娇娇说你又要说关心我这句话对不对？你还是多多关心关心你个儿吧。曲歌说娇娇，你与闵鸿建在一起，不会有结果的，他又不离婚，和你就这么耗着，算什么事呢？再说你还有多少年青春可浪费呀！不如正正当当找个人，总算有个依靠吧？刘娇娇不由得义愤填膺，你是我什么人？我的事你少管！"啪"的一声挂断电话。

八

曲歌虽说被刘娇娇不温不火地训了一通，但曲歌对于刘娇娇的事，特别是个人方面的事，还是非常的关心。他总觉得欠刘娇娇的，固然是刘娇娇主动与他分的手。他与刘娇娇是大学的同学（不同级），是他将她带到自己居住的这个城市。可以说，在这个陌生的城市里，除了他曲歌，刘娇娇再也没有其他亲人了，他曲歌不关心她不爱护她，谁关心她爱护她呢？虽然说刘娇娇如今单身一人是她自己作的，曲歌认为自己还是有责任和义务帮助刘娇娇建立一个完整的家庭。曲歌了解前妻，像她这种女人，纯属钢琴型的，没人弹奏不行，摆在那里就会生锈、变音。想到这里，他便给侯大坤打了个电话。

侯大坤说老同学，我正要给你去电话呢，没想到你却先打来了。曲歌说别啰唆，昨天上午你是不是见到我的前妻了？侯大坤说我也正想与你说这个事。曲歌说你想说什么？侯大坤说老兄你怎么舍得撒手的哩？曲歌说不瞒你说，也不怕你笑话，是她抛弃的我！你想啊，凭我长的这么个样——三等残废，借我一个贼胆，我也不敢当那个"陈士美"啊！侯大坤说是这样的。少时又说，我想与你前妻接触接触，你不会介意吧！曲歌说屁话！如今她已不是我的老婆了，你们一个孤男，一个寡女，日破天都没人管你！侯大坤"嘘"了一声，压低嗓门，老兄，我这边有人呢！你注意点口德好不好！曲歌"嘿嘿"一笑。侯大坤说，你给我出出主意，第一步怎么进行，第二步怎么进行，你们毕竟在一起生活这么多年。曲歌说那是当然，不过，我不能这么轻而易举地就出卖我的灵魂，你总得贿赂贿赂我吧！侯大坤说那容易，地方你选，我先摆一桌请你。曲歌当即说了一个酒楼的名字，二人又约好了时间。

这几日刘娇娇的心情算是糟透了，那天，闵鸿建突然去办公室找她，向她要玫瑰花园别墅那把门钥匙。当时刘娇娇就有些怀疑，她问干什么？闵鸿建说我想换把锁。刘娇娇说好好的换锁干什么？闵鸿建说不干什么，就是想换！刘娇娇从闵鸿建那冰冷的口气里似乎悟出了什么，他不是换锁，他是想换我这个人！刘娇娇说，你是不是有其他的女人了？闵鸿建说你别神经过敏！刘娇娇说不会因为两次我没答应你去玫瑰花园做爱而生气吧！闵鸿建说，我闵鸿建是那种小肚鸡肠的人吗？刘娇娇叹一口气说，其实我早就有思想准备，这一天早晚会来的，只是没料到会这么快，这么平淡无奇！闵鸿建说你别胡思乱想了，实话对你讲吧，我老婆不知怎么知道了这套房子，所以我想……刘娇娇打断闵鸿建的话，这真奇怪了，这套房子只有你我二人知道，我当然不会这么傻，去找你老婆，说这套房子是我同你男人做爱的地方。要么就是你说的，如果你不说，你老婆怎么会知道的呢？闵鸿建说我为什么要说？我又没有神经病！娇娇，这么久了，你怎么还不相信我！刘娇娇哼了一声，你叫我怎么相信你？你原来不是说好了将这套房子转到我的名下的吗？闵鸿建语塞了。良久才又说，总之我已告诉你了，你给不给钥匙无所谓，反正门锁肯定是要换的！刘娇娇眼泪立刻下来了。刘娇娇说姓闵的，你就这么无情无义啊！闵鸿建不言语，默默站起身，招呼也没打径直走了出去。

刘娇娇一下病倒了，是心病。俗话讲，心病还需心药医，可这种心药去哪儿找呢？

这天傍晚，侯大坤按照曲歌提供的地址，叩响了刘娇娇家的房门。

一见是侯大坤，刘娇娇既吃惊又疑惑。她说侯校长你怎么来了。侯大坤说，我是来家访的，打扰你了吧？刘娇娇忙说不打扰不打扰。刘娇娇匆匆将沙发上零散的东西收拾收拾，招呼侯大坤坐下，然后去喊女儿刘畅出来。刘畅见到侯大坤，并不感觉怎么惊愕，说侯老师你好，规矩地站立一旁。侯大坤说刘畅你现在干嘛呢？刘畅说正做作业。侯大坤说你去做吧，我和你妈妈随便谈谈。刘畅走了，到了房门口，回首看一眼侯大坤。侯大坤始终将笑容挂在脸上，这时却有些不自然起来。

刘娇娇给侯大坤泡了一杯茶。搬一只木椅子坐在侯大坤的对面，不知为什么，她感觉应该与这个侯大坤保持一些距离，所以就没坐在沙发上。刘娇娇说，你们当老师的真辛苦，下班后还要搞家访。侯大坤说不辛苦不辛苦！侯大坤说你的精神好像有点不太好。刘娇娇说有点儿感冒。侯大坤问看医生了吗？刘娇娇回答说吃了点感冒药，差不多好了。

沉默了一会儿，侯大坤才切入正题。侯大坤说，刘畅是个聪明的孩子，几门功课都很好，特别是语文；上次有一篇作文，题目叫作——我说了你不会觉得唐突吧？刘娇娇笑笑，不会的，你说。侯大坤说，那篇作文的题目叫"我多么想有个后爸爸"……文章感情丰富真挚，语言流畅凝练，不失为一篇美文。我就是从这篇文章中知道你的家庭的。这时，侯大坤看见对方的脸上有片红云飘过，有些歉意地说道，实在对不起，我不是有意触及你们家庭的隐私。刘娇娇微微一笑，说无妨无妨。良久，她突然问道，侯校长，听说你与曲歌是同学对吗？侯大坤没料到刘娇娇说话这么直截了当，想必曲歌已经与他的前妻说透了此事，也不好装傻卖愣了，只有实话实说，我也是前不久才晓得你们之间的关系。刘娇娇说，那是过去的事了。半晌间，听说你至今还没有结婚？曲歌对这事特别热心，他还想将我们往一块撮合呢！侯校长，我不知道你这次家访有没有这层意思呢！侯大坤被问得面红耳赤，他没料到刘娇娇这么率直，也佩服女人的精明，当时与曲歌谋划好久的计策，很容易就被人家给识破了，侯大坤一脸的无奈与狼狈，本来准备好的一肚子话，这时却没词了，便一个劲地喝茶水，直喝得小肚子涨得生疼，他现在啥欲望也没有了，就想上厕所。初次到一个女人家，他又不便提出来，况且刘

娇娇也不给他留这个机会，她讲和曲歌以前的事，讲女儿刘畅的学习情况，也讲男女之间的感情问题。

天不早了，侯大坤终于抓住了一个说话的机会。站起身来，习惯性地捋捋衣襟。刘娇娇说在这儿吃晚饭吧。侯大坤说不了。刘娇娇说，如果我诚心诚意地留你呢？侯大坤被女人眼中那团火给熔化了。刘娇娇系上围裙，说侯校长，麻烦你去辅导辅导刘畅的作业行吗？家访总不能走过场啊！侯大坤忙说好的好的，不小心却挤出一点小便来。

当晚，侯大坤就上了刘娇娇的床，这是他们都始料不及的。饭间他们都喝了一些酒，谈得又十分热烈，也就忘记了时间。一个孤男，一个寡女，就像是干柴遇见了烈火，一下就燃烧起来。连他们自己都没有一点儿思想准备就搂在一处了，连续做了两次爱，天明时又轰轰烈烈地来了一次，彼此都觉得十分地快乐与恩爱，感觉也特别的好，都有些相见恨晚的意思。

九

昨夜下了一场雨，天明却又艳阳高照了。人的心情犹如天气一样，阴阴晴晴没个定数。这句话来描写刘娇娇此时的心情就比较合适。前几天她还是世界末日来临，这两天却漫步在希望的田野之上了。将心中那些不愉快甩到九霄云外去了。她怕闵鸿建再来纠缠，索性请了病假，反正又不扣工资。在家歇着又没什么事，逛罢商场逛菜场，买一些新鲜的蔬菜鱼虾肉蟹之类回来，做起了家庭主妇，天天美味佳肴，叫侯大坤过来吃饭。侯大坤当然乐意了，好吃好喝的款待，还有女人陪睡，天底下哪去找这等好事呢！

刘娇娇对做爱要求很强烈，开始侯大坤还能应付下来，甚至主动挑战，渐渐地就觉得力不从心，所以对性爱也就敷衍了事。就这样，白天还觉得精神集中不起来，眼里总是生出一些黏糊糊涂的东西。

不过，刘娇娇对侯大坤再清楚不过，他并不是曲歌所说的那种"处男"，在做爱中，从侯大坤对于那些动作的熟悉程度，以及新鲜花样就可见一斑，只是刘娇娇不点破而已。细想一想，现在青年男女在一起还有几个能把握得住自己的，再说你即便是个童男或处女，那又怎么样呢，人家倒会讲你老土呢！

就这样，他们在一起过起了同居的日子，双方都没有向对方承诺什么。

特别是侯大坤，想来就来，想走就走，想吃便吃，想睡便睡，可就是不提以后的事。刘娇娇是过来的人，又比侯大坤大一两岁，这方面也不好主动提出来。不过刘娇娇对侯大坤还是一心一意的，一开始就没瞒侯大坤，说自己除了曲歌以外，还和一个男人好过，就是她的上司闵鸿建，不过现在关系已经断了。侯大坤对此事也不太计较，反正是结过婚的女人，与一个男人睡与两个男人睡没有多大区别，只是希望以后没有其他男人就行了。刘娇娇笑骂道，你说的不是混蛋话吗？

其实侯大坤是很爱慕刘娇娇的，对她也有好感，曾多次和自己说，若是找了刘娇娇这种女人一辈子也算值了。虽然女人比他大两岁，可比他显然得要年轻得多，若从容貌上讲，她与其他女人更是无与伦比。那么侯大坤还迟疑什么呢？侯大坤是那种虚荣心特强且孤傲的男人，他总觉得挑了这些年挑了个"二婚"，不论从哪方面来讲都说服不了自己，况且他的父母及姊妹也都不赞成这件事，所以侯大坤对刘娇娇就这么糊弄着。其他方面，他认为刘娇娇无可挑剔，若叫他离开她，还真有点儿舍不得。

一天曲歌来找侯大坤，问道，侯琴师，我的那架老钢琴怎么样？侯大坤说，钢琴虽说旧一些，琴弦却没有生锈，弹奏起来还是音正声脆的！曲歌就说，那你还等什么，还不抓紧办了！又说，像你这种情况，按照现在生育政策还可以生一个小孩呢！不过我可事先告诉你，不论你将来要不要孩子，你若虐待我的女儿，我定饶不了你！侯大坤说，一辈子同学三辈亲，你的女儿就是我的女儿，我怎么会对她不好呢？不过，事情还没到你讲的那一步。曲歌问，是你的问题还是她的问题？侯大坤说，谁的问题也不是，男女相处，总得有个过程吧？曲歌点点头。侯大坤说，如果我们俩能成的话，我想将她调出来。曲歌似乎明白了什么，就说，那当然了！刘娇娇是教师出身，到原先你那个区教育局搞搞教研还是比较合适的。侯大坤说，我也曾这么想过，不过……再说吧。

离开学校，曲歌就给刘娇娇去了电话，将信息反馈给前妻，叫她抓紧时间进攻。刘娇娇说，你当这是炸碉堡啊！再说婚姻这种事，水到渠成，不是你急就能急得来的。你是不是急等着喝喜酒呢？曲歌说，我这不是替你着急嘛！刘娇娇说，皇上不急，太监再急也是白搭！

对了，曲歌说，过两天我们单位组织去海南旅游，与女儿见面的日子就得往后拖几天了，请你告诉女儿，说老爸从海南一准给她捎几个大椰子来。刘娇娇说，你费那个劳劲干啥？超市里四块钱一个，捡大的挑，还要你千里遥远地捎这个东西！曲歌说，心情不一样嘛，再说从海南捎的椰子新鲜啊！刘娇娇说，随你的便，其实你可以灌一瓶天涯海角的海水带来，那不是又省钱又省力还有特色吗！曲歌说，你别损我了成不成！刘娇娇说算啦，不挖苦你了，但最后我必须得提醒你一句，海南是个花花的世界，你可得好好地把握住自己。曲歌干笑笑，我长得这么难看，去哪儿都使人放心。

十

　　一晃两个月的假期过去了，本想续假，刘娇娇临时又改变了主意，她突然想去上班，自己也不知为什么。

　　到了电梯口，哪就那么巧，偏偏碰到了闵鸿建也在那儿等电梯。刘娇娇心说，真是邪了，刚刚她在心里还念叨着，千万千万别遇上闵鸿建，结果还是叫她给赶上了，你说哪就那么巧呢？晚一分钟出来，或者公交车少遇一个红灯，时间也就错过了吧！

　　你来上班啦？闵鸿建热情地招呼道。身体好了吗？这一段时间忙得很，一直说去看你的，总抽不出时间。刘娇娇冷笑道，领导当然忙啦，哪能顾得上我这个小职员呢！闵鸿建见四下无人，欲上来抓刘娇娇的手，被刘娇娇甩开了。闵鸿建说娇娇，等一会儿你到我的办公室去，我有话和你解释。刘娇娇说，有什么好解释的？你曾经帮助过我，我也算是对得起你了，咱们谁也不欠谁的了，今后还是少见面的好！闵鸿建说娇娇，上次那件事⋯⋯电梯来了。

　　休息这段时间，刘娇娇自我感觉心情的确是好多了，就好像洗了桑拿那样轻松与舒服。刚刚见到闵鸿建，这种心情立刻被破坏掉了，心里总觉得被一种什么东西堵着，堵得她心神不宁且说不清道不明。她坐在办公桌前，翻着一张当地报纸，然而她的心思却不在那上面，看了半天也不知看的什么！

　　前些时与侯大坤在一起，刘娇娇体会到了什么叫作甜蜜的生活，所以很少想到闵鸿建，即便有时想起这段感情，也多是一种怨恨与气恼。怨恨的是闵鸿建曾经答应她的事没兑现；气恼的是自她"生病"期间，作为单位副总不但没有上门探视，连慰问电话都没打一个，这是不是有点儿过分了呢！刘娇娇怎么也想不通，男人怎么这样绝情呢？别说过去二人曾经有过一段感情，即便是同事、邻居或普普通通的朋友，也不会这么做的呀！何况是他们这种关系呢！不过这样也好，本来刘娇娇对于这种感情也没抱非分之想，她始终认为，他们总有一天会分手的，因为她了解闵鸿建的为人。晚分手不如早分手，当然，如果没有侯大坤的出现，也许事情发展不会这么快，这么彻底干净！可她心中又有些不甘，这种不甘无疑是对闵鸿建产生怨恨的根源。

电话铃响了。刘娇娇马上想到一定是闵鸿建打来的，一接，果不其然。

闵鸿建说娇娇，有些话我希望你能听我解释解释。刘娇娇说你觉得有这个必要吗？闵鸿建说上次房子那件事我也是逼不得已，希望你能理解我的苦衷。刘娇娇说我理解你谁理解我呢！闵鸿建说娇娇，我准备在绅士花园另买一套房子给你。刘娇娇冷冷地说，谢谢你了，我不需要，闵鸿建说，就算以前我对不起你，你总得给我个改过的机会呀！刘娇娇无语。闵鸿建继续说道，娇娇，我很想你，我现在才真正认识到，我离不开你啊！刘娇娇没好气地说，闵副总经理，你别给我灌蜜糖水了，这一套你还是留给别的女人用吧！你说你想我，这一两个月来你干啥去了？人不见电话也没有，你就这样想我的呀！闵鸿建说你还说我呢，你不是与那个姓侯的小学校长整日混在一起吗？我有机会吗！刘娇娇说你怎么知道的？你是不是经常跟踪我？闵鸿建哈哈一笑，冷冷地问道，你真准备与姓侯的那个小子结婚？刘娇娇说结不结婚，这事用不着你操心！闵鸿建哼了一声，娇娇，听人劝吃饱饭！姓侯那个校长如果真能与你结婚，我就不叫闵鸿建了！刘娇娇气得浑身一阵冰凉，她本想臭骂闵鸿建几句的，你凭什么这么说，你有什么资格管我们的事！没等她说话，对方电话已经挂了。刘娇娇愣在那儿，心中委屈得要命，泪水险些出来了。

有人敲门，刘娇娇急忙揉揉眼睛，这才喊道，进来。门开了，是她的前夫曲歌。

刘娇娇强颜欢笑，啥时回来的？曲歌不言语，一屁股坐在刘娇娇对面的椅子里，往天一叹。刘娇娇发现曲歌平常那种神采飞扬的精气神不见了，一张灰暗的脸上堆满愁苦，觉得有些奇怪，就问道，丢钱了吗？曲歌有些哽咽地说，娇娇……刘娇娇说，天又没塌地又没陷，你这样子吓不吓人呢？说，什么事！曲歌说，余力……刘娇娇问余力怎么啦？曲歌说你说得不错，余力真的和她那个狗日的表哥有关系！刘娇娇说你怎么知道的？曲歌说，我从海南回来，本来计划后天才能回来的，因为下雨，有一处景点不去了，就提前回来了，一进门，我就看到了那个贱女人和他的表哥躺在了床上……刘娇娇说怎么样？上次我就看出他们之间的关系不正常，你还死不承认，如今捉奸

在床你相信了吧？刘娇娇突然不往下说了，她觉得这种事情讲多了，自己也有些尴尬，毕竟自己过去也不是那种能挺直腰杆说话的女人。你打算怎么办？准备和余力离婚？半晌刘娇娇问道。曲歌说我不愿意离也不行啊，余力当时就提出来了，她还说她肚子里怀的孩子也是她表哥的，我他妈的成了啥了我！刘娇娇问道，你来找我是叫我帮你出气呢，还是叫我替你拿主意的？我和你讲清楚，我不想掺和进你们那种烂事里去。曲歌说娇娇，我想在你那儿住几天。刘娇娇说你自己家为啥不住？曲歌说我怎么面对她啊？我真的没辙了！刘娇娇苦笑笑，你真是窝囊透顶了，就好像不是你老婆偷人，而是你偷人似的！曲歌长叹一声垂下了脑袋。刘娇娇无可奈何地摇摇头，说这样吧，你住在我那里，可时间不能长啊！你抓紧处理你的破事。稍停又说，我们住在一屋，别人会怎么说呢？

尾声

这天，侯大坤突然接到一封匿名信，内容大致是叫他不要和刘娇娇相好，不然的话……下面是一些恐吓的言辞。侯大坤本来对于和刘娇娇这段感情的基础就不很牢固，一看这封信就打退堂鼓了，他不想为这事惹出什么是非和麻烦来，当晚，他就和刘娇娇说，我们还是分手吧！刘娇娇明知这封信是闵鸿建写的，非常生气，她想第二天就直接去找姓闵的算账，并当面质问他，你是党员，又是处级干部，你来黑社会那一套，难道不怕吃官司吗？我告诉你，从今天开始，如果我和侯大坤有什么不测的话，就是你的事，哪怕是香蕉皮滑倒了都找你算账！现在看起来，这一切都不需要了。刘娇娇是那种有性格的女人，心里也明白，侯大坤不是她所能依靠的那种男人，就和他说，好聚好散，这样也好。侯大坤感觉有些对不住刘娇娇，他说刘畅的转学赞助费三千块钱，我已经设法给免了，说着从包里将一沓钱掏出来放在桌子上。刘娇娇明知侯大坤说的是假话，那三千块钱显然是侯大坤对于他们之间这段感情的补偿，她心里一阵酸楚。送走了侯大坤，她这才回到房间里，捂着被子痛哭起来。

刘娇娇这一回真的生病了，好多日子都下不了床。侯大坤没有电话来，闵鸿建也没来电话。这段时间真忙坏了曲歌，既要上班，又要照顾刘娇娇，还要去跑离婚的事。

看着变得消瘦和沉默寡言的前夫，刘娇娇不由得生出许多感慨来。现在她才发现，在曲歌身上竟然还有那么多的优点，比如他能忍辱负重，比如他心地善良，比如他心胸宽广，比如他细致入微，比如他……唉，现在才认识他，是不是有些晚了呢？

　　和余力办好离婚手续之后，曲歌暂时还住在刘娇娇家里，不过已从住客厅沙发改住到女儿的房间，女儿和刘娇娇挤一床。好多人都认为他们已经复婚了，问男的，男的光笑不语；问女的，女的则说，暂时还没有这方面的考虑。

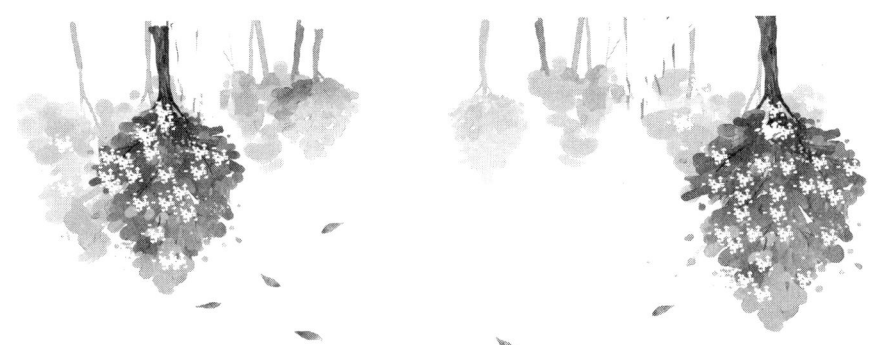

楝枣冲一九五九

一

一冬无雨，也无雪。沟干了，井也干了，连人也干了，变得粗巴短小了。动辄就想骂，骂天骂地骂老婆孩子，骂鸡骂鸭骂猪骂羊，嘴唇骂出了血，喉咙骂哑了，还想骂，骂得天昏地暗还不罢休。楝枣冲的人都得了骂症，一会儿不骂就嘴痒痒。一只老母狗也竟然爬上墙头瞎汪汪。应了那句老话，人急了上火，狗急了跳墙！

天空每日都是晴得那么青白瓦蓝，仿佛是有意磨磨人们的性子，你楝枣冲不是会骂么，看看你能不能感动玉皇大帝，挤出几滴眼泪来。

这日子咋过？这日子没法过！

因为啥？啥也不因为，就是为了那口水，那口要人命的狗日的水！没有粮食吃，还有草根树皮或是死猫烂老鼠可以对付，这么多年闹春荒不都是熬过来了吗？没有水喝，怕是难熬呢！

队部后头有一眼井，也就是七八米深，过去是生产队用来饮牲口的，这会儿村里所有的井都干了，唯独这口井还像寡妇的眼泪似的还出点水，泉得不多，一个时辰两桶来水。这是全村人的救命水，队长惠忠田与队副茂才日白昼夜轮班像是守碉堡似的守在井边。

清起，惠忠田拎了小半桶从井沿缓缓向家走，步子一步比一步沉重。以后，如果连这一眼井也不出水了，那该怎么办呢？到家门口，他不由得抬头望一眼晴朗的天空，想骂，嗓眼里却发不出声响来，他仰天哀叹一声，拎桶进了院子。

"爹,拎水去啦?"大丫拿着搪瓷缸,在惠忠田刚刚放下的桶里舀了一缸水,到墙拐角刷牙。

惠忠田白了大丫一眼,蹲在堂屋门口,从腰里抽出旱烟袋,闷头在那吸烟。

大丫虽不是亲生的,过去,惠忠田就喜欢大丫,比对亲生的二丫还疼得慌。这几年,大丫变了,这个上过几年小学的大闺女,爱穿爱打扮不说,还嫌楝枣冲穷,不害臊地在大众面前立下誓言,将来一定找一个有钱有势有吃有喝的女婿。楝枣冲的男人,她说她连眼睛都不眨一下!

二丫从屋里出来,手里也拿着一只茶缸,还有牙刷牙膏,站在惠忠田的面前说道:"爹,好多日子没刷牙了,嘴里都苦死了。"

"刷刷刷刷,你都他娘的吃生粮食!人都不知咋的活,一个个都是不知死的鬼!"

二丫两眼含着泪,一声不吭地进了屋。

大丫望着惠忠田,她知道,爹这火是发给她看的,就说道:"爹,你别拿二丫撒气,我知道你是冲着我来的,我浪费一缸水,今天我少喝一口还不行吗?"

惠忠田用烟袋头敲着地:"你觉着我们家开水厂啊!"

大丫说:"如果开水厂的话,就不会惹你发这么大的火了!"

"狗娘养的,你他娘的翅膀根硬了,敢和老子顶嘴了!"惠忠田气得站起身来。

大丫并不惧怕:"你又不是天上的玉皇大帝,怕你不下雨!"

惠忠田憋得脖子胀紫,将手中烟袋往溜地上一扔,上去要打大丫。

大丫娘从锅屋出来,拉着男人的胳膊:"你也不嫌丢人,一大早就大呼小叫的,为了一口水,又骂又要打的,值当的吗?再说闺女都这么大了,你不怕邻居们笑话!"

惠忠田心中的火没有发出去,抬腿一脚将桶里的水给踢翻了。

"踢翻了好,踢翻了好!没水就吃生的!"大丫娘说罢往溜地上一坐,大声哭喊着,"俺的天啊,你看俺们不顺眼,你把俺娘儿仨杀了吧!"想起水又不由得疼得慌,"这日子怎么过啊,俺的天啊……"

"娘——!"二丫没命地从堂屋跑出来,"俺姐上吊了!"

大丫娘的哭声嘎然而止,怔了半晌,惊慌慌爬起来向堂屋跑。

惠忠田也忙了爪子,三步两步撑在女人前头,两条腿快得像兔子。

天真是太干了，连绳子都没有了劲，当大丫将头伸进绳扣里，脚刚刚踢翻了踩着的凳子，脖子还没觉得难受，就听"咯叭"一声，那绳子就断了，大丫一下从房梁上掉了下来，摔了个老羊大憋气。

惠忠田将大丫扶坐起来，盘起她的双腿，紧接着用大拇指按住她的人中死命地掐。不一会儿，大丫缓过气来，眼睛慢慢地睁开，"哇"地一声吐出一口痰，然后放声大哭。

惠忠田一肚子的邪火，气呼呼地向外走，刚出了门，只见刘寡妇气喘吁吁地朝他院子里跑。

"跑什么魂的？"惠忠田没好气地问。

刘寡妇说："队长，快去看看。"说着，拉起惠忠田就向外走。

村口围了一圈的人，累得脸焦黄的胡二臭与他的女人大兰子正抱在一处，两人像两只好斗的公鸡，头顶着头，各不相让。

惠忠田上前将两口子隔开："什么熊事，也不怕人家笑话！"眼睛瞅着二臭，"你孬种就会打女人！"

"你不知道队长。"胡二臭左右开弓擤了两把鼻涕，"这个熊女人不会过日子，如今这水这么金贵，她偏偏烧水去洗……"

"说呀，你狗娘养的说啊，洗什么了洗什么了！"大兰子披头散发往男人身边凑，手点着二臭，"怎不敢说呀，你也怕丢人呀？怎么了，我用水洗腚了犯了什么王法，你个狗娘养的就该劈头盖脸地打我呀！女人就是渴死也得洗，不信去问你的娘！"说罢大兰子往地上一坐，撒起泼来，"哎呀呀，这个日子实在是没法过了啊……"

"没法过就去离！"胡二臭扯着嗓子喊道。

"离就离，难道怕你不成！"大兰子跳起身，"明天就去公社办手续，谁不去谁是狗娘养的！"

"就这么说，不去是狗娘养的！"

惠忠田上去搡一下胡二臭："你狗日的，当一回狗娘养的不要紧！"

胡二臭翻着白眼，抱头往地上一蹲，突然"哎哟哎哟"在地上打起滚来。

大家伙不知胡二臭耍什么把戏，急忙退后让开场地。

此时，大兰子也不哭了，也不闹腾了，忙跑过来看男人。

"咋的啦？"惠忠田也有些莫名其妙。

大兰子说："可能是心口疼毛病又犯了，给他灌点儿姜茶就好了。"说罢,拽起男人的两只膀子,往自己的肩头一搭,像驮死猪似的往家跑。

"反了反了!鸡巴日的反了!"从来很少骂人的队副茂才今天也瞎骂胡嚼起来,一边骂着,一边拨开人群。

"怎么了,茂才?"惠忠田心中不由得一惊。

茂才说:"井水全叫鸡巴日的给哄抢完了,连口泥汁都没剩下!"

二

已是三九四九冰上走的日子,楝枣冲亦是冰天冻地。惠忠田和茂才带领二十多个青壮劳力,在村周围打井找水。楝枣冲世世代代打井,村子里留下十几眼石窟窿,如今这些石窟窿都成了死眼,扒哪一个是?

离楝枣冲七八里地有座玉龙山,山下有条玉龙河,水不深,水少的时候,小孩的屁股都遮不住。历年来,楝枣冲遇上大旱,就得去玉龙河挑水吃。那路又孬,走不得车子,担一挑水,到家只剩下两个半桶。多少年来,楝枣冲吃水向来比吃香油还贵。男人起了大早,"哼哧哼哧"一上午,肩膀磨破了皮,担回来一点儿水,嘱咐女人细水长流。用瓢量着做饭。若是女人浪费了,就得挨男人一顿揍。有段顺口溜这么说:"楝枣冲的女人真叫愁,吃水好比吃香油,一瓢生水吃三顿,还挨老公的扁担头。"

现在连玉龙河也基本干了,无论是宁愿肩膀再磨几层皮的男人,还是不怕再挨老公几回扁担头的女人都不由得着忙了,不要动员,大家都主动为村里出谋划策。

这天,拐九叔不知从哪里找来一个看风水的人称甄半仙的小老头,据说此人是阴阳眼,能看见地下几十丈深。

惠忠田不信迷信,这时也顶不住全村几百口人断水的威胁。只好有枣无枣打一竿。

甄半仙五十多岁,两只小眼睛微闭着,倒背着双手,神气兮兮地在村里村外四处遛。将村里的男女老少遛得心里慌慌的。

这个说:"这个狗日的甄半仙怕是真管呢,你瞧他那个架势拉的!"

那个讲:"他真能晓得地下哪儿有泉眼,咱们楝枣冲养他的老都他妈的值!"

另一个泼冷水言道:"算熊吧,肉眼凡胎的,他真要是能看准,国家就不要制造仪器了,哪儿找矿寻宝藏什么的,把他领去就中了!"

队屋门前有三株楝枣树,丁字形排列,谁也说不清有多少年了。其中有两株已经死了,下半截树心都空了,孩子们常钻进去藏猫猫。只有一株不死不活苟且偷生,说不准哪年冒出几枝新叶,秋天就会稀稀疏疏结出一些烂枣子。

甄半仙在楝枣树前徘徊,人们的目光就随着他的身子转来转去。突然,他将眼皮一抬,一锤定音:"就在这儿挖,十五丈深的地方有块青石碑,搬动青石碑,即有泉眼。"少时又与惠忠田说道,"不过,在搬动青石碑之前,要杀一只公鸡,将鸡血浇在那块青石碑上,方能搬动,否则的话,这眼泉就瞎了……"

在场的人都被说得心悬起来,如同在听《封神演义》。

是真是假谁也不敢肯定,只有挖开才能知晓。几个青年人急得摩拳擦掌,眼睛瞅着队长惠忠田。

惠忠田手一挥:"挖!"

大家急忙动手锯树,然后破土动工。

人多了窝工,惠忠田将劳力分成两拨,与队副茂才轮流值班,日夜两班倒,歇人不歇工。

三

大丫自那次寻死未成之后,在家蔫蔫怏怏好几天。觉得难堪,一直不好意思出门。

这天中午,听说村里人在楝枣树下打井,一人在家也觉得闷得慌,用水桶提了几碗水,向队屋门口走来。

"大小姐送冷饮来了!"茂才只穿一件单裆,正从井口伸着脖子向上爬。

大丫笑着说:"不渣牙不要钱!"

胡二臭便向这边走边在裤子上擦着手上的泥:"等这口井打上来水,我非喝他娘的三桶不可!"

"撑死你个孬熊!"一个年长的男人笑骂。

胡二臭说:"撑死也比当渴死鬼强!"说罢,走到水桶前,舀起半瓢水,"咕咚咕嘟咚"喝了下去。

茂才也喝了几口水,一屁股坐在大丫面前的石头上:"你也坐啊,大丫。"

大丫弓腰吹吹一块石头上的灰土,然后才坐下来。

茂才说:"大丫,上天你怎那么傻的呢?"

大丫望着天边叹息一声,无语。

茂才说:"俗话说,好死不如赖活着,何况你这么年轻,好日子还没有过一天呢!"

大丫说:"我看不见好日子在哪里。"少时又说道,"人活着真没有点儿意思!"

茂才说:"等你找了婆家,有个称心的女婿日夜陪着,到那时,你就知道日子的甜蜜了!"

"你没点儿当叔的材料!"大丫故意板着脸,"不与你说了。"

茂才比大丫大三岁,却和大丫一条板凳上完了小学。按照邻居辈分称呼,大丫得喊茂才一声叔。茂才从不让大丫这么喊他,他让大丫喊他哥。大丫不愿意,非喊茂才叔。越在人多时候越喊,弄得茂才一肚子话说不出来。

大丫在楝枣冲一群小姊妹中称得上人尖子,生得俊俏,穿啥衣服都有样;人又爱梳洗打扮,不论穿得好坏,褂子在身上舒舒坦坦的,裤子一年到头膝盖上永远是一道缝(睡前将裤子使上水,叠好放在枕头下面压),两条黑炭似的大辫子忽悠忽悠地在屁股沿上甩来甩去的,将村中一帮小青年的心都给甩得上蹿下跳的!

茂才心里早对大丫钟情,不论是下地干活还是傍晚收工回家都喜欢与大丫一起走。其实大丫心里也知茂才喜欢她,她心里也对茂才有意。论人品,茂才在楝枣冲算得上出类拔萃的小青年,人长得出众不说,身体也健康,无论啥农活都是拿得起放得下。老实憨厚,知老知少,人缘又好,村里人谁见谁夸。可大丫心野,从没有想在楝枣冲找对象。楝枣冲没有一丁点儿使她留恋的东西,所以她从没想过要在楝枣冲待一辈子。她是那种不认命的女孩,她要努力奋斗,找一个不愁吃不愁喝不受穷的地方,哪怕是那个男人是个秃子、麻子、豁子、疤癞眼她也认了!如果与茂才好,那就等于在楝枣冲窝一辈子永无出头之日。所以大丫从没有想过与茂才怎么怎么样。但是,茂才在楝枣冲又是不错的男孩,要不是这儿穷,她一定会选择茂才当她的丈夫。不过,大丫又舍不得茂才叫别的女孩勾了去,所以她对茂才一直是若即若离,

既热乎又冷淡，既近乎又疏远，弄得茂才整日不知天上哪块云彩下雨。实际茂才也知大丫心高，也明知大丫不想在楝枣冲找对象，她这只凤凰不会在楝枣树上做窝，可大丫一天不走，一天不离开楝枣冲，他就一天不死心。

"人都干活去了，你还坐在这里干什么？"大丫拍拍屁股站起身。

茂才笑："不是你在这里吗？我若是走了，谁陪你说话儿！"

大丫提起桶欲走，猛然想起什么："茂才叔，你专心打井，真能打出水来，我奖励你样东西。"

茂才说："啥东西？你别叫我叔，我听着心里冰凉。"略停又低声讪笑道，"不会奖励我两个白面馒头吧？"

"你作死！"大丫两颊绯红，"没想到你这个老实人也会说流氓话！"说着上前捣茂才一胳膊肘子。

茂才一本正经地说："我说的意思是真的白面馒头，你就会瞎猜疑。"

大丫假装生气说道："你别和我开这种玩笑，我称你一声叔呢！"

茂才狡黠一笑："哪个承认是你的叔呢？笑话！"

大丫不作声，拎起水桶走了。

茂才正准备下井，突然从井下飞出来一块小石块，不偏不斜地正好砸在了他的脑门上，疼得他"哎呦哎呦"直叫唤。

大丫已经走出老远了，听见茂才喊叫，忙将手中的水桶丢了，慌慌张张跑过来，连问："怎么啦怎么啦？"

茂才见大丫这么关心他，疼也不觉得疼了，连说："不碍事，不碍事。"再一看手捂的地方，已经出血了。

大丫连忙掏出身上的手绢，一把捂在茂才的脑门上："快随我回家，我们家有紫汞水，抹上去就不会发炎了。"

茂才说："哪那么金贵，没有事。"

大丫说："不行，得去。"

井底等人干活，茂才本不想去大丫家，一闻见大丫手上的雪花膏味，马上变了卦，身子不由自主地随大丫走了。

四

　　楝枣冲的土地一米以下几乎都是石头，这口井就打得十分艰难。整整打了十天十夜，钢钎别弯了十几根，干活的人也累趴下好几个。就这样，也没见泉眼的影子。正当大家一筹莫展的时候，下面有人发现了甄半仙说的那块青石碑。

　　全村的人都惊动了，老老少少都争先恐后地来队屋门前看稀奇。

　　这个说："这个甄半仙真是神了！"

　　那个说："赶明儿井里出水，之后一定为甄半仙修庙塑身当神来供奉。"

　　有人说风凉话："先别忙高兴，谁知石碑底下是不是泉眼呢？别又是猫咬猪尿泡，瞎高兴一场！"

　　按照甄半仙的嘱咐，惠忠田把自己家唯一的一只打鸣鸡逮来当场杀了，然后将鸡血浇在了那块青石碑上，其余的人都撤出了井，只留下茂才一个人起碑。

　　众人都挤在井的四周，屏住呼吸，一点儿声响都没有，即便有个屁也都攒着，生怕惹出什么不好的事情来。

　　井上放下一根粗绳，茂才将绳子绾了一个扣，将石碑套住，然后叫上面人往上拉，还没有拉离地方，绳子就断了，又换了几根绳子，还是不行。天旱，绳子也不结实，再这样拉也是枉然。惠忠田叫人将茂才拉上来再说，免得在井底出事情。

　　茂才一上井就说："应该再试试。"

　　惠忠田说："明显那块石碑太重，怕是绳子不行。"

　　"那怎么办？"

　　惠忠田说："我突然想到，能不能打一条铁链子，恐怕那样才能禁得住。"

　　茂才说："好是好，上哪去找铁呢？"

　　惠忠田说："发动全村群众，各家各户有铁的献铁，没有铁的，有旧锅还有用不着的旧农具都拿来。凑凑估计差不多。"

　　茂才说："这个主意不错，只是没有人会打。"

　　惠忠田说："我过去学过铁匠炉，打铁链子这活我还能对付。"

　　茂才说："太好了，我这就去挨家挨户去找铁。"

惠忠田说："我去支炉子，就在我家打。"

茂才欲走，猛然想起什么："没有炭怎么打铁？"

惠忠田说："这你就不要操心了，用木柴火也是一样的。"

说罢，两人分头行动。

第二天一早，一条二十多米的铁链子就打成了，惠忠田与茂才都是一夜未合眼。

惠忠田要亲自下井，茂才说啥也不让，说自己年轻，将绳子往腰中一拴，扛着铁链子就下去了。

有了铁链子，青石碑很快就被拉上了地面。

惠忠田趴在井口问："有泉眼没有？"

"有——，我摸着了，水汽好大，凉飕飕的！"茂才激动得嗓音都有些变了。

井上的人一听说，一个个都是喜上眉梢。七手八脚急忙往上拉绳子。刚拉到半截，茂才喊停，他点燃一根火柴，想看看泉眼咋样。

"鸡巴日的，啥也看不见！"茂才狠狠地将火柴梗扔掉。突然，只见井底"噗"地一声蹿出一团火，呼呼直往上冒。

惠忠田在井口一见井底冒火，情知不好，急忙叫人往上拉绳。等到茂才被拉上来，头发、眉毛全烧焦了，一句话没说出来，人就昏了过去……

惠忠田大喊："赶快填井！"

大伙这才返过愣来，手忙脚乱地搬着石头往井下扔。

井口好长时间才被填死，干活的人一个个脸上都是心有余悸。忽然有人想起来要去找那个甄半仙算账。

惠忠田摆摆手："算了，算了，找到他又能怎么样呢？"

这时，茂才已经苏醒了。

惠忠田问道："在井下，你看到什么没有？"

茂才半响说道："我看走眼了，那不是水。当时只觉得有一股凉气，所以我误认为是泉眼，其实不是。可谁知道，怎么会他妈的着火了呢？"

五

楝枣冲是个有名的旱死青蛙饿死老鼠的穷地方，几百亩山地有水也存不住。去年秋天耩下的麦种，刚刚蹿出几片嫩叶，这会儿都被旱得枯黄了。高处旱得很的地方，麦苗都成了枯草，点火都能引着。惠忠田薅了一把枯死的麦苗，蹲在那里暗暗叹气。

几个衣衫不整、挎着粪箕到地里挖野菜的小孩，伸着脖子从村口唱着走来："楝枣冲真可怜，十八岁大姐没裤子穿，蓑衣拿来当被盖，半年难吃一顿面。"

唱到惠忠田切近，又改口唱道："楝枣冲真叫能，战天斗地逞英雄，流血流汗多少年，统销粮就吃多少年……"

"野种秧子，看我不揍你！"惠忠田拾起一块土坷垃，朝那群孩子扔去。

孩子们"嗷唠"一声跑散了，撩起一团团土雾，遮住了半边天。不一会儿，他们又聚在一处，排着队一二一地向相反的方向走，边走边又放开嗓门唱道："统销粮，统销粮，家家都把统销尝，一年三百六十五（天），人人在家当老鼠！……"

惠忠田捧一把焦干的泥土，仰天长叹："老天爷啊，我操你八辈子祖宗，你睁开眼瞧瞧，你为啥连一线活路都不给我们老百姓留呢！难道说你想灭了俺们楝枣冲不成？……"

像条疯狗似的惠忠田，喊了一阵，骂了一气，嗓子哑了，身子也有点儿乏倦了，爬起身，像是喝高了酒的醉汉，歪歪扭扭地向村里走去。

村头一家是金二槐住的，院门口有棵歪脖子楝枣树，树下的地面上，被风吹落不少残肢败叶，树顶上还有星星蹦蹦去年未打净已经干瘪的枣种子，在微风中"沙沙沙"地飘摇不定。

人已经走过去了，惠忠田又折回身来，他突然想去看看二槐。他与二槐是一起穿着开裆裤长大的，二槐比他大两岁。

金二槐是赴朝退伍军人，去年夏天，他带人为队里上山采石头，不小心将右腿给炸着了，在县医院住了个把月，还是未能将那条腿给保住。如今成了废人，躺在家中吃闲饭。

到了门口，惠忠田又不想进去了，他怕见了二槐，一提到伤腿，引起他难过。

"他忠大叔,到家门口咋不进去呢?"二槐的女人挎着篮子,从外头挖野菜回来。

惠忠田抬腿向院里走,边走边喊,"二槐哥。"

金二槐住的是三间草房,墙皮有几处已经塌土了,大窟窿小眼的;屋顶铺的是红草,由于日子久了,红草已经变成黑草,有的地方已经凹了进去。

洼地蚊子多,穷人孩子多。自从金二槐将媳妇娶进门,六年添五个娃,老婆还有气喘病,经常吃药,不能下地干活,一家七张嘴,全指望二槐一人挣工分和每年公社发的不到二百元的伤残军人补助金。那点儿钱给女人吃药还不够。本来栋枣冲就穷,这会儿二槐的腿又残废了,那日子更是苦不堪言。

二槐正靠在墙根捡野菜,见惠忠田进来,耷拉着眼皮说道:"今儿个咋有闲工夫来看我呢?"说着随手将身边的烟叶筐推过来。

惠忠田说:"我刚从麦田回来,路过你的门口,顺道来看看你。"说着,从腰间掏出烟袋,装满一烟锅,接过二槐递过来的火镰火石,"嚓嚓"地打着。

"你看看,也没有口水叫他忠大叔喝。"二槐女人急得在当院里转着圈子。

惠忠田吐出一口烟雾:"嫂子,你别张罗,这会儿谁家都这样。"

女人叹一口气,说道:"没有粮吃就罢了,又没有水,挖点儿野菜吧,还得起早去玉龙河淘,跑一个来回,十几里路呢,脚都跑肿了,你说这个日子过得!"说着蹲下身,捡二槐身边的野菜。可能是刚才说话有些急,一声接一声不住地咳嗽着。

惠忠田说:"对了,队屋后头那口井,昨天上午我又带人往下掏了几米深,现在泉水也比先前泉得多了,我算一下,每一户一天能分到一桶水差不多。"

二槐女人面带喜悦之色:"紧巴巴也差不多够用的了。"

惠忠田说:"都是我这个队长没当好,让百姓跟我受苦!"

金二槐说:"这怨不得你,咱摊着这孬种地方了!"稍停又问道,"地里的麦子咋样了?"

惠忠田说:"你能猜想出来,即便现在下一场透雨,能活个七八成就不错了。"

"唉,老天爷存心不让我们活呢。我日他姥姥!"金二槐眼中有团火在燃烧。

"二槐哥，眼下你说咋办？"

"我有啥好法子，干等着死呗。我日他姥姥！"

"我现在就死也嫌晚，老百姓跟着我，要吃粮没粮，要喝水没水，你说说，我这个队长有啥脸面活在世上！"

"忠田，你也别这么想，谁叫我们托生在这个倒霉的地方呢？得认命，谁也别抱怨谁，不信换别人当队长试试！"

又装上一袋烟，点燃后，惠忠田说道："二槐哥，你毕竟在外头闯荡许多年，见识也多，叫你说，眼下该咋办？"

"天不叫人活，人还得活！第一步得弄粮度春荒，第二步再组织人力打井找水。"

"救济粮我是没有脸面再去找公社张口了，再说，一回解决三五百斤的管啥用处，一口人摊不到一斤粮。打井找水的事，这么多年来，哪年不在找？钢钎弄断无数，可水在哪儿呢？"

"找不着也得找，靠老天指不得。口粮的事，还得想想法子，几百张嘴总不能用针给缝上！"

惠忠田为难地一摊手："二槐哥，我的确是山穷水尽了！"

金二槐低头思索了一会儿，半晌说道："过去一个与我一起在朝鲜当兵的，名字叫于振亮，早些时听说，在曹县的大兴公社做粮站站长，你去找找他，多少总能借一点。他狗日的不会不给我的面子，我救过他孬种一条命，我腰上的伤，就是因为救他伤的。"

"娘啊，我们肚子饿！……"几个瘦巴巴的孩子从外头跑进院子，叽叽喳喳地吵嚷着。

"讨债鬼，才吃多会儿！"二槐女人过去打这一个捶那一个。

金二槐的烟袋狠劲地敲着地面："看看还有多少，分给他们吃吧，权当是我吃的。"

二槐女人进了屋，不多会儿拿出两块黑乎乎的山芋叶饼子，分给那几个孩子。孩子们像是得到狗头金似的，拿着饼子，高兴得一蹦三跳地喊着向外跑去。

"哪辈子作的孽哟，喂了一窝子狼！"二槐女人嗓子哽咽着，半晌又是一阵咳嗽。

惠忠田只觉得鼻子有点儿发酸，忙掉开脸去望着天。这时正好有几只鸟

叽叽喳喳地从头上飞过,接着飞远了。

棟枣冲穷,连鸟儿一般都不在这儿做窝,惠忠田就好奇多看几眼,等那群鸟飞得没有影了,他这才收回目光。

金二槐说:"再吸一袋吧?"

"天不早了,我该走了。"惠忠田磕了烟袋,插进腰里,然后站起身来。又与金二槐说道,"打井和借粮的事情,等回头我再与茂才斟酌斟酌,二槐哥,你讲得对,全村几百张嘴,总不能用针给缝上。"

惠忠田抬腿向外走,忽然想起了什么:"对了二槐哥,队里已经商量过了,你的腿是为集体伤的,你不干一点儿活,队里也照样给你记整劳力工分。"

"谢谢了!"泪花儿在金二槐的眼睛里闪动,他忙将脸扭向一边。

六

惠忠田一进家门,正碰上大丫往外走。

"爹,回来啦?"大丫头一低出门。

惠忠田说:"哎。"

要在往天,惠忠田最多在鼻子里酸不几哼一声,今儿不知咋的,心里有一种说不清道不明的难受,叫他不能左右自己。看着大丫那张黄兮兮的脸,有些愧得慌。那天就因为一口水,差点儿闹出了人命。孩子已经十八九了,拼死拼命地干活,要一口水刷刷牙说到哪儿也不为过,他这个当爹的,又是一村之长,无论从公还是从私,都觉对不住孩子。这几日,大丫老躲着他,他想找大丫说几句安慰体己的话,一直没找到机会。

"大丫,你出门哪?……"惠忠田有些抹不开脸。

大丫停下脚步:"有事情吗?"

惠忠田说:"你出门顺便通知你茂才叔来咱家一趟,就说我有事找他。"

大丫答应一声,急慌忙向外走。

"大丫娘。"惠忠田站在当院喊。

"叫什么魂的!"为前几天大丫的事,她还生着男人的气。

见女人从锅屋里出来,惠忠田说道:"看看家里还有多少玉米。"

"干啥？"

"给二槐哥家送点儿去。"

"你当俺家是开粮站的啊！"大丫娘没好气地说。随后又说道，"上个月，不是人人都分了二十斤的计划吗？"

"他家不是孩子多嘛！"

"孩子多，也是按人口分的呀！"

"你哪那么多的废话呢？"惠忠田瞅女人一眼，"穷帮穷嘛，等熬过这个春荒就好了。"

"哪年你不是这样说的呢？"大丫娘边说边向堂屋走，不多会儿，就听见屋里传来瓢碰缸底的声响。

是啊，惠忠田觉着女人说得没错。自他当上队长之后，哪年都这么发誓，要叫楝枣冲人人吃饱肚子。可是，今年盼来年好，来年还是吃不饱。他觉得自己有罪，愧对家乡父老乡亲。

惠忠田一阵心烦，一屁股歪在堂屋墙根，拿烟袋撒气，一顿猛吸。

大丫娘拎着一小口袋玉米从屋里出来，抖着手说："就这么一点点了，配上野菜，也不够吃几顿的。"略顿又说道，"天旱这么狠，再往后，恐怕连野菜也找不到了，以后的日子……"她瞅一眼男人那冷冰冰的脸色，叹了一口气，拎着口袋出了门。

这段时间，全村几乎家家都断了粮。那天，惠忠田厚着脸皮去找公社。公社主任蔡麻子说，你们楝枣冲年年吃救济，救济吃完了，又吃统销，何年何月，你们才能不向国家伸手啊？我就不信你说的，去年你们交完公粮队里没留一点儿粮食？我就不信你说的家家断顿揭不开锅？我就不信你们楝枣冲不吃救济不吃统销就能饿死人！

几句"我就不信"将惠忠田给说蒙了，半晌无语。突然，他"扑通"一声跪在了蔡主任的面前，"蔡主任，我求求你了，救救我们楝枣冲的群众吧。我惠忠田若是说一句假话，叫我天打雷劈不得好死！"

"做什么嘛，做什么嘛！"蔡主任的麻脸憋得通红，"你是不是党员？给我下跪是啥意思？假如赌咒发誓能应验的话，我这就号召全公社的群众集体去骂台湾的蒋介石，只要老蒋得急病翘辫子了，台湾和平解放了，我不但信你，还得重重地奖励你。不，奖励你们全村！"

惠忠田这一跪，公社还真给楝枣冲解决每人二十斤玉米。如今，已经二十多天过去了，谁家还有多余的粮食呢？到麦口还有三个多月，往后的日

子……

"队长，你叫我？"茂才一脚门里一脚门外，见惠忠田两只眼睛红红的，又将脚步放轻了，然后蹲在惠忠田的跟前，从口袋里摸出烟袋，装上烟，一口接一口地吸着。

"明儿个我要出趟远门。"惠忠田望着远处。

"去哪儿？"茂才一愣。

"曹县大兴公社。"

"干啥去？"

"找粮。"

"有路子？"

"二槐哥有个战友在大兴粮站当站长。"

两人都不说话了，只听见两杆烟袋在那"咝啦丝啦"地响。

"有把握吗？"好半天，茂才问道。

"死马当活马医吧，总不能坐着等死啊？"

"隔省跨县的，要是人家不肯借呢？"

"不借，我就死在那里不回来了！"惠忠田眼圈又红了，牙齿咬着腮。

"不论人家借还是不借，你都得如期回来，要死，全村人死在一起！"茂才眼中也有点儿起潮了。

惠忠田强颜欢笑："我就是随便一说，将全村几百口人交给你狗日的，我还不放心呢！"

茂才惨然一笑，笑得两眼盈满泪光。

惠忠田说："明天咱们就分头行动，我出去找粮，你在家带人打井找水。咱们老弟俩赛一赛，谁旗开得胜，就奖励他放开肚皮吃三天白面馒头！"

"队长！……"茂才再也憋不住了，两行热泪顺颊流了下来。

惠忠田嗔怒道："好好的，你狗日的哭什么？像个娘们似的！你真能有本事感动上天哭下了雨，我给你狗日的磕三个响头呢！"

茂才破涕为笑，将手中已经冰凉的烟袋往鞋底上磕着。

惠忠田想起什么："对了，打井时，一定注意安全。还有，若是遇上困难，你去找金二槐商量。"

茂才点点头："我记住了。"

正说着话，胡二臭急急慌慌地跑进院来，跑得上气不接下气。在惠忠田的面前"扑通"一声跪倒就磕头。

惠忠田说:"不年不节的,你狗日的磕什么头呢?"

胡二臭哭丧着脸说:"队长,大兰子跑了!"

惠忠田一惊:"到哪里去了?"

胡二臭说:"可能不回来了,连换洗的衣服都带走了呢。"说着,像娘们似的,鼻子一把泪一把的,坐在当院号啕大哭起来……

七

棟枣冲离大兴镇二百多里路,两头不见太阳,惠忠田头一天就走了一百二。当晚歇在一个叫三棵树村的一座废窑洞里。又累又饿,他把大丫娘蒸的干菜饼子一下吃去了一半。这儿虽说也旱,但不像棟枣冲那么厉害,惠忠田到村里很容易就要到了两碗水喝。肚子涨得小鼓似的。他好久没有这么放开肚皮吃一顿饭、喝一次痛快的水了。躺在那里,心中不由得暗自盘算,今晚美美地睡一觉,明儿早起一会儿,努把劲一天就能赶到大兴公社。哪知一觉醒来,外头天已经放亮了,可他怎么也起不来了,腰酸背痛的,两条腿像是灌了几斤铅。再一看两只脚,我的妈呀,一个挨一个,打了十几个血泡。惠忠田收拾好东西,强撑着向外走,到了窑洞外头,差点儿没把他乐死,天空不知啥时已经下起了小雨,路面洼的地方,已经汪起了一汪水。惠忠田像孩子似的,一下扑倒在地,双手合十,嘴中连连说道:"谢天谢地,谢天谢地!"弄得他一身都是泥水。然后张开双臂,对天喊叫着:"苍天在上,今年大丰收,我惠忠田一定杀猪宰羊祭奉你,如果言而无信,天打雷劈,叫我惠忠田大卸八块,死无葬身之地……"

此时,惠忠田腰也感觉不疼了,背也感觉不酸了,发了疯似的在雨中奔跑着,边跑边唱:"春雨贵如油,下得满地流,滑倒我惠忠田,就势给苍天磕个头!"突然,惠忠田的脚下不知被啥绊了一下,没等他爬起来,就听见那旁有人"哼"了一声。惠忠田仔细一看,绊倒他的不是土坎,而是一个人。

路真那么窄,那人竟是大兰子。

惠忠田真是又惊又喜,急忙将大兰子扶起来,然后背在身上,不远处有一个看林子废弃的茅庵棚,惠忠田将大兰子放到庵棚里,捡了一些干树枝,生火给她烤衣服。

慢慢地，大兰子苏醒过来，一睁开眼见是惠忠田，"哗啦"一声抱头痛哭起来。

"孩子，歇歇赶快回家吧，家中都找翻天了！"惠忠田从身上掏出仅有的两块菜饼子，放在火上烤烤，塞在大兰子手中，"趁热吃吧。"

大兰子接过饼子，也顾不得啥了，狼吞虎咽地吃起来。

惠忠田说："我有事，还得赶路，吃完你就回去吧。"

大兰子抬袖擦擦嘴："队长，我这回死也不回楝枣冲那个鬼地方了！"

惠忠田点燃一袋烟，边吸边又劝道："我知道，前几天二臭那个狗日的欺负了你，等我这次回去，一定替你出气！"

大兰子叹口气："队长，我不怪二臭，他也没有啥地方对不住我，我是穷怕了，没粮食吃，又没有水喝，哪天才有出头之日呢？说句丢人的话，一年到头，女人连刀草纸都买不起……我就是要饭吃也不回楝枣冲那个鬼地方了！"

惠忠田说："大兰子，你知道我这次干啥去了吗？我是去大兴粮站借粮去了，等我借来粮，你再回去行不行？"

大兰子连连摇头："队长，即便你借来粮，又够吃几天的？吃完了又咋办？就算是接到了麦口，一年到头又能吃几顿饱饭呢？"

见劝不转心，惠忠田只好说道："这样吧，我不拦你，也没有理由拦你，你能不能答应大叔，等楝枣冲日子过好了，你就回去。"

大兰子点点头。

惠忠田看大兰子有些回心转意，心里很高兴，接着劝道："俗话讲，一日夫妻百日恩，你总不能与二臭就这样算了吧？"少时又说道，"你暂时不想回去，就在这附近讨口饭吃吧，千万别走远了啊！"

大兰子答应一声，收拾收拾走了。

雨还在不紧不慢地下着，就是这雨，使惠忠田的浑身生出一股劲，支撑着他的精神。他深一脚浅一脚死命地赶路，想在天黑前赶到大兴。

阴雨天天黑得快，到了一个不知名的小村子，天已经黑透了。路边一打听，离大兴还有四十几里路呢。惠忠田再也走不动了，四肢酸软无力，浑身湿得挺瓜瓜的，又冷又饿，没有办法，只好去庄里投宿。

看到庄头第三家有灯光，惠忠田硬着头皮去敲门。开门的是一位白头发的老大娘。惠忠田如实将情况讲了，老大娘二话没讲，便将惠忠田让进屋里。然后端来一盆柴火给他烤衣服,又烧了一碗姜茶叫惠忠田喝下去,说是别着凉了。接着又热了一大碗山芋干稀饭给惠忠田。

"大娘,叫我怎么谢谢你呢?"惠忠田激动得热泪盈眶。

大娘淡淡一笑:"出门在外的,谁还没个困难?"

有两碗热东西下肚,身上的衣服也基本干了,惠忠田就觉得全身暖乎乎地舒坦。

大娘在煤油灯下捻着线,惠忠田在火盆旁吸旱烟。两人有一句没一句地说着闲话。

"大娘,家中就你一个人?"

"还有一个儿,昨日出门换山芋干去了。"停停又说道,"光吃细粮哪够撑到麦口啊!"

"怎么个换法?"

"听说一斤麦子换六斤山芋干。"

惠忠田心中暗想,如能借到粮,到时也去换点儿山芋干,那样的话,就能熬到麦口了。

"大娘,你知道在哪里换?"

"大吴集。"

惠忠田记下了这个地名。

鸡叫二遍,惠忠田就起了,也没惊动房东大娘便匆匆上了路。

雨还在下。

刚上路,惠忠田还觉得浑身酸软无力,叫雨一淋,身上就来了劲。他边走边张嘴等雨水,想着楝枣冲的人家家户户的盆盆罐罐都接满了水,想着地里面的麦田都喝得足足的露出了笑脸,想着自己拉了一车麦子又换了几车山芋干回村时,村里男女老少拿着口袋去队屋分东西那种嬉打哈笑的表情……惠忠田像是喝了半斤山芋干酒,兴奋得有些醉了。

雨渐渐地小了,变成了一团团雾气。雾得人心里舒服得要命。

约莫晌午时分,惠忠田才到了大兴公社。

大兴街的集面不算大,但一瞧那些店铺、房子,还有老百姓那些穿着,惠忠田觉得要比他们那个公社要富裕得多。

于振亮四十一二岁,人很精神,脸上写满得意。惠忠田一提起金二槐的名字,于振亮的脸上立马就放出光来。

"那是我的救命恩人呢!要不是他,我恐怕早就化成灰了!"他掏出一包洋烟，抽出一支给惠忠田，又亲自给点上。

"他现在过得怎样了？"

惠忠田就把金二槐家中的情况简单地介绍了一遍，又说出了此行的目的。

于振亮沉思了半晌，而后说道："既然是救命恩人托我办的事，我一定尽力。"停停又说道，"这样吧，先给你们解决三千斤麦子怎么样？"

惠忠田好像没有听明白，又问了一句："解决多少？"

"三千斤够不够？"于振亮又给惠忠田送去一支烟。

惠忠田激动得手有些抖颤，他做梦也没有想到，事情能这么顺利。口中一连说了多少个"谢谢谢谢！"

当时惠忠田就在心里盘算开了，一斤麦子换六斤山芋干，三千斤就是一万八千斤，乖乖隆地咚，全村人每口人可以分到……哎呀呀，这样的话，接到麦收是没有问题了！

晚上，于振亮在街上一家小酒馆里弄了两荤两素四个菜，给惠忠田接风洗尘。还特地暖了一壶酒。两人边喝边聊着家常。

惠忠田说道："于站长，你的大恩大德，不但我惠忠田不能忘，我们楝枣冲八百多口人也忘不了你。先喝为敬。"说着干了门前盅。

于振亮给惠忠田添满了酒："惠队长，哪里的话，举手之劳，你千万别客气。"

惠忠田又说道："等过了麦口，我一定一两不少将麦子给你送来。"说着又干了一杯。

于振亮大大咧咧地："惠队长，这点小事你千万别放在心上。比起金大哥的救命之恩来讲，算得了什么呢？"

惠忠田说："我也替二槐哥谢谢你！"说着又干了一杯。几杯酒下肚，惠忠田本不胜酒力，这会儿觉得头有些沉了。

于振亮说："小事一桩，不必挂在心上。俗话讲，人行好事，莫问前程。谁一辈子没个难处？再说，我这也是报二槐兄的大恩嘛！"

于振亮又叫酒馆添了一壶酒，两人不免又碰了几杯。

惠忠田感觉有些晕了，但心中还是清楚明白的。

"于老弟，你如若有啥困难，只管说，只要你老哥能帮得上忙的，一定不惜余力。"

于振亮说："你不提我想不起来，还真倒有件事情相求呢！"

惠忠田说:"你说。"

于振亮说:"我有个儿子,在城里做事,高不成低不就的,至今还没有成家,烦请惠老兄看看你那儿有没有合适的给提一提。"说罢,从身上掏出一张照片递到惠忠田的手中。

惠忠田一瞧照片:"长得不错的嘛!"将照片还给于振亮之后,猛然一下想到了女儿大丫。"不瞒老弟说,我身边有个女儿,今年十九岁,不是夸,人长得没得说,针线茶饭在我们村里也是数一数二的,我经常说她心高命不强,如果于老弟不嫌弃的话,赶明来拉粮时,叫她跟着来给你看看。"

于振亮很高兴:"好好,乡下闺女既稳重又会过日子。若是有缘的话,那我们今后就是亲家了!"

两人愈喝愈投机,愈喝愈得意,免不了又添菜加酒,当晚,两个人都喝得酩酊大醉。

二天一早,惠忠田急等着回村套车来拉粮食,于振亮想挽留他住一天,惠忠田哪还有闲情耽误时间呢。临走,于振亮掏出五十块钱,让惠忠田捎给金二槐,惠忠田替金二槐谢了,便急匆匆上了路。

八

前几天的一场雨,稀奇古怪,楝枣冲各个井里都"咕嘟咕嘟"往上泉水。人们忘记了春荒,忘记了饥饿,全村老少高兴跟什么似的,敲锣打鼓好几天闹腾。比过年还热闹。

干枯的麦苗慢慢地从地面上爬起来,像气吹似的,绿盈盈地好看;过去一些看上去已经枯死的麦苗,这会儿一经雨水滋润,也都返过阳来,神气地昂着头,东张西望,一脸的幸福表情。

茂才本来组织人力打井的,现在既已解决了旱情,暂且放下打井的事,一住雨,立即组织全村劳力,到麦田间苗补苗。

金二槐非要到麦田转一转,女人劝也劝不住,只好由他。大家都忙着干活,谁顾上问他的事情呢?由他一个人坐在地头发呆。金二槐坐在那里吸了两袋烟,就有点儿待不住了,人家都忙着,就他一人清闲,他浑身有点儿难受。他找来一只桶,挂着拐走到地头的沟边,然后趴在地上,将沟里的积水舀进桶里,而后拎着桶一瘸一拐,到了刚刚补苗的地方,再一瓢一瓢浇到麦苗上。就这样往返几次，当他再一次来到沟边的时候，一不小心一头拱了下去。亏得水浅，人没淹着，浑身却没块干地方。女人急忙将他拽上来，背着她回家换衣裳。

"我把你身上也弄湿了。"二槐心中有点儿内疚。

女人笑道："宁愿一年到头都是湿的也比干的好受！"

"你将我放下来吧，太重了！"二槐说。

女人不由得一阵喘得慌，嘴里却说："不重，我背得动。"

"是我将你拖累了！"二槐嗓子里有些哽咽。

女人说："俺是你的女人，你咋这样说的呢？"

二槐叹一声："像我这样的，还不如死了好！"

女人假装生气道："你别说这话吓人，家里只要有你在，俺睡觉都不做噩梦！你可别丢下俺们娘儿几个独自去享福啊！"

二槐也觉得说这话有点对不住女人，苦笑着说："放心吧，我不会去死的。在朝鲜战场那么危险，那样艰苦，我都挺过来了。"停停又说，"我还要等着过楼上楼下电灯电话的共产主义生活呢！"

女人说："俺没想得那么远，只盼着天天不愁吃不愁喝就心满意足了。"他将男人放下来歇口气，少时又背上身，"俺有个心愿，等日子过好了，进城和你照张相，连去看看县城，长这么大，俺还不知县城是啥模样呢！"

二槐说："秋后去吧，也将几个孩子带上，叫他们也都开开眼界转转百货公司。然后再到饭店里吃一顿好的，叫他们也都解解馋。"

女人笑着说："那得多少钱哪！还不知今年年成怎么样呢？"

二槐说："听说明年我的伤残费增加了，说是能涨四十五块钱呢！"

女人又叹一声："我若是没有病就好了，能攒下不少的钱。"

二槐说："摊着了，就别抱怨，就像我这腿似的……"

女人怕男人伤心："不说了不说了，朝好的地方想吧。"

二槐说："说得对。"

刚到家门口，迎头遇见惠忠田回来。

惠忠田说："老夫老妻的，还这么亲热！"说着跑过去，扶二槐下来。

"啥时回来的？"二槐一见惠忠田，显得有些兴奋。

惠忠田扶着二槐进了院子："咦，你身上怎么湿了？"

二槐笑道："日他姥姥的，想到水沟里洗把澡呢！"

二槐由女人扶着进屋，换了一身干衣服，而后出来，坐在当院与惠忠田吸旱烟。

"事情办得咋样？"二槐有些沉不住气。

"一百二十个顺利，那个于站长一张口就答应借我们三千斤麦子。"惠忠田从怀里掏出五十块钱，"这是于站长托我捎给你的。"

"这个狗日的还没有忘记我，还算是有点儿良心！"

"连我也跟着沾光儿，那天晚上，于站长专门为我摆一桌，喝得我昏天黑地的。"

"你准备啥时去拉粮食？"

"事不宜迟，我准备就这一两天动身。"惠忠田忽然想起了什么，"在半道上，我听人家说，大吴集那儿一斤麦子可以兑换到六斤山芋干。假如能换成的话，春荒就不怕了。"

"不怕了，日他姥姥的，不怕了！"二槐激动得有点儿忘乎所以。

二人正说着话，二臭突然间风风火火地跑进院子，上气不接下气地问惠忠田："队长，听说你这次出门见着大兰子了？"

惠忠田说："见着了，我正要去找你呢！"

二臭激动得满脸通红，继而问道："她现在在哪儿？"

惠忠田说："这会儿我也说不准，我是在半道上遇到她的。我怎么劝她也不听。唉，不怪人家，谁叫我们楝枣冲穷呢！"看着抱头蹲在地上的二臭，"你也别垂头丧气，天把我去大兴拉麦子，你一道去，顺便找找大兰子，如若能找到的话，你就告诉她，楝枣冲有水吃了，也借到粮了。"

二槐说："多说好听的，女人要哄着点儿。"

"唉！"二臭眼里飘着泪花儿。

惠忠田无意间望一眼二槐院外那棵歪脖子楝枣树，自言自语道："楝枣树开始鼓芽了，有盼头了呢！"

九

这天一大早，楝枣冲还是鸡不叫狗不跳的时候，惠忠田套了挂大车，和茂才、大丫、二臭一行四人出了村子。

一早天还有些凉，地面上铺着一层白霜，四处溢着淡淡的雾，房子在雾的纱幔中时隐时现。

一群村民早已等候在大路旁，默默地站在那里。

惠忠田说："天冷，大家都快回去吧。"

在人群中，惠忠田望见了金二槐，急忙跳下了大车。

惠忠田说："二槐哥，你早起干什么呢？"

"来送送你们。"金二槐声音有些沙哑。

惠忠田说："回吧。别着凉了。"

"一路当心。"金二槐嘱咐道。

惠忠田点点头，又向众人招招手，随后追赶大车去了。

牛车走得慢，连白加夜赶路，到了第二天下午，惠忠田他们才赶到与大兰子分手的地方。惠忠田嘱咐二臭挨着附近庄子找，无论找着找不着，约好两天后在大兴见面。然后，大车重新上路。

于振亮见惠忠田他们来了，急忙安排一个小客栈叫他们住下。当晚就在上天给惠忠田接风洗尘的那个小酒馆请他们吃饭。

菜办得比上次还要丰盛，弄得惠忠田心里很过意不去，说什么也不愿意入座。

惠忠田说："于老弟，你这么破费，实在是令我们心中很不安。"说着拉架子欲走。

于振亮一伸胳膊拦住道："哪里的话，要不多久，我们就是亲戚了，还分什么彼此呢？"

一句话提醒了惠忠田，他瞥一眼大丫，见女儿脸上红扑扑的，正望着他笑呢。

半道上，惠忠田背着茂才将大丫喊到一边，提及于振亮儿子的亲事，并把于振亮儿子的长相描述了一番。末了问大丫怎么样？大丫光笑不言语。惠忠田逼紧了，大丫才说，还不知人家嫌不嫌咱们呢！惠忠田一想女儿说得有道理，就没有再往下说。现在女儿于振亮也见了，看样子是很中意的，假如不满意的话，为啥这么说的呢！惠忠田大胆放心地坐下了，心中不免一阵欣喜。

于振亮说到商店买包烟接着出去了，心中一团疑云的茂才问惠忠田："队长，刚才于站长说你们不久就是亲戚了是啥意思？"

惠忠田本不想说，不说吧又解释不清楚，就随口说道，"于站长想叫大丫给他当儿媳妇。"

茂才一听就傻眼了，急忙拿眼去瞅大丫。

大丫这时也有点儿不好意思，就埋怨惠忠田："爹，八字还没有一撇呢！"

惠忠田急忙说道："就是就是，只是说说而已。"

茂才心里一下凉了半截，本来想，趁这次来大兴，找个机会与大丫好好地谈一谈他们之间的事，没料到是这么个结果，脸上就有些不高兴。正欲与大丫说什么，哪知于振亮买烟回来了。

"对不起了，叫你们久等了。"说着，拆开香烟，给惠忠田与茂才各递上一支。接着开开酒瓶，将每人的面前酒杯斟满酒。

喝酒的时候，大丫见茂才趁人不注意，将于振亮给的那一支香烟在手中掰成两截，心中不由得一愣。她怕于振亮看见，借敬酒的工夫，将身子挡住了于振亮的视线。

又喝了几杯酒，趁拉呱的工夫，惠忠田趴在于振亮的耳旁小声问道："于老弟，你感觉我闺女咋样？"

于振亮笑眯眯地说："那还有啥话讲，能找到你家这样好看的闺女，真是我们祖上烧高香了！"少时又说道，"这桩亲事我包办了，倒不知闺女的意思？"说着眼睛瞅着大丫的表情。

大丫羞赧地望着惠忠田，接着将头低下了。

"这有啥呢？男大当婚女大当嫁嘛！"惠忠田自顾喝了一杯酒，眼瞅着大丫，"这有什么不好意思的！"又和于振亮说道，"于老弟，孩子缺乏管教，不太懂规矩，以后你还得多管着点儿，别任她的性！"

"爹！"大丫瞥惠忠田一眼，又低下头去。

于振亮哈哈大笑。惠忠田也跟着笑了起来。两人不由得端起酒杯碰了一下，然后一饮而尽。

"你怎么不喝呢？"于振亮用胳膊碰碰身边的茂才。

茂才端起酒杯，也不言语，一仰脖灌了下去。辣得他两只眼睛乱挤巴。

"茂才叔，你少喝点，别喝醉了。"大丫关切地说。

茂才也不答话，自己拿过酒瓶将自个的酒杯倒满，喝了，又倒满，又喝了。

大丫知道茂才心中不高兴，又不好劝，欲上前夺茂才手中的酒瓶，哪知茂才更来劲了，提起酒瓶嘴对嘴，"咕嘟咕嘟"一连喝了好几口。然后重重放下酒瓶，歪歪扭扭地回旅馆去了。

这时，外头响起了"噼噼啪啪"的雨声……

十

又下雨了。上菜的伙计进来说。

惠忠田说："下吧，再下几场也不多。"

于振亮说："不错，上场雨只是解决了旱情。"

两人又喝了几杯酒。惠忠田想起借粮的事情，不由得问道："于老弟，你看麦子啥时装车？"

"哎呀！"于振亮抽出一根火柴梗，"呲呲"地剔着牙，"真该他妈的巧，这两天，县粮食局要来检查。这样吧，你们安心在这住着，等风头过去，我立马将这事办妥。"

惠忠田本想说全村的人都在等米下锅的话，话到嘴边又停住了，饿两天肚皮不要紧，若是叫人家为这事受到批评就不好了。

看惠忠田欲言又止的样子，于振亮又给他的酒杯斟满酒："惠老兄，你放宽心，两三天之后，不出啥意外，保你三千斤麦子装上车。"略顿对大丫说道，"刚才那个小兄弟喝了不少酒，你去看看，给他送一碗水去，别出啥事情。"

大丫答应一声走了。

等大丫出门，于振亮闷头喝了一杯酒，半晌说道："惠队长……"

见于振亮突然间改了称呼，说话又吞吞吐吐的，惠忠田就有些不解，半晌不由问道："于老弟，出了什么事情吗？"

于振亮不语，而后抡起巴掌扇了自己两个嘴巴子。

惠忠田一下蒙了，就知事情不小："于老弟，你这是……"

于振亮说："我是一个大混蛋，上次我骗了你……我根本没有儿了，多年前找个老婆，后来得急症死了，我是给自己说的媒，请你原谅我，惠队长！"

惠忠田一下变傻了："这……这……"

半晌，于振亮抬起头来："……你若是愿意呢，咱们两家还是好亲戚，如果你不答应的话，就算我没说。"

对于于振亮的恬不知耻，惠忠田真想上去揍他一顿，心说你骗我倒罢了,你怎么还有脸说出这种话来的呢?大丫今年才十九岁,你都多大年纪了?即便是大丫愿意,我惠忠田也绝不答应!

"你……你……你说的是人话吗?"

于振亮这时反倒放松了,皮笑肉不笑地说道:"既然你不答应的话,那就算了……你别怪我市侩,现在到处都在闹春荒,三千斤麦子,你知道我得冒多大的风险,要担多大的责任吗?"

惠忠田站起身,一把摸过一只酒瓶猛地往地上一摔:"即便是饿死,我也不会将我的闺女往火坑里推的!"

于振亮冷冷一笑:"惠队长,你先别说得这么死,你回屋与你的女儿商量商量,行的话,咱们是个好亲戚,不行的话,你我哈哈一笑,不必有那么大的仇恨对不对?再说,我于振亮堂堂一个粮站的站长,月月有三十几块钱的工资可拿,上哪找我这么好的条件呢?"说罢抬腿走了。

十一

惠忠田酒醒大半,心里却仿佛有一团火在燃烧,烧得他坐立不安。他本想找茂才商量商量,哪知茂才却烂醉如泥地躺在床上,推了半天也推不醒。惠忠田坐在床边,思绪万千。他万万没有想到事情会是这样的结果,于振亮的不仁不义,弄得他始料不及,难道说就这样两手空空地回去?他的脑海中立即浮现出那天出村时,男女老少那种期盼的眼神,以及那些立在寒风中单薄的、冻得瑟瑟发抖的身体,想到这里,惠忠田这个五十多岁的汉子双眼不由得盈满了泪水。事情明摆着,如果答应于振亮的条件,三千斤的小麦就可以平安地运回去,反之,只有两手空空地回家。如果那样的话。叫他如何向全村父老乡亲交代呢?重要的不是这,到麦口这几个月全村几百口人怎么度过去呢?如果饿死几个人,叫他怎么向上级交代?再说,若是没有口粮,群众势必出去讨饭,人心散了不说,要是出门遇到什么事情,他这个一队之长恐怕是难逃其咎。可如果答应于振亮的条件,大丫能同意吗?别说是大丫,就是他自己也不会愿意的。即便是大丫答应,他都不会答应!那不是将闺女往火坑里推吗!可眼下怎么办呢?这可难为死了惠忠田。

大丫的房间还亮着灯,惠忠田站在门口愣了许久的神这才推门进去。

"爹,喝完啦!"大丫还处于一种对未来美好的憧憬之中,见惠忠田进来，急忙站起身，提着水瓶倒了一碗开水端给惠忠田。

惠忠田接碗在手，一时不知说啥好。

半晌，大丫才发现父亲的脸色有点不对劲儿，以为是喝多了酒，就说："爹，你不然先回屋歇去吧。有啥话明天再说吧。"

突然惠忠田将手中的水碗猛地向地面一摔，痛苦地往地一蹲，双手抱头，"呜呜"地哭了起来。

大丫一下慌神了，长这么大，他还未曾见过爹这个样子，连连问道："爹，这是咋的啦？这是咋的啦！"

惠忠田不言语，还是闷着头哭。

大丫小心问道："是人家不借粮食了？"略顿又问道，"人家不答应作亲了？"

惠忠田抬起头来，用袖口擦擦泪痕，半晌说道："那个于振亮不是人东西！"接下来，就把事情的原委说了一遍。

大丫听后半晌没说话。

惠忠田说："我想了，眼下，固然粮食对我们特别重要，但是爹想过多少遍了，我绝不会答应于振亮那个要求的，爹不能将你一生的幸福给葬送了，那样的话，爹也就与那个姓于一样不是人了！"说着站起身来，踉踉跄跄地回房去了。

惠忠田走后，大丫一直就这样在床边坐着，心中如同一团乱麻，怎么理也理不出个头绪来。

七岁那年，大丫就知道自己不是爹娘亲生的。那是在秋天的一天夜里，爹娘见她与二丫都早早睡下了，其实她并没有睡着。就听娘说，二丫的袄已经小得不能穿了，我想扯几尺布给她套个新的。爹说，要套就给大丫套，叫二丫拾她姐姐的穿。娘说，二丫长这么大，一直是拾她的姐姐的衣服，从来还未有做一件新衣服呢。爹说，妹妹就该拾姐姐的衣服，谁家不是这样？再说大丫不是咱们亲生的，咱就应该更得对得起孩子了，别叫外人说闲话！娘叹一口气，说道，二丫经常赌气，说我们啥事都偏向大丫，问她是不是亲生的。爹笑了一声，其实，两个孩子在我心里都是一样的，哪个不疼？每年我也想给大丫给二丫都做几件新衣服穿，这不是穷吗！……那夜，大丫一夜几乎都没有睡实，这是她长这么大，第一次知道有心思。

那时候，奶奶还在世，第二天，大丫连学都没有去上，就偷偷去找奶奶问根由。奶奶起初也不讲实话，说你听谁乱嚼舌头根的，你就是你娘亲生的！大丫就把昨晚夜爹娘拉呱的话讲了一遍。奶奶看瞒不过去了，就实话实说，告诉大丫，你娘过门几年，也未能生养，冬天的一天夜里，不知谁将你放在俺们家的门口，当时你冻得脸都发紫了，你爹就将你抱在怀里捂，到天明，你又发了高烧，你爹你娘又抱着你跑了十几里的路，到集上一个诊所给你看病，当时走得急，家里也没有多少钱，身上只带了两块大洋，两天就花光了，没有钱，人家不想再给治，你爹又连夜跑回村，挨家挨户找人借钱，马不停蹄地又赶回去。为了给你买碗粥喝，你爹把身上的一件袄都押给粥店了。你的病治好了，可你爹连冻加饿却一下病倒了，三天三夜不省人事……等你长大了，可要好好地报答你爹的恩情啊！

奶奶最后的一句话，这么多年来一直在大丫的耳边回响。从那天开始，她仿佛一下长大了好几岁，她发誓今后一定要好好孝顺爹娘，报他们的养育之恩。所以，大丫就想找个好人家，有吃有喝的，也好实现自己的愿望。

可现在遇到了这样的事，叫她怎么办呢！她明知爹是一个有情有义、宁折不弯的汉子，为了队里的事，为了群众的幸福，他可以不顾一切，甚至自己的生命。上次，为了能要到救济粮，他可以给公社的领导下跪。今天为了借粮，从来不落泪的人今天晚上却像个孩子似的失声痛哭。其实，在栋枣冲，大丫最最佩服的就是爹，爹在他心中是一个顶天立地的汉子，可今天……

灯里已经没有油了，灯花跳跃几下，突然一下灭了，随即，房里一片漆黑。

十二

一早，天还是死冷，汪塘里的冰昨天有些开冻了，今天又冻了个结结实实。太阳一出来就招人喜欢，这是个无风的日子，阳光就显得十分地友善，吃好早饭的时候，人们已感到身上暖洋洋的了。

惠忠田几乎是一夜未睡，天明了，也没有想出来办法。也不知下一步该怎么走。茂才也早已醒了，为了昨晚的事情，还生着惠忠田的气，赖在被窝里不起来。惠忠田与他搭话，他只是在鼻腔里哼着。忽然看见队长沉着脸，再一细看，两只眼睛也是红红的，心中就有些奇怪，刚要打听，这时大丫进来了，身后跟着于振亮。茂才一见于振亮就来气，忙将脸扭一边去。

大丫说:"爹,茂才叔,牛车已经套好了,小麦也已经装上了车,你们拾掇拾掇就可以上路了。"

于振亮笑着说:"整整三千斤,是我亲手过的磅。"

惠忠田一下懵了:"这……这……"

大丫说:"爹,你什么都不要说了,赶紧回吧,家里的乡亲们还急等着粮食下锅呢!"

惠忠田说:"我得问清楚,是怎么一回事,不然的话……"

于振亮说:"大叔,今后我们就是亲戚了,往后有啥事情只管说。"

于振亮的一句大叔,将惠忠田一下喊醒了:"大丫,大丫啊!……"

大丫说:"爹,天已经不早了,还有很远的路要赶呢!"

茂才问大丫道:"你不与我们一起回去?"

大丫说:"地里没有活,我回去,只能是多一张嘴吃饭。粮站里现在活忙,我已和于站长说好了,留下来做小工,一个月也能挣十来块钱呢!"

惠忠田眼泪汪汪望着大丫:"孩子,我回去怎么和你娘交代呢?"

大丫微微一笑:"你啥话也别讲,等我多会儿回去亲口和娘解释。"

到了牛车跟前,惠忠田一见车上的小麦,再也控制不住自己的感情,泪就下来了。

这时,于振亮突然想起什么,从怀里抽出一条香烟:"大叔,这条烟你带着路上吸吧。"说着将烟放在了牛车上。

惠忠田一把将那条香烟拿下来丢在了地上,然后跳上了牛车,喊一声"茂才上车",接着扬起手中的鞭子,"啪啪"甩了两个响鞭。

出了大兴街,茂才望着惠忠田那张冷若冰霜的脸,小心翼翼地说道:"队长,刚才你不该将那条香烟丢了,多可惜啊!"

惠忠田没好气地骂道:"香烟是你的爹啊,你那么亲!"

茂才不敢言语了,半晌说:"我来赶车,你歇会儿吧。我瞧你昨夜一定没睡好。"说着夺下惠忠田手中的鞭子。

走了一程,茂才猛然想起一件事情来:"队长,我们说好在大兴等二臭的呢!忘了!"

惠忠田也觉得有些懊悔,他掰着手指算了下日子:"按我们约的时间已经过了。"停停又道,"你狗日的咋不早说的呢?"

茂才说:"你一早就铁青着脸,别说没想起来,即便是想起来,谁敢与你讲呢?"

稍时惠忠田骂道:"都是叫于振亮那个狗娘养的给气忘了!"

茂才有些奇怪了,心说人家于振亮请你吃请你喝,还借了三千斤麦子给你,现在你们又成了亲戚,怎么,你还不满意呢?

又走了一段路,茂才心中还是有点儿想不明白,就问道:"队长,你真的将大丫许配给姓于当儿媳妇?"

惠忠田心里清楚茂才还不知道内情,他也不想将事情挑明白,心中正烦得慌:"不提姓于那个狗娘养的事!"说罢,眼睛转向远处,就再也不说话了。

十三

大吴集离大兴八十几里路,走了一整天,直到天上黑影,惠忠田他们才到了那儿。一打听,事情并不像他们想的那样,用麦子换山芋干要等到逢集才能换。大吴集逢阴历一、三、六、八逢集,今天就是初八,可是已经下集了,要到下一个集日还要等两天。

惠忠田叫茂才将牛车卸了,正好路边是一家旅店,房子带着厦檐,两人就想在厦檐底下过夜。惠忠田从车上拿下一床棉被披在了牛身上。牛怕寒,也比人金贵。万一牛半道上生病了,那可就麻烦了。

茂才四处捡了一抱干树枝,等人家旅店关了门,就在厦檐下面生起火来取暖。

不一会儿,旅店里走出来一个四十左右岁的矮个男人,探出半个身子,黑着脸说道:"怎么,你们想放我的火啊?"

惠忠田连忙起身赔笑脸:"兄弟,我们是刚刚引着,天太冷了!请你行个方便吧。"

"你们是哪里的人?"矮个男人口气缓和了许多。

"楝枣冲的。"茂才抢着回答。

"来大吴集干啥的?"矮个男人又问。

"换山芋干的。听说这儿一斤麦子换六斤,真是这样吗?"惠忠田故意这么说,好叫人相信自己不是坏人。

矮个男人说:"是换六斤不错。可惜现在已经闭集了。"

惠忠田说:"就是呢,真是不凑巧。"

"你们怎么不住店的呢？这么冷的天。"

"实不相瞒，腰里不宽绰。"惠忠田不好意思地一笑。

矮个男人沉思了半晌，接着将大门完全打开，而后说道："进屋暖和吧。"

惠忠田连连摆手："不了，谢谢老弟，我们就借你的厦檐凑合一夜吧，"

"进来进来。"矮个男人上前来拽惠忠田的手，又说道，"在家千日好，出门一时难嘛！"

惠忠田双手抱腕："还是不了，我们在门口避避风就行了。"

矮个男人说："我姓卓，街上人都叫我卓矮子。"继而说道，"这个店，是我私人开的，闲着也是闲着。其实我是想啊，你们在我门口烤火，万一将我的房子点着了，那我的损失可就大了，到时我去哪里申冤去？还不如你们到我的店里避避风，我也放心了，既帮了你们，我也算是做了一件善事。"

惠忠田看看茂才，心说今天遇见好人了，也不好再客气了，二人将牛车推进店里用杠子撑好，然后去院里井边洗手。

卓矮子主动将牛牵到牲口棚里，添上草喂着，然后将惠忠田与茂才让到一间客房里，安排好床铺后，端出两盘小菜，又烫了一壶酒，死拉硬拽叫他俩入座。

"卓老弟，在这住已经给你添麻烦了，再吃再喝的，叫我们如何报答你的恩情呢？"惠忠田推开板凳站起身来。

"在家靠父母，出门靠朋友嘛！"卓矮子一把按住惠忠田的双肩，接着给二人的面前的酒杯斟满酒，说道，"谁能没个难处？"

惠忠田还想客气几句的，那边茂才默不吭声早把就酒杯端起来了，一仰脖子喝干了。

"还是这位小兄弟痛快！"卓矮子伸把摸过酒壶，又给茂才添满了酒。

又饥又饿又渴又冷，加上心中不痛快，茂才不顾惠忠田的眼神，又将第二杯酒干了。

惠忠田心中明白茂才心里不好受，虽然他认为茂才在楝枣冲是一个不错的青年，也知道茂才老早就喜欢大丫，说句掏心窝的话，惠忠田也支持大丫不在本庄找对象，楝枣冲真是太贫穷了，他心中希望大丫能找一个有吃有穿的地方，一辈子他也就没有啥心思了，也算是对得起她的亲生父母了。固然不知道大丫的亲生父母在哪里。可是大丫现在为了全村人的生活却嫁给了那个没有点儿人性的可以当她爹的于振亮，惠忠田心中像是被人剜掉一块肉似的难受，对不起大丫不说了，他回去怎么向自己女人交待呢？以后又怎么向她亲生的父母亲交待呢？惠忠田愈想愈憋屈得慌，不由端起酒杯一饮而尽。

卓矮子说："这就对了，这才是兄弟！"说着给惠忠田满上了酒。

惠忠田说："卓老弟，别的没有啥报答，等到了麦口，你去楝枣冲转转，我请你吃白面馒头。"说罢，又一口干了杯中酒。

卓矮子又给惠忠田倒上酒："到时一定去。我能看得出来，你老兄也是一个有情有义之人。"

惠忠田又喝了杯中酒："卓老弟，不瞒你说，我今天心里不舒坦……这车麦子，是我闺女用她一生的幸福换来的啊！"

茂才接着话说："队长，其实我不该说你的，在我的心中你一直是……是一个顶天立地的硬汉子，可现在，我……我小瞧了你！"

惠忠田睁着猩红的眼睛："我知你与大丫平常很要好，可是……今天这酒有点儿上头！"

茂才说："其……其实，大丫心里还是有我的，队长，你说是不是？"

烛花在不停地跳跃，茂才的心也随着烛花在不停地蹦跳。他在等着惠忠田的回答，半天却见对方没有反应，不由得抬起头，见惠忠田已经趴在桌边睡着了。

"你的酒量还不……不如我呢！"茂才定睛一瞧，那个卓矮子不知何时已经不见了，就起身想去拉惠忠田一把，不知道被啥东西绊了一脚，重重地倒在了地上。心中暗骂道，"鸡巴日的真困！"然后就睁不开眼了。

十四

茂才昏昏沉沉地醒来，他听见外头的鸡已经叫了。天不早了。他心中暗想。他想翻一下被压麻的肢体，然而却动也动不了。是在梦中吗？茂才硬是睁开了黏糊糊的眼睛。我的妈呀！他像掉进冰窟窿似的不由得打个冷战。见自己不知被何人绑住了手脚，他挣了几挣，也没有挣得开。再一看，这间房子也不是他住的那间客房，从屋内的床铺还有柜子等东西来看，好像是人家的内室。他极力地回忆昨晚发生的事情，却一点儿印象都没有了。正奇怪着，就听有人骂道：

"狗日的，你别装死！"

茂才循声望去，只见那个卓矮子坐在一张高凳子上，两只贼眼正瞅着他呢。一个大约三十几岁的女人，衣衫不整地蹲在床边哭泣。再一看自己，惊得他像是中了风，半晌合不拢嘴。见自己上身赤裸着，下身裤子没了，只穿了一条裤头。

"这是哪里，我怎么会在这里的？是谁把我绑在这里的？"茂才像是问自己，又像是问面前的卓矮子。

卓矮子一双眼睛瞪得像铃铛："你狗日的还装蒜！昨晚我可怜你们给你们找地方睡，还给你们弄吃弄喝的，想不到你竟然做出这种伤天害理的事！"说着朝茂才脸上啐了一口。

茂才懵了："我做了什么伤天害理的事？"

"你狗日的还想抵赖？"卓矮子从板凳上跳下来，上前抡脸给茂才一巴掌，接着从床上拿过来一条差不多撕成布条似的女人的花裤头，恶狠狠地丢在茂才的面前，"这裤头是怎么烂的？你说！"

茂才一脸无辜的表情："我怎么知道？"

"你狗日的还嘴硬？"卓矮子又是一个耳光，"你趁我出去喂牲口，强奸了我的女人，你还不承认！"

茂才说："我昨晚喝了酒就啥也不知道了，我怎么会做出那种龌龊的事情来呢？"

卓矮子找来一根柳条棍，攥在手中："你不承认，我就打断你的狗腿！"

茂才这才知道上了人家的当，再争辩恐怕只有挨揍的份。光棍不吃眼前亏，只好默不作声。

卓矮子又骂了半天，见茂才不吭气，就说道："你狗日的装死也不中，我去找那个老杂种来。"说罢提着棍子向外走，哪知自己踩了自己的鞋，急栽跟头地出了门。

惠忠田昨晚感觉没喝多少酒，却醉得不省人事，直到卓矮子将他从床上拖起来，生拉硬拽地扯到茂才的面前，他还是眯眼不睁。当听卓矮子说茂才强奸了他的女人时，这才像被烧红的烙铁烫了一下跳了起来：

"不可能，不可能，茂才不会做出那种事情的！"

卓矮子一双眼睛瞪得溜圆："你说他不会做出这种事，意思是说我污陷了他？那中，咱们这就去找公家评评理！"

"娘嘞，俺没有脸见人了啦，叫俺怎么活了啊，还不如死了好啊！……"卓矮子的女人扯着嗓子哭喊起来。

"你们两个听好，我的女人若是有个三长两短，到时你们就别想离开大吴集半步。"卓矮子从床上扯下一床棉被，包在女人身上，"姓惠的，走，咱们找政府说理去。"

惠忠田毕竟是活了五十多岁，眼前的事他已明白了大半，这是被人家讹上了，看起来，硬顶是没有好处。你在人家一亩三分地上，若是经公的话，本地人能向着你吗？再说，这种事情若是闹出去，那叫茂才今后怎么做人呢？

"走啊！"卓矮子装腔作势地喊着。

"卓老弟，我的这位兄弟不懂事，求你行行好，放过他吧。"惠忠田可怜巴巴地说。他见卓矮子没有表情，又说道，"我给你跪下了……"说着直撅撅地跪在了卓矮子的面前。

卓矮子阴阳怪气地翻着白眼："站着说话不腰疼，那我的女人就叫他白日了？"稍时又说，"要是你的女人叫人给搞了，你会怎样？难道说磕个头就拉倒了！"

"那你说怎么办？"惠忠田眼睛盯着卓矮子。

卓矮子说："你想官了还是想私了？"

惠忠田问："官了怎么说，私了怎么讲？"

"官了很好说，咱们现在就去见政府，任凭政府处置。若是私了的话……"卓矮子将眼皮一耷拉，"将你们那车粮食留下来，算作赔我女人的精神损失！"

茂才像条疯狗似的喊道："上法庭我也不怕，白日没做亏心事，半夜不怕鬼敲门！没有做那种孬种事，到中央我都随你去！"

惠忠田瞪一眼茂才："你别讲话。"

茂才声嘶力竭地喊道："队长，那车麦子是咱们村里几百口人的活命粮啊！你千万不能答应他，就算是我坐牢，我也认了！"

无论是见官还是私下解决，惠忠田心想，这都是件很棘手的事情，也是件说不清的事情。有一分容易，他也不想就这样丢了粮食。茂才说得对，这一车粮食，是关乎一村老老少少的性命问题，惠忠田不敢想，若是没有粮食，他回去该怎么交待！但是，如果不答应卓矮子的条件，万一那个女人寻

死寻活的，再闹出人命来的话，那可就麻烦了！到那时才是人财两空呢！

惠忠田慢慢地从地上爬起来，目光死死地盯着着卓矮子，半晌吐出一句话："我是队长，我说了算，我们同意私了！"

十五

惠忠田与茂才一回村两人都病倒了。

丢粮的消息不胫而走，全村人像是炸了锅。不论男女老少，只要是能走动的人，这会儿都聚集在队长家的门口，一个个低着头抄着手，眼皮耷拉着，在那唉声叹气。十几个七八岁的孩子却不知发生了什么事情，来来回回地在大人的裆下窜来窜去。

一群男人长吁短叹地望着远处的天空，在那咬牙切齿地发着狠：

"真是屋漏偏遭连阴雨啊！"

"倒霉啊！猫含猪尿泡空欢喜一场。"

"依我看，集合人到大吴集去揍卓矮子那个裤裆里的货！"

"隔省跨县的怎么去揍，强龙还不压地头蛇呢！"

"揍他算是便宜了他，把那个婊子女人带来给我们全村的男人睡！"

"呸！睡她咱还嫌脏呢！"

"半夜去将狗日的卓矮子的客栈一把火给点了。"

"别胡来，放火烧房能将粮食烧来？弄不好还得坐牢。别做那种傻事情！"

"缺德呢，管保他几辈生孩子都没有屁股眼儿！"

"骂管啥用？"拐九叔的拐棍狠狠地敲着地面，"得赶快想个办法，要不今年的春荒怕是熬不过去了呢！"

一个毛头小伙子站出身来："困在这儿肯定是等死，还不如出去找条活路。"

众人一下乱了。

这个说："走，上山东！"

那个讲："走，下河南！"

人群开始骚动起来。

"老少爷们。"惠忠田披着棉袄不知啥时来到了门口，"我有愧，我对不起全村的父老兄弟。"少时又说道，"请大家相信我，不要走，天无绝人之路，总能想出办法来的。再说，大家携儿带女出门在外，万一有个什么事情，谁来照管？"

众人面面相觑。

谁想走呢？楝枣冲固然没有什么东西值得人留恋，也没有什么希望拴住众人的心，但是，再穷也是个家啊！倚门东、靠门西挨门去乞讨，那个滋味谁想呢！不是逼急了，谁想去重走这条丢祖先的路呢？

"我不去，我不去！"一个七八岁的男孩子边哭喊着边向这边跑来。跑到惠忠田的面前"扑通"一声跪倒，"惠老爹，我不去。"

惠忠田一把拽起那个小孩："跃进，什么事情，快起来说。"

孩子哭着说："惠老爹，俺娘要把我卖给街上那个补鞋的男人。我不去，惠老爹，你给俺娘说说。"

这时只见刘寡妇像凶神似的挤进人群，拉着跃进的胳臂就向外拖。

"我不去，娘，我不去……"跃进在刘寡妇的膀弯里打着坠嘟。

惠忠田上前拉着跃进的胳膊，对刘寡妇说道："你怎么能做出这种事情来呢？你这样做，能对得起他死去的爹吗？"

刘寡妇的眼睛红红的："队长，你别拦着，走了总比在这儿饿死的强！"

"娘，从今往后我不喊饿了，娘，你别将我送走。我不去，我不去！"跃进挣脱手，躲在惠忠田的身后哭喊着。

刘寡妇愣怔了半晌，猛地像被蝎子蜇了一口似的哭了起来，然后手捂着脸，冲出人群跑走了。

突然间，天空下起了盐粒子，砸在地面上"噼啪"作响。不一会儿，又飘起了雪花，那雪没落到地面就融化了。

门口的人渐渐地走散了，只剩下惠忠田一个人。他掏出烟袋，却忘记了装烟，就这样站在雪地里发呆。

当了七八年的队长，惠忠田还没有像今天这样孤独过，也从来没有像今天这样失魂落魄。以往，他虽然没有把自己看成是楝枣冲的救世主，可他要让楝枣冲的老百姓家家有饭吃，人人有衣穿，这可是他多年立下的雄心壮志，可到头来怎么样呢？还不是应了楝枣冲解放前的那段顺口溜："楝枣冲，楝枣冲，寒冬腊月各奔西东，不是河南，就是山东，妻离子散各不相逢。"

雪越下越大，渐渐成了鹅毛大雪。惠忠田将烟袋别在腰里，用干裂的唇去接落雪。长这么大，他才知道雪是苦的，涩得他满口麻麻的。

不知过了多久，惠忠田才感觉到身上有些凉意。他抖落了身上的积雪，伸上袄袖子，抬腿向村头二槐家走去。

惠忠田刚刚踏进二槐家的院门，忽然听见屋内二槐女人一声撕肝裂肺般的嚎叫，紧接着一窝孩子鬼哭狼嚎地喊起来。一种不祥的预感爬上了惠忠田的脑际。他几步抢进屋，只见二槐静静地躺在了外间屋的地铺上，几个孩子围在四周，悲悲切切地哭喊着。

"他去了，他享福去了！"二槐女人平静地说。她望着惠忠田一眼，又诉说道，"他丢下俺们一家老小，叫俺们怎么过啊！……"

惠忠田一下跪倒在二槐的身旁："二槐哥，我还有好多事情要与你商量呢，你怎么走得这样急的啊！"

"多少天以来，他一口水不喝，一口饼子不吃，他说他不忍心吃闲饭，却偷偷把被套吃去了一大块……"二槐女人说着从怀里掏出一沓钱来，"这是你上次捎来的五十块钱，他叫我亲手交给你。他说锅里有了碗里才有，把这钱留给队里添农具吧。我刚刚出门，他却在门环上上吊了……他这下好了，也不必挨饿受冻了，我的天哪……"

"二槐哥，二槐哥！……"惠忠田只觉得眼泡发胀，鼻子一酸，眼泪扑簌簌地往下淌，滴在了金二槐那张青灰色的脸上。

十六

大雪一直下了三天三夜，陡然间停了。憋了许久的太阳，异常强烈，一个上午，便将残留在屋脊上的与树枝上的积雪一扫而光。田野里还是白茫茫的，有绿色钻出来，焕发出勃勃生机。

沟边、路旁、碎石缝中，几天之中便伸展出数不清的七菜芽与猪耳菜，它们来到世上，还未来得及享受阳光与雨露，就被楝枣冲那支没有番号的饥饿队伍夺去了年幼的生命。就连那些不知名的草棵棵，只要是露出了头，便被残忍的楝枣冲的人消灭了。

楝枣冲的家家户户几乎没有一家能找出一粒粮食。人饿疯了，就变得凶残，见了石头都恨不能抱着啃上几口。然而，全村的男女老幼大家一见面，都发现对方胖了,脸上明几几地发亮。又发现一个个的眼睛都变小了,看不清东西了。后来有专家说,这是浮肿病。人们就记住了这个令人诅咒的病名。

惠忠田还是三天两头往公社跑救济,后来干脆睡在公社的房檐下不回来了。

这一天,上面终于派来了扶贫小组,在楝枣冲转了一圈,笔记本未打开,钢笔帽也未拔,更不需进村入户调查了解,一看大人孩子那一张张"动人"的脸,就调转屁股走了。

不久,公社发下来救济粮——胡萝卜一万斤。

楝枣冲的人高兴得都哭了,见人都说政府的好。接下来都在盘算怎么慢慢地来消遣这些被后来人称之为含有多种维生素的补养品。听说,这些东西还是从几千里路外的东北运来的呢。就是这些东西救了楝枣冲人的命。

老天爷也似乎体察民意,把早头对楝枣冲的过失给补上,送给楝枣冲一个风调雨顺的日子;十天一大雨,五天一小雨;雨过天晴,太阳一出来就灿烂得令人晃眼,每日里西南风可劲地吹着,地里的麦苗眼瞅着往上蹿。

这两天,队长惠忠田带人积家肥,队副茂才就领人往地里送,全村的人又看到了以后的希望。

人就是这么个东西,无论好孬,只要是填饱肚皮,干啥事情都有劲。固然他们的脸上的浮肿还没有完全消退。一个个铆足劲比着干,舍得将气力丢在田里;人人的脸上都充满喜悦之色,就像是虾腰拾了一块狗头金似的那么高兴。

大家都在地里忙活,唯独胡二臭清闲。啥活不干,在地头一会儿哭一会儿笑的,又是唱歌又是跳舞,一会儿清醒,一会儿糊涂,疯疯癫癫的给人家当作笑料。

胡二臭是在上场雪的第二天到家的,他说记不清自己跑了多少村子,也不晓得走了多少路,连大兰子的鬼影子也没有见到。要不是鞋底磨穿了,他还不知回村。

看着胡二臭那个样子,干活歇息的时候,几个与他般上般下的青年人就挑逗他玩。

"胡二臭,你与大兰子,几天办一次事?"

胡二臭想想说:"开始一天一回,后来三四天才一回。"

"再后来呢?"

"再后来……十天半月才弄一次。"

"再再后来呢?"

"再再后来,吃了上顿没下顿……就不想个事了!"

"鬼话!"

"骗人是个屁!"

"哎,对了,大兰子的奶子大不大?"

"大。"

"有多大?"

"有小西瓜那么大。"

"吹吧你?"

"骗人是个屁!"

年纪大些的人劝道:"二臭,想开点儿。算啦算啦,就算是将人找回来了,也找不回她的心。等日子过好了,大米洋面吃着,不要找,恐怕她会自动回来的呢!"

胡二臭乜斜眼骂道:"贱货,来找我我也不揉她!"

那人说:"就是的,赶明再给你说个俊的。"

"我不要!"胡二臭大声嚷嚷,"女人都不是个好东西!都他妈的不是个好东西!"接着骂着走了。走出几步又倒退着走,嘴里唱道,"哩拉哩啦都拉都,老妈尿尿刺老头……"

十七

一转眼到了农历四月底,楝枣冲每家每户的胡萝卜数着吃,也经不住数。眼看快到麦口了,没有粮食吃,怎么好有力气收割呢?惠忠田托公社一个干部关系,借了两千斤麦子,条件是麦后给人家三千斤。

楝枣冲的人好久没有粮食塞牙缝了,家家户户看到田里的庄稼,也就胆壮了,把分到的麦子洗干晾净,上磨磨面,然后蒸馒头擀面条,热热闹闹地过了个透肥的端午节。

去年冬天,虽说遇上了大旱,麦穗灌浆晚了些日子,叫连日来东南风一吹,麦穗头眼瞅着一天一个样。楝枣冲的人都馋得眼睛红红的,没事都忙慌往地里瞅年景。一早一晚,人们开始磨镰整场,清仓扫库,攒着一身的劲,就等着把亮黄的麦子装进口袋里。

听说今年楝枣冲的麦子长势好,公社派来了估产工作组,组长就是公社的蔡主任。蔡主任将全村的千把亩的麦田一块地一块地察看。这块地每亩能打多少斤,那块地每亩能收多少粮,都一一定了产量。

"今年楝枣冲要发了。"蔡主任一边向笔记本上记着什么一边说。

惠忠田脸上的皱纹里都溢着喜悦:"是老天爷施舍的。看去年冬天那个旱劲,没指望有这样的收成。"

"丰收了可不能忘记了国家哟!今年要多缴些公粮。"蔡主任麻脸上一片灿烂。

惠忠田说:"蔡主任,楝枣冲的亩产估高了点,怕是收不到呢!"

蔡主任手点着惠忠田:"你别想打埋伏,这些年来,要不是政府救济楝枣冲,你们能有今天?"略顿又说,"锅里有了碗里才有嘛!你可不能忘了国家哟!"

惠忠田笑着说:"那是当然。"

就在公社的蔡主任走后的第四天头晌,正当全村百把号劳力含着兴奋、拿着磨得晃眼的镰刀,正准备下地收割的时候,突然半空中不知从哪里磨过来一片黑云,刹那间,风高地暗,没等人们从冷嗖嗖的天空中转过向来,一场雨加冰雹从半空中砸了下来,人们眼睁睁地瞅着麦穗齐斩斩地被打落满地。这突如其来的灾祸将捏着镰刀的庄稼汉子一棍子给砸闷了。随即,哀叹声、哭喊声、咒骂声像传染病一样传给每一个人,大家伙像是发了疯似的在烂泥塘样的麦地里奔跑着捡拾被打落的麦穗,全然不顾头当顶的雨和冰雹。

惠忠田像是中了邪,直愣愣地立在那里,半天扔下手中的镰刀,一句话没有说出来,突然,口中猛地喷出一口鲜血,然后一头栽进麦地里……

后记

多少年之后,国家在楝枣冲发现了楝枣冲的人不甚明白的叫作天然气的这个东西,全村的人都搬迁到十几里路开外的玉龙河附近定居。国家出钱,全村人都盖起了瓦房,取名为瓦房村。

大兰子一直没有消息,至今死活不知。二槐的女人在二槐死后的一年多之后也去世了,孩子都在惠忠田家生活。已当上公社干部的茂才如今已是一大家的人了,媳妇是公社街上的一个开茶馆的女儿。大丫已经是三个孩子的母亲,早早晚晚回娘家看望她的父母,她很想找时间与茂才说句话,可是一直没有机会。

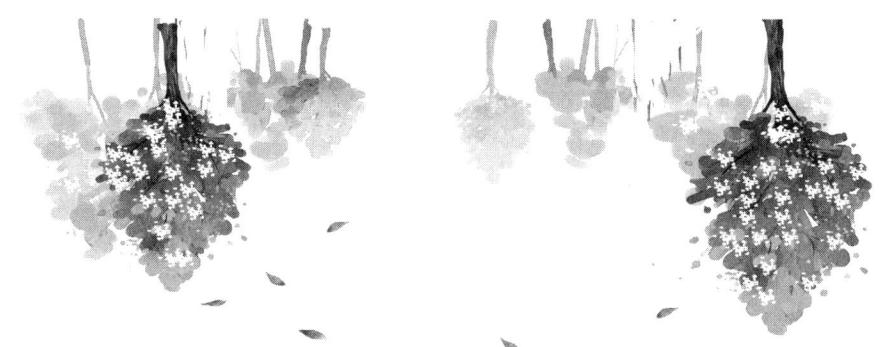

往日，往事

数风流人物　还看今朝
——摘自伟人语录

一

1968年春某天五更头，13岁少年朱红旗突然间醒了，裆中黏糊一片，这是他第一次"跑马"。那东西就这么默不吭声地来了，一点儿也不波澜壮阔，朱红旗感觉也没有像同学们传说的那样，怎么怎么令人陶醉与想入非非。相反浑身酸软无力，有一种骨头与肉马上就要分离的那种感觉。不过，令朱红旗想不明白的是，梦中因此而遗精的那个女人竟然是自己的亲生的姐姐朱五星！这使得朱红旗有点儿手足无措与惶恐，以至于好长一段时间都有一种罪恶感，连班里的女同学都不敢正眼看。就连他的同桌、对他非常亲近的女同学荷花他都远远地躲着，生怕身上的邪气会扑到人家似的。

屋外响起父亲朱地主的咳嗽声。

父亲是朱红旗喊的，朱地主是干部与革命群众叫的。父亲有名，大名叫朱德，去年在一次全大队的批斗会上，大队书记程久田当家做主给父亲改了名。程久田说他妈的你狗日的凭什么叫朱那个，朱那个名字也是你狗日起的？朱那个总司令是我们的大救星，而你是我们的阶级敌人。我决定，从今以后，你的名字就叫朱地主了，又顺口又贴（切）合实际。

西边天还有几颗星星没有隐去，留恋地在那里东张西望。家中唯一的一只老公鸡，许是与人一样饥肠辘辘，鸣也不打了，当父亲放它出来的时候，两只翅膀无精打采地紧紧地夹在两肋，一下也不扇动；精神也不似往日那么抖擞了，懒懒地向外伸着脖子，爪子似中了风，一撩一撩地走出了院门。

朱红旗怕家中人看到他的丑事，用脸盆端着裤头去水缸边洗。父亲说你起这么早干什么？朱红旗将脸盆转移到身后，说睡不着。父亲走到墙拐角，摸起扫帚，然后扛在肩上，迈着被批斗落下来的残腿，一瘸一拐地向院门移动着脚步。朱红旗不知道父亲是怎样在早上出工前扫完村里规定的那条二里多长的东大街的。有几次，朱红旗想替父亲"义务劳动"，又怕让同学们瞧见耻笑，所以只有想法，一直没有行动。早晨每次上学，朱红旗都绕过东大街那条路。他怕看见父亲和他的那把大扫帚。

裤头洗好晾在晾绳上，天已经大亮了。朱红旗拿着书包，正准备上学去，这时母亲来到院子里，塞给儿子一块菜饼子，说路上吃吧。朱红旗默默地将饼子又还给母亲，说姐姐活重，还是留给她吧。说罢提起书包出了门。

中心小学在镇子的南部，为了避开东大街，朱红旗要多走一二里路。多走这点路没什么，朱红旗这时候就会想到父亲，想到父亲的历史。听人说，父亲的过去，在镇子上是很辉煌的，一条东大街，都是父亲的店面：有油坊、槽坊、酱园店、丝绸店，沥沥拉拉几十间房子。懂事的时候，当朱红旗听到父亲讲他过去的那一页，他看见父亲的脸上堆满了自豪与骄傲。现在，父亲对谁都不敢讲了，因为那是变天账。

半路上，朱红旗被等在那里的荷花喊住了。荷花从兜里掏出巴掌大一块玉米饼子，塞进朱红旗的书包里。朱红旗好久没有吃到这种粮食的饼子了，没走几步就经受不住诱惑，将那块金黄金黄的饼子掏出来，掰一块塞进嘴里，那种香味使得他都不忍心咀嚼。

"香吗？"荷花问。

"香。"朱红旗说。

吃了一半，朱红旗将剩下的夹在书本里，他想留给母亲还有父亲尝尝。他们也好久没有沾到粮食了。在这个春荒里，也许只有干部家里有这种东西。荷花的爹是生产队长李保卫。一般人家，能有个菜饼子吃那已经是很阔气了。

想起夜里的事情，朱红旗不由得偷看了一眼荷花的胸脯。荷花的胸脯比姐姐朱五星还要丰硕。在班级里，诸多女孩子都没有荷花的胸脯高、壮。每每上课的时候，朱红旗有时止不住偷偷往那地方瞅一眼。荷花不觉，朱红旗自己反倒有些害臊红了脸。

"荷花。"

"嗯。"

朱红旗脑子一片混沌，却想不起要对荷花说什么了。半晌想起扫街的父亲。

"你能与你爸爸说说吗？"

"啥事情？"

"不要叫我父亲扫大街行吗？"

"老早我就猜到你的心思了。你天天不走东大街你就是怕遇见你爹对不对？其实这事我早就和我爸讲过了。我爸说恐怕不行。'五类分子，扫大街，定这项规矩是大队支书程久田，他不点头，别说我了，就连政治队长金大牙都不敢私自做主！'"

"算了算了！"朱红旗有些不耐烦，一人头里走了。

学校响起了预备钟声。

荷花喊道："嗨，红旗，红旗，你等等我。"

二

七月的天气死热，日毒，空气稀，稻田里的水都被晒得滚烫，打个鸡蛋在里面，不一会儿就能漂起蛋花儿。朱五星站在稻田里拔草，尽管草帽盖住了她的脸，汗水还是将她的后背啐湿了。她只顾弓身拔草，连一刻都不想停歇。整劳力，每人一趟可以拔六垄，她个子与胳膊比不过男人，所以一趟只能拔四垄。她想赶上整劳力，就得超过他们。人家拔一趟，她得拔一趟半，才能做得与别人一样多。那样的话，今天就能挣十工分。有时别人歇息她不歇，她还在稻田里拔，就那才与大人拔得差不多。

生产队长李保卫从身后过来了，他是来检查草拔得干净不干净的。前后左右视察了一遍，没有挑出什么缺点，满意地点点头。而后掐腰望着远处的天空。

"不错不错。拔得怪干净！"他向朱五星说道。

朱五星没有搭理他。只顾低头拔草。

李保卫感觉面子上有点儿过不去，别说是一个出身不好的小丫头，一个生产队里，哪个敢对他李保卫不理不睬的呢？

李保卫从远处收回目光："五星，不要太拼命了，身体是革命的本钱。今天天太热，还是上去歇歇吧，小心中暑了！"

朱五星说："我没事。"说着继续拔草。

李保卫望着朱五星撅起来的屁股愣了一会儿神，又蹚着水检查其他人去了。

朱五星正低头拔草，忽然听见前面有水响，抬头一看，高粱正迎头帮他拔草呢。

朱五星说："高粱，你忙你的吧，我这就快拔到头了。"

高粱说："我已经拔完了。"

朱五星不想让高粱帮忙，她知道高粱有心帮她，可她不想欠他过多的情。过去，她与高粱同在一个班级上学，读完完小，朱五星因家中经济负担重就停学了，一个家中供不起两个学生，学费、书本费一直欠着学校一年多，学校几乎天天催，比催租子还要紧。没办法，朱家只有保重点，让弟弟朱红旗一人上。弟弟朱红旗除了是男孩子之外，他的学习成绩在班里一直是数一数二，所以只有丢卒保车。

高粱看朱五星退学了，也拎着书包回家不上了。因此挨富农的父亲十几鞋底。他向富农父亲发誓，说你再逼我，我就去上吊。富农父亲只好妥协，高家就这一个宝贝儿子，还是三代单传，他不敢铤而走险。

朱五星说："你上去歇歇吧。"

高粱头也不抬："我不累。"

朱五星明白高粱喜欢自己，可她有着自己的打算。她不能与高粱好，鱼找鱼虾找虾、乌龟找王八那个蠢事她朱五星不会做，要想翻身，要想幸福，要想过好日子、过不受人歧视的日子，将来要嫁就得嫁个成分好的家庭。他心中早已有了目标，那个目标就是政治队长金大牙的儿子金援朝。金家是三代贫农，金援朝的父亲又当过兵，参加过抗美援朝，所以说，一个生产队里男孩子当中，就数金援朝拔尖，家庭条件好不用说，金援朝长得也非常突出，个头挺拔，眉眼周正，神态顺溜，还是生产队里的记工员，固然也是完小毕业，字却写得十分漂亮，村里人都夸他有文化。

眼看朱五星就要与高粱拔顶头了，这时，田埂上走过来一个人，朱五星虽然低着头，却心有灵犀，心说别是金援朝吧？不由得抬头一望，果然是他。

金援朝说："五星，我说你今天怎么拔得这样快呢，却原来是有人暗中帮衬。"

五星瞅一眼高粱："哪个要他帮衬，是他自己腆着脸来的。其实，他不帮我，我也快拔完了！"

金援朝在小本子上记着什么，她知道朱五星最怕蚂蟥，就吓唬她："五星，我瞧见你的腿上好像有蚂蟥呢！"

五星当真了，三步两步跳上岸，吓得声音都变了，转着身子看着自己的腿："哪里？在哪里？"

金援朝弯下身，在朱五星的小腿上"啪"地拍了一下，然后从她的腿上拿下来一片残叶，嘻嘻笑道："我看花眼了，原来是片草叶！"

朱五星心中并不生气，相反她喜欢金援朝这样与她开玩笑，她觉得金援朝心里有她才与自己这样耍笑的。这时候，她觉得浑身疲劳瞬间跑得无影无踪，快乐的情绪在她的心中蔓延开来……

三

生产队长李保卫一天最为得意的、能体现他的人生价值、能证明他手中权力的就是早上在村口大柳树下敲出工钟那个时辰。其实那钟不是钟，是耕地退下来旧犁铧，不过李保卫有力气，将那犁铧敲得当当地响，能传出好几里地去。

今天农活是到南湖翻山芋秧子，李保卫站在树下的大青石上，做了一番干前动员及注意事项，就一挥胳膊——干活去。

李保卫没有随社员去南湖，他发现今天鲁四姑没有出工，就觉得有点儿蹊跷。

那年修公路，压路滚子的钢丝绳一下断了，正好压在鲁四姑男人平安的下半身上，双腿残废了不说，连男人为女人长的那个东西也给压坏了。平安虽说卧床多少年，但鲁四姑很少不上工。每年都被公社评为干部标兵。

李保卫安排记工员金援朝先去布置农活，自己点燃一支烟，溜溜达达地向街里走去。

鲁四姑的家在西街，李保卫进门的时候，鲁四姑正将平车拉出院子。

鲁四姑说："保卫你来得正好。"

李保卫就知有事，就问："怎么啦？是不是平安哥哪儿不舒服？"

鲁四姑说："发了一夜的烧，都说胡话了！"

李保卫边向屋里走边说："怎不早一点儿去医院呢？"

鲁四姑说："他那么大的个子我哪弄得动他呢！我正犯愁呢，正巧你来了。"

李保卫到了床前，喊了声平安哥，见没有回应，急忙虾下腰，一只胳膊插在平安的腰下，一只胳膊插到他的腿弯，一努劲抱了起来，然后放到外头的平车上。鲁四姑拿来一床被单盖在男人的身上，李保卫拉起平车就向公社医院跑。

医院都认识李保卫与鲁四姑，忙将病人抬到了抢救室抢救。

不一会儿，医生出来说："估计是受凉引起的，就是烧得时间长了一些，必须得打青霉素才能将热压下去。"

鲁四姑说："那得不少钱一针吧？"

医生说："贵是贵点儿，效果好。可是我们医院暂时还没有这种针。"

李保卫问："那怎么办呢？"

医生说："你们若愿意，我给你们写个条子，你去县医院跑一趟。"

李保卫说："你写，我这就去县医院。"

医生三两下写好了条子。

鲁四姑问李保卫："你怎么去？三四十里路呢！"

李保卫说："你别管了，你在医院看着平安哥，我去公社找人借辆自行车。"

鲁四姑说："刚才来得急，我身上带的钱不多。"

李保卫说："你放心吧，我会想办法的。"

医生叮嘱道："愈快愈好，现在我们先给病人打一针退烧针。"

过午，李保卫才将药买回来，一针下去，一顿饭的工夫，病人的烧就退了，也能认清人了。

李保卫说："外国药就是管乎。"

接着李保卫又拉着平车将平安送到家里，他怕鲁四姑一人弄不了。

躺倒了床上，平安一脸的不安，说："谢谢你了保卫兄弟。"

李保卫说："平安哥，别说客气话，应该的。别说四姑是队干部，你是我们队里的'半五保'社员，你的腿是因公残疾的，就凭这我理应帮助的。"

鲁四姑问李保卫："今天社员干啥活？"

李保卫说："全体去南湖翻山芋秧子。"

鲁四姑说："我没有去，连你也给耽误了。"

李保卫说："我安排金援朝看着去了。没有事我走了。去南湖看看去。"

平安对鲁四姑说："四姑，送送保卫兄弟。"

来到外间屋，鲁四姑说："累你了。"

李保卫说："你受累。"

鲁四姑抓住李保卫的手，塞进自己衣服底下那块鼓起的地方。

李保卫向里屋喊道："平安哥，我走啦，你好好养着，记得多喝点儿开水啊！

四

暑假还有半个多月就要结束了，小升初的学生陆续都接到了初中入学通知书。荷花早在几天前就收到了，然而朱红旗却连二指宽的纸条也没有见到。开始他认为，寄送通知书总有先有后，所以朱红旗耐心在家等着消息。又过了几日，还是一点音讯也没有。朱红旗有些心急了，心想不对啊，一个地方住着，相差一天两天是正常的，不会拖这么久时间的。难道说是学校通知的时候，粗心将他的名字给落了？又觉得不可能，期末升学考试，他在年级里考了个第一名，整个公社都轰动了，落谁了也不会落下他。没有理由的！朱红旗心中有些忐忑不安，那天早上去湖里割草，竟将自己的手都给割破了，流了很多血。不但朱红旗心急，连荷花都坐不住了。荷花找到朱红旗，说中学这么近，只有几里路，我们为啥不亲自去问问情况的呢？一句话提醒了朱红旗。

这天下午，两人结伴去了公社中学。

因为没有开学，加上农忙，学校到处冷清清的。通往各个教室砖铺的小径上，许久没有人踩踏，小草都从砖缝中顽强地钻了出来。学校各个教室都关着门，只有一个教室门敞着。朱红旗抬头一看，是教务室，心想摸对了门。这事就归教务室管。

屋里坐着一个三十七八岁、一脸雀斑的女人。

"你们干什么的？"

朱红旗便将来意说了一遍。

雀斑女人在案头找出一个硬壳本子，稀哩哗啦翻了半天，然后说道："没有朱红旗这个名字啊！"

朱红旗说："我在公社中心小学念的小学。"

雀斑女人说："不错，我手上就是中心小学的花名册。"

朱红旗说："怎么会没有我名字呢？"

雀斑女人说："就是啊！"

荷花说："奇怪了！朱红旗在我们年级考了个第一呢！老师你再仔细找找。"

雀斑女人说："本子都快翻烂了，我又不是不认识字！"

朱红旗说："老师，我的确是考了第一名，学校不会不录取我的。会不会弄错了呢？"

雀斑女人忽然想起什么，问朱红旗道："你是什么成分？"

朱红旗怯怯地说："地主成分。"

雀斑女人说："我知道了，可能是你的政审没有通过。"

朱红旗问道："啥叫政审？"

雀斑女人说："政审就是政治审查。"少时又说道，"这位同学，你抓紧去你们大队找找。估计你的政审表被大队给扣住了。"

两人从中学回来，不知怎么办才好。

荷花说："前些时，我影影绰绰地听俺爸回家说，生产队里研究什么政审的事，估计是这个事，不如先回家问问俺爸再说吧。"

朱红旗一时没了主意，只好随荷花回她的家。

生产队长李保卫收工回家，正蹲在门口树凉影里抠脚丫。妇女队长鲁四姑抱着膀子站在一旁，两人正说着什么。荷花本想等一下再与爸说红旗的事，因为她知道鲁四姑和父亲的关系不一般，也许他们正谈他们的正事呢。

荷花说："四姑来啦？"

鲁四姑应了一声，随口问道："你俩去哪儿啦？"

荷花说："我陪红旗去中学了。"接着将和朱红旗一起去中学问通知书的事情讲了一遍。

鲁四姑说："怎会收不到呢？快开学了呢！"稍停又说，"这事得抓紧问一问大队。"

生产队长李保卫抽一支烟吸着，半晌说道："问也没有用。"

荷花问："为啥？"

李保卫说："不是明摆着的事情吗？红旗家中成分高。"

朱红旗说："队长，我父亲是地主，关我什么事？"

李保卫将香烟叼在嘴上，继续抠他的脚丫："怎么不关你的事？你还糊涂着，不但你这一辈，你下一辈，你下下一辈都得受连累！"

朱红旗说："我又没有过过地主生活，凭什么啊！我一定去上面找！"

李保卫说："红旗，我与你说，现在找谁都没有用，干脆回来干农活算了。"

荷话说："红旗这么小，还没有锄把高呢，他能干什么农活？再说，他的成绩这么好，下学不是太可惜了！"

李保卫说："我的乖乖嘞，他就是这个命，谁叫他生在朱家呢？"

荷花说："爸，你无论如何得给红旗想办法。"

李保卫说："我是没办法了，政治队长金大牙也做不了主。不然你去找找大队程书记，只要他点头，这事也许还有希望。"

鲁四姑说："红旗，要去你现在就去，我刚从大队部出来，程书记正在他自个儿屋里呢！"

陪朱红旗去大队的是他的父亲。大队书记程久田一眼就猜到这对父子来的目的。

朱地主说："书记，孩子学习成绩这么好，不上学实在是可惜了！"

程久田说："谁筐里有烂桃？你家红旗能上小学就已经不错了，能会写自己的名字还孬吗？"

朱地主说："程书记，求你行行好。我知道孩子是受我的拖累，我今后一定会好好改造的，可孩子的前程耽误不得啊！"

程久田嘿嘿冷笑一声："我告诉你朱地主，你还想你的孩子将来出人头地吗？我告诉你朱地主，这个算盘你打错了，贫下中农的孩子都培养不过来，共产党怎么会培养一个地主阶级的子女呢？你别做白日梦了！"

朱地主说："程书记……"说着"扑通"一声跪在地上，"程书记，求你无论如何给想想办法。你不答应，我今天就不起来了！"

自始至终，朱红旗没说一句话，当他看到父亲给程久田跪下时，心里真的好痛，他恨不得拉起父亲立即回家。可父亲跪的是那么虔诚与沉重，朱红旗试图将父亲拉起来，拉了几下却未拉动。父亲像一块岩石，岿然不动。

也许是朱地主的执着感动了大队书记程久田,他欠了欠屁股,慢条斯理地说道:"我有空去公社给你反映反映,看看能不能要一个农中的指标,朱红旗的成绩这么好,没有学上,的确是可惜了!"

朱地主使劲地往地上连连磕了几个响头:"谢谢书记,谢谢书记,你的大恩大德我们全家一定牢牢记住、牢牢记住!"

五

朱五星从来不知自己的嗓子怎么样,她几乎没唱过歌,所以并不知道自己还有文艺细胞。不过她常在没人的时候瞎哼哼。就那,也只限于在外头,或是干活歇工的时候。在家中,别说是唱歌了,即便是大声说笑也很少,父亲的脸色常常冷若冰霜,话语也特别稀,一天难得说上三句话。点头摇头成了他生活中的标点符号。再说母亲,她天天除了唉声就是叹气,不然就站在院子里惆怅地望着天边发愣。弟弟红旗,也难得与她交流,这么一种氛围,朱五星怎么能有心情唱得出来呢?

发现朱五星有音乐天赋的是知青小安,一天晚上,小安叫五星教她学纳鞋底,当时小安不由得轻声唱起了"道路越走越宽广"那支歌,这首歌朱五星也会唱,就随口跟着小声哼唱起来。小安有些吃惊,说哎哟五星,原来你的嗓子这么好呀!

小安农闲的时候,会和许多知青一起,去公社文化站的宣传队里排演节目。小安就说五星,有机会我介绍你到公社宣传队唱歌好不好?五星虽然没答应说好还是不好,不过脸上激动得红扑扑的。从那以后,五星晚上常到知青屋里闲玩。她教小安纳鞋底,小安教她唱当时城里流行的歌曲。

这天晚上,朱五星从知青屋里出来,天空正下着小雨。她家与知青屋相隔不太远,就没借小安的雨具,出了门飞快地向家中跑着。突然,一个黑影从前面拐角出来,吓得五星险些喊出声来。等看清是高梁时,心里还是砰砰砰直跳!老按胸口拍。

"干吗呢高梁,我的心快被你吓出来了呢!"

"我看天下雨了,我来是给你送雨伞的。"

这时,五星这才发现高梁手中握着把油布伞。

"这么近的路,雨又这么小,用得着你这样献殷勤吗?"

高梁低头傻笑。

朱五星没接高梁手中的雨伞,连招呼都没有与高梁打,两只手捂着脑袋,头也不回地跑走了。

家中一片漆黑。

朱五星摸索着进屋。时间还早,不知弟弟红旗屋里的灯怎么也熄了。平常这个时候,红旗正挑灯夜读呢。为了节省煤油,家中晚上只有弟弟红旗的灯油保障供应。今天红旗怎么睡得这么早呢?五星想起来了,红旗为了上学的事情这几天一直闷闷不乐,一人整天关在自己的屋里,连话也很少说。五星就多了个心眼儿,路过红旗屋门的时候,就停住了脚步,将耳朵贴在门缝上细听动静。屋里一点儿声响也没有,静得出奇,只有屋外的细雨击窗低吟。五星想起来,红旗与荷花关系不错,是不是红旗去找荷花玩去了呢?又觉得不可能,弟弟心情不好,不会出门瞎逛的。五星下意识推了一下门,果不其然,屋门是从里面插上了。

猛然有一种什么刺鼻味道使得正准备离开的五星又不由得止住脚步,这个味道非常熟悉,好像是"一零五九"农药……哎呀天哪!一种不祥的预感抓住五星的肝肠乱晃悠。五星喊叫起来,喊着红旗的名字,嗓音都有些变了,一边喊叫一边用手砸门,然而,屋内一点儿回应都没有,五星更加慌乱,嗓音更高,将门砸得山响。

朱地主与她的女人一前一后过来了,三个人齐心合力,一起喊叫,一起砸门,还是没有人应声。

朱地主走出去几步远,用身体向门撞去。体弱多病的房门将他晃倒在地。

朱地主用最快的速度摸到了火柴,不太敏捷的手好不容易才将油灯点亮。

朱红旗安静地躺在床上,嘴边长满白云一般的白沫。

朱地主将儿子的双手往自己肩膀搭,不知哪来的邪力,一努劲站起身来,像拖死狗似的,跌跌撞撞向公社医院奔去……

六

秋不高气不爽的夜晚,月亮斜着身子挂在柳梢头,有风也不入皮。干了一天活的人们，坐在街头，手中摇着芭蕉扇子，一边驱赶蚊虫，一边将攒了一天的或者好几日的呱抖落出来，无论是新鲜的还是陈旧的，你说我接，我说他陈，津津有味在那儿胡侃八侃。管他是编的还是杜撰的，你权当是听放屁，不然寂寞的长夜怎么消磨呢？这就是六十年代末农民晚间的节目。

这几日，街口头议的最多得还是朱红旗的事情。

这个说，朱红旗命大，在鬼门关绕了一圈又回来了；这个说，朱红旗气性高，将来必成大事；这个说，大队干部说了，过几日要拉朱红旗游街；这个说，为啥？

这个说，说是朱红旗对党对社会不满；这个说，红旗裤裆的毛还没有扎齐全，不满个鸡巴！这个说，哎哎哎哎，路旁说话草棵有人；这个说，这话对，别有狗日的添腚官学给金大牙……

队屋西边有片小树林，种的全是钻天杨树。看树的是拿整劳力工分的徐罗锅。按理说像徐罗锅这样没有根基的人捞不到这样的好处，可是，徐罗锅的老婆苦桃漂亮，政治队长金大牙照顾徐罗锅，徐罗锅不是憨人，将水葱样的女人回报给金大牙，两下可就扯平了。文中交代，凭徐罗锅那个熊样怎么能说到这么讨人喜欢的女人呢？一句话，徐罗锅出身好，又有党员招牌挂着。他老婆可就惨了，不但成分高，她父亲解放后还是被镇压的，所以，徐罗锅有憨福就没有疑问了。

吃完晚饭，朱五星直奔小树林，来之前，她专门洗了澡，还在脸上抹了一手指她平时舍不得抹的雪花膏。走起步来，喷香一路。

徐罗锅见朱五星过来，早溜没影了，他知道一会儿金援朝准来，所以他早早将地方让出来。好给他们说话方便。

等了一顿饭的工夫金援朝才来。金援朝一见面就说吃饭晚了。接着就将朱五星往窝棚拉，说外头月亮太照眼。上回他们来这儿约会，朱五星说里面太闷，事后，金援朝就与徐罗锅耳语。今晚一来，发现窝棚后面开了一个洞，所以两人一进去就觉得十分凉快。

金援朝将朱五星抱在怀里，一口气亲了十几口，然后将她的怀解开，借着月光欣赏着乳房，接着用手摩挲一番之后，再用嘴轮流叼住她奶头吸吮，直将朱五星吸得浑身软得像块发面。接下来，金援朝开始摸朱五星的下身，然后再叫朱五星摸他的下身，直到将金援朝男人的东西搜罗出来他才让她罢手。朱五星始终闹不明白，金援朝为啥不直接要她的身子。许多次她都想张口问金援朝，又不好意思问。

"援朝，你若是想要我的话，我就给你。"

"那不行，要是怀孕那怎么办？"

"憨子，快那个时候，你别射进去不就行啦。"

"你怎么懂得那么多呢？是不是你过去和别的男人有过这事！"

"你冤枉死我了援朝，我长这么大，除了你，没有任何男人碰过我。我若是说假话，天打五雷轰！"

"哎呀，我不过是随口说说，你何必赌咒呢！"

朱五星哀叹一声。

"对了，咱们说正事，你今晚找我啥事情？"

"还不是我弟弟的事情。"

"怎么啦？"

"大队说红旗喝药是自绝于人民，说是要游街，你与你爸说说，能不能放过我弟弟？"

金援朝想了想："我试试吧，你也知道我爸那个人，左得很。"

朱五星说："红旗那么小，真要是被游街，你叫他以后怎么办？

金援朝说："这倒是。不过你那个弟弟也真是的，大好的日子不过，寻哪门子死呢？"

朱五星说："红旗成绩那么好，却没有学上，摊谁谁都会想不开，你说是吧？"

金援朝说："上学有啥用？即便上到高中，还不是一样回来种地？"

朱五星"唉"了一声。

"天不早了。"金援朝说。

"再坐一会儿吧。"朱五星说。

金援朝站起身说道："我爸怕我出去瞎混，一会儿不见就四处找我。"

"援朝。"朱五星欲言又止。

金援朝说："我知道你要说什么。还是那句话，目前坚决不能公开我们的关系，我爸若是知道了与你谈对象，绝对不会同意的。"

"那怎么办呢？"朱五星小心问道。

金援朝说："我也不知道，现在只能是走一步看一步了。"

朱五星说："到永远我都等着你。"

金援朝说："我先走你再走，别让人家看见了。"走两步又回头道，"我们在一起这个事情，你千万千万别对外人讲，就是你的父母也不行。假如我爸晓得咱们的关系,不打死我才怪呢!"

朱五星说:"红旗的事情你别忘记了!"

金援朝没有回答。朱五星想,金援朝肯定是听见了。

月亮高悬头顶,朱五星呆呆地望一会儿星空,这才恋恋不舍地出了小树林。

不远处,有个人影一闪,朱五星不用想也猜得到,一定是讨人嫌的高梁。因为那个人影走路不像是徐罗锅那个样子。

七

九月一日这天,小学没有开学,中学也没有开学,地里的稻子刚割,晚玉米还没有掰,晚山芋也没有起,所以学校推迟开学时间。过去农忙时节都这么做。

荷花在地里给生产队里拾稻穗,荷花并不想挣这个工分,她主要想陪陪朱红旗散散心。从打喝农药之后,朱红旗再没有迈出过自家的门槛,天天躺在床上数房梁。荷花怕他再憋出好歹来,所以主动向她爹请缨拾稻穗这个活。可朱红旗死活不出门,荷花急得都有些要翻脸了,朱红旗就是不领情。没有办法,荷花只有一人走了。

家里人都出去干活了,只剩下朱红旗一人。人说,死过一回的人,更会珍惜以后的生活,可朱红旗没有这种体验,他既看不到以前,也看不到以后。因为以前他还有希望与梦想,现在这种希望与梦想已经破灭了。他活在这世上,只能给人带来不幸与灾难。为了他升学,父亲给大队书记下跪,为了他不受凌辱游街示众,姐姐不惜一切去求金援朝。这一切都是因他而起,他不能再让家人为他受罪了,他要承担他所要承担的一切。

不就是挂牌子游街示众吗?我连死都不惧的人,难道还怕这个吗?

父亲过去长挂的游街牌子就在门后头,他将那块四五斤重的木板找出来,将上面的灰尘擦拭干净,连铁条上的污垢他也很细心地一并擦了,然后找出毛笔与砚台,研墨挥笔写道:打倒对党不满、对社会不满的自绝与人民的大地主儿子朱红旗。然后在朱红旗的名字上打了个大大的叉。

一切做好之后,朱红旗将多日不洗的面容用水清洗干净,用姐姐五星的梳子对着镜子拢拢头发,又将身上的衣服拽整齐了,然后将那块牌子挂在脖颈上，从容不迫地走出家门。

路线不用设计，这条路父亲过去走过的。朱红旗就沿着父亲走过的足迹开始游行。先走东大街，绕一圈，然后上西大街，游完西大街，再登北圩门。

北圩门有个戏台，据说是很古老了。具体什么时候建的，谁也说不清楚。两年前闹革命，将戏台两边的龙凤柱给砸倒了，为此还牺牲一名红卫兵战士。本想将戏台全部拆掉的，因为那是封资修、帝王将相、才子佳人的东西，绝不能存留。因为死了个人，加上戏台全部是青石垒的，非常坚固，不太好对付，最后只将戏台四周那些封建的图案全部刮了去。后来，那个戏台就成了批斗那些地富反坏右、资产阶级孝子贤孙的场地。

朱红旗左手提锣，右手轮锤，敲一下锣，嘴里就喊上一声："打倒对党不满、对社会不满的自绝与人民的大地主儿子朱红旗。"再敲一下锣，再喊一声那句话。

有力气的人都下地干活去了，留在家里的，都是些老弱病残，这些人，没有分辨能力，也没有过多的同情心，只是一个劲儿地跟在朱红旗屁股后嘻嘻哈哈地看热闹。觉得十分有趣，十分快活，十分有意思，十分好玩。

东、西大街游完，朱红旗爬上戏台，将铜锣放在一旁，然后在那儿垂首呆立，受台下的老弱病残的群体检阅、指戳。

除了那些弱势群体，最早发现朱红旗的是徐罗锅的女人苦桃。当时苦桃没有下地，她被政治队长金大牙安排在场屋里干杂活。其实场屋里没有啥杂活，场早已经轧好了，就等稻子登场。金大牙摊派苦桃的杂活是叫苦桃叉开双腿。场屋里有一张烂床，上面就一张光腚席。是看场张瞎子住的。张瞎子不瞎，就是鸡宿眼，青红蓝紫不分。就是现在说的色盲。金大牙将张瞎子打发走了之后，在苦桃身上进行了艰苦的精耕细作。也就是一袋烟的工夫，苦桃就挣了十工分。

再说苦桃，瞧见朱红旗那个样子，同命相连，泪水立即下来了，她不敢回去告诉金大牙，大步小步往稻田跑，见到鲁四姑，如此这般讲了一遍。荷花当时正在鲁四姑身后拾稻穗，一听说此事撒腿就向村里跑。鲁四姑喊上生产队长李保卫，也撑着荷花脚步，一路小跑过来。

虽说是初秋的天气，秋老虎还是不依不饶地释放淫威。没等荷花到戏台那儿，朱红旗已经中暑倒地了。荷花不顾一切将昏迷不醒的朱红旗抱在怀里，嘴里连连喊着，红旗红旗你醒醒，红旗红旗你醒醒！

这时，鲁四姑与李保卫也赶到了。鲁四姑一见面，就知是朱红旗是热晕了，叫李保卫赶快去打一桶井水来。不多时，李保卫拎来一桶井水，鲁四姑从脖子上拽下白毛巾，在井水里一闷，而后拧干净，放在朱红旗的脑袋上冰着。不一会儿，朱红旗就苏醒过来了，接着爬起来，拿起牌子就往自己的脖颈上挂。鲁四姑一下来气了，说你这个熊东西真犟！又对李保卫道，往后谁再提朱红旗游街的事，我跟他没完！

李保卫突然想起什么，从口袋里掏出一张纸，说道："红旗，头午大队叫我去，说你被县农中给录取了，这是录取通知书。"

荷花一听喜坏了，慌忙从父亲的手中抢过录取通知书，交到朱红旗的手中："红旗这下你高兴了吧？"

朱红旗看也没看，一把扯碎那张纸，苦笑道："上农中有啥出息，末了还不是种地？若是种地的话，还不如现在就下学了！"说罢，跳下戏台，头也不回地跑走了。

八

公社要成立毛泽东思想宣传队，队里几个知青都去报名了，后来只录取小安一个人。当小安将这个消息告诉朱五星时，发现她的眼睛里噙了一眶的泪水。小安就问朱五星，你是不是想去参加宣传队？朱五星摇摇头。少时说道，我条件不够。小安认为朱五星谦虚，说五星你的嗓音不错呢！我陪你去试试好吗？朱五星知道小安理解错了，便说，我的家庭出身不好，公社是不会收的。小安方才明白。稍停想起什么，说五星，公社文化站那个丁站长是省歌舞团下来的，据说是个右派才被下放到这儿改造来的，只要你唱得好，我想丁站长不会唯成分论的！朱五星的心一下被说动了。

第二天一早，小安领着朱五星去了公社文化站，当着丁站长的面唱了他最熟悉的"道路越走越宽广"那首歌。

还没有唱完，丁站长就带头鼓起掌来，说道："唱得太好了！"

朱五星有点儿受宠若惊，半响说道："丁站长，我家是地主成分。"

丁站长愤然道："地主成分又不是地主分子，谁也没有剥夺你宣传毛泽东思想的权力。再说，你一天没有过过地主生活，何罪之有？"略顿又说道，"你俩不要走远了，等我的消息，我这就去和公社革委会卜主任汇报，他若是不同意的话,我这个站长也不当了,让他另请高明吧!"

那天天气不错,虽然是冬天,太阳仍然是友善地放着光芒,有风也不冷。

朱五星与小安在街上几家商店溜达了一上午,二人再次赶到文化站时,丁站长早已笑眯眯等在那里。

丁站长对朱五星说道:"你回去准备准备,明天就来报到。"

朱五星激动得说不出话来,弯下腰给丁站长深鞠一躬,连招呼也忘记与小安打,撒腿就往家中跑,她想将这个好消息尽快告诉父亲与母亲。

晚饭后,朱五星去找小安玩,顺便问问她带些什么东西,因为宣传队要集中排练一段时间。

小安找出几块大白兔奶糖,招待朱五星,说是庆祝她俩成为战友。朱五星很少吃糖,没听说更没见过大白兔奶糖,剥一块在口中,那滋味惹得她连舌头都不敢随便乱动了。

等小安收拾完了,两人就在灯下拉呱。

几乎天天在一起,她们却不知对方的年龄。

小安说:"你今年多大。"

"十八。你呢?"

"我十九。大你一岁。你得喊我姐。"

"小安姐。"朱五星甜甜地叫了一声。

小安美美地答应着。

"谢谢你不嫌弃我的出身。"

"出身不是人选择的,你何必在意这个呢?"

朱五星"唉"了一声:"不是我在意,是社会在意,不说我弟弟朱红旗上学的事情了,就说我吧,要不是丁站长帮忙,死那辈子也不能进宣传队呢!"

小安点点头。

"说点高兴的事情吧。"长这么大,朱五星认为今天是她最最幸福的一天。

小安说:"你先说。"

朱五星说:"小安姐,你有婆家了吗?"

"什么婆家?"

"就是对象。"

"这么小,还没有考虑。你呢?"

朱五星低头不语。

"不说,肯定是有!本队的?"

朱五星点点头。

"谁?"

"金援朝。"

"是他啊!"

"怎么了?"

"那人我不喜欢。"

"他哪一点不好?"

"我说不出来。总之我对他没有好印象。"

"像我这样的出身,能找到这样的革命家庭我这辈子就满足了!"

"你与他进展到哪一步了?"半晌小安又问道,"亲嘴了吗?"

朱五星支吾道:"我身子让他摸了。"

"哎呀我的妹子啊,八字还没有一撇哪,你怎么就将……哎呀!"

"我觉得他对我很好。"

"他答应娶你了吗?"

"他还没与家中说呢!"

"这就更不能轻易相信他了,是吧?"

"我觉得他不会骗我的。"

"你拿什么做保证!"

"甜言蜜语,还是海誓山盟!"

……

"和你说,吃亏的永远是女人,特别是像你这样家庭出身不好又非常痴情的女人!"

朱五星像是寒冬腊月被人浇了一盆冷水,不由得打了个激灵。

九

下学以后,与其他农村青年一样,朱红旗成了地地道道的农民。不过这时候,朱红旗还是一个少年。

在队里，朱红旗虽然比同年的个头还可以，但毕竟年龄小，只能干一些轻微杂活，比如拔草、放牲口、赶场等。开学前，荷花找父亲李保卫谈了，要父亲照顾朱红旗。否则，绝不会与他拉倒。荷花是李保卫的掌上明珠，只有这个女儿，家中啥事情，荷花说一就是一。其实，荷花喜欢朱红旗，生产队长李保卫眼睛雪亮，早已心知肚明。除了出身关系，李保卫也喜欢朱红旗，但是若是将来把女儿托付给这个地主羔子，李保卫死活也不会同意。反正年龄还小，再说朱红旗如今也不上学了，慢慢地也就疏远了，所以李保卫并不担什么心。但是荷花的要求必须照办。所以李保卫安排朱红旗看水。

看水这个工作，既轻快，又很简单。水将这块地浇透了，挖两锹土堵上，再在另一块地头挖开个口子就行了。生产队里没有比这更轻的活了。别说是家庭出身不好的朱红旗，即便是贫下中农子女，这样的活，也是数得着的不能再惬意的活了。为此，政治队长金大牙专门找到李保卫，问他的屁股坐到哪边去了。李保卫装糊涂，说老金，我的屁股不是与你一样坐在板凳上吗？金大牙说你姨个X，你别给我胡扯，你为啥将朱红旗安排看水？李保卫心想，我是生产队长，生产上的事我有权决定，你的手是不是伸得太长了！嘴上却说老金，红旗这个孩子，上回喝农药差点丧了命，年龄又这么小，权当是照顾他一下吧。金大牙仍然不依不饶，要照顾也得照顾个贫下中农子女。你不说我倒忘了，上次那个小狗日的自己挂牌游街向党示威我还没找他算账呢！李保卫说老金，得饶人处且饶人，何必那么极端呢！金大牙说李保卫你这个狗日的，你的阶级立场呢？一直站在一旁的鲁四姑帮着腔，朱红旗的爹是地主不错，可朱红旗不是地主，他的身体还没有发育好，咱们总得讲点儿人味对不对？鲁四姑也是老党员了，队里一些事情，只要鲁四姑表态了，金大牙是瞎子害眼没治！再说，金大牙明知这个"活寡妇"与李保卫穿一条裤子，所以也只有见好就收。

哪知，朱红旗不领队长李保卫这个情，他不愿意看水，他对生产队长李保卫说，我为什么要看水？我有胳膊有腿，我不要你们照顾，我不配你们照顾！李保卫鼻子都气歪了，连连骂自己，我他妈的发贱，我他妈的发贱！晚上学校放学，李保卫将事情与女儿荷花说了，本想向女儿诉诉委屈的，哪知被荷花嚷了一顿。荷花说爸，看水固然轻巧，可是看水这活太枯燥了，一天到晚满眼除了水还是水，红旗能不厌倦吗？李保卫说，就这我还被狗日的金大牙臭骂了一顿呢！

机会来了，金援朝被大队要去当通信员，记工员这个缺空了下来，生产队长李保卫也没有给金大牙商量，就想安排朱红旗当记工员。一个生产队里就数朱红旗的文化高，谁都不能不服，若是有人说起朱家的成分问题，李保卫也准备了去语，记工员又不算干部，天天与数字打交道，与政治扯不上边。哪知，朱红旗还是不领李保卫的情，两个字：不干。李保卫被搞糊涂了，说红旗你狗日的是不是给农药喝坏脑子了？这样的好事可以说是千载难逢，你他妈的还挑肥拣瘦，是荷花给你说的情，并不是你狗日的命好！你给老子摆什么谱！朱红旗说保卫叔，谢谢你的美意，你若是想帮我，就帮我父亲一把。李保卫问怎么帮？朱红旗就对队长说，让我父亲使牛。李保卫差些没气背过气去，叫一个地主分子整天近距离与耕牛接触，那不光是阶级立场不稳这么简单。别说是我生产队长李保卫，就是政治队长金大牙也不敢这么做。这个国际玩笑真是开得有些大了！办不到，绝对办不到！李保卫的脑袋摇得像货郎鼓。朱红旗说保卫叔，全队谁使牛最好？李保卫说你爹。朱红旗说，为啥我爹不能使牛？李保卫说这年头，一条耕牛比人值钱，若是出了问题谁能负起这个责？朱红旗不吭气了。半晌朱红旗说保卫叔，我就是想叫我父亲活得像个人样。李保问啥意思？朱红旗说，我父亲过去靠勤劳致富，一没做过坏事，二没剥削过人，为啥受到不公正的待遇？李保卫上前一把将朱红旗的嘴巴给捂住了，说狗日羔子的红旗，你还来劲了，你不想活了，我们还得过日子呢！

晚上，荷花去朱红旗家送笔记本，这是今日课堂上老师教课讲的内容。开学的时候，荷花托老师给红旗偷偷订了一套中学课本，白天荷花将在课堂上听的内容记在本子上，然后晚上将笔记本交给朱红旗抄下来，对照课本学习，她相信朱红旗的能力，一定能跟得上。

"你为啥非得让你爹使牛？"荷花一坐下来便问。

朱红旗知道李保卫回家说了此事，就说："我就是想叫我爹使牛。"

"你不知道成分不好的人不能靠近牛吗？"

"所以我才想叫我爹使牛。"

"我爸只是个生产队长。他不当这个家。"

"这个我知道。"

荷花看见朱红旗眼睛里有晶莹的东西一闪。

"我希望我爹能使牛。哪怕是不给工分都行。"

荷花一叹。

昨天傍晚下了一场透雨，队里上午本来想安排掰玉米的，怕地里烂，队长李保卫就通知群众今天歇一天工。老婆说娘家娘这几天身体不好，趁歇工想回去看看。李保卫就满口答应了。老婆走了之后，李保卫没有事可做，想去鲁四姑家转转。刚预备出门，鲁四姑却一脚跨进他的门。鲁四姑说，想借个口袋装东西。一见李保卫一人在家，就问秋香呢？秋香就是李保卫的老婆。李保卫说回娘家了。鲁四姑本想走，看到李保卫的眼神，两条腿就有些抬不起来了。

李保卫说："坐一会儿吧，难得今天这么清静。"

鲁四姑腮上有些红晕飘过："会不会有人进来？"

李保卫起身将大门关上，上了栓："谁敲我都不开。"

鲁四姑说："荷花不会回来吧？"

李保卫说："放心，现在不是放学的时间。"

鲁四姑好久没有男人安抚，浑身早已是燥热得不行，口中喃喃道："保卫，你快来抱着我！"

李保卫急忙脱光自己的衣服，又将鲁四姑的衣服剥光，然后抱起女人上了床……

鲁四姑说："咱们还是快一点儿将衣服穿起来吧。"

李保卫说："再躺一会儿吧。我就想多看一会儿你的光身子。"

鲁四姑说："女人的身上不都一样的吗？"

李保卫说："味道不一样！"

鲁四姑还是有点儿紧张："快穿吧，我总觉得门口有脚步声。"

李保卫说："是你瞎猜疑的，这会儿不会有人来。"

鲁四姑叹一声："咱们整天这么偷偷摸摸的像做贼似的！"

李保卫嬉皮笑脸："我是个大淫贼！"

鲁四姑一脸伤感："我一想起我们在一起，就觉得对不起秋香。她喊我一声嫂子呢！"

李保卫说："你别想得那么多，这就是生活对不？"

"咚咚咚……"外头有人敲门。

鲁四姑急忙拿过衣裳，慌慌张张地往身上套："糟了，有人来了！"

李保卫："没有事，可能是哪个狗日的喊我打牌的。咱装听不见！"

"咚咚咚，爸，咚咚咚，爸，你开门哪！"是荷花的声音。

李保卫也慌了神："这个死丫头，怎么这个时候回来了呢？"

鲁四姑嘴唇哆嗦着："保……保卫，快……快一点儿吧！"

一急，鲁四姑拿裤子当褂子穿了，那哪穿得上去呢！

荷花怎么回来了呢？昨晚荷花将记录笔记本给朱红旗誊抄，回来晚了就忘记装进书包去了，她现在回来是来家拿笔记本的。

李保卫打开房门，荷花一头就钻进来了："爸，大白天你关什么门呢！"这时，荷花一眼看到了鲁四姑。

鲁四姑正扣脖子下一颗纽扣："荷花，回……回来了。"

荷花不由得一脸的疑惑："鲁四姑？你怎么……"

荷花已经明白大白天两人关在屋里的秘密，笔记本也不找了，红着脸，转身跑走了。

十一

下午，苦桃发现家中的猪草不多了，就拿起镰刀背着粪箕下地了。昨天他发现玉米地头的沟边有片青草长得挺茂盛的。

难得队里今天没有安排活，上半天，朱红旗在家中将从荷花笔记本上抄来的题目做了一遍，头脑弄得乱哄哄的，就想一人出来清醒清醒脑子。出了家门，漫无目的地向庄稼地走去。走出二里地，才发现前面走着个女人，仔细一看，看出是苦桃。

过去朱红旗很少与苦桃讲话，迎头遇见最多是点点头。他看不起她的原因，就是她与金大牙那种不正当的关系。从那次游街苦桃找人报信之后，朱红旗对苦桃另眼相看，他觉得苦桃与他一样可怜，都是受人歧视的一族，所以再见到苦桃，朱红旗就主动上前打招呼，并喊她声桃姐。第一次喊，苦桃一阵惶惑，激动得眼泪都要出来了。

苦桃在娘家也有个像朱红旗这么大的弟弟，她仿佛觉得朱红旗就是她的亲弟弟。两人非常投缘，干活时，她总想和他在一起劳动，抬扦子，苦桃就给她吃肩，将筐系子拉到自己跟前。朱红旗干不动的或者不会干的她就帮他教他。朱红旗也十分喜欢与苦桃在一起干活，两人一见面，总有说不尽的话，拉不完的呱。

朱红旗就喊："桃姐，桃姐。"

苦桃回头见是朱红旗，答应一声，就停下脚步站在原地等朱红旗。

"干嘛去？"朱红旗问。

苦桃说："家中没有猪草了。"

朱红旗说："是不是去玉米地那边？"

苦桃故意问："你怎么知道？"

朱红旗说："沟边那片草挺嫩的。"

两人说着话走进了那片玉米地，接着到了沟边。苦桃蹲下身，拿起镰刀割起草来。朱红旗就蹲在那里拔草。不一会儿工夫，苦桃就割了一大堆。

"哎哟！"朱红旗叫了一声。

苦桃丢下镰刀："怎么啦？怎么啦？"

朱红旗说："我的手指不小心被草叶子拉破了。"

苦桃急忙走过去，抱起朱红旗的手指就吸吮起来。

远处传来一声闷雷。

苦桃说："天可能还要下雨。"

朱红旗说："我们快些走吧，不然的话，就挨淋了！"

苦桃将草装进粪箕里，站起身刚准备走，风就来了，接着头顶上就炸了个响雷。

朱红旗说："桃姐，快一点吧！"

苦桃望一眼天空："怕是不行呢，天上的云已经布开了，估计出不了玉米地这雨就得下下来。"

朱红旗说："那怎么办呢？"

苦桃想想说："有办法了。穿过这片玉米地，前面不远有个看瓜的棚子，我们去那儿躲一躲吧。"

苦桃拉着朱红旗的手，一头钻进了玉米地。

这时雨来到了，雨点打得黍叶哗哗地响。

两人到了瓜棚里，身上几乎没有一处干地方了。

苦桃将朱红旗的衣服脱下来，拧干，让他重新穿上，说："这样就不容易着凉了。"

朱红旗说："桃姐，你也将衣服脱下来拧拧吧……我到外面去。"

苦桃说："外头雨大，再说你刚刚拧干衣服。"

朱红旗说："那怎么办呢？"

苦桃说："不怕的，俺是你姐。"说着背过身去，将上衣脱下来，在手中一下下拧着。

朱红旗还是第一次看一个女人光溜溜的后背，禁不住身体一阵燥热，他的裤裆被什么东西撑了起来，能放下只皮球。他只觉得浑身的热血直往脑门上涌，再也控制不住自己的手脚了，突然从身后一把抱住苦桃："桃姐，桃姐……"

苦桃被朱红旗这突如其来的举动给吓住了，但很快就平静了下来，他将朱红旗抱在胸前："弟弟，我怕我这样会害了你啊！"

朱红旗说："我不怕，桃姐……"

苦桃说："可惜，我的身子已经不是干净的了，你知道吗？"

朱红旗气喘如牛，将舌头伸进苦桃的嘴中："桃姐，你在我的心中永远是最干净最干净的女人！……"

十二

冬闲的日子，也是宣传队集中的日子。朱五星与小安一起又到文化站集中排练。这时的朱五星已经很出名了，全公社都知道文化宣传队有一个长得好看、嗓子响亮、名叫朱五星的女孩子。

丁站长也喜欢朱五星，他说朱五星嗓子本钱好，能培养出来。一有时间，丁站长就教朱五星用正规方法唱歌。朱五星学习很认真，她非常珍惜现在这个机会。家庭出身不好，自己又没有多少文化，她想出人头地就得能吃苦。吃苦她不怕，怕就怕没有苦吃。况且有丁站长这样的行家教他，她如果不认真学，不是太对不起人家了吗？

丁站长是孤单一人从省城下放到这儿来的，听他们说，丁站长被打成右派不久，他的老婆就与她离婚了。在心里面，朱五星不知多少次恨过那个女人。一日夫妻百日恩，她怎么就一点儿也不留恋的呢，难道真像有人说的那样，大难临头各自飞吗？

对于丁站长的帮助，朱五星无从回报，也没有力量回报。朱五星一时三刻不在想，我怎么能报答一下丁站长呢？

丁站长就住在文化站里，那天上午练完歌，朱五星看见盆里有几件丁站长换下来的衣服，就准备拿到井边洗了，哪知被丁站长发现了，说什么也不愿意。两个人争夺了好半天，脸都急红了，脸盆险些掉在了地上，最后丁站长只好作了让步。他看见朱五星的眼泪都快急出来了。不过，丁站长让朱五星答应他一个要求。朱五星连考虑都没有考虑，说行。丁站长的要求就是让朱五星在他那里吃晚饭。朱五星有些疑迟了，长这么大，还没有在外面留过饭。最后还是点头答应了。丁站长非常兴奋，等五朱星出门，挎只篮子也出了门。

朱五星洗完衣服回来，丁站长的四样菜也上桌子了。一盘土豆片炒肉片，一盘韭菜鸡蛋，一盘小草鱼，还一盘素炒豆腐。最后还烧了一碗菠菜蛋汤。丁站长显然很兴奋，趴在床底下，还将一瓶落满灰尘的葡萄酒找了出来。朱五星哪见过这么大的阵势呢？即便是逢年过节，家中饭菜也没有这么丰盛。特别是那瓶红葡萄酒，别说是没喝过，长这么大，连见也没有见过呢！激动得她有些手足无措。丁站长望着朱五星，我很久没有沾过酒了，今天你就陪我喝几盅吧？朱五星本想说我不会喝酒的话，哪知丁站长已将她面前的酒杯斟上了。

"谢谢你，五星。"

"谢我什么？"

"你帮我洗了那么多的衣服。"

"比起你教我唱歌，给你洗几件衣服算得了什么呢？"略顿又说，"要说谢，应该我谢谢你才对。不是你，我也进不了宣传队，也学不到这么多的歌唱知识。"

"那是我应该做的。"

"难道说给老师洗几件衣服不应该吗？"

丁站长端起酒杯："来，五星，我们干一杯吧，为了我们的友谊！"

朱五星说："丁老师，未喝之前，我有个要求，今后你教我唱歌，我给你洗衣服成吗？"

丁站长笑笑："好吧。"

朱五星说："一言为定！"

两人的酒杯碰在一处，然后各自一饮而尽。

又喝了几杯，朱五星觉得有话要说，这句话憋在自己心里好长时间了。

"丁老师，有句话我不知道该不该说？"

丁站长半开玩笑地说道："该说不该说你不都说了吗？"

没料到一向不苟言笑的丁站长也会幽默，朱五星的胆子不由得壮了起来。

"我想不明白,你家原来那个师母为啥要与你离婚?"

丁站长的脑袋一下低了下来。

"难道说是因为你被打成右派吗?"

丁站长不语。

"不是我说她,她这样的女人,在我们农村,会被人戳烂脊梁骨的!"

丁站长深深地叹了一口气。

"俗话讲,有福同享有难同当,她这样做难道不怕别人耻笑吗?"

"不不!"丁站长痛苦地摇了摇头,"她是有苦衷的。"

"有啥苦衷也不能离婚哪!有句话不是说吗,一日夫妻百日恩呢!"

丁站长摇摇头:"小朱,你不了解当时的情况啊!"

"有啥情况?"朱五星没好气地问道,"难道说,有人拿着枪逼她离婚不成!"

"当时……"

"当时怎么了?"

"当时,假如你师母不与我离婚,我的儿子与女儿就要受到我的牵连,全家都要与我一起下放农村你知道吗?"

朱五星看到丁站长眼中闪动着晶莹的泪光,一时不知说什么好。又对自己冤枉了那个没有见过面的师母而感到深深的内疚。

天暗了下来,窗户上有雪花在飞舞,无声无息,屋内两人明显觉得有一股咄咄逼人的寒气偷袭他们的身心……

十三

麦子割完了,水稻也插下去了,接下来,有许多空闲的时间。朱红旗要在这段空闲的时间里完成他一直想完成而未完成的事业。

夏日天长,太阳老赖在西天不走,使得天空格外明亮。

朱红旗出门,父亲扛着大扫帚正好进门。爷儿俩打了个照面,却没有多少多余的话说。彼此望一眼,算是打了招呼。

门口是一条沟渠,也是一条灌溉渠。每次朱红旗出门,总要习惯性地向沟渠上望望。沟渠的堤岸上始终站着一个人,朱红旗不用看也知道是高梁。高梁明知五星在公社文化站排节目,可每天傍晚还是在沟渠上转悠。朱红旗很同情高梁的痴情。高梁不敢去文化站找姐姐，因为姐姐不允许他去那儿找她。姐姐对谁都好，唯独对高梁不行。而高梁对于姐姐的霸道向来是逆来顺受。朱红旗一直想不明白，姐姐为啥会对高梁那样，就因为他是富农分子的儿子吗？我的亲姐姐啊，你不是地主朱德的女儿吗？一个半斤一个八两，你为啥歧视人家呢？你没有这个权力，你歧视别人，就等于歧视你自己！你懂吗？

　　黄昏终于来临，朱红旗每次去政治队长金大牙家，都是这个时辰。他自己也不明白，为啥专挑这个时候去。

　　金大牙家住西街，西街是条新街，不像东街是青石板路面，比较好走。

　　一般金家吃饭比较晚，红旗这时间来，正好他们正在吃饭。金大牙喜欢喝两盅，说是伤腿的需要。老远的，就闻见酒香味道。

　　"狗日的，又来干什么？金大牙好喝却爱上脸，面若关公，正拿着火柴棒剔牙。

　　朱红旗说："金队长，我叫朱红旗，不叫狗日的！"

　　金大牙被朱红旗这句话给惹笑了，又将笑声传染给了他的女人。女人下意识地望了一眼朱红旗，撇撇厚嘴唇。

　　金大牙说："你不提我倒忘了，当初大队程书记给你爹改了名，为啥不给你和你的姐姐改名呢。"向地上吐一口饭渣，继续说道，"一个叫五星，一个叫红旗，连革命群众想臭骂你们一顿都下不了口。可见你爹朱地主是多么的别有用心！"

　　朱红旗说队长："我与我姐姐朱五星虽然出身不好，可我们是生在新社会，长在红旗下，我也想生在你这样高贵的革命家庭，可阎王爷乱点鸳鸯谱，叫我们有啥法子呢？"

　　金大牙点燃一支烟："你爹为啥给你们起这个名字呢？是不是对党、对社会不满？"

　　朱红旗说队长："你老人家说错了……"

　　金大牙一拍桌子："你放屁！毛主席他老人家才能称之为老人家，你拿我比毛主席，狼子野心哪！"

　　朱红旗说队长："我那是尊重你，没有其他意思。就算我放屁，放的是狗臭屁得了！"继而说道，"队长，刚才你说到我与我姐姐的名字问题，那是我们对党的忠诚，不是有一首歌这样唱的吗，"说着唱了起来，"五星红旗迎风飘扬，革命……"

"行了行了!"金大牙连连摆手。"你家已经有一个歌唱家了,还准备再出一个?"

朱红旗笑。

金大牙捏灭烟头:"说,来找我干什么?"

"还是过去那件事情。"

"过去什么事情?我怎么不记得了!"

"就是让我爹使牛的事情。"

金大牙恍然大悟:"那是不可能的事情!"

"怎么不可能?"

"只有出身好的、思想觉悟高的才有资格,你爹是一个没有改造好的地主分子,我们怎么能让他使牛呢?"

少时金大牙又说道:"这是原则的问题,这是革命觉悟的问题,万一出了事情,谁来负这个责?我这个队长干不干不说,弄不好要蹲大牢呢!你知道一条耕牛多少钱吗?十条人命也换不来的!你想想,我能放心让你爹使牛吗?我要是同意了,其他队干也不会同意的,他们同意了,革命群众也不会同意的,所以说,这件事情你想也别想!"

"我爹可是个远近闻名的使牛能手呢!"

"即便你爹能架飞机、开坦克,这牛也不能叫你爹使唤!"

金大牙重新点燃一支香烟,吐出一口烟雾:"现在我倒有些怀疑,你狗日的三番五次地想叫你爹使牛,这里面会不会有什么政治目的!"

朱红旗说:"你不同意就不同意,别胡乱扣大帽子!"

"我绝不会同意的!"

"你不答应我再去大队找程书记。"

金大牙有些来气:"你就是去公社找卜主任我也不会答应!"又说,"妈啦个X,绝不答应!"

十四

这天晚上,宣传队没有排练任务,吃完饭之后,朱五星本想去找小安玩,后来又没有去。原因是小安有了男朋友。也是城里下放的知青,叫鲍忠和。鲍忠和也在宣传队,吹一首好笛子,那首"我为公社送粮忙"的笛子独奏，吹得几乎与广播里没有什么区别，每场演出，不吹两三首曲子都谢不了幕。

朱五星想找弟弟红旗说会儿话，看他正在屋里看书，就没有进去。刚走到院子里，就看见金援朝正在院门口探头探脑呢。朱五星心里一阵激动。她好久没有见到金援朝了，自从金援朝到大队当通信员之后，两人几乎断了联系。农忙时，朱五星要在队里干活，见不到他，农闲时，朱五星要在公社文化站排节目，还是见不着他。金援朝晚上也很少约她，朱五星是个女孩，又不好主动去金家找人，因为金援朝不允许她到他家去。金大牙反对他们在一起。有时早晨去小树林吊嗓，朱五星总抱着一种希望，她想金援朝说不定哪会儿会出现在她的面前。可是这种希望一直很渺茫。

金援朝向朱五星招手："五星，你出来。"

朱五星默默地点点头，轻手轻脚向外走，快到院门的时候，下意识回头望了一眼。

冬天天短，周围已经上黑影了，金援朝趁着夜色，一把将朱五星紧紧地搂了个结实。

外头已是哈气成霜。朱五星顿时觉得身上十分暖和。

朱五星许久没被男人抱了，这时她突然想起小安已经与那个鲍忠文有了肌肤之亲，才几天哪！可是自己与金援朝已经在一起两三年了，到现在还没有进入实质性阶段。心中不免有些想男女之间那种事情，下身便有了一种冲动。

"还去小树林吧？"朱五星嗓子有些颤抖。她怕这样叫邻居们看见不好。

金援朝说："我带你去个地方玩。"

"哪儿？"

"公社，我姑父那儿。"

"去那儿干什么？"朱五星有些不情愿。

金援朝说："我姑父是公社主任，你又不是不认得。他经常在我面前夸你的歌唱得好呢！"

朱五星一心想那种事情，就不想抬腿。

金援朝拉着朱五星的手："走吧走吧，去那里还有你的亏吃吗？"

公社主任卜志民，是金援朝的表姑父，朱五星过去也知道他们的关系。不过朱五星不喜欢这个人，严格说，她不喜欢卜主任那双色眯眯的眼睛。没事，卜主任喜欢端着白瓷茶杯到文化站转悠，经常做做指示什么的。宣传队一些人，特别是女孩子比较烦他，他去宣传队不单嘴指示，手也跟着指示，指示指示就指示到女孩子的屁股上去了。宣传队的女孩子几乎没有一个没被他指示过。小安除外，也许顾及小安的男朋友鲍忠文吧。鲍忠文身高体壮，拳头像只小榔头。朱五星心想可能是这个原因。

卜主任的屋里亮着灯，朱五星与金援朝推门进去，卜主任正在桌旁看着什么材料。房间里点了一支奢侈的煤球炉子，火正旺。人一进去，像是往身上穿了件棉大衣那般暖和。

"姑父，这么晚了还在工作呢？"金援朝讨好地说道。

卜主任放下手中东西，"有几份文件急等着处理。"眼睛在朱五星身上转悠，"小朱也来啦？"

朱五星点头喊了声卜主任。

卜主任从柜子里端出一盘大白兔奶糖。丢一块给金援朝，那架势就像给哈巴狗丢块骨头。然后挑出一只，剥开糖纸之后，亲自送到朱五星的嘴边，说小朱这糖不但好吃还有很高的营养价值呢！朱五星要用手接，卜主任不让，嗯嗯地噘着嘴，那意思是要亲自将"大白兔"送到朱五星的口中。朱五星有点儿恶心，特别是有金援朝在面前。眼睛不由得望了一眼金援朝。

金援朝说："五星，你还不快快张嘴，姑父的手都累酸了呢！"

朱五星只好接受卜主任的殷勤。

"甜吗？"卜主任问道。

朱五星只好点点头。

卜主任点燃一支烟，望一眼金援朝："你不是说晚上还有什么事的吗？"

金援朝心领神会："对对对，刚才，程书记叫人通知我，说大队有事，你不提我差一点儿给忘了！"

朱五星急忙站起身。

金援朝说："五星，你在这儿陪姑父说说话，等我办完事来找你。"说罢，从盘子里捏了一块糖，又捏了一块，这才转身离去。

卜主任将门带上，搓着手说道："到底是寒冬腊月的天气，今晚真是有点儿冷啊。"稍时问朱五星，"是吧，小朱？"

朱五星本想点头答应的，金援朝走了，不知怎的，她的脖子突然一下僵掉了。

"你怎么一直站着呢，小朱？"卜主任说。猛然想到了什么，"哎哎，我忘记了，我屋里有两只闲凳子，下午被搬去会议室坐去了，忘记拿回来了。"说着一指自个大腿，"坐这里吧，委屈你了小朱。"

朱五星一看这阵势，知道再不走可能就不好走了。

"卜主任，我突然想起来小安说找我有点事，让我给忘记了。"

卜主任说："小安能有我的事重要吗？"

朱五星说："卜主任，你找我有事？"

卜主任说："你来陪我就是事情。"

"陪？……"

卜主任的办公室分里外间，外头办公，里头住人。卜主任温文尔雅地走过来，牵着朱五星的手，往里间屋拉。

朱五星像头犟驴，撤着身子往后挣。

"听话，小朱。"

朱五星想不听话也不行了，她的力气远远不如人家，三拽两拽，就被卜主任拽里间屋去了。

接着，朱五星胸前的小袄连同里面的东西一并被卜主任抓在了手里。

朱五星知道卜主任要干什么了。

"不行不行，卜主任。"朱五星喘着粗气，挣开卜主任的手。

卜主任像提着一口袋粮食将朱五星放倒在床上："答应我，我不会亏待你的。"

朱五星说："卜主任，你不能这样，我以后怎么有脸面见援朝呢？"

卜主任笑了："你真是个小傻瓜，不是金援朝那个狗东西，你能顺顺当当地到我这儿来吗！"

朱五星啥都明白了，眼含着泪，抓住自己的裤腰带死也不丢手。

"我求求你了卜主任，你放过我吧。"

卜主任并不急于求成，决定暂缓进攻，将拽裤腰带的手放开，他知道，这只小鸡要不多会儿就是他的盘中餐。

朱五星见卜主任停手了，误认为人家良心发现，急忙爬起身来，想往外走。

卜主任说："小朱，我告诉你，当初要不是我，你一个地主的女儿，能进公社宣传队吗？你今晚若是离开这间屋子，明天你就不要去宣传队唱歌了。"

朱五星一下站住不动了。宣传队是她的一切，是她生命的全部，她怎么能轻而易举地放弃呢？

卜主任很温柔地将朱五星抱在怀里，又在她的后背轻轻地拍了几下，说五星听话。

朱五星发现，卜主任那张丑得稀里哗啦的面孔，渐渐地在她的眼前模糊起来。

有人敲门。

朱五星与卜主任都不由得一愣。卜主任反应快，急忙放下朱五星。走到外间屋。

推门进来的是穿着一身黄军装的武装部长吴长胜。

卜主任立马恢复了常态："吴部长，找我有事？"

吴长胜见屋里有生人，而且是一个年轻的姑娘，就说："卜主任，你有人哪，不然我等一下再来给您汇报工作。"说着转身欲走。

这个吴部长无疑是朱五星的救命稻草，朱五星哪肯丢手呢！不管三七二十一，尽快离开这个肮脏的地方是不容迟疑的。朱五星一声招呼未打，撒腿就往外走。

"小朱，有空我再找你拉呱啊！"卜主任随后说道。

朱五星自己也不知道怎么逃离公社大院的，像个醉汉，一路跌跌撞撞，没魂没魄，向着家中奔跑。边跑边在心里骂那个狼心狗肺的金援朝。

你是人吗？金援朝！你就是一个畜生！你这么做不怕雷劈吗？你完完全全是一个大坏蛋，彻头彻尾的大坏蛋！我不会再理你，更不会将我的身体交给你这个没有人心的坏种东西糟蹋的！

一个人拦住了朱五星的去路。是高粱。

"五星，你跑什么？"

"五星，是不是出了啥事情？"

"五星，你去公社干什么？"

"五星，你与金援朝一起去了卜主任那间屋子，怎么他出来你没出来？"

"五星，你是不是被坏人欺负了？"

"五星，你说话啊！"

朱五星像头狮子，张开血盆大口，咆哮道："你凭什么管我？你有何权力管我？我的死活与你有何相干！"说罢一把推开高粱，发疯似的跑走了。

十五

大队书记程久田不是本街人，朱红旗找不到他的家，只有去大队部找。可是去了多少趟，都找不到他的人影。通信员金援朝告诉朱红旗，程书记去省里开会了。起初朱红旗不相信，以为金援朝在骗他，后来证实，程久田的确去省里开会去了，他被选上了省候补委员。前补也好候补也罢，反正是补进去了，一补进去，从某种方面讲，程久田就是省领导人了，起码说是享受省级领导这种待遇。乖乖不得了了，连公社革委会卜主任都不是"候补"，可见程久田的能耐，不是一般的人！

这天，朱红旗正在队里积肥。忽听得街上一阵锣鼓喧天，接着就望见满街红旗招展，人头攒动，大家都放下手中农具，跑去看热闹。锣鼓家伙敲了半天，就见一大群人簇拥着一个披红挂花的人从街的尽头大步流星走来。那人不是别人，正是朱红旗天天要找的人——大队书记程久田。

朱红旗觉得机会来了，活也不干了，跟着人群去了大队部。正在忙里忙外的金援朝看到朱红旗，告诉他今天来得不是时候，还是等两天再来吧。金援朝也是好心，觉得假如他与朱五星的婚姻成了，面前的就是他的小舅子。当然他与朱五星只是闹着玩的，就她家的成分来讲，他俩绝对是不可能的。对于朱红旗这种热心，也只不过表达一种亏欠而已。毕竟自己与他的姐姐有一些肌肤上的交往。金援朝又告诉朱红旗，说县革委会的主任也来了，晚上少不了酒宴招待，你还是改日来最好。朱红旗心想，今晚是程久田最得意的时候，也许有些话他能够听得进去。俗话讲，人逢喜事精神爽，只要程久田精神那么一爽，事情肯定有转机。所以朱红旗抱着这种决心，哪怕是三更三点，也要等到程久田。

欢迎的酒席是在公社食堂办的，公社大院很少这样热闹，灯光亮亮堂堂，碟子盘碗叮叮当当，工作人员进进出出，酒肉馒头喷喷香香。

晚上虽然无风，寒冷依然格外袭人。朱红旗站在树影里，不一会儿脚都冻麻了，清水鼻涕不住地向外淌，一条袖子都擦湿了。好在有食物的香味陪伴，再冷朱红旗也不觉得冷了！

有人喊朱红旗的名字，朱红旗一看是在公社建筑站做活的他的远房表叔王槐树。

"你干吗呢？"王槐树问。

朱红旗没有正面回答，反问道："你干吗呢，表叔？"

王槐树说:"今晚建筑站开工资,所以走晚了。"刚欲转身,想起什么,又说道,"晚上还没吃吧?走,同我去街上饭馆,表叔请你吃猪头肉。"

朱红旗哪有那闲工夫:"我得等个人表叔。"

王槐树没有细问朱红旗等谁,他得急着去饭馆。就说:"他们几个在那儿等我喝酒呢,我走了。"

不知过了多久,倚靠在树干上的朱红旗被一阵吉普车发动机的响声惊醒。他估计,是县里的干部走了,要不多久程久田就会出来的。果不其然,一支烟的工夫,程久田由公社卜主任陪着被人簇拥着出来了,然后由两个荷枪实弹民兵护卫着去了大队部。朱红旗小心翼翼地在后面跟着,到大队部门口,程久田进去了,朱红旗却被民兵挡在了门外。朱红旗说找程书记有事情。民兵们不理睬,还吓唬他,再不走,就将他捆起来。朱红旗就在大门口喊叫:"程书记,程书记……"

金援朝出来了,说:"红旗你狗日的胆真大,程书记还要准备明天在公社三级干部大会上传达省里会议精神呢!你在这儿胡闹啥呢?"

朱红旗说:"我有急事找程书记说。你不放我进去我就在这儿喊,直到程书记出来。"

金援朝慌慌地进去了,不一会儿又慌慌地出来了,喊朱红旗进去,并交代他长话短说。

程久田披着军大衣坐在桌旁看文件,见朱红旗进门,非但不生气,脸上还流淌着笑容。

"你有什么急事?三更半夜的。"

"程书记,如今你是省领导了,有件事情我必须向你汇报。"

程久田放下手中文件,洗耳恭听。

"我父亲是地主,但我父亲使牛的本事人人皆知,我想党要给我父亲立功的机会,让他发挥一技之长,为祖国为人民多做贡献。"

程久田今晚的脾气真是相当的宽容,不但没有生气,反倒咧开嘴巴笑了。

"这件事我听你们的队干部说过不止一遍了,这样吧,过几天我调查调查,如果你父亲真的改造不错,我会考虑的。"

朱红旗没料到事情就这么三言两语就解决了,激动得真想跪下来给程书记磕个响头,以感谢程久田的恩泽。

程久田还破例将朱红旗送到大门口,而后对朱红旗说道:"你的真情打动了我,小小年纪就有这份孝心,难得啊,难得。只可惜你生错了家庭!"

朱红旗刚要转身，程久田又问道："听说你白天干活，晚上还坚持学习文化是吗？"

朱红旗说："是。"

程久田点点头："很好很好。"

朱红旗飞快地向家中跑去，他想快一点将这个消息告诉他的父亲。地面上有冻，许是白天有人泼了水，由于跑得急，朱红旗一下滑倒了，摔了个大跟头，好在反应快，接着爬起身来，瘸巴瘸巴又继续向家中奔跑……

十六

这天晚上排练，朱五星发现小安没有参加，再一看，那个吹笛子的鲍忠和也没有去。她本想问问丁站长的，看他一直忙着，就没有好意思问。

排练结束之后，丁站长将朱五星留下来，让她去小安家看看，问问她今晚怎么没有参加排练。还有那个鲍忠和。朱五星就点点头，说我马上就去。

朱五星连家都没有回，直接去了小安住的地方。

刚刚走到半路，迎头遇见了金援朝。

金援朝连喊了几声朱五星，她都假装没听见。因为卜主任那个事，到现在朱五星心中还恨着他呢！

金援朝心中明白朱五星为啥生气，就假装可怜兮兮的样子："五星，上次那个事情我也不晓得我的那个表姑父是那种人，你是我的女人，我能做那种伤天害理的事情吗？我能自己给自己糊个绿帽子戴吗？"

朱五星看不清金援朝的面目，也就相信了他的鬼话。

"你真的不知你那个姑父作风不好？"

金援朝说："骗你不得好死！"

朱五星一把捂住金援朝的嘴巴："赌咒干什么呢？"

金援朝说："你信我了？"

朱五星点着头"嗯"了一声。

少时金援朝说："五星，咱们现在去小树林吧。"

朱五星故意问："去干吗？"

金援朝说："还能干吗？"

"我不去！"朱五星躲开金援朝自顾向前走去。

金援朝紧走几步，追上朱五星："你现在怎么啦？不听我的话啦？"

朱五星说："时间太晚了，改天吧。我还要去小安家有事情呢！"

金援朝说："不去也行，让我摸摸你。我想你了！"

朱五星最烦金援朝这样子，摸得人心里不上不下的，裤头都湿了不说，晚上还会做恶梦。所以就说："不行！"

金援朝说："你不同意我就不放你走，你到哪里我就跟你到哪里！"

朱五星正迟疑，金援朝一把抱住朱五星，向黑影里拉，然后将手伸进朱五星的裤子里。又拉着她的手硬塞进自己的裤裆里。

"五星，五星，你快弄弄我，我快要受不了了！"金援朝小声哀求道。

朱五星无可奈何地叹口气，只好按照金援朝的要求做了。她怕被人撞见。

金援朝彻底释放了之后，心满意足地在朱五星的腮上亲了一下："谢谢你五星。"

朱五星有些气恼地说："这是最后一次，今后我再也不和你做这样的事情了！"说罢将自己的裤子整理好，头也不回地走了。

小安呆呆地坐在灯下想着什么。朱五星进来她一点儿也没有发觉。

朱五星说："嗨"。小安才惊醒过来。

"怎么回事情？今晚没去文化站排练。"

朱五星这时发现小安一双眼睛红红的，像是刚哭过。

"怎么啦？"朱五星问道。

小安将头低下来，不说话。

朱五星说："有什么事情你讲出来啊，讲出来也许就会好受一些呢！"

小安突然"哇啦"一声大哭起来。

朱五星的心里一下给小安哭乱了："小安，到底出了啥事情？"

小安止住悲声，揉着眼说道："五星，我完啦！"

朱五星说："你说说，怎么就完了！"

小安说："那个坏东西鲍忠和在城里原来有个对象……他们已经都住在一起了！"

朱五星说："看不出来，听他笛子吹得怪好听的，人心却是那么坏！"

小安说："我不是舍不得他，主要是我已经怀了他的孩子！"

朱五星"啊"了一声，半响问道："多久了？"

小安说："两个多月了。"

朱五星也没有经过这种事，一时没了主意，略停又问道："那……那你准备怎么办呢？"

小安说："还能怎么办，我不会留下这个孩子的，我要去县医院流掉！"

朱五星问道："你准备啥时去医院？"

小安说："我想明天就去。"

朱五星说："我陪你去吧。"

小安说："不用。你替我给丁站长请个假，就说我身体不好，去城里看病去了。"

朱五星点点头："我会说的。"

在回家的路上，朱五星不由得想到，幸亏没有与金援朝在一起那个，假如自己与金援朝怀了孕，金援朝不要她了，她会不会将孩子打掉呢？

十七

一冬无雪雨，这天午后，天空突然下起了小雨，傍晚前后，又转成雨夹雪。

高梁漫无目的地独自在街上行走着，人们都猫在屋里找暖和，连鸡鸭猫狗也都躲在暗处不出来。街上静得出奇，走在大街上的高梁仿佛听见了雨雪摩擦的声响。他上街的目的很明确，就是想到文化站附近转转，看看能不能见到朱五星。好几天没有朱五星的踪影了，他一是想念，二来，对于那天晚上朱五星的疯跑，高梁心中一直存在疑惑，他要弄清楚那晚朱五星去公社卜主任屋里之后究竟发生了什么！

没到文化站，半路上高梁遇见了一个人，改变了他去文化站的计划。

那个人，为了遮挡雪，脸被一条白围巾裹住，看不清面孔。从那人走路的姿势，高梁判断一定是金援朝。他就喊了一声："金援朝！"

真的是金援朝。

无论过去在学校，还是现在在生产队，金援朝都不愿意搭理一块长大、同班同学的高梁。他觉得这个富农的儿子不值得他去理会。所以即便是走在对面，两人也很少说话。更无来往。当然也没有瓜葛。

金援朝停住脚步，愣了片刻："干什么？你叫我干什么！"

高梁想起那晚是他带朱五星去的公社，就问道："几天前的晚上，你带朱五星去公社干什么去的？"

金援朝感觉很好笑，心说我带朱五星去哪里与你有何相干？

金援朝说:"我带朱五星去我表姑父那里玩的,你问这干什么?"

高梁说:"那晚朱五星从公社回来,情绪有些不对,所以我得问问你。"

金援朝冷笑:"你凭啥问我?你有何权力问我?你算老几?你说!"

高梁说:"你别问我算老几,今天你得给我说清楚。"

金援朝脸冷着:"哎哟,今天是什么日子?你这么大胆与我说话,难道不怕我整你?"

高梁说:"若是怕就不这样理直气壮了!"

金援朝看了一眼高梁,高梁的头上已经被雪花包围住了,像个白头翁。就想要耍这个不知天高地厚的富农羔子。

"我知道你喜欢朱五星。"金援朝说。

"喜欢怎么了?"高梁抬手掸掸衣服上的雪花。

"你知道吧?"金援朝解开围巾,抖落上面的积雪,然后又重新围上,"你整天心里热得跟被套似的,其实人家朱五星心里根本没有你!你知道吧?"

高梁说:"我就喜欢这样,你管不着!"

金援朝嘲笑道:"你喜欢管屁用?到如今你连朱五星的手都没有摸过,可朱五星身上任何一块地方长什么样我都晓得,难道你还不明白我说的话吗?笨猪!"

高梁眼睛红了,不由得握紧拳头:"金援朝,我告诉你,你嘴里再放屁,我一定不放过你,你信不信!"

金援朝哈哈一笑:"想揍我是不是?我不是笑话你,我就站在这里不动,我倒要看看,你这个富农羔子敢动手!"

高梁最怕人骂他富农羔子,早将后果丢在脑后,一双大眼此时变得狰狞恐怖,突然伸出拳头,向金援朝的脑门捣去。

金援朝小时候练过几天拳脚,不慌不忙便将高梁这只拳避开了,身子一撤,来个顺手牵羊,高梁一下被摔了个狗啃屎。雨雪将他的脚脖子给缠住了,爬了半天也没能爬起来。

金援朝狞笑:"就你狗日的还跟我过招,我明白告诉你,你哪方面都不行!"说着在高梁的背上跺了一脚,"你是不是想知道,那晚朱五星去我姑父那儿干什么去了?我姑姑都去世好几年了,三更半夜的,孤男寡女在一起,你想想能干什么?哈哈哈哈!……"

望着金援朝那趾高气昂的背影,高梁心中感到一种屈辱,眼睛里不由得潮气上升,他憋了几憋,终于没能憋住,泪水还是不争气地下来了。

高粱站起身来，自己对自己说："高粱，你这个没用的东西，你若是忘记今日的耻辱，你就不是人养的！"

雨与雪终于分道扬镳，雨走了，雪更加来劲了，大片大片向地面砸，不一会儿便将先前人们留下的脚印覆盖严实了。

文化站不能去了，高粱寻思着回家换一身干净衣服再作打算。忽然觉得嘴里有些苦咸，用手一摸，才知嘴角刚才被自己的牙齿侵略了。他张开嘴巴，让雪片掉进口中，等堆积满了，然后狠狠地咀嚼着，骂道："狗日的，我生吃了你！"他心里明白，他不是骂雪，他与雪无仇无恨，他骂的是金援朝，他把金援朝当作虱子或者臭虫，所以咬得特别有劲也特别地狠。

高粱转身欲走，有个人不知啥时站在了他的面前。就是他日夜思念的人。

朱五星怒目圆睁："刚才你与金援朝打架了？"

高粱没有料到自己这个狼狈相会被自己的心上人看到，脸上立马红了。

"你们为啥打架？"

"不为啥。"高粱下意识地摸了一下嘴唇。

"你有何资格与金援朝打架？"略顿又说，"你凭的什么？"

高粱心说打架还讲什么资格？凭什么？就凭他欺负你！嘴里却说："我看不惯他那个盛气凌人的熊样！"

"你看不惯人家，你晓得人家能看惯你吗！"

"我……"

"你连你自己姓什么都忘记了！你有啥本事与人家金援朝斗？"

"我斗不过他不错，可我不允许他欺负你！"

"金援朝怎么欺负我了？"

"他说他……"

"我愿意让他欺负，关你什么事？碍你腿肚子哪条筋呢？"

"他欺负你就不行。还有公社那个卜主任！"

"你想怎么样？暗地里拿刀攮他们两个一刀？"

一种委屈袭击高粱身心，不过他并不感到伤心，相反产生一种莫名的冲动……朱五星那句话提醒了他，明里斗不过他们，我为啥不暗地与他们较量呢？刀，他家里倒是有一把，那是一把杀羊的刀，能杀死羊，杀人肯定不在话下！

高粱转身走了，他现在就想回家找那把杀羊的刀，一刻都不想停留。

"哎！……"朱五星在他身后喊了一声。

高粱没有回应,他没有听见朱五星在叫他,他满脑子就想立即回去实施他的计划。

十八

快过节了,有钱没钱都要忙年,只不过有钱的户大忙、没钱的人家小忙罢了。

荷花家新宰了一头猪,是自家喂的,大约有三百来斤重。为宰这头猪,荷花娘还扭着鼻子哭了一场。男人李保卫笑话她没出息。荷花娘争辩,我一口一口喂大的,你当然不疼得慌了!李保卫说这猪喂大了就是盘中餐,有什么可疼的?真是个娘们!

杀猪找的是徐罗锅,徐罗锅年轻时学过杀猪的手艺。别看徐罗锅诺诺弱弱、手无缚鸡之力的样子,杀起猪来却特别凶狠,一刀进去,将自己的半截胳膊都捅进那口猪的脖子里去了,所以李家这口猪没受多少痛苦,只是长嚎了一声就偃旗息鼓了。

本来李保卫要留徐罗锅喝几杯的,徐罗锅死活不愿意。徐罗锅说举手之劳,使不得使不得。李保卫就不勉强了,准备割一块猪肉答谢徐罗锅。徐罗锅手摆得像荷叶,连说使不得使不得。最后拎一挂小肠走了。

接下来,李保卫计划这口猪怎么分配。公社卜主任那里第一考虑,大队书记程久田那里也是必须的,政治队长金人牙也不能抹了,妇女队长鲁四姑更不用说了,谁不送,也得给她送。好在这口猪争气,膘好,白子有四指厚,送人送得出手。

一个下午,李保卫砍肉,送肉的活交给荷花。一个寒假,荷花学习学得脑子都肿了,所以她也十分愿意接受父亲交给她的这份差事,既不用学习,又能出去跑跑颠颠。整整一个下午,荷花一直在外面晃。只是没有见到朱红旗,令她有点儿不高兴。几家都送完了,她的小嘴噘得都能挂只油瓶了!

李保卫见荷花不悦,不知哪头逢集,问道累了?荷花摇摇头。问道饿了?荷花又摇摇头。李保卫说疼猪?荷花"嗯嗯嗯嗯",险些哭了。

荷花想起朱红旗:"猪肉为啥不给红旗家送一块呢?"

李保卫故意说:"我凭什么给他送?他又不是我爹!"

荷花说:"卜主任与程书记也不是我的爷爷啊!"

李保卫笑了："我就知道你丫头的鬼心眼！"说罢手起刀落，割下一块肉，足足有二三斤。

荷花说："不行，太小了。"

李保卫又添一块："这下行了吧？"

荷花又说："还小，比他们几家小多了！"

李保卫："我的小姑奶奶嘞，朱红旗家怎么与他们比呢？就这我已经给足你的脸了呢！"

荷花又将小嘴一噘，跑到一边生气去了。

李保卫无奈，只好又旋下一块肉，穿了个眼，用绳匹子系好，送到女儿的手里："这回不少了吧？"

荷花觉得可以了，拎着猪肉活蹦乱跳地出了门。

李保卫望着荷花的背影，见女儿胸脯不知不觉又高了，屁股也无声无息地翘了，不由得心里一"咯噔"，不禁想到，以后该约束她与朱红旗的接触了，不然等到再大了，想管怕是管不住了呢！

再说荷花。

朱红旗不在家。哪里去了，他父母也说不清楚。队里早就没有活了，他的心似乎丢了，有时在外面半天不回家。他娘说。

昨天晚上，荷花本来约好了的，来朱家与红旗一块做题，她来了，朱红旗却出去了，等到二半夜，朱红旗也没有踪影，荷花只好凉着心走了。

朱家老两口，见荷花送肉上门，死活不要。荷花将肉提进锅屋，说你们不要也得要，晚饭我就在你们这里吃总行了吧！老两口无奈，只好洗了两个红萝卜，将荷花送来的肉割下一块来，放一起熬了。又难得地焖了一锅米饭。

荷花由无限失落变成了兴高采烈，跑前跑后给红旗娘打下手，心说朱红旗，我看你今晚还往哪里躲，除非你肚里不知道饿！

饭刚做好，朱红旗就回来了，接着朱五星也从文化站排练完了。朱五星特别喜欢荷花，听说荷花专门送肉来的，朱五星感动得都有点儿要流泪了。吃饭的时候，她看了弟弟红旗一眼，说红旗，荷花真的不错呢，将来你要是能娶到荷花，真是你这辈子修来的福呢！朱红旗白一眼朱五星，我的事不用你操心，你还是管管你自己吧，人家高粱对你可是真情实意的呢！朱五星不言语了。朱红旗又说，那个金援朝你可要当心了，他是什么人，你自己心中不清楚吗！朱五星一下被说闷了，饭没吃饱就走了，说是急等着排练。

推了碗筷，荷花对朱红旗暗示，想出去走走。朱红旗明确表态，外头稀巴冷不去。荷花说好，咱们在家做题吧。高中的题目深，课堂上我也没有弄懂，咱们一起琢磨琢磨。朱红旗摇着头。荷花问为啥？朱红旗实话实说，学再好也没用，又不能考大学。荷花自己估摸道，万一将来允许了呢？朱红旗使劲摇着头，不可能，绝对不可能！你好好上吧，说不定今后有出息呢。荷花坦言道，你不学，我学还有啥意思？朱红旗明知荷花喜欢自己，可他也清楚自己配不上人家荷花。再说自从与苦桃有了那个事之后，他就更加坚定了不与荷花相好的决心，所以故意说道，我学与不学与你何干？荷花一肚子委屈，连招呼也忘记与朱红旗爹娘打，倔横倔横地离开了朱家。

在门口，荷花遇见了前来找她的父亲李保卫。一边走李保卫一边数落女儿，女孩子哪有随随便便在人家留饭的？荷花一肚子气正没地方撒。荷花说，我在人家留饭怕什么？赶明我或许在人家留宿呢！你也不是留过鲁四姑吗！这叫上梁不正下梁歪你知道吗？李保卫被噎得直打嗝，想说什么的，又留住了嘴。

十九

下雪那天午后在街上吃了败仗之后，回到家，高粱就在家里翻腾开了，翻了一下午就是找不到那把杀羊的刀。他记得很清楚，那把刀，一尺来长，上尖下宽，最宽的地方，也就是二指，最尖的地方只有韭菜叶大小，明晃晃的，非常锋利。高粱不清楚那把杀羊刀的来历，但那把刀确实存在是不容置疑的，可是找遍家中所有地方，就是不见。高粱觉得很奇怪，好像前几天那把刀还在眼前转悠的，怎么一下找不着了呢？难道那把刀会飞？家中没有猪羊可宰，平常也没有人用那把刀干什么，真是奇了怪了，它能躲到哪里去了呢？爹娘见儿子找东西找得心急火燎的，就想帮他的忙，所以就问高粱找什么东西。高粱哪敢说找那把刀呢！只有胡乱编个谎搪塞爹娘。天黑了，高粱点亮了煤油灯仍在继续寻找，家中每个角落都找遍了，就差老鼠窟没有去摸一摸了。家中除了有一把切菜用的石刀，再没有什么可以杀人的东西。石刀很少用，所以磨得稀少，刀面上都已生了锈，不过用来杀人还是不成问题的。可是石刀不便隐藏，带在身上容易被人发现。

躺在床上，高粱却久久不能入睡。那把刀的失踪，直接影响了他计划的实施。

活人不能叫尿憋死，第二天一早，高粱腰里揣上钱，准备去铁木业社转转，看看能不能买一把应手的家伙。哪知铁木业社早已歇业回家过年了。明天就是大年三十了，谁还会来买什么熊刀呢？高粱有点儿心灰意冷，难道说那个金援朝和那个卜主任命不该绝？要不为啥老天爷都帮他们的忙呢？

回到家中，娘正在院子里炸过年的东西，招呼儿子来吃。高粱摇摇头。抬头望见墙壁上挂着一件血淋淋的东西，好像是动物的器官。就问这是啥？娘说是羊肺，鲁四姑家中杀羊，借咱们家的刀使，非要送这个。我是不准备要的，她死活不答应。高粱一听，高兴得险些跳起来，连问那把刀呢那把刀呢？娘说你找那把刀作甚？高粱装作没事人似的，我随便问问的。继而又说道，我是想，把它刷干净，好放起来。娘说哦。又说我已经清洗干净了。高粱问放好了吗？娘说放好了。高粱又问，放在哪里了？娘反问，你找它？高粱镇定地说，我随便问问。说罢就进屋去了。心想只要东西在，还怕找不着吗！

这把刀刚刚杀过羊，刷得再干净，也会存留羊的膻味。高粱是个聪明人，他进屋后，撒开他的嗅觉，在屋子里这儿嗅嗅那儿闻闻，不一会儿就有了目标，那把刀就放在堂屋后山墙的条几上。高粱急忙将那把刀揣进怀里，心中激动得扑扑地跳。他一刻也不想停留，那把刀在怀里催促他，让他快些走。高粱边走边在心中发着狠，金援朝你这个狗日的，姓卜的你这个狗日的，我绝对不会叫你们两个过了这个年，明年的今天就是你俩的祭日！

快过年了，保卫大队部两个民兵仍旧荷枪实弹站在那里。高粱对他们说要进去找通信员金援朝。其中一个说道，金援朝去公社了。刚刚走。高粱一听，喜不自胜，心说正好，两个一起解决，省得费事。

到了公社，转了一圈，并未找到金援朝，姓卜的在屋里，一直有人进进出出，高粱一直没有得手。快到晌午的时候，机会终于来了，那个姓卜的送走了一批人，一人在屋里正收拾着什么。高粱一脚进去了。卜主任见来人面生，就习惯性地问道你找谁？高粱咧着嘴笑了，也不言语，几步蹿到近前，从怀中掏出刀来，对着姓卜的胸口就攮。卜主任自幼练过几天"三脚猫"功夫，虽说没有防备，身体还是比较灵活的，见那把刀自自奔己来了，先是吓了一跳，就势往一边一躲，高粱那把刀就攮空了。高粱接着又攮第二刀，卜主任摸起茶杯往其手腕上一磕，高粱手中的刀就离手了。接下来，身大力猛的卜主任没有费多少周折，便将高粱制服了。

天擦黑的时候，朱五星才得知这个消息。她好恨高粱，本来是没有事的事，现在已闹得满街风雨。若不是高粱的爹娘来求情，她打算绝不问这件事。

明天就过年了,晚上卜主任本该早点回家去。不过他故意拖着时间不走,他料想,那个上次没有得手的朱五星,晚上一准会登门。为啥呢?下午治安股已经审查过那个刺客高粱了,他行凶的目的就是为了给情人朱五星报仇的。你想想,朱五星能够在家坐得住吗?

二更天的时候,朱五星才敲响卜主任的房门。一身雪花膏味的朱五星令等得心焦的卜主任心旷神怡。

"哎呀小朱,这么晚来有事情吗?"卜主任揣着明白装糊涂。

朱五星说话开门见山:"卜主任,你知道我是为高粱那件事情而来的。"

话已经说白了,卜主任再想装也装不像了:"这都是误会,这都是误会!你想想,上次我们可是啥都没有做啊,这个高粱愣是往我们头上扣屎盆子,你说这家伙该不该整?"

朱五星说:"高粱是该死,是罪有应得,判他几年也不为过。你明白告诉我,怎么样你才能放过高粱?"

"这个嘛……"

朱五星说:"只要明天高粱没有事,今晚上你想干什么我都答应你!"

卜主任不由得心潮澎湃起来,连说:"没事没事,绝对没有事,我说没事就没有事,明天一早,我就派人放他回家。"

朱五星生怕姓卜的耍花招,就说:"今晚放了不行吗?"

卜主任说:"这个……"

朱五星脱掉身上的棉袄,然后指着炉子说道:"炭已经烧乏了呢!"

卜主任半晌方明白过来:"你等着,我这就去换炭!然后我就安排人去将那个高粱给放了。"

朱五星离家出走了,那天是正月初三。她只带走几件衣服,留下一行字:我走了,不要找我,我会好好地活着。

二十

冬闲的日子,天气十分寒冷,人们御寒的办法就是躲在屋里不出来,遇上天不好,大白天的,几条街上有时候也难得遇见一个鬼魂。若是有太阳的天气,街口屋山头,既向阳又避风的地方就是人们消磨时光的好去处。男人蹲在那里或抽老烟叶或脱掉破棉袄,在那里逮着虱子,讲一些家长里短或者男女之间的事情。

今天是正月十五，应该是吃元宵的节日。谁家有那个可想不可求的东西吃呢？除非是有点儿背景的家庭，一般人家，能有个山芋窝窝头吃就已经不错了。再过一些天，恐怕连这黑面窝窝头也吃不上呢，倒霉的春荒渐渐近了。

"叭——！"不知谁家小孩放了一个小炮，惹得蹲在屋山头的人翘首举目，忘了说话，忘了嘴中的烟袋杆，忘了指甲间那个待毙的虱子。虽然年关还没有完全结束，但放炮还是很稀罕的。

朱红旗在家中看了多半天的书，也没有太看进去。因为姐姐朱五星已经出走好几天了，他的心思不在书上面。荷花倒是来了，朱红旗几乎没有与她说过话，她只好到院子里陪着朱红旗的爹娘叹了许多口气。她走了之后，朱红旗才出门到街上散散心。

屋山头的人见到朱红旗到来，都将嘴巴闭得紧紧的，一句话都不说，目光也对他东躲西藏、闪烁不定。朱红旗料想他们刚才一定是谈论他们家的事情。不然的话，为啥见到他说话就戛然而止了呢？

朱红旗在街口站也没站就掉头走了。走在街上朱红旗心中还在想，人家没有闲话才不正常，一个大闺女突然之间就消失了，连个音讯也没有，怎么能没有闲话呢？何况之前姐姐已经有了被人家闲话的台阶。

不知谁家的母狗，拖着大肚皮在街面上晃。朱红旗看它一眼，它却不领情，睬也不睬地迈着方步走开了。

到荷花家门口，朱红旗站在那里疑迟了一下，心里忽然想进去看看荷花。荷花对他真是太好了，拿他就像未来的男人。朱红旗刚欲抬手敲门，又改变了主意。觉得进去见到荷花说些什么呢？没有什么可说的。朱红旗欲转身，门突然一下开了，鲁四姑从里面走了出来。鲁四姑说红旗怎么不进去呢？荷花在家里呢！朱红旗嗫嚅道，我路过这里，没什么事。

朱红旗漫无目的地在街上走着，不知不觉走到了生产队的牛屋门口。就在他一抬头的工夫，远远地看见一个女人闪进了牛屋里。凭直觉，朱红旗料定那个女人一准是苦桃。风中他闻到了苦桃身上的气味。他像一条狗，一条嗅觉灵敏的狗。苦桃这时来牛屋干什么呢？

自从秋天瓜棚躲雨之后，苦桃一反常态，对朱红旗突然不理不睬，见面也都躲着他，就好像两人根本不认识，哪怕是两人走对面，跟前即便没有别人，朱红旗喊她她也不搭腔，越喊越跑得快。就像是朱红旗身上得了瘟疫似的。

朱红旗转过身往回走，他想去高粱家看看。自从姐姐不辞而别，高粱像是发了疯似的，四处寻找姐姐的下落。三五天，有时是七八天回来一趟，到红旗家看看，见姐姐没有回来，扭脸就走，连自家也不回。

政治队长金大牙从那旁过来了，远远地瞅朱红旗一眼。接着奔牛屋去了。朱红旗不想理睬这个虚张声势的小人，扭脸走了。走出不远，朱红旗又停下脚步，心想，金大牙去牛屋干什么呢？联想到刚刚进去的苦桃，猛然想起来群众背后对金大牙与苦桃两人胡搞的传言。就随后跟了过去。走着走着，朱红旗感觉身后好像是有人跟着，再一回头，却什么人也没有。他猜想，可能是自己紧张所致。

牛屋里中间生了个大铁皮炉子，炉子里的炭火烧得非常旺，一进牛屋，朱红旗就感到热浪滚滚。他很少到牛屋来，没想到牛们能享受到公社一级的干部所享受到待遇。不由得暗叹，这人哪真不如一头牛啊！其实也是这样，生产队里死了个人不觉得什么，若是死了头耕牛，起码大队、公社的干部来巡视一番，不调查几天不算完。

牛们有站有卧，有的悠闲自在地吃草，有的在咀嚼倒料，却不见喂牛的张瞎子，也不见苦桃以及刚刚进来的金大牙。朱红旗觉得有点儿奇怪，不自然地放轻了脚步。墙边有根棍子，像是推磨的磨棍，朱红旗不知怎的拿过来握在了手中。事后回想起来，也不知当时的想法，也许可能是壮胆吧。

穿过牛屋，再往里面走，有一间屋子，很小，也很暗。里面铺了一张小床，朱红旗心想可能是夜间看牛的住处。等他的眼睛适应了光线，这才发现床前有个白白的东西在上上下下闪来闪去的，定睛一看，原来是个男人的屁股。顺着屁股往上看，那人不是别人，就是他要找的金大牙。金大牙两只手各拽着两条腿，两条女人的腿，女人无疑是苦桃，朱红旗又闻到了苦桃身上的那种味道。当时假如女人睁着眼的话，就能看见门口的朱红旗，假如男人嘴里不说话的话，也能发现身后的朱红旗。可是两人都没有做到。男人说叫，女人说哎哟，男人说大声。女人就比刚才声音响些。男人像条吊秧的狗，很有节奏地重复着一个动作，床腿就发出咯吱咯吱不满的叫喊，两种声音合在一处，就变成一种乐曲：哎哟，咯吱，哎哟，咯吱……

朱红旗事后回忆，他当时也不知怎么回事，他根本就没有举棍子，那根棍子就好像自己竖了起来，按理说，那根棍子根本够不到金大牙的头颅，因为自己还站在房门口，也没有动步，那根棍子怎么可能落到金大牙的头上呢？

金大牙无声无息地倒下了，身底下的女人不知是被吓晕的还是被砸晕的，后来在法庭上语无伦次地也没有阐述清楚。

朱红旗是被一个满脸长着胡子的男人拉出牛屋的，认了半晌，他才认出那个男人来，原来是高粱。他告诉朱红旗，你今天没有到牛屋来过，一直在家看书。证人就是你的父母。千万记住我说的话。

二十一

麦子快收割的时候，朱红旗离开了家。

昨日头晌，朱红旗去街上买镰刀，在商店门口遇见了表叔王槐树。朱红旗一见，就知他最近混得不错。四十出头的表叔王槐树比以往显得有些发福了，发福的还有他的眼睛，本就小，一笑眼珠子就找不着了。脸上也有了脂肪，油光水亮的。连走路的姿势也变了，横着前行，像只螃蟹。朱红旗就问王槐树现在做什么？王槐树对朱红旗说，如今他已经升为站长了，现在正带人在城里盖大楼。朱红旗心说表叔原先只是个拎泥兜的，现在竟然当上站长了，多有本事啊！心中很是敬佩。王槐树问朱红旗想不想跟他去城里干活。一块钱一天，还管吃管住。朱红旗心想在家撸牛尾巴，哪天才有出息？反正现在政策松动了，像他这种出身的人也比过去自由了，还不如出去闯一番。就答应了表叔。

对建筑活朱红旗是一窍不通，只有给人家当小工，推砖和拎泥兜。朱红旗聪明，又用心，不到三个月的时间，砌墙勾缝抹墙都比老师傅还熟练，活还好。半年不到，他就被表叔升为大工，每天两块半工资。

一天书未念过，表叔王槐树属于那种没有文化的小老板，有时出去与人家谈生意，或记个什么事情，就有些不方便。忽一日，王表叔就想到了朱红旗，叫他下来当管理干部，其实就是给他拎包。起初，朱红旗有些不情愿，认为有手艺才是正经。王槐树说我加你狗日钱你干不干？一天五块。三五一十五，一月就是一百五十快钱呢！这在当时来讲，别说和乡下农民比了，即便是城里工人拿工资的，这个钱也不算少了。

建筑站还有一个管理干部，姓田，叫田翠。小田比朱红旗大两岁。朱红旗喊她田姐。小田原先也是做小工的，因为长得出众，泥抹子和勾刀还没有分得清楚，就被表叔王槐树提拔为私人秘书，专管王站长吃喝，或挎着个亮亮的坤包陪同王站长出去谈生意。朱红旗来了之后，田翠的身份就变了，啥也不干，专门伺候王站长睡觉。在城里他们有一套房子，在南关小市场附近，建筑站里只有朱红旗一人知晓。

表叔王槐树喜欢喝酒，有业务喝，没有业务也喝，一天两喝。平常有点空还得陪田翠逛大街，所以建筑工地他时常不去，什么事情都交给朱红旗打理。工人背后们都喊朱红旗二站长。

建筑站工人工资过去是每月月初开的，有时五六号，有时七八号，最迟不超过十号。可这月已经二十几号了。工人们见不着站长王槐树，就直接找朱红旗说事。朱红旗只好找表叔王槐树。王站长说最近手头有点儿紧，盖房子给的头期款已经被他花光了，就告诉朱红旗，对他们讲，就说盖房子的钱还没有下来。朱红旗老实，问他表叔，这钱何时能给，工人们问起来，我好回答。王槐树一口痰吐出去丈把远，抹抹嘴走了。

几天过去了，到了月底，工人们又找朱红旗，问问到底工资啥时候发。朱红旗也只好再去找表叔王槐树问问。王槐树说十天之内准发。过十天之后，工人们再次找到朱红旗，朱红旗再去找表叔王槐树，哪知王槐树却带着田翠去外地旅游去了。工人们不知在哪里听到这个消息，一下炸了营，立马要罢工回家。朱红旗吓坏了，心说工程耽误一天，要罚几百块钱，况且，现在工期已经拖了，再停工，恐怕更难以如期交工。朱红旗说老少爷们，你们不是把我当二站长吗，你们的工资我负责，你们不走行吗？

朱红旗将自己大半年存的工资从银行取出来，一算还差许多，在城里没有熟人，只好回家想办法。恰巧家中刚好卖了一头肥猪，又找亲戚借了一些，勉勉强强将工人们这月的工资对付了过去。

王槐树回来之后，朱红旗便将情况给他汇报了。王槐树听罢，一张口骂了几个妈了个X，又骂，反了他们这些狗日的了！还他妈的罢工，三条腿的蛤蟆找不着，两条腿的人多得是！

这天早上，朱红旗正在刷牙，田翠领个女人来找他。朱红旗一看是荷花。荷花给朱红旗带了许多高考参考复习资料，还有一张报考大学的申请表。啥也没说就走了。

这是一九七七年的春天。

二十二

金大牙被闷棍打成了植物人，吃喝、大小便都要人伺候。

苦桃后来疯了,喜怒无常,经常光着身子从家中跑到街上,也不知道羞耻。

高梁因犯报复杀人罪,虽然有投案自首的表现,还是被判了个死缓。当时上面有指示精神,要从重从快。

朱五星至今下落不明。

还有那个小安,最终没有与那个吹笛子的鲍忠和结成婚,却将肚子里的孩子生了下来,是个男孩子。他一直在生产队里劳动。孩子五岁的时候才回的城。

常胜创业简史

　　投标已经过去十多天了,常胜有点儿沉不住气了。本来嘛,这是关乎整个公司生死存亡的大事情,怎么能坐得住呢?

　　立夏过了,天气还赖在春天的尾巴上不起来。一早一晚出门,还需加件厚衣服。常胜年轻,身体素质又好,短袖衫早就上身了。晨练回来,他在公司办公室兼住处的卫生间里冲把冷水澡,换上一身干净衣服,去外面吃早饭。常胜喜欢面食,在这城市几年里,他每天早饭几乎都是面条,有汤有水的,用他的老家话讲,赏愿(舒服)。主要是,吃面条价格也比较便宜。公司对面有家面馆,他常去,那里的味道也不错,特别是那里的辣椒油最好,放一勺进去,无论春秋四季,浑身热气腾腾的,赏愿死了!

　　离面馆不远的地方,常胜无意中发现地面有一卷一百元的人民币,大概有五六张的样子。他拾起来,四下张望,前后左右没有人,他顺口喊了一句,是谁丢了钱?半晌无人应。面馆老板闻声过来,哟常总,捡到钱了?大清早的,你运气真好!常胜说,这算什么运气呢!又不由得喊了一句,谁丢钱了吗?有路过的下意识摸摸口袋,没搭理常胜的喊声。面馆老板说,喊啥子喊,你捡到你就花嘛!今天还是阳春面加个鸡子儿?常胜说,等一下再下,我得将这件事情给处理好了。常胜点燃一支烟,站在那里等,他不想丢钱的人肯定会回来寻找的,一支烟吸完了,还是没有等到他要等的人。他想将钱交给面馆的那个四川老板,一是不放心,那个老板爱占小便宜,经常有顾客回来找后账说是钱收多了。再说,若是丢钱的人不是来面馆吃饭的,交给他也不会有结果。这时,路对面走过来一个民警,常胜急忙迎上前去,将来意说了。民警调侃道,铁路警察各管一段,要是你捡到驾驶证或是行车证,我可以帮你处理,钱的问题,你最好还是交给派出所吧。常胜这时觉得

这一卷钱有些烫手，却又不能装进自己的口袋里，一装进去性质就变了。无奈，常胜只好攥着钱直奔派出所。这时手机响了起来，常胜也没有看清号码就摁了接听键。电话是市政府后勤处副处长郑德明打来的，让他现在就到他那去一趟。常胜激动得有些口吃，说郑处……处长，是不是投标有消息了？对方说，你激动个啥，给你半个小时的时间，迟到了一切你自个负责！常胜连连说，郑处长，我这就打车过去。

派出所还没有上班，一个值夜班的刚刚刷完牙齿的民警听完常胜的叙述，连嘴上的白沫也没来及擦，便找来笔纸做记录。问这钱是在哪儿捡到的，时间是几点几分，数额是多少，又记下常胜的身份证以及手机号码，防备丢钱的人找来，为丢失多少钱发生不必要的矛盾。好不容易笔录完了，常胜没等那个民警反应过来，丢下钱扭头就跑走了，像是小偷被人在后面追赶似的。

市政府两年前就搬到了新城区，楼房一律九层。灰色的墙壁，灰色的顶。这令常胜好长时间想不明白。过去听说，北京的皇宫都是青砖红瓦。市政府也算是这个城市的皇宫，怎么会涂上这种颜色的呢？常胜觉得这种颜色实在是不怎么好看。据说这种颜色是市长亲自定的。当然喽，市政府墙壁的外观的色调由市长亲自设定的，像常胜这样的老百姓你喜不喜欢一点不影响什么。

郑德明的办公室常胜在招投标的时候来过，所以他很容易就找到了。郑德明正在打电话，见常胜进门也没有招呼，常胜不敢轻易坐下来，半天想起什么，从包里拿出一包备用的软中华，从烟盒屁股后拆开，抽出一支递在郑德明的手上，又掏出打火机躬身给点燃，然后毕恭毕敬地站在那里。郑德明的电话粥时间煲得有点长，也没有什么实质性内容，大意是昨晚与某某人找了按摩小姐，品评哪个长得好看，哪个长得丰满，哪个活好，等等，常胜接连上了三支烟，郑德明的电话粥终于煲好了。问常胜，你就是常胜？常胜点点头。他将手中的半截香烟在烟灰缸里溺灭，端起茶杯抿一口茶。常胜一声叹息。他疼的是那半截香烟，太可惜了，一支烟三块多钱呢！郑德明低头整理案头上的报纸、文件等物，半晌说，常胜，你他妈的很幸运。常胜嗫嚅地笑笑，多谢郑处长厚爱！郑德明抬起眼皮，怎么谢我？这可是块大肥肉啊！我是费了好大劲才为你争取到的啊！为这事，我得罪了好几个人呢！常胜说郑处长，你的大恩大德，我永远铭记在心。郑德明说，别铭记在心了，只要你明白就行了。常胜忙不迭地说，我明白，我明白。郑处长，这两天，你看哪天有空，我一定得表示表示！郑德明说，要说有空，哪天都没有空，今天十几号了？常胜回答，十六，星期三。郑德明翻着桌上的台历，少时说道，到月底都安排满了。常胜说郑处长，您即便跑片子，也得给我个机会啊！郑德明为难地又翻看着台历，这样好了，后天晚上吧，我先到别的地方去应酬一下，然后再去你那里。常胜非常激动，说郑处长酒店与人员您来定。郑德明说，哪家酒店我明天给你短信，最好我那一场方便些，至于人员嘛，我看就我们两个吧，人多嘴杂，说话也不太方便。常胜说郑处长，我听您的！郑德明想起什么来，光顾说闲话了，正事还没有谈呢！你们公司中标了，按照政府办公会的要求，十天之内，你必须将一百万的保证金打到政府财务处的账上。常胜有点意外，一百万？郑处长，能不能少一点？郑德明说，一分钱也不能少，必须的。这是政府办公会上定的。如果十天之内款不到位，等于你们公司主动放弃，那么就由下一家顶替你。这可不是开玩笑的！常胜说我晓得我晓得。

回到公司，常胜第一个电话就是打给他的老婆樱子，他要在第一时间将这个好消息告诉她。樱子早几年也在这个城市和他一起打拼，后来有了小孩，考虑一家在城里花销大，樱子才带着不满周岁的儿子搬回乡下住。樱子与他是小学中学的同班同学，下学之后，常胜就在樱子父亲的建筑工地干活，两年前，岳父突然病故，咽气前，拉着女婿的手说，建筑行业不好干，你还是找个稳当的事情做吧。这些年我拼死拼活，手头只存有八十万，全部给你。你必须答应我一件事，我只有樱子这么一个女儿，你要好好待她，永远永远不要抛弃她，否则的话，我到阴曹地府做鬼都不会放过你！常胜说我知道。岳父说你发誓。常胜就发了誓。岳父最后说，农村永远没有出息，你们今后还是在城里安家吧。常胜就许诺，将来，一定给女人在城里买套房。常胜拿着岳父的八十万，在这座城市里创业，开了一家常胜保洁公司，一年多下来，不但没有挣到钱，八十万只剩下一半不到。想起在岳父面前夸下的海口，常胜不得不将老家的房子变卖了，又找一些亲戚朋友借一些，买了一套期房，现在房子已经封顶，估计年底就可以上房。常胜之所以这么做，一是兑现自己的诺言，二来也是怕岳父真的来找他算账。其实他是怕这几个钱折腾完了，他们娘儿俩连个安身的地方都没有了。原先他们在城里临时租了一套两室一厅的房子，樱子娘儿俩搬回农村之后，为了节省开支，常胜将那套房子退了，一个人住在公司里。前段时间，市政府搬到新城区，要招募保

洁公司，本市实力比较强的保洁公司一大把，像常胜这样的保洁公司扳着手指也够数上半天的，他本来不想去参与竞标，因为这种希望太渺茫了。没料到老天有眼，这块馅饼竟然真的砸到他的头上了。在路上，常胜不止一次地想，也许他的事业真的是要起步了，不，是腾飞！樱子在电话里高兴得嗓音发颤。男人事业有成，这不是女人最求之不得的吗？樱子只是担心地问一句，这不会有什么风险吧？常胜取笑她，你真是会说，给市政府做事怎么会有风险呢？这几年，你是让风险给吓怕了吧！不过，常胜没有将市政府要的那一百万保证金和樱子说，他怕老婆担心。

第二个电话，常胜打给他的情人小丁。小丁是他的手下工人，没有孩子，丈夫在外地开大车，一年有半年不归家，传说在当地有了相好的，钱也不往家寄一个。小丁下岗，人又老实，也不知找男人理论，又不好意思提出离婚，就这么耗着。常胜对小丁很同情，在公司里明里暗里经常照顾她。两人都是相互想着对方的好，日子久了，也是生理上的需要，两人便偷偷摸摸地好了起来。常胜将市政府中标的事情一说，小丁比樱子还要激动，憋了半天没憋住，呜呜地抽泣起来。常胜说小丁，你抓紧到公司来，咱们一定要好好地庆祝一番。小丁问什么时候？常胜说就现在。小丁有些迟疑。常胜说，快来吧，我们已经好久没那个了，我非常想。小丁说，在你们公司里我没有心情，生怕会出什么乱子。常胜说，要不去你那儿？小丁想了想，还是去你公司吧，万一那个该死鬼闯回来就麻烦了！常胜说你快一点儿，我去冲个冷水澡。小丁说，天气还没热起来，小心扎出病来。常胜说你放心，越扎下面越来劲儿！小丁一笑，你真讨厌！

一阵激动与兴奋之后，常胜开始惆怅了，市政府要的一百万的保洁保证金，昨天跑了一整天，一点儿希望都没有。首先他想到了银行。接连跑了好几家，没有一家接招的。对方说你一没房产，二没资产，三没上地，拿什么作抵押呢？说你的公司吧，两间房子还是租的，就你一个光杆司令，即便你身上心肝肚肺，还有腰子都是宝，能卖几个钱！常胜说，我有项目。对方说你那也叫项目？说好听一点儿，你那叫被人招聘的，要说不好听的，你那是给人家出苦力的，你叫我们怎么放心将钱放给你？常胜说，到了一年期满，政府会将保证金归还给我们的。到时我再将钱还给你们，多少利息都行。对方笑了，你还指望政府归还你钱？常胜说怎么啦？对方说，你就等着吧！常胜说市政府是人民的政府，是官方，又不是私人企业，还会赖账不成！出了银行的门，常胜将脖子一扭，往地上吐了一口痰，没好气地说，银行都是他妈的嫌贫爱富的东西！

在这个城市里，常胜基本上没有什么关系，也没有像样的亲戚朋友，只有一个知己叫屠龙，开始他们一起做保洁业，后来这小子改行干起了物流，生意一直不错，常胜去找屠龙想辙。屠龙一听是来借钱的，也就实话实说，说兄弟，我的物流在同行里做得还可以，你要说喝酒洗澡泡妞，这钱我拿得出来，你别说一百万，就是十万，我都得去找别人给你磨去。你信不信兄弟？常胜说我信！

常胜一筹莫展地走在大街上，望着路边的高楼大厦，猛然想起来，自己不是有一套期房吗？当时买的是将近七十万，现在升值了，估计八九十万没有问题，如果卖好了的话，说不定小一百万也不是没有可能。只是老婆孩子进城的时间又要往后推延了，因为农村户口进到城里，住房必须达到八十平米。没有办法，创业嘛，有失才会有得。等捞到市政府这桶金，到那时再买房子也是一样的，说不定到那时房子还会降价了呢！常胜立马回到公司，打开电脑，将那套房子以一百万的价格挂在了房产网上。再点击确定之前，他本想打电话给老婆商量一下的，又怕樱子想得太多，但他知道樱子会支持他的，只要是正事，她绝对不会阻拦的。想来想去，这个电话终于没有打，他不想让樱子为他担心。

请郑德明吃饭，地点定在市郊一个叫绿姝庄园。常胜提前买了一箱五粮液，又买了四条软中华，早早地打了一辆出租，将东西送到房间，准备饭后送给郑。房间是郑德明提前订的，很豪华，金碧辉煌；桌子很大，能坐十七八个人。就两个人吃饭，订这么大的桌子，不知道价钱是多少身上只带了五千现金，两个人即便吃的是山珍海味，他想差不多也够了。房间空荡荡的，常胜觉得自己就像一枚被人遗失角落的棋子，孤零零地期盼着主人的目光。优雅的音乐在空气中飘荡，穿着旗袍的露着白腿的小姐出来进去好几趟，茶水也添了好几回，常胜的肚子里早已咕嘟咕嘟叫了半天了，因晚上有好的吃，他中午只喝了一碗米线。旗袍小姐终于温文尔雅地问常胜，先生，客人啥时到？常胜说，是市政府办公室的郑处长安排的。小姐说我知道，就你一个人吗？常胜有些支吾，我也不太清楚。旗袍小姐轻声细语道，郑处长说他马上就能过来，现在可以上菜了吗？常胜咽下一串音符，说上吧。突然觉得有些尿急，急忙起身上了洗手间。站在便盂前，他猛然想起来，那次去台湾

遇到一件新鲜事情。台湾人称洗手间为化妆间，小便不叫小便，叫补补妆。真他妈的有创意！

再回到房间，菜已经上来了，花花绿绿的，满满的一桌子，吓了常胜一跳，妈呀，这么一桌子菜，两个人怎么吃啊？

不一会儿，郑德明人没到声音早就进来了，连说不好意思不好意思，让常经理久等了。落座之后，郑德明对旗袍小姐说，怎么没上酒呢？旗袍小姐问，郑处长上啥酒，郑德明气宇轩昂地说，十五年茅台。常胜虽然这辈子连普通的茅台也没有喝过，别说十五年的了，肯定是价格不菲，别的他不担心，他是担心身上的钞票，不过他还是有思想准备的，他带了一张银联卡，却不知这儿能不能刷卡。酒打开了，常胜问，就我们两人？郑德明说，可不就是我们两个。人少清静。常胜说，这一桌子菜？郑德明微微一笑，你就放开肚皮吃，能吃多少吃多少，不过这个单已经有人给你买了。常胜一惊，谁？那怎么可以呢？郑德明端起酒杯，来来来，咱们喝酒，下次有机会你再做东不就行了吗？常胜有些过意不去，便将酒杯端起来。郑处长，我的保洁公司是一个不出名的小公司，能拿下市政府这个大项目，我本人做梦也没有想到，我得好好地敬你一杯。郑德明却将酒杯放下来了，小常，我不叫你经理我叫你小常行不行。常胜说我本来也不是什么经理。郑德明说，说句实在的，我说哪个公司能中标，哪个公司就能中标。上边只听我的意见。这次之所以你们公司能中标，全凭你的名字好。常胜疑惑，我的名字好？郑德明说，我觉得你的名字不错，常胜，常胜，常常能胜！是个幸运的名字。我将你们十几家公司写在纸上，然后搓成团，像抓阄似的，闭着眼睛摸出一个纸团，没有想到两次摸的都是你们的公司，这就是你能中标的秘密！说罢二番端起酒杯，来小常，为你的名字，为你的幸运干杯！常胜只觉得眼睛里一阵苦涩，酒含在口中，一点儿名贵的滋味都没有品出来。

郑德明因为在另一桌喝过了，端酒杯时手都有些抖了，没喝几杯就说不喝了不喝了，咱们转场。常胜一桌子的菜他还没有吃全，肚子里根本没有进油水，所以有些不舍。就问，咱们这是去哪里？郑德明说，去清水湾。常胜知道清水湾是全市有名的洗浴中心，那里的消费不是一般人能。郑德明一搂常胜的肩膀，放心吧老弟，你去了不但让你见见世面，还得让你开开眼界，那里的小姐不光漂亮，天生丽质，然后在胸前比画着，而且这个大得不得了，哈哈哈哈！见常胜有些迟疑，继而说道，老弟，今晚绝不让你破费，你就大胆地去欢乐吧！常胜忽然想起带来的东西，忙过去提过来，郑处长，对你的帮助，我深表谢意。郑德明倒退一步，小常，你这个是啥意思？常胜说这是我的一点心意，不成敬意。郑德明说，你的心意我领了，这个东西我不能要，为什么呢？第一，这些东西我不缺，哪天你有空去我家里看看，地下室里满满当当都是。第二，我住在机关大院宿舍，我住五楼，四楼是政府办的袁仁海副主任，三楼住的是政府财务处徐处长。我三更半夜地提着东西回去，若是让他们遇见了，还不知我在外面捞多少呢！你也许不知，我干的这个后勤处副处长，好多人都在眼红呢！要是被他们抓住什么小辫子，那我的饭碗还有吗？我没有饭碗，以后还怎么关照你呢？所以说，你的这些东西我不能要！常胜说，郑处长，那我怎么感谢你呢？总不能让你白白帮我的忙啊？我总得有所表示啊！郑德明嘿嘿一笑，知恩不图报，你是个聪明的人，以后怎么做，还要我来教你吗？

今天是市政府规定期限的第五天，一整天常胜都没有出门，一直坐在电脑前，搜索买卖房的情况。自从他的房子挂单以后，已经被人点击三百多次了，现在有意向买他房子的，多达十多个，不过出的价钱都在七十万左右，有一个姓吴的先生，据他自己说，是真心想买，急等着给儿子结婚用，出到七十五万之后，一毛钱也不愿意往上加了。另外十几个都是凑热闹的，像撒鱼网似的，一网撒出去，逮着就逮着，逮不着就算。当时常胜真想出手的，突然又咬紧牙关没有吐口。七十五万，还差二十五万，让他去哪里找那二十五万呢！假如不是急等着用钱，八十五万还是有希望的。就从姓吴的来讲，估计八十万还是愿意出的。好在常胜说自己的房子卖不卖无所谓，撒谎在其他的地方又买一套，也不等着用钱。常胜这么想，如果房子真的卖了八十万，差那二十万怎么办呢？突然间想到了那个郑德明，给他送个红包去，看看能不能请他从中给说说情，少收一部分行不行，反正是保证金，多一点少一点有那么要紧吗？

买的高档烟酒郑德明没有收，常胜也吸不起也喝不起那种奢侈的东西，也没有那个闲钱消费，找到原先那个商店，说了许多好话，又主动少要二百块钱，店主这才勉强将烟酒给退了，回来之后又添了一些钱，凑成一万元，找张红纸包好，然后骑着自行车去了市政府。打的来回要五十元钱，常胜想能省则省，省下这一趟车费，差不多够十天的早餐钱了。

郑德明这次显得十分热情，还特意给常胜泡了一杯龙井茶。吸了一支烟，常胜也不绕弯便将红包掏了出来，放在郑德明的抽屉里。连说意思意思，不成敬意。郑德明一点儿也没有客气，只是轻描淡写地说了一句，你这么认真干什么呢！常胜说，应该的，应该的。郑德明想起什么，问道，保证金准备得怎么样了？常胜没说困难，不过，能不能少交点儿，或是晚交一点儿。郑德明马上严肃起来，我对你说小常，这可不是随随便便的，不是去洗浴中心找女人，办还是不办，攥深还是攥浅，由你自己做主，你若是丢了这个机会，我可是没办法给你补救的！常胜没有必要再继续说下去了，站起身来。郑德明又郑重地说，我给你说小常，满打满算还有五天时间，你可是一点儿都不能拖的。常胜说我明白郑处长。郑德明口气有些缓和，你是怎么来的？常胜不想让郑德明瞧不起，就说是打车来的。郑德明说，正好我要出去办事，你就坐我的车一块走吧。常胜说，不方便吧，我还是打车回去吧。郑德明有些不悦，你是有钱没处花啦，有现成不要钱车不坐！常胜只好上了郑德明的车。到了常胜的公司门口，郑德明的车走远了，常胜又打了辆车，去市政府门口去骑他的自行车。本来是想省一点儿，结果钱没有省下来，还搭了力气。

在街口，常胜在小超市买了两桶方便面，晚上准备熬夜，无论如何这一两天要将房子出手，还要留出办手续以及打款等一系列时间。回到公司，他立即坐在电脑前，看看有没买房的消息。结果令他十分失望，好像是说好了一样，一个留言也没有，那个想要房子的姓吴的也隐身了，常胜心中非常明白，大家都在比耐性，谁急躁谁就会吃亏。时间不允许常胜有耐性，明知吃亏也得主动出击，即便是七十五万也得出手，如果失去市政府这个项目，再想找这个好事就难了！这个机遇对于他来讲必须得抓住，也许这是他事业的转折点呢！他顾不得许多，掏出手机联络那个老吴。常胜估计得没有错，老吴态度很暧昧，似乎对买房子失去了兴趣，他说等等再说吧。常胜心说你能等我哪能等呢！常胜就试探地激他一家伙，告诉老吴，现在也有人出七十五万要这套房子，因为你是先者，所以通知你一声。如果你真想买的话，咱们可以见面谈一谈。这一激将法还真管用，老吴口气马上变了，说你如果七十五万能接受的话，根本不需要谈什么，你带着房子的手续我带着钱，明天一早到房产中心变更户名就行了。接下来两人约定了见面的时间。

提包里装着一捆捆人民币，走出房产中心那一刻，常胜心中一酸，不知怎的险些掉下泪来。他推着自行车，漫无目的地走在大街上，脑子里盘算着，怎么去筹集那剩余的二十五万。走到一个小区时，觉得这儿有些面熟，猛然想起来小丁就住在这儿，他随手给她拨了个电话。小丁正在家准备做饭，听说常胜就在小区门口，就让他上楼说话。常胜说我还是不上去了吧，你男人长期不在家，别让你们邻居说闲话，一个门洞住四家，一点隐私也藏不住。小丁说也好。常胜说，中午我请你。小丁说发财了？常胜说，刚刚谈了一笔生意，净挣了七十多万！小丁笑着说，你就吹吧！等着我，我换件衣服就下去。

两人就在附近找了一个家常饭馆，常胜就将卖房一事讲了一遍。小丁连连叹气，感觉有点可惜。常胜说没有办法，等挣了钱再买吧。只是还差二十多万，不知怎么办才好。银行又不给做贷款，要贷必须有车子房子或者地产抵押。小丁说，我住的那个房子不知能不能管。常胜说，你那房子又小又旧，银行即便同意，也贷不出几个钱。况且房子又不是你一人的，万一你男人知道了，还不人头打出狗脑子来啊！小丁叹了口气，从提包里拿出一张存款单，说道，这些年我手里只存了五万块钱，前些天就想送给你的，只是太少了，帮不了你的大忙。常胜还想客气一番。小丁说，这钱我暂时也用不着，等你有了钱再还给我不就行了吗？又开玩笑道，你若是不过意，到时给我十万不也行吗？常胜说，将来一定兑现，要是没钱的话，哪怕是脱裤子卖也必须给你十万！小丁笑道，你什么裤子？是金丝线缝的吗？能值那么多钱？

钱放在公司不稳当，早上一上班，常胜便将八十万块钱送到市政府去，主要是让郑德明放心。郑德明打了收到条，对常胜竖起三根指头，还有三天时间，你得抓紧哪老弟！常胜说我知道，剩下的我现在就去筹集。郑德明关切地问道，银行你跑了吗？常胜苦笑着说，没有用，人家不睬！郑德明说，我倒是有个主意，不知你愿不愿意？常胜说郑处长，说句老实话，剩下的二十万，我的确是犯难了！只要是能弄来钱，什么条件我都能答应！郑德明点燃一支烟，你想没想过，个人投资公司你是不是可以考虑一下？反正时间又不长，不就是一年的时间嘛。常胜说你说的是高息贷款？郑德明弹掉烟灰，点点头。常胜说，我就是同意，人家也不会答应的，听说个人投资公司也要实物抵押的。郑德明说，我有个朋友，就是干这行的，我可以替你担保，就不需要东西抵押了。常胜不由得问道，如果借二十万的话，一年的时间，估计本息要多少呢？郑德明不假思索地说道，我那个朋友的公司是个正规的公司，不会胡来，加上我的面子，本息合在一起，大概三十万吧。常胜思索了一会儿，然后说道，行！请你给我联络一下，我去找他们。郑德明将烟溺灭，你也不必跑了，反正是由我担保，你给我打一张三十万的条子，我直接给你补上这二十万不就行了吗！常胜心中已猜到了八九，估计这钱是郑德明自己的，刚才那一番话，不过是欲擒故纵罢了。眼下也顾不得那么多了，只要能将项目拿下来，权当是少挣一点儿罢了。郑德明在桌子上翻着什么，半天从抽屉里找出一张白纸，好像是复印纸，又摸出笔来，推到常胜的面前。常胜就明白了，这是让他写字据。不过常胜在郑德明找纸的那个细节突然想不明白了，明明白白桌子上就有印有政府办台头的稿纸，为啥郑处长还要舍近求远费那么多工夫找出复印纸呢？看样子，这个姓郑的还是非常谨慎的！常胜写好了字据，然后交给郑德明。郑德明看罢，折好，小心翼翼地放进抽屉里。对常胜道，等一下，我就让我的那个朋友将二十万打过来，你的手续就算齐全了，你回去准备组织人吧，下周就可以来工作了。不过小常，我得将丑话说在头里，上一家保洁公司就是因为保洁不到位，市领导很不高兴，所以才撤换的。你可要打起精神来，这可是政府的一项阳光工程，你一定尽心尽职将工作做好，以后我也好在领导们面前为你们说话。常胜没弄明白保洁卫生怎么被称为阳光工程，就说郑处长你请放心，我们公司虽小，但我们的员工是经过正经培训的，又专门组织他们到苏州、上海等大城市学习过，所以服务上你尽管放心。郑德明说不是我放心，要我们领导放心才行。常胜呼出一口气，说是的是的。今后一切还靠郑处长您多多关照！郑德明笑着说，以后咱们就是一家人了，不必客气。说着丢一支香烟给常胜，自己也叼上一支，常胜急忙摁亮打火机给郑点烟。郑德明吐出一口烟雾，为你的工作顺利，晚上咱们庆祝庆祝吧？常胜心中明白，这庆祝的含义，一晚上潇洒下来，没有几千块钱怕是过不去，现在也只有打肿脸充胖子了！那行，到哪里去，我来安排。郑德明摆摆手，我知道你老兄最近手头有点儿紧张，晚上我让一个朋友来买单吧。突然放低了声音，哦对了，那天晚上，你的那个小姐怎么样？活还行吧？常胜想起那天晚上的事情更是一肚子的气，请客那个老板，只顾讨好郑德明了，根本没问他的事情，也没有安排他任何节目，他躺在那里看了一晚上连续剧，后来睡着了，等他醒来，洗浴中心已经开始打烊了。郑德明见常胜不言语，忽然想起了什么，对了，那天晚上，我走时没有见到你，他们说你已经走了。后来我想，你是不是请那个小姐偷偷出去吃夜宵了！说着手点着常胜，不仗义不仗义！常胜苦笑，郑处长，我有点儿不适应那个场合。郑德明说错，你们做企业的，如果没有这个场合的话，那你何谈什么事业呢？常胜下意识地点点头。

早晨起来第一件事情，常胜就是熨烫那身唯一的藏青色西服。这是他们保洁公司的工作服。料子一般，涤纶的，含毛不多，好处就是无论坐蹲都不会有皱褶。所以干起活来很方便。西服左方印有公司的名称，按常胜的话说，一是着装统一，显得正规，二者也是无形之中宣传了公司。往那儿一站，人家一瞧，哟，常胜保洁，活广告。常胜特别喜欢这身西服，这是他长这么大穿的第一身西服，配上小丁给他买的那条绛红色的暗花领带，即便在市政府的大院里，也觉得挺显眼。

吃完早饭，常胜正准备出门，这时手机响了，一看是家里打来的。这一段时间，只顾着一心扑在工作上，好久没有与家中联系了，一见到电话，心中不由得"咯噔"一下。樱子在电话中说孩子病了，连续发高烧，希望他能回家一趟。常胜急忙脱掉西服，换上便装，准备搭车去汽车站。猛然想起来，身上带的钱不多，急忙小跑着去银行取钱。哪知身上的3张银行卡都透支了，市政府的这月保洁费还要一个星期才能到账。思来想去，无法可施，最后想到了郑德明。

郑德明一听说此事，连连哀叹了几声，说常胜你看你这个熊经理当的！常胜不好意思一笑。郑德明从抽屉里取出两千块钱，问道够不够。常胜说郑处长，等保洁费一到账，我立马还你！郑德明说你赶快回家看看吧，孩子的病是大事情。又将常胜送至门口，告诉他不行的话，将孩子带到市里来检查，毕竟这儿的医疗条件要好些。常胜欲转身，郑德明又诚心诚意地说道，若是钱不够，打个电话来，我将钱打在你的卡上。这一刻，常胜对郑德明真的有点儿感激涕零，关键的时候，能有人这么关心你，即便是顺口一说，也是令人十分感动的！

心急火燎地赶到老家，遇到的却是房门紧锁。邻居告诉他，媳妇带着孩子到镇医院看病去了。常胜借辆自行车又急忙向镇里奔。到了医院，孩子已经吊上了盐水。樱子告诉他，孩子家查出得的是急性肺炎。前两天一直是高烧40度。现在刚刚退了烧。孩子已经睡着了，常胜看着儿子发黄的面孔，不由得有点儿想落泪。急忙忍住，他怕樱子看到他那样子会不高兴。女人一直支持他的事业，在她心目中，希望男人坚强，她才觉得有安全感。常胜眼睛望着窗外，将眼角的泪珠偷偷擦去。这时，他忽然觉得亏欠孩子与女人的太多太多了！他与樱子商量，想将孩子带到市里大医院去看看。樱子不同意，樱子说，这种病很好治，到哪儿都是一样治疗，何必舍近求远呢？再说，我们娘儿俩住在你的公司，连张床都没有，实在是不方便。也不是那回事情。常胜的嗓子有点儿哽咽，我对不起你们娘儿俩！樱子说，我们是夫妻，没有谁对不起谁。只希望你能努力工作，闯出一番事业，到那时，我们的幸福日子还会远吗？常胜动情地说，不会太远。然后将保洁公司进市政府之后的情况和女人讲了一遍。他告诉樱子，到了年底，等到政府半年一结账，我就将你们母子接到城里租套房子住，然后再买一套房子。正儿八经当一回城里人！樱子诧异，我们不是买了一套房子了吗？怎么……常胜知道自己说走了嘴，不好再瞒，只好将实情说了出来，希望老婆能原谅他。樱子淡淡一笑，你是做正经事，我怎么能怪你呢？然后催促男人赶快回去，因为市政府的单位不同于一般部门，你要时刻小心谨慎，绝不能出一点儿纰漏。常胜担心孩子的病，想停两天再走。樱子说孩子的病已经好转了，还是工作要紧。常胜从身上掏出钱来，交给女人。樱子又将钱塞在男人的挎兜里，钱你还是带着吧，家里有钱。我前几天将家里的那头猪卖了。再说公司里也需要钱。这时，孩子动了一下身，樱子急忙按住儿子打吊瓶的那只手。常胜看看孩子，忍不住地弓身在儿子的脸上亲了一下。

护士进来，看看了吊瓶里的药水，望一眼常胜，又走了出去。常胜趴在女人的耳旁，低声说道，我今晚在家住一晚吧，我太想那个了！女人臊红了脸，望着外面的天空出神。

秋深了，机关院内虽说种的几乎都是能过冬的树木，有的叶片还是经不住早晚风霜寒露的侵袭，摇摇晃晃地飘落下来。不是一个劲地飘落，而是断断续续地飘落。有时像小孩捉迷藏似的，你看着它，它不飘，你人一离步它就往下掉。上午，常胜在大院里帮助员工扫了一阵树叶，突然想起来想找小丁说点什么，就去了小丁工作的那个楼层。看见小丁手中拿着竹竿绑的长鸡毛掸子，站在梯子上清扫走廊顶层上的蜘蛛网。就让小丁下来，他站上去帮她搞，他个高臂长，力气又大，不一会儿就将所有的蜘蛛网以及脏东西弄干净了。小丁平常带个塑料大水杯，今天想起来在里面放了一些茶叶，看常胜从梯子上下来，急忙将水杯送到他的手里。说常经理，你别嫌脏。常胜看看左右没人，就小声开玩笑道，经常亲嘴都不嫌，现在怎么会嫌呢？小丁就笑，笑得前仰后合。常胜嘘了一声，小点声，领导们在办公呢！小丁低声说，不是你闹的吗，反倒怪起别人来了！常胜拧开水杯盖子，对着嘴"咕嘟咕嘟"喝了好几口，咂摸咂摸嘴，一本正经地说道，是有点儿嘴唇的味道！

小丁一把夺过水杯子，拧好盖子，没好气地瞟了常胜一眼。然后说，到休息室歇歇吧。常胜说也好。就随小丁去了。所谓休息室就是楼梯拐弯的下面，大约有三四平方的样子。其实是他们这栋楼几个女工上下班换衣服的地方。屋里有两把椅子，一张小桌子，常胜进到里面坐下，猛然想起什么来，哦对了，刚刚光顾帮你干活了，正事反倒给忘了！小丁一语双关地说道，你哪天找我有正事？常胜嘿嘿一笑，你不是有个同学在搞房子中介吗？小丁说怎么啦？常胜说，你让她帮我留心租一处房子，远近无所谓，只要交通方便一点儿就行。最好是两室一厅。你想将嫂子和孩子接过来住？小丁眼睛里有一点儿发涩。常胜点点头。小丁说还是搬在一起好，相互也好有个照应。常胜说地球人都是这么想的。小丁说你就贫吧。半响问道，你儿子彻底好了吧？常胜说彻底好了。昨晚樱子来电话，说孩子就是不想吃饭。小丁说，慢慢来。过些时就好了。常胜站起身来，找房子的事不急，我想春节前再将他们娘儿两个接过来！小丁将脸扭一边去，没接常胜的话。常胜问，不高兴啦？小丁苦笑，我为什么要不高兴呢？你别自作多情。常胜说，即便樱子来了，有空的话，我还会去照顾你的"身体"的！小丁假装生气地样子，去去去去，哪个要你照顾，天下的男人都死完了不成！常胜望一眼门口，突然将小丁抱在怀里，像鸡啄米似的亲了起来。小丁也不敢声张，又怕推搡闹出动静来，只好腾出手来，在常胜的大腿根狠狠地掐了一把，又掐了一把。疼得常胜眼泪都要下来了，这才放了小丁的嘴。这时常胜的手机响了起来，他便边向外走边接听。电话是郑德明打来的，让常胜现在就到他的办公室去一趟。

　　郑德明止伏案写着什么，见常胜进门，忙丢掉事情让常胜坐。然后说常胜恭喜你啊！常胜有些莫名其妙，不知喜从何来？郑德明亲自给常胜倒了一杯矿泉水，送过来。常胜连说谢谢谢谢。郑德明坐回到椅子里，这才说道，上午市长在办公会上，专门提到保洁问题，说你们干得不错，并且大加赞扬。你说这事值不值得恭喜你！常胜谦虚道，有些地方我们做得还不够好，还要进一步努力！郑德明说，不是努力，而是要努力努力再努力！常胜不住点头，郑处长说得是。郑德明说，千万不要骄傲！常胜说，不骄傲不骄傲，一定不骄傲！说着掏出香烟，给郑递上一支，亲自给点燃。郑德明吐出一口烟雾，哦对了，喊你来还有一件事情。我们政府办的袁仁海副主任的儿子这个星期天，也就是后天，结婚，你看你要不要去随一份贺礼？常胜说郑处长，这个我不懂，人家没有请我，我去合不合适呢？郑德明说，当然合适啦。他是我的顶头上司，管着我更管着你，我都得去，你能不去吗？常胜说

我听你的！郑德明说，我这是关心你。现在你们领到的钱是基本工资，到了年底，半年的兑现款必须要袁仁海副主任签字，你方可去财务室领取，否则的话，你连一分钱也拿不着。你别觉得那是你的钱你该得到。政府给你才是你的，政府不给你只得等着，这事你一点儿脾气都不能有！常胜说我懂了郑处长。你看看我出多少礼合适呢？郑德明考虑了一下，半响说道，你们公司大小也是个企业，太少了颜面过不去。六是大顺，五是圆满，你怎么也得着这个数。他伸出五个手指头。常胜说五百？郑德明说小常你是真不懂还是假不懂呢！五百块钱，那不是扇人家的脸吗！你认为这是一般老百姓办喜事呢？常胜说五千？郑德明说，起码这个数。不过你还不能声张，到那天你与我一起去帮忙，方便的时候，我给你和袁主任引见一下。以后一切的事情就好办了。你说是不是？常胜满脑子想的是马上就要掏出五千块钱，让他到哪去弄这笔款呢？所以没有听清郑德明在说什么。郑德明说小常，你在想什么呢？常胜说我没有文化，我在想那天见到袁主任时我怎么说些恭喜的话。郑德明手敲着桌子，你这个家伙，行！

有两个月没有开工资了，原因很简单，说是政府财务紧张。一些员工闹情绪，吵着不愿意干，有的甚至要去找市长。其实他们自知见不着市长才这么说的。一市之长哪是他们想见就能见的呢！况且有多少道门把着。固然他们天天在给市长的房子打扫卫生，那是在市长还没有上班的时候，平时他们即便是变成一只小蚊子，恐怕也难飞进去。找不到市长他们只有找经理，假如经理不解决这个问题，他们就罢工，彻底罢工！常胜又是作揖又是鞠躬，我的姐姐妹妹哎，我的哥哥嫂嫂子哎，还有大爷大妈哎，我知道你们的苦处，干活要钱天经地义，没有钱怎么生活，肚子里没有饭，怎么干得动活，这些我都明白。不过市政府毕竟是市政府，你说市政府如果没有钱，那么我们这个城市还有谁敢说有钱呢？肯定是这之中出了什么问题。所以说，大家一定放心，我是经理，一切由我来负责。你们千万不要过激，你们一过激就毁事。要知道，我已经交了一百万的保证金呢，若是你们一闹，就会给人家留下口舌。到时候他们一翻老账，吃亏的不是你们，而是我。这么多年来，我不但没少大家一分钱，也没有什么对不住大家的地方，就请各位帮帮忙，理解一下。不过，请你们放宽心，工资由我来想办法，我一毛都不会少你们的，三天之内，就三天，哪怕是摔锅卖铁，哪怕是去医院卖血，我一定将工资给大家结清！其实员工们也不想闹，现在有一份工作是那么容易的吗？况且，常胜平常也厚道仁义，所以大家的情绪一下子就平稳了。各人去各人的岗位上，该做什么做什么，什么影响也没有。

常胜算了一笔账，工人们两个月的基本工资大约要小十万，他的公司账上早就是零，怎么解决这个事情呢？十万块钱对于现在的常胜来讲，并不是个小数目。他坐在办公室里想了一上午，也没有想出什么办法来。他猛然想起他的那个干物流的朋友屠龙，上次没有麻烦他，看看这次能不能请他解决燃眉之急。电话打过去，却没人接，半天才回过来。常胜便将情况说了一遍。屠龙唉声叹气了好半天，这才又说道，你可能不知我的情况。常胜问怎么啦？屠龙说，我的公司已经倒闭了！怎么回事？常胜心里不由得"咯噔"一下。屠龙说，生意每况愈下，两个月前，我这里的又出了点事，铲车将一个小孩子碰了，至今还躺在医院里，已经花去四五万了。常胜劝慰了一番，放下电话，坐在那里接连吸了几支烟。

第二天，常胜又去外面跑了一天，想到的、能找到的都跑了一遍。现在全国经济形势都不是很好，大企业是如此，小企业更是雪上加霜。听讲，全市每天都有十几个企业不是歇业就是倒闭。晚上，常胜躺在办公桌上，怎么也睡不着，他将他的所认识的朋友，包括同学、亲戚、战友都在头脑中过滤了一遍，连一个能帮助他的人都找不出来。事业走到这一步，常胜觉得自己是那么的无奈与可悲。但还得撑下去，也许经济危机一过去，一切都会好起来的，他的事业也会好起来的。他心中存在着一种美好的愿景与期盼。不过眼下怎么办呢？无论如何，他不能让员工们失望。他猛然想到了郑德明，没有别的办法，他只能借高利贷给员工们发工资。至于以后怎么办，他没有想得那么远。

晚上，郑德明在外面应酬刚刚回到家，正准备洗澡，常胜的电话就打过来了。常胜说郑处长这么晚打扰你了，不好意思。郑德明说没关系，我在外面吃饭刚回到家。有什么话你说。常胜便将员工的工资问题讲了一遍。郑德明说，我也是没有想到啊，政府的财政怎么紧张到了这个地步的呢？常胜问，你们的工资不会不发吧？郑德明笑了，我们都是国家公务员，是吃皇粮的，钱都是国家国库拨的，要是我们的工资停了，那还了得啊！常胜又问道，那我们的钱是怎么回事情呢？郑德明说，那是每年政府财政做计划……一句话我也与你说不清楚，不过，政府绝不会少你们一分钱的。我敢打这个包票。要是传出去，说是市政府欠谁谁的钱了，那还不让人家笑掉大牙啊！不过这几年，政府建新城区，一下投资了几十个亿，资金的确是紧张了些。

你可能不知道，就我们院子里普通的一棵银杏树，没有七八万块都钱拿不下来，还有那些珍贵的树种，哪一棵不得十几万哪！即便是一个盆景至少也得两三万元，你算算账吧！常胜心说我没那个闲心去算这个账！就说，我这么晚给你打电话，就是想请你给想想办法，员工们没有工资他们要罢工呢！郑德明说我给你说小常，你千万要笼络住他们，真要是出了问题，只怕你这个工程做不到结束就完蛋了，你记住，吃亏的永远是你！常胜说郑处长，我怎会不知道这种厉害关系呢？只是我实在弄不到钱给他们开工资啊！郑德明问道，你想怎么解决呢？常胜说我还能怎么解决？我是想请你能不能再帮助借一点儿高息贷款。郑德明问需要多少？常胜说十万吧。郑德明说，现如今一些企业，特别是小企业，资金都非常紧张，所以利息都上去了。常胜说再高也得借。不知政府的钱啥时能够到位。郑德明说，这个事我也说不准。不过，钱我可以出面帮你解决，至于你借多长时间，多少利息，你与人家当面谈行吧。常胜如释重负，不论咋说，事情总算是解决了。

　　昨天下午小丁给常胜打电话说，说她的同学帮助找了一套房子，离他们的公司只有两站多路，两室两厅两卫，还是新房，做了简单装修。今天正好是星期天，上午，常胜就约了小丁一起去看房子。房子的确不错，两室都是朝阳，客厅特别大，出门就是一家超市，菜市场离得也不怎么远，大门口不远处就是公交车车站，有五六条线路通往各个方向。小丁说，什么都好，就是房价有些贵。常胜说贵是贵点，不过条件还是蛮好的，每月一千五百块钱也基本上能接受，现在房租每年都在上升，不过房租要按年一次交清有点儿不合情理。小丁说就是。不然再等等看？常胜说再等等。

　　出了小区，小丁说想去市里商场转转，天气渐渐转寒，她想买一件薄一些的羽绒袄，干活轻巧些。常胜说难得休息一天，我陪着你去吧，中午一起吃饭。两人说着拉着手就到了公交站台等车。这时，小丁的手机响了起来，小丁边掏手机边说肯定是我大姐打来的，她让我晚上去她家吃饭。电话没有听完，常胜就发现小丁的神色不对，没等他发问，就听小丁说完了完了。常胜问，你说什么呢？什么完了！小丁目光有些呆滞，老葛出事了！老葛是她的男人。常胜问怎么啦？小丁说他开夜路，可能是疲劳驾驶，撞上高速护栏翻了车。现在人怎么样？小丁说，当地交警来电话说，人现在躺在医院里，昏迷不醒。在哪儿？常胜问。小丁说在无锡。常胜说你打算怎么办？小丁像是自言自语，他一天没有和我离婚，我还得去看看是不是？常胜说那是当然的啦！你别啰唆了，我们现在就去火车站，我陪你去无锡。

车到无锡，小丁和常胜直接到了无锡人民医院。其实老葛车祸发生之后就死了，当地民警怕小丁一下接受不了，所以隐瞒了实情。

老葛已经被送到了太平间，小丁本不想去见男人最后一面，她嫌害怕。常胜说，既然来了，还是看一眼吧，我陪你去。到了太平间，还是常胜掀开蒙在老葛脸上的白布，小丁几乎没有看清男人的面目，就干呕着跑了出去。

民警早已在医院的办公室等着小丁，小丁与常胜进门的时候，屋里除了那个处理交通事故的民警，还有一个穿着深蓝色制服的中年人，连椅上还坐着一个年轻的、瘦巴巴的女人，她的怀中抱着一个两三岁的男孩子。民警首先通报了事故情况之后，然后那个自称自己是保险公司姓张的中年男人翻开一个文件夹，说道，葛先生在去年八月为自己保了一份五十万的保单，受益人是他的儿子葛军及老婆何桂香。儿子？他哪来的儿子？我是他的老婆，怎么又出来个什么何桂香呢！小丁一下呆住了。望着低头坐在那里的女人与孩子，似乎明白了什么。老张说，不过，从我们了解的情况看，葛先生所说的老婆何桂香并没有与他领结婚证，他真正的合法夫妻而是丁女士，所以请你们两个当事人一起过来，你们若是能当场达成协议最好，假如达不成意向，那么你们只能诉讼于法院，等待案子判了下来，我们会按照法院的判定，赔付保金的。

屋里静寂得有些让人受不了，坐在连椅上的那个女人突然抱着孩子，跑到小丁的面前，直直地跪了下来，丁大姐，我对不起你啊！……开始与老葛好的时候，我并不知他已经成了家，求求你看在老葛的份上，给我们母子一条生路吧。老葛这么一走，孩子要我一人养，我又没有工作，将来孩子要读书上大学，我怎么办啊！……

小丁有些厌恶，站起身来，喊上常胜，我们走。老张追至门口，丁女士，你打算？小丁说，老葛生前我没有要过他的钱，他死了我也不会贪图他的一分一毫！稍停对趴在那里的何桂香说道，我说话算话，老葛的保费你去领吧，不过，他的后事我也不会参加的，从现在起，姓葛的一切均与我无关！

这几天，小区里，街面上，不时响起了零零落落的鞭炮声，机关里几个大门也都有人那里忙活着挂灯笼，年味渐渐浓了起来。保洁公司愈到这时候愈得忙，不论室内室外，都要打扫得干干净净，连墙旮旯、天花板，一些

死角都不能放过，所以员工们干得特别起劲。他们卖力的另一层原因是，马上到年关了，按照约定，他们能从公司里领到一笔半年的兑现奖。他们就可以计划一下过年要买的东西，该添置的衣物。常胜这一时期也特别忙，每人负责的范围，他几乎每天都要走一遍，检查卫生质量，心里常常告诫自己，千万千万要做好一切工作，绝不能让领导们说出哪一点不好来。自己呢，抽一点空，或是利用中午休息的时间，几乎天天跑房产中介，看看有没有合适的房子，他一直想在春节前将樱子娘儿俩接到城里来过年。另外他也为在节前能顺顺利利拿到半年的兑现奖，以及欠员工们两个月的工资奔波。上次常胜借钱补了两个月工资，以后一直没再发，等于又欠了两个月的工资。常胜实在是没有辙，与员工们商量，后欠的两个月的工资，等到春节一并补给大家，说话算话。希望他们能够理解。大家看常胜也是不容易，又想到自己毕竟是给市政府部门做事情，钱肯定不会少了的，也只好节衣缩食，盼着到了春节能一把手拿到一笔钱，只要不误了过年就行。

  常胜打听到，自从建了新城区之后，每年年底，政府的财政上一定是很紧张，负责签字的还是市政府办的袁副主任，没有他的签字，你是没有办法领到钱的。而袁主任又是那么难接触，常胜只在他的儿子喜事上见过一面，后来也曾在上下班的时候见过几次袁的身影，可是他的身边一直是前呼后拥，常胜想上前打声招呼都偎不上。前些时，常胜倒想着托郑德明能请袁主任吃顿饭，联络联络感情，到时候拿钱方便些，哪知这么多天过去了，一直没有消息。去催郑德明，郑一再说再等等再等等。这天下午，常胜突然想起来，小丁是专门给袁主任打扫室内卫生的，不知从她那里能不能打听出什么信息来。这是大事情，各种门子都得想。

  小丁正拖走廊的地，看见常胜过来，就问道有事情吗？自从她男人死后，小丁的心情一直不好，平常一贯喜欢说笑的她，整天都是眉头紧锁。常胜说等你干完了活，我找你有点事。小丁就放下拖把，说有啥事情你现在就在这里说吧。常胜说这儿不方便，还是去休息室吧。常胜头里走，小丁在后面跟着。进了屋，常胜就说，你一直给袁主任打扫卫生，你觉得这个人怎么样？小丁说，他的房间我天天进去，可是我都做半年了，我连一次也没有见到他，更不知他长得什么样！我怎么能知道他人怎么样呢？只有两三次见到他出门，还是侧身，连他的正脸都没看清楚。常胜说哦。小丁好奇地望着常胜，你找他有事情？常胜说我就是想了解了解他这个人的脾气。小丁忽然想起了什么，虽然我没有见过他的面目，不过他这人的脾气肯定不好，有时我在他的门口打扫卫生，经常听见他在房间里发脾气训人，还骂人，声音大得很！可吓人了！常胜说我知道了。人走到门口，又转回身，我见你整天闷闷不乐的，话也很少说，老葛人已经死了，你再怎么着他也不知道了！小丁苦笑，你认为我是为了他？好笑！我巴不得他早死！那你是为了什么？小丁将脸扭一边去，半晌说道，有件事我一直想和你说，却没勇气。常胜说你和我又不是一般关系，还有什么话不能说的。小丁望着常胜，我……我有了！常胜没听懂小丁的话，什么有了？小丁说你说什么有了！常胜方明白过来，你说你怀孕了？小丁点点头。常胜手点着自己，是我的？小丁在常胜的胸口搗了一拳，委屈地想哭，你混蛋常胜！常胜说对不起小丁。小丁说你放心，我不会赖着你的！常胜点燃一支烟，吸了两口，这才说道，我看你还是将这孩子打了为好。小丁斩钉截铁地说，那是不可能的，我会将他生下来，我自己一个人养着他。常胜说小丁，我能理解你的心情，可是……小丁说没有什么可是，我的孩子与你没有任何关系，你也没有权力管我！说罢，猛地带上房门，走了出去。

还有五天就是春节了。下午一上班，郑德明便将常胜喊到他的办公室，交给他一张条子，上面是政府欠常胜保洁公司四个月的工资以及半年的项目兑现奖，一共是六十八万元整。郑德明已经在上面签了经手人，并且告诉常胜一个好消息，说是财政上刚刚转到政府的账上一千万，让他抓紧去找袁主任签字，别去晚了，等钱批完了就麻烦了。常胜听到这个消息当然是很高兴，不过对于去见袁主任他从心里面打怵。郑德明告诉常胜，我已经给袁主任打过电话了，袁主任又不是老虎，你怕他什么呢？

常胜赶到袁主任办公室的门口，刚想抬手敲门，就听见里面有个男人咋呼一声，你们天天堵着门来要钱，你还让不让我办公了？接着是另一个南方口音的男人低低的声音，袁主任，你就发发慈悲吧，我也是给人家打工的，如果这次拿不回去钱，老板就要开除我。他开除你与我有什么关系？袁主任，我的老婆再有两个月就要生产了，我的父亲前不久查出肺癌晚期，我不能失去这份工作啊！你别弄这些瞎话来让我同情你，告诉你，我是铁石心肠，你感化不了我！袁主任，我已经来了一二十趟了，鞋都磨破了，你就可怜可怜我吧。你跑这么多趟，是我让你跑的吗？你说你鞋子都跑烂了，难道说还要我们政府给你买双皮鞋不成！不不不不，我不是那个意思袁主任。不是那个意思是哪个意思？滚，滚，妈个X，给我滚得远远的！

不多时,门里走出一个皮肤微白、身材不高的年轻人,看见站在门口的常胜,脸一下子红到脖子。然后无可奈何地走了。

常胜待在门口又是老半天,这才轻轻地敲门。里面无人应,常胜不敢贸然进去,又轻轻地敲了几下。里面仿佛有人咳嗽一声,常胜硬着头皮推开了门。

袁主任趴在办公桌上看着什么,半响抬起头来,望一眼常胜,你干什么的?常胜嗫嚅着,我是常胜保洁公司的。袁主任又低头看东西。有什么事?常胜说,是郑德明处长让我来的,他说他事先给您打过电话了。袁主任问,多少钱?常胜急忙将手中的条子虔诚地呈到袁主任的面前。袁主任随便往条子上望了一眼。没有钱,年后再说!常胜说袁主任,钱不多,就六十多万块钱,你就批了吧。袁主任一翻眼,六十多万不是钱吗?你当政府是你们的爹啊,天天像是逼命似的!常胜腆着脸说,袁主任,我来你这儿才第一次。袁主任说,真的没有钱,年后我给你解决。常胜故意岔开话题,说袁主任,上午小丁告诉我,说您对我们公司的工作很支持呢!小丁,哪个小丁?袁主任口气和善了些。就是每天给您打扫卫生的那个小丁。袁主任说我什么时候说过这话呢?不过,你们的工作的确做得不错,连市长都时常夸你们呢,你们比上一个保洁公司要敬业。常胜说你们都是大领导,我们只有服务好还是服务好。哪怕是不吃不喝,也要做好本职工作。袁主任脸上有了笑意,我发现你这个人很会说话嘛!常胜趁热打铁,我叫常胜,是常胜保洁公司的经理,上次你家公子结婚我也参加了。袁主任有些意外,你也去了?常胜说,我是与郑处长一起去的。袁主任连连哦了几声,好像有点印象。常胜顺嘴说道,袁主任,等到你啥时候得了孙子,我一定上门道喜。袁主任拿起条子,你们工作的确是干得不错,这次就照顾照顾你们吧!说着摸过笔,在条子上签了字。常胜千恩万谢说了许多感谢的话。

一出门,迎头遇着了小丁,常胜扬着手中的条子,有钱了。小丁问道,袁主任签字了?常胜原地转了一圈,嘴对着条子,像是那条子就是小丁的嘴唇,美美地亲了一口。

常胜马不停蹄地直奔财务处,他想尽快将钱领出来,早一点发到大家的手中,年前没有几天了,买买卖卖就这么几天时间了。

财务处的徐处长是个女同志,常胜和她打过几次交道,他恭敬地递过条子,毕恭毕敬站在那里等候。半响徐处长将条子退回来,随条子退回来还有一句话,账上没有钱了。常胜头脑一下蒙了,不是说,财政上刚刚拨了一千万的吗？徐处长冷着脸，谁说的？常胜不敢将郑德明卖出来，只好干咽了一口唾沫。什么时候有钱呢？常胜耐着性子问。徐处长端起手头的茶杯，抿了一口茶，没有直接回答常胜的话，不疼不痒地说了一句，你们当政府是银行啊，啥时来了啥时取！常胜说徐处长，请您帮帮忙，员工们已经四个月没领到工资了，马上就是春节了，他们总要有点儿钱过年不是。徐处长慢条斯理地说道，我有啥办法，巧妇难做无米之炊，即便是市长来，也没有办法！常胜低下身来，徐处长，请你务必给想想办法，哪怕是少给解决一点也行，我代表全体员工求求你了！徐处长有些松口了，真拿你们这些人没有办法。略顿说道，过两天你再来看看吧！过两天虽然离年三十太近了，不过有钱总比没钱的强，要不然怎么和全体员工交代呢！

　　出了财务处，常胜本想趁着这点儿时间去房产中介跑跑的，突然决定不去了，他想等年后将小丁的工作做通了以后，再将老婆孩子接过来，不然的话，他实在是想不出更好的办法。

　　天空阴霾，机关的建筑物的色彩更加低调，隐在一片朦胧之中，仿佛一拧便能挤出水来。常胜心想，天气可能要下雪呢。但愿老天不要下，要下最好在假日期间下，因为年前他还有好多事情没有办呢！

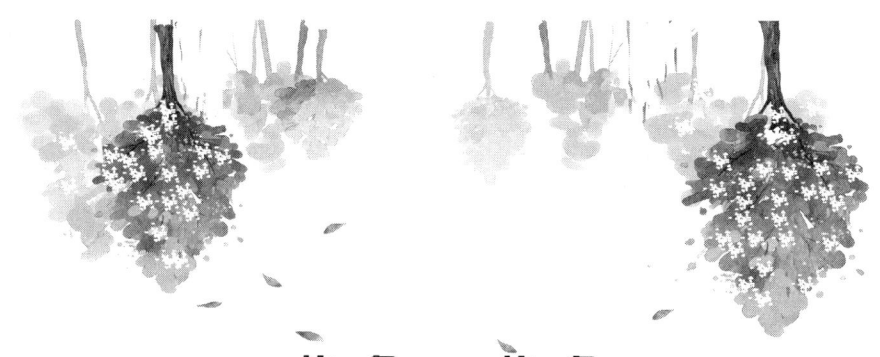

梅朵，梅朵

梅朵做一百回梦也没想到她能进城当少奶奶，不是吗？自打懂事起，她就认定自个儿这辈子算是完了，算是交给了她的这个没一点指望的小山村！况且她家出身不好，她爹给当地的土匪头子张大烧包扛过几天枪。枪决张大烧包那天，她爹被拉去西河底陪绑，当张大烧包脑袋开了花的时候，她爹也一头栽倒了，口吐白沫，随张大烧包去了。有人说她爹的胆给吓破了。就凭她的这个家庭，她还想怎么样呢？又能怎么样呢？她和她那个三十几岁就守寡的娘，就这么凑凑乎乎地一天一天过着清汤寡水的日子。

日月倒转，星动斗移，有这么一天，梅朵的远房表舅突然闯进了她的家，改变了她单调的生活。

她的表舅叫李才干，在县民政局工作。自从梅朵的爹死后，李才干头一回进门。他一见梅朵的面，对着梅朵娘连连拍着手喊道："哎哟哎哟喂，我说表姐，外甥女咋出落得这么漂亮的呀？"又说，"那次我见她才这么高一点点呢！"李才干在胸前比画着。

"好几年了呢！"梅朵娘说。

"多大啦？"

"二十二啦，属兔的。"

"表姐，你可帮我的大忙了！"

"她表舅就会开玩笑，咱这个家你不是不知道，能帮你什么忙呢？"

"你不知表姐……反正一句话也讲不清楚，这么说吧，表姐，你说你想不想攀个靠山吧？"

"她表舅，我不明白你的意思。"

李才干没有正面回答梅朵娘的话，而是转脸问梅朵说："梅朵，你说你想不想进城享清福吧！"

"当然想啦！"扭捏了半天，梅朵才小声说。

"好！"李才干把大腿一拍，"表姐，炖只鸡喝两盅，我再慢慢和你们细拉！"

梅朵娘急忙起身到鸡窝将那只正下蛋的老母鸡逮来杀了，又去代销店打了半斤零酒，把桌子抹净，母子俩拉条凳子坐在桌边，看着李才干吃喝，静听下文。

李才干慢悠悠喝了三盅，然后才慢慢腾腾地说道：

"表姐，我想给梅朵找个婆家。"

"哪儿的？"梅朵娘问。

"当然是城里的啦！"

"咱们能攀得上吗？"

"这个你不用管，我单问你们同意不同意。"

梅朵娘瞅瞅梅朵，梅朵也瞅瞅她的老娘，母子俩都没说话。

"好，此时无声胜有声！我从头和你们说。你们知道不知道有个三五九旅？"

见梅朵母子俩没说话，李才干更加夸口了："三五九旅都不晓得？就是有支歌唱的……三五九旅是模范……"李才干哑嗓破锣地哼了起来。

"上中学时，老师教过这首歌。"梅朵说。

"三五九旅有个老虎连，连长叫梁铁，此人双手能打枪，百步之内百发百中……"李才干像个说书的，眉飞色舞，双手乱比画。

"不错，有这篇课文，老师还给我们讲了不少他的故事哩！"梅朵把板凳拉得靠李才干近一点。

"对对对对，书上有他的事迹，这事不能扯谎的！如今他左腿残废了，回到地方不久，又不幸死了老婆，跟前有一女孩。上级派我给这位英雄续个弦，就是再找一个老婆，所以，我就想到了你们……"

"那人多大啦？"梅朵娘急忙问道。

"刚刚四十出头。"

"她表舅，别胡扯了，这么大呀！"

"哎哟哎哟喂，我的好表姐嘞！只要外甥女过去能当家过日子，吃的是鸡鱼肉蛋，穿的是绫罗绸缎，大点儿怕甚？外国七八十岁的老头子，还说个十七八的大闺女呢？你晓得吧，那个梁铁退下来时是个团长，现在一月二

百多块钱哩！如今县里又专门给他盖了一座两层小洋楼，楼上楼下电灯电话……将来如果梅朵嫁过去的话，连你都跟着享福哩！再说，有这个靠山，将来不论什么风什么雨的，你都舒坦地睡你的安稳觉。古语说得好，大树底下好乘凉嘛！"

"她表舅，想来想去，我还是觉得不合适。人大不说，又是填房，咱们家再孬，我也不能叫闺女受委屈！"

"哎哟哎哟喂，还受委屈哩！要是没我这个关系，你怕是想攀都攀不上哩！世界大得很哩，漂亮的大闺女上把抓！如今是新社会新国家，讲究自由恋爱，明天一早我带梅朵一道进城去瞧瞧，愿意也好不愿意也罢，反正我尽到心了。表姐夫九泉得知，我这是为着你们母子好哩……梅朵，你给表舅一句痛快话，你明天去还是不去？"

梅朵望了娘一眼，然后把头一低，说："我去！表舅。"

过了阴历七月半，天天都是好天。天不灰不蓝不红也不黄，透明堂亮的天幕上每日都爬着一颗死毒死毒的太阳。玉米叶和高粱叶把死热死热的风扇过来扇过去，把干焦灼热的尘土扇到行人的脸上，便赖着不走了，要是你不小心挠上一把，就如唱戏的花脸一般。

玉米棒子开始笑了，挺腰凹肚在那儿招着腰；高粱穗子一夜间变红了，红得往下滴血，涂抹着铺天盖地的白白的日光；路长人稀，鸟不鸣禽不叫，在这没有一丝儿风的宁静得怵人的秋稞地里那红嘟嘟的高粱穗子更加显得凝重般地馋人。

梅朵跟在李才干推着的自行车后面，大步小步撑着。李才干骑车子时间不太长，骑艺不精，偏偏梅朵又不会跳车。李才干叫梅朵先上后座坐好，他试着从前面上，哪知上了几次非但没上去，相反把两个膝盖磕得乌紫烂青。只好推着车子步撑。不多时两人的脸上就哗啦哗啦地臭汗淋漓了。

"狗日的天真热！"李才干不时用手撸着脸上的汗甩着。

"表舅，别急，慢慢走呗。"梅朵看着李才干那个样子，心里老觉欠着人家什么。

"就这么走？猴年马月才能走到县城？"

"反正今天早晚能到。"

梅朵长这么大，今天是头一回进城，心情十二分地激动。热也不觉得热，累也不觉得累，浑身都是劲，不一会儿就把李才干甩出老远。她只好找处树凉影站着等他。

李才干很少受这么大的罪,今天虽说感到又热又累,心情却也和梅朵一样激动非常。有这么个漂亮大闺女陪着他走路,把热和乏都赶跑了,迈着两条罗圈腿,紧几步慢几步追赶梅朵。

梅朵今天打扮得很惹眼,上身穿一件白底蓝碎花的洋布褂子,下身浅丝光蓝裤子晃得李才干两眼乱离;一双黑织贡尼面的宽脸布鞋随着轻盈盈的白珠光丝袜掀得李才干心里上下乱扑腾;梅朵那张鸡蛋白似的圆脸,经太阳一烤,就像熟透了的苹果,馋得李才干满口生津。

"梅朵,你走慢些。"李才干话一出口,才想起自个是个笨蛋,为什么不骑上车子去追呢?他一蹬脚踏子,车子蹿了出去。

"梅朵,你说表舅给你说成这门亲事,你拿什么报答我呀?"

梅朵想了想说:"赶明给你打酒买菜称果子吃!"

"好!好!乖,孝顺!"李才干龇牙咧嘴笑了起来,笑得肝肺肠子乱动弹。

"今天真热!"李才干抬胳膊撸一把脸上的汗,胳膊肘有意无意地去蹭梅朵将碎花褂子撑得老高的前胸。顿时他的浑身像过了电那般麻酥酥地痒,紧跟着他的心一下子飞上了也不灰也不白也不红也不黄的天空……第一次成功,李才干胆子就大了起来,走着走着,又抬起胳膊去撸汗,他的胳膊肘又蹭着了梅朵前胸的那块肉疙瘩。李才干仿佛喝了半斤老白干,晕乎乎地不知东西南北了。

"梅朵,要热,你就把领口解开吧,在表舅面前还封建呀!"李才干说着又想抬胳膊去脸上撸汗的,哪知这回梅朵却灵巧地向路边撤了一下身。

"这狗日的天,真要人的命了!娘嘞,累死我了。"用眼瞟一下梅朵,"累不累?坐下歇歇吧!"

"出了这片秫稭地再歇吧,那边有风。"梅朵紧走几步,赶在了李才干自行车的前头。

狗日的,精得跟鬼似的!"李才干心中暗骂。

"李才干,你狗日的真孬种!"他偷偷骂自己一句。看梅朵离他远了,猛蹬一下滚烫滚烫的沙土路,车子溜了出去。

天傍黑时,李才干和梅朵才进了城。半道上,李才干在一座小石桥上骑上了车子,梅朵爬上后座,这才骑一程车子,要不还不知啥时辰才能到呢。

城里到了晚上,人渐渐多了起来。李才干别说骑车带梅朵了,就是自个单骑也不太敢，只好推着车子走。

不一会儿街灯就亮了。黑洞洞的长街突然间像一条火龙似的躺在人的头顶，吓得梅朵急忙拽紧李才干褂子的后襟，东张西望地踩着李才干的脚跟走。

红军楼在城西一条僻静的小街上，院门口有盏玻璃灯把地面照得忽闪忽闪地亮。院门上方三个彤红彤红的"红军楼"大字离老远都看得真切；院门两边的墙垛子上书写了一幅对联：英雄人家春常在，功臣门第寿而康。

院子很深，碎石子铺的小径不宽却也不窄。路两旁刚栽不久的冬青树，经晚露一洒，绿茸茸的使人浑身滋生凉意。

李才干在楼前扎好车子，很熟悉地把门灯拉亮，边朝里走边喊："梁团长，梁团长，梁团长在家吗？……"

梅朵不好意思进门，羞羞答答地竖在灯影里。

不多会儿，楼道里响起了脚步声和着一两声说笑。声响渐渐近了，接着就见几个人簇拥着一辆手推车从里面出来了。

李才干走在最前面，忙着过来给梅朵一一引见。他指着坐在手推车上那个稳若泰山不说也不笑一脸抓阶级斗争表情的黑大汉子，说："这就是梁团长。"又指着那个扶着手推车站着的十七八岁的小女孩说，"这是梁团长的女儿，叫淑兰，"又指着愣站在一旁的那个十八九岁男青年说，"他叫夏志高，在镇委会工作，组织派他早晚来帮助梁团长的。"

进屋落座后，大家彼此很生，都没什么话说，只有李才干说些这次下乡的趣闻，想逗大家的话头，偏偏没一个人接他的话。

"吃饭。"梁团长好像是下命令似的板着脸。

夏志高帮淑兰把饭菜摆上桌子，梁团长和李才干端杯对饮，其他三人默默地吃着饭。

梅朵不知怎的，一点儿也不觉得饿，她心里被许多事缠绕着没一点儿空地方。她想，从今天起或许明天或许后天，只要她愿意，她就是这个家庭的一员了。就要和那个满脸冷得跟冰似的黑大汉了同枕共眠了。她不止一次问自己，她嫁给这个比她大二十岁的男人，别人会不会说她是贪图富贵呢！可她又一想，我不怕，我嫁给他完全是出于一种牺牲，人家梁团长为革命流血流汗，如今身体残废了，我为什么不能服侍这位功臣呢，难道有什么规定非要找一个老胳膊老腿的和梁团长一样老的小脚女人来伺候他才行吗？她嫁他从表面上看，好像失去点什么，有失必有得，难道不是这样吗？除了年龄上的差别，她哪一点比得了人家梁团长呢？她认真想了一回又一回，她断然决定，她不能错过这次机会，这种机会如果一旦失去了，那就永远别想找回来。像她这样的女子，在那个小山村一辈子也不会有出头之日。她从小向往着楼上楼下电灯电话共产主义的生活，转眼之间就要实现了，她能轻而易举地丢掉吗？不能，绝对不能！况且她所服侍的是受人们尊敬的大功臣，她还有什么心亏的吗？她的这种献身虽说算不上什么伟大的壮举，可也是一个平凡女人的一颗不平凡的心呀……

"你吃菜，阿姨。"淑兰夹一筷菜放在梅朵的碗里。

淑兰这一声喊，弄得梅朵满脸绯红。她才比淑兰大八九岁呢！将来她就这么叫她阿姨吗，还是喊她娘呢？不论叫她什么她都受不了，她感觉很难为情。

梅朵心惊肉跳地吃完了饭，她看李才干到梁团长的房间谈话去了，她起身想去拾掇碗筷，淑兰说什么也不让，她只好眼睁睁地坐在一旁看着淑兰收拾。

洗刷好了碗筷，淑兰搬只凳子坐在梅朵近前，很懂事地小心翼翼地陪着梅朵说闲话儿。

夏志高木呆呆地坐在一旁，光听不说话儿，看人家谈话很投机，自己想插话也插不进，不多会儿就感到浑身不自在起来，便站起身扯了个谎儿告辞了。

梅朵和淑兰又说了阵闲话，看看天色不早了，淑兰到厨房里打了盆温水，端到楼上她的房间里，然后把门反带上，叫梅朵擦澡。

梅朵环视了一下淑兰的房间，然后把长裤长褂脱了，简简单单地擦了擦身子。

梅朵按照淑兰教给她的方法，把电灯闭了，摸着黑钻进帐子里。她浑身酸软软地之，却久久不能入睡，她想梁团长这个人，又想淑兰这个人，又想那个青年夏志高和表舅李才干，每个人的面孔在他的头脑中翻来覆去的，像过电影似的。想这想那，想来想去，想得她心中乱七八糟。窗外，有几只蛐蛐在叫，更添她心烦，不多会儿就憋出一身汗。她轻轻地钻出帐子，轻轻地开开门，轻轻地一步一步下了楼梯，来到院子里，心中不由得又想起那些乱七八糟的事情来。天空上的星星密密麻麻地挤在一起，眨着飘飘欲醉的睡眼。明天又是个好天。梅朵心中暗想。

楼下梁团长住的那间房子还亮着灯，梅朵注视一会儿窗子，刚想转身上楼，突然听见梁团长在房间里惊天动地地骂道：

"驴日东西，你还有一点人味吗？这么小的女孩子，叫我当她的爹还差不多。这种伤天害理的缺德事你也做得出来！"

"哎哟哎哟喂，"这是李才干的声音，"我说梁团长，如今不是时兴吗？咱们县里这种例子不少哩！王副县长都五十好几了，几番周折，还不是把他那个农村结发的小脚女人蹬了吗，和一个二十一二岁的大闺女结了婚……你是人民的功臣，为国家负了伤，理应有人侍候你。再说你家嫂夫人又去世了，又不是你喜新厌旧！人家这位梅朵姑娘可是新派思想哩，说了一大堆道理，心甘情愿来伺候你的，如果就这么不明不白地拒人家于千里之外，还不叫梅朵姑娘伤心死呀！你看……"

"明儿一早你乖乖地把那个姑娘送回去，不然的话，别怪我梁黑子骂你！"

梅朵听到这里，只觉得天旋地转一般。她踉踉跄跄地奔上了楼，一头扎进帐子里，抱头便哭……

一大早起来，天阴得厚实，跟黑锅底似的。空气稀了，把个好端端的人浑身上下闷得跟水淌似的，软软地没点劲。

路上人稀，空气仿佛流得顺畅多了，走起路来，人还是透不过来气。

李才干骑车带着梅朵，七八里土路下来，背上就湿得挺瓜瓜的了。

"表舅，骑累了就下来走会儿吧。"梅朵关切地说。从早晨到现在，这是梅朵说的第一句话。

早晨，李才干一进梁团长家，看着噘着嘴一声不吭的梅朵，就知情况不妙。昨晚，他被梁黑子骂了一顿，心里虽是不高兴，可脸上还百依百顺地听。他想，他梁黑子不过是做戏给他看罢了，哪有见鲜鱼不吃的猫！县里那些有权势的官老爷，托他给介绍女人时，不也都是装出一本正经的气愤的样子吗？那些革命的大道理不也讲得水泼不进火烧不透的吗？结果咋样，不出五天就坐不住了，急着找他李才干牵线搭桥重叙旧情呢！

李才干一边骑着车子，心里就计划开了，怎么套梅朵的心里话，怎么能叫梅朵服服帖帖地听他的话。这会儿见梅朵主动和他说话，便想找块高岗扎住脚再下车子的，哪知他的腿鬼使神差却从前面的车梁上迈了下来。等他的双脚一落地时，李才干这才转过向来，连说加笑："我能从前边下来了，我能从前边下来了！"惊喜得像是磕倒拾了一只金元宝。

"梅朵梅朵，你看表舅骑车的水平可以了吧！"李才干推着车子追赶着梅朵。

梅朵没理他，只顾低头走路。

李才干觉得很尴尬，哼哼干笑几声，说："你这丫头，大清早的谁得罪你啦？"停一会儿又说，"是不是梁黑子昨夜欺负你啦？"

这一招真灵,把梅朵说得面红耳赤,连连说:"表舅你看你,人家梁团长怎会做那种事呢?"

"没做就好,我是怕梁黑子先斩后奏!"走几步又说,"怎么,看不上梁黑子?"

梅朵不言语。

"梅朵,你如实和表舅讲,表舅才好做主是不是!"

"说什么?昨晚梁团长不是骂了你!"梅朵没好气地说。

"你听到啦?"李才干嘿嘿干笑几声,又说,"你别信那个梁黑子的鬼吹灯,这种场面表舅见得多了,他是逢场做戏!你回家只管放宽心睡你的安稳觉,只要你愿意,半月之内,我保证梁家花轿吹吹打打向你门上去!"

天空不知何时放晴起来,刺眼刺皮的太阳在天空不紧不慢地燃烧着,无忧无虑地往地面上喷着火,人仿佛被放在蒸笼里蒸似的那般难耐。突如其来一阵风将路边的地里秫叶吹得哗啦哗啦地响。随即又是一片寂静。

"梅朵你说句话,这门亲事你到底是愿意还是不愿意?"又走出去一段路,李才干心急火燎地问。

"这得问问人家。"梅朵脸一红,急忙偏过头去。

"你先表个态,让表舅心中有个数!"

梅朵"嗯"了半天,然后羞答答地说:"我听表舅的!"

梅朵这句柔乎乎的话,把李才干那颗放荡不羁的心又弹了起来。他猛地一下抓紧梅朵的手腕,声音像颤动的琴弦:"听表舅的保你吃不了亏……上车!"

李才干撑着架子扶着车把,等梅朵上去坐稳当了,推起车子溜了十几步,一抬腿,竟稳稳当当地上去了。

李才干心旷神怡地把车子蹬得飞快,他感觉有史以来从没有像今天心情这么好过,连当头那颗火烧火燎的太阳快把他的脊背烤煳了可他竟感到是那么舒服,心花怒放的脸上荡着几分飘飘欲仙的神情。

骑着骑着,李才干渐渐感到不安起来,他不时腾出一只手抹着额上颈下的汗,左右瞅着两边的秫稞地。瞅着瞅着,他的那只擦汗的手却不由得伸向车后梅朵那滚圆滚圆的大腿上。

梅朵正坐在后面想心事,猛觉得大腿上有只什么东西肆无忌惮地向她的裆里爬,她惊吓得大叫起来,不顾一切扑打着。

车尾摆动起来,三摆两摆,车头突然一扬,像无人驾驶的飞机,一头栽进路边的干沟里。

天空中那只火炉子翻了，霎时，满天像泼了墨一般漆黑；远远地有雷声滚动，滚着滚着就近了，那声响像捶牛皮鼓般惊天动地。秫稞地开始骚动起来了，扇来一股股令人畅快的凉风。

　　不知过了多久，李才干才惊愕地醒来，不知是死是活木呆呆地爬起来，然后这儿揉揉那儿捶捶一瘸一拐立起身来，猛然看见躺在一旁的梅朵，慌忙地跑过去，手在梅朵的唇上试了又试，然后蹲在她的身旁，眼瞅梅朵瞅得嗓子冒烟。他快速咽下几口唾液，想平平那颗野马似的心，然而不能，梅朵那一起一伏的胸脯勾拽着他的魂呢。他由惊变为忧，又由忧变为喜，激动得他的全身像是爬满了肉虫。他什么也不想了什么也不顾了，跪爬至梅朵近前，迅猛解开梅朵褂子上的扣子，又去解里边的小衣……一个惊天动地的干炸雷炸出一股旋风，团团地抽打着秫秸，发出"咯叭咯叭"的声响。李才干稳住了神，咬着狗屎牙运足一口气，弯腰抱起裸露着上身的梅朵，高一脚低一脚向秫稞地疯跑。这时，劈头盖脸的雨砸下来了，砸得秫叶"噼噼啪啪"作响……

　　天塌了，地陷了，世上万物瞬间沉入一张支离破碎的网里。

　　砍罢了玉米砍高粱。秋日的太阳还是那么不尽如人意，除了一早一晚给人一阵扇子风之外，中午的天还是拧着劲地热。

　　田野里光秃秃的一片，饱眼望出去，远处的青山清清爽爽。天空整日水洗般的蓝，有几只老谋深算的大雁由北向南运动。路面上一夜秋露温存过了的沙土，这会又被毒阳暖得热烘烘地蒸脚。

　　梅朵夹着个红包袱，瞅着自个脚尖怀揣一颗忐忑不安的心急匆匆地在路上走着。四处没景没物没人，路上没沟没坎没水，她只管放心地低头边走边想着心事。

　　上次和她那个烂心烂肺的表舅进城，回来的半道上被摔晕之后，天瞎黑瞎黑才失魂落魄地回到家。她娘看到她的样子之后，吓了一跳，以为她在半道上中了邪，偷偷到临庄上找来了一个道行颇深的神婆来给女儿叫魂，那神婆又哭又喊跳了多半夜，也没能叫梅朵的精神缓过来。

　　一连几日梅朵茶饭不进一口，她娘急得哭了，梅朵也跟着哭，却有泪无声。这下她娘更慌了，整日整夜守在她的床前。梅朵本想喝下那瓶早已准备好的卤水，看着娘那伤心悲切的样子，心又软了，她舍不得为她担惊受怕的母亲。况且她如果真的死了，她娘孤零零一个人叫她依靠谁呢？她又想到自己，她为什么要死呢？难道除了一死没有其他的路了吗？再说她若死了，那个人面兽心的表舅不就可以安稳地睡他的大觉了吗？她不能死，她要活下去，而且要正大光明地活下去，有滋有味地活下去，享受社会主义美好的生活，将来一旦有机会，她要叫害她的那些人也尝尝被害的滋味！她想她如果真的成为红军楼主，这一天总会到来的！她要为自己，也为她的那个长期在人眼皮子底下生活的被村支书霸占了多年的母亲出一口恶气！人要脸树要皮，她为什么不去争呢？她下床了，开始动嘴了，不想吃硬强迫自己吃，不想喝强迫自己喝，她暗暗发誓，她要为她的计划实现而努力奋斗。而唯一能帮助她实施这个计划的只有梁团长梁铁，别的她还有谁好指望呢？她要做一回实实在在的女人，真真正正的女人！她咬牙切齿地笑了，笑得她的母亲把攥着心瞅着她发呆！

"我的天哪……"娘猛地抱紧她号啕痛哭起来。

"天指望不得，要靠个人奋斗！"她和娘说。之后她把自己的换洗衣服收拾一下，离开了这个没有一丝生气的家。

掌灯时分，梅朵才磕磕绊绊摸到梁铁的家。梁铁正和她的女儿淑兰对面桌吃晚饭，一见梅朵进门，爷儿俩先是一惊，继而又是一愣，半天也没想起来招呼梅朵坐。

梅朵傻站在门里，半响才说："怎么不认得了，前些时来过的，我叫梅朵……我还没吃饭呢，肚里饿得咕咕地叫！"

梁铁怎么也对不上号，面前站着的这个开通的女人会是上次来的那个羞羞答答的女孩子？人怕没脾气，梁铁也喜欢爽快，今晚碰到这个冒冒失失的梅朵，非但不气恼，心里倒有三分的高兴。

"阿姨，你坐。"淑兰起身搬来一只凳子塞在梅朵的屁股下面，又接过梅朵手中的包袱，"我给你盛饭去。"

梅朵也不客气，进厨房拧开水笼头洗洗手，然后坐到桌子边，大大方方接过淑兰递来的饭碗，坐下便吃。碗空了便自己去添，夹菜也随便得很，就像在自家里一样。她边吃边把农村今年的收成以及耕种情况讲给梁铁爷儿俩听。

梁铁对于梅朵的到来，摸不清是咋回事。开始心里还在盘算怎么打发梅朵走的，经梅朵这么有滋有味地一扯一聊，梁铁便张不开口了。扯着聊着，梁铁渐渐感觉出，梅朵不像一般农村的姑娘，她的言谈举动很特别，梁铁心中不免又添三分欢喜，不知不觉中便和梅朵拉到一块去了，拉到热烈处，还禁不住开怀大笑几声。

淑兰很久没见父亲这样兴奋了，她收拾完碗筷，把小饭桌擦得明晃晃地亮，然后搬到院子里，泡了一壶叶子茶，斟了三茶碗，然后和梅朵一起搀着梁铁坐到桌旁，边喝茶边又说闲话儿。

正撵上月半，圆不隆咚的月亮随着茶香蹿上了院子里那棵小柳树的顶梢，把宁静的院子照了个满地生辉。

品茶赏月时间快，话头未衰，已把月亮送到了二楼的房顶，院子里开始泾渭分明起来。

"梅朵姑娘，你这次来？……"梁铁突然想起他该问还没问的话来。

"我这次来就不打算回去了！"梅朵不紧不慢地说。

"不走了？"梁铁像是被一块馒头堵住了咽喉，噎得他两眼直发愣。

"不走了。"梅朵淡淡一笑，又说道，"闲话要杀人呢！"

"什么闲话？"

"村里人嚼舌头说我那晚在你家里……我学不出口！"

"妈的，我枪毙这些驴日的！"

"你觉得你还在部队上啊！爹。"淑兰望一眼梁铁，愣愣又说，"我瞧梅阿姨挺好的，你就叫梅阿姨留下来吧，你跟前没人不行。再说等我开了学谁来伺候你？你指望小夏叔叔行吗？人家还有工作要做呢，再说男人心粗……"

"小孩子家懂得什么！鬼话唠叨的，兑茶去！"梁铁脸上虽说还带着气，话却说得软了。

淑兰吐一下舌头，捧茶壶进楼去了。

"梅朵姑娘，"梁铁说话时直嗫嘴唇，"你和我的年龄差太多，你现在年轻不觉得什么，等以后……"梁铁欲言又止。

"梁团长，你别再推辞了，就让我伺候你吧，你是我心目中的大英雄，我愿意服侍你一辈子，哪怕是折我二十年阳寿都行！"

"不行，绝不行！"梁铁暴躁地柱着拐杖站起来又猛地一下坐下去，"我梁黑子不能做这种缺德的事，明早你就回去吧，你要什么条件我全答应！"

"我什么条件都没有，只要你答应我在你身边伺候你，这是我最大的愿望和幸福。"

"放屁!"梁铁吼着骂起来,铁青的脸一阵抽搐过后,低低说道,"我不该骂你,也没权力骂你,我是个粗人,你别怪我!"

淑兰端茶出来,轻轻把茶壶放在桌上,瞅瞅梁铁的脸,又瞅瞅梅朵的脸,无可奈何地站在那里。

"不论怎么说,明天一早就请你离开我的家。"梁铁扶着拐杖站起身。

"你明天要是撵我回家,我就死在你家里!"

梁铁这个曾经在千军万马之前威风凛凛的黑汉子,这会儿不知怎的,竟在一个二十来岁的女人面前塌下架来。他真想天翻地覆当着梅朵的面痛快地骂一场,然而他的嘴唇颤抖半晌之后,竟连一字也未骂得出来。

"只要你不怕后悔你就留下来,但过了晚上七点,绝对不许扎进我的房门,绝对不能!我困了,我睡去了。"

梁铁挂起拐杖,一步一步向楼里走去,淑兰和梅朵急忙去扶,双双被他狠狠地推了一把。

自从梅朵在梁家住下来,红军楼顿时一派勃勃生机。早晨,梅朵起得特别早,把楼上楼下扫得没点灰尘没片树叶,然后才去喊梁铁。没等梁铁揉开眼,她那旁早把牙膏捏好了,把洗脸水打好了,伺候梁铁洗漱完毕,泡一壶茶放在他跟前,然后自己才回屋梳洗。她这边梳洗停当,梁铁也喝足了茶。梅朵把手推车推出来,扶梁铁上去,挎着买菜篮子推着梁铁上了不远处的一个小公园,然后她自个儿去菜市场买菜。买了菜,一点不耽搁,急赶着回家做早饭。饭做好了,摆上桌子,用罩子罩住,然后才去公园接梁铁回来。

调养得当,心舒体胖,梁铁的脸上眼瞅着一日比一日好看。梁铁对于梅朵的态度虽没有多大的变化,话还是平平常常几句,可口气却是温温和和的,脸皮子也不像往日板得那么严实了,天天都是晴朗朗的。

每天除了早晨去一趟公园,梁铁基本上不出院门了。早饭后,他自己挂着拐杖在院子里修剪花草树木,给花草浇水施肥。干这种活他绝不要梅朵帮,有时梅朵看他提水不方便,就早早地把水打好放在他跟前,他不但不知情,反而不高兴起来,霎时间,他那张晴朗朗的万里无云的脸上阴霾密布。有时不注意摔倒了,他也不许别人扶,非要自个爬起来,要不他又要不高兴。他就这么个贱脾气。日子久了,梅朵知道了他的禀性,他再去修剪那些花草树木时候,她也不再去问了,躲在自己房里做针线,还落个清闲自在。哪知,梅朵却清闲自在不得,她那边坐到还没端起针线筐子,梁铁却在楼下喊她。她急忙下楼到梁铁跟前问他有啥事，他却摇摇头说没什么事。

梅朵没来梁家之前，家里买煤买粮都是街道包下来的，月月按时派人送上门。自打梅朵进门，这些事就不要街道做了，她动手整了副挑子，一头煤一头粮，一月的计划她两趟就挑回来了。

梁家多了个人，街坊邻居起初不在意，时间长了，就有人偷偷向淑兰打听："你家那个年轻漂亮的大姐是谁呀？"淑兰光笑不说话。问急火了，淑兰便说："你去问她好了。"问话人莫明其妙起来，又不敢去问梁团长，只好瞎猜。

一天，梅朵去街道领粮票，街道胖主任受众人委托，笑眯眯地问她："你这位大姐，你是梁团长什么人呀？"

"我是老梁的家属呀！"梅朵正儿八经地说。

"你是梁团长的家属？"胖主任的舌头根硬了，"哎呀，真是又年轻又漂亮，啧啧啧啧！这个梁团长还金屋藏娇呢，保密得怪严呢。不行，得找梁团长讨杯喜酒吃。走，姊妹们！"胖主任一扬胳膊，十余群众涌进了红军楼。梅朵不急不躁地跟在那伙人后头，进家后俨然一名主妇，给人家搬板凳倒茶，就好像什么事也没发生一样。

梁铁撑不住那么多人死缠硬磨，对这些娘儿们又不好解释，弄不好越解释越糟，没有办法，只好点头答应三天后在红军楼摆两桌赔罪。那伙人才顺当当地离去。

第二天，热心的胖主任跑上跑下帮着梅朵和梁铁领来了一张大红结婚证，又帮梅朵安上了正式户口，把梅朵的名字写在了梁氏户口本户主那一栏。

办喜酒那天，胖主任请人写了两张大红喜字往楼两旁一贴，又不知从哪儿请来了一班吹鼓手，天没亮透就跑红军楼院里吹，吹得梁铁目瞪口呆，暗暗叫苦不迭。有什么办法呢，生米已做成了熟饭，他只好任人摆布了。

太阳偏西的时候，梁铁估摸夏志高快来了，早早地把棋子儿摆好了，坐在桌旁等着。

梁铁的棋瘾很大，坐倒十盘八盘不解渴。有时下到大上黑影了，已分不清是谁家的兵马，他还是不丢子儿。偏偏他的棋技又不高明，十来九输，输了就破口大骂，连棋加人一块骂。有时急火了，把棋盘一掀，挂起拐杖便走，一边走嘴里还不住地骂夏志高：

"再不和你驴日的来了,又孬种又赖!"

骂完了,气也就消了。第二天太阳偏西那会儿,他又早早地把棋摆好了,在那儿抓耳挠腮地等着夏志高。

夏志高摸清梁铁的脾气,也不恼也不气,梁铁骂他笑,骂完了笑完了,两人摆上棋再下,只下得梁铁晕头转向不知马走日象飞田昏天地黑才丢手。渐渐地,夏志高学乖巧了,如果和梁铁下十盘,他有意让他三两盘,明睁大眼将大车送到梁铁营盘中那匹饿扁肚皮的马嘴上,还得叫他吃得名正言顺,高高兴兴!开始梁铁装着糊涂吃,老这么装糊涂也不行啊!梁铁又骂驴日的夏志高要他。

"你的棋艺长进了,我的确下不过你,梁团长!"夏志高一脸正儿八经。

"你驴日的拿出真本事同我下!"

"谁想输,谁不想赢呢?"

梁铁这才露出笑脸,偷鸡摸狗般高兴。下完了棋,死留夏志高在家吃饭,还叫梅朵打二两酒来要与夏志高对饮。

夏志高也不客气,叫吃便吃叫喝便喝,吃完了喝足了拍拍腚就走。他却不知,梅朵那双丹凤眼正暗地里瞅着他犯傻呢。

新中国成立十年大庆,一大早,梁铁就被县委派来一辆吉普车给接走了。山笑水笑天笑地笑,全城上下都沉浸在一片欢乐之中。红色标语贴满大街小巷,大灯笼小灯笼大白天眨着红乎乎的眼睛。乡下来的狮子、旱船、高跷队一茬接一茬在街上南北玩来踩去。到处是莺歌燕舞锣响鼓喧,好不叫人眼花缭乱!

梅朵和淑兰吃过早饭,娘儿俩手拉着手到街上看热闹去了,一直看到太阳平西,连午饭都忘记了吃。到家脚还没歇过来又想去。恰巧这时夏志高来对话说,晚上大广场放《铁道卫士》电影,已给他们俩留好了座位。

梅朵自打进城,还没看一回电影呢,她也不知道电影是咋个放法,听淑兰一描述,激动得她连晚饭都吃不安稳了,推了碗就忙着上楼梳洗打扮去了。她今天特意扑了点香粉,又在腮帮上抹了点淡淡的胭脂,对着镜子照了又照,然后才慌慌地和淑兰去了大广场。

大广场早已里三层外三层围了许多人。天还大亮着,梅朵晓得这会儿还不能放电影,便沉住了气,斯斯文文地和淑兰向场里走。电线杆上的大喇叭轮流播送着《东方红》和《社会主义好》的歌曲,有几个孩子在台子上跑着跳着学着大喇叭唱。上来两个人,嘴里日娘操爹地把那几个孩子哄下了台。

接着那两人之中一个人向梅朵迎过来，问清了来历，便把他们领到前排的位子上坐下。梅朵还没坐稳，就觉得观众中那么多的眼睛齐刷刷地射向她。

"哟，这个大闺女是谁家的千金？"一个老女人的声音。

"你不晓得呀，这是梁团长的老婆呀！"一个年轻的女人说。

"我的妈呀，这么小！"

"听说比梁团长小二十多哩！"

"真俊！"

"俊！"

"她图梁团长啥呢？"

"还用问吗？红军楼呗！"

"才不呢，我听说(声音渐渐低了)……嘻嘻嘻嘻……"

"嘻嘻嘻嘻……这个骚货！"

天擦黑的时候，县里一些头头脑脑才前呼后拥进了场。夏志高和一个年轻的公安人员扶着梁铁来到梅朵跟前的座位上坐下，没多会儿，电影就开始了。

梅朵脑子里刚刚还是乱糟糟的，渐渐地被电影吸引了，她好半天都没弄明白，电影里的人是怎么进去的？她想问淑兰，又怕别人听到了笑话她"土老帽"，只好在那边看边瞎琢磨。一列火车像一群牛叫似的向她压了过来，吓得她什么也不顾了，急忙趴到梁铁的胳膊底下，吓得不敢睁眼抬头。

"阿姨，这不是真火车，不用怕！"淑兰笑着拉着梅朵的胳膊往外拽。

梅朵偷眼望一下前后左右的看客，没一个像她似的大惊小怪的。她不好意思地把头抬起来，又去看荧幕。

"嗨啦啦啦啦，嗨啦啦啦啦，天空出彩霞呀，地上开红花呀……"

这两句插曲词也好，曲也好，梅朵不知不觉就跟着电影哼了起来。她愈哼愈想哼，哼着哼着，她突然感觉胸中有股酸不几几的甜不几几的咸不几几的苦不几几的怎么品也品不出是什么滋味的东西往嗓窝里泛。憋得她想吐吐不出，想咽咽不下，次数一次比一次频繁，干呕得她心里发慌，两眼酸不溜溜往外出水。她不止一次问自己：我是怎么啦？我到底是怎么啦？

那晚看电影回来之后，梅朵一直没得安生，一个劲地呕清水，呕得浑身软绵绵的，不想吃不想做，连话也不想说一句。有时呕起来，她仿佛觉得有人伸手插进她的嗓眼掏她的肝肺肠子那般难受。她自己也吓得要命，说不清自己咋回事。说有病吧，不热不冷的又不像。她突然想起她身上已两个来月没来了。往常这种情况也有过，但没有这次这么长。往日身上不来的时候，只不过觉得小肚子有点鼓膨膨地胀，再者就是感觉有点烦躁和早早晚晚困乏罢了，也不吐不呕的，哪像这次像是害孩子病似的叫人抓不着挠不着坐卧不安的呢？她心想着，嘴里不由得说了出来："害孩子害孩子害孩子！"我的天哪！她猛然想起，那个瓢泼大雨的白天，她坐在李才干的车子后座上好好的，不知怎的一下子晕了过去。等她恍恍惚惚有点知觉，下身突然撕心扯胆般疼痛起来。当她明白是怎么一回事的时候，她的那个狼心狗肺的表舅已经心满意足地提起了裤子。当时她也不知道她哪来的一股劲，猛地扑上去，逮着李才干哪儿咬哪儿。李才干没料到梅朵会这么撒泼，疼得他哇哇乱叫，瞅空转身便跑，连车子都没顾得骑着走……

虽然她现在在红军楼立住了脚，成了梁团长名正言顺的妻子。可这么长时间，她和梁铁只不过是名誉上的夫妻。她和梁铁两个房子困觉，别说沾她的身，就连她的手他也没摸过一回。如果她说她跟梁铁怀上了孩子，别人不清楚，他梁铁自个不清楚吗？今后她梅朵还能在梁家待下去吗？红军楼能让她这个不干不净的女人待下去吗？她愈想愈害怕，愈想愈咬牙切齿地恨那个没点人味的李才干和肚中李才干的那个孽种……

我不能就这样轻而易举地丢掉刚刚得来的幸福日子，我要奋争。梅朵下了决心之后，强打起精神，像往常一样尽心做好各种各样的事。有时碰上干呕，她便躲到厕所间或回楼上自己的房里呕，等那阵子难受过去之后，她再下楼做事。

平安过去几天之后，梅朵又常得光这样藏着掖着不是长久之计，她要想一个办法把肚中那个孽种打掉才行！用什么法子呢？用药打她是不敢，一怕传了出去，二来她也没那个胆量。她不是怕死，她是不想伤天害理！她觉着，如果有个什么法子叫胎儿自个掉下来，那就阿弥陀佛了！她猛地想起，过去在家为闺女时，曾听人说过，干重活能把胎儿累掉。她决心试试。每天她拼死拼命干活，想不起来的活她都找出来干。没什么活干了，又把梁家陈年老辈子的棉的单的破的烂的衣服都翻出来洗。本来她完全可以在厨房的水池边淘衣服的，她有意找来一只大木盆，放满水后一趟趟端到院子里洗。有两次她还故意装着滑倒的样子，连滚带爬在院子里打滚，结果还是徒劳，裆下一点小产的迹象也没有。本来家中的炭球还够烧头二十天的，她偏去买。过去一月的粮煤计划她要挑两趟，可这次她却一趟挑完，等她把东西挑回时，累得她两眼发直，嗓眼冒火，喘气都不匀了，两条腿像是绑了十多斤的

沙袋那般沉。就这样她还是没能如愿，肚里那个小东西还是结结实实地趴在里面……她失望了，然而事实又不得不使她打起精神，去做一番虚无缥缈的努力。我为啥非要在把孩子弄掉这棵渺茫的树上吊死呢？她想。固然这个孩子来的不是时候，也不是什么爱情结晶，可毕竟是她的骨血啊，我为什么不能想想其他的办法呢？一个女人遇到这种不幸的事，又有什么好办法想呢？不管怎样，她必须找一个妥善彻底解决问题的办法。有什么办法可以叫她在人面前既能正正常常地想呕就呕想吐就吐，又能名正言顺地坦坦然然地怀她的孩子呢？终于她一下子想到梁铁这个名正言顺的丈夫……

  蒋介石要反攻大陆的消息一夜之间就在县城传遍了。家家户户都在议论这件事，人人都把听来的和自己想象的掺在一起来证实这种消息的可靠性。整个城里一时人心惶惶，有的人家一到晚上及早巴早就把门栓上了，还有一些精明的腰里厚实一点的人家，偷偷把物换成钱，整日揣在身上，连睡觉也不脱衣服，做好一切"跑反"的准备。

  这几天，县城民兵不分昼夜地集中大训练，梁铁是人武部的顾问，也不分昼夜地陪着民兵训练。虽说来去有部里车接车送，到了训练场也不过动动嘴，但毕竟活动比以往多了，挂拐的那只胳膊底下被磨得血糊糊的，那条伤腿在一次下车时不小心碰着了，加上他挂念训练的事，一急就上火，伤口也感染了，疼得他一步也动不得。梅朵寸步不离地左右伺候他，每日用盐水替梁铁擦洗伤口，又撒上从医院要来的消炎止痛粉，然后用纱布包好。一时三刻不许梁铁动一动，好吃好喝端到床前。只几天工夫，梁铁伤腿的红肿便消了，可梅朵还不许他下床沿一步，连院子都不许他去，怕秋天风凉。梁铁知道梅朵是真心疼他，也不好伤她的心，只好任她摆布，安心躺在床上闭目静心养神。

  过罢了寒露到霜降，窗外柳树的叶子已经开始飘落了，一阵秋风吹过，把残叶吹得满院稀里哗啦地响。

  "天变凉了。"梅朵说着起身给梁铁掖好被角。

  "变凉了。"梁铁望窗外一眼，呆乎乎地说。

  "天黑得真快。"

  "秋天天短。"

  "哎，老梁（她已习惯这么称呼他），你说外头疯传蒋介石反攻大陆的事是真是假？"

"你可别到外面乱讲！"梁铁白一眼梅朵。

"谁讲这些做什么呢？咱们国家是铜墙铁壁，他蒋光头反攻得了吗？"

"做白日梦！别看老子腿脚不灵便了，我两只手对枪可不生！……不说这事。"

"那说什么？"

"什么也不说了。天不早了，睡吧。"

"我不困。"

"你不困，你坐你的，我睡。"

"讲个打仗的故事给我听吧。"

"有什么讲头，都是陈谷子烂芝麻的事！"

"人各有所好，我喜欢听。"

梁铁把身子往上窜窜，把头靠在墙上，想笑又板起了脸，说："还是孩子！"

"我是你老婆！"梅朵把嘴一噘脸一扭。

"别生气，我给你说段家乡'大实话'听。"

梁铁望着天花板想了想，然后拖着腔：

"东屋点灯东屋明，西屋没灯黑不隆咚。哑巴唱戏不出音，瘸子抬轿嫌地不平，聋子听书喊听不清，瞎子打灯笼嫌灯不行……"

梁铁还没说完，梅朵就笑得直不起腰来，捂着肚子笑道："看你平常一本正经的，没想到你还一肚子花驴蛋呢！"

梁铁半张着嘴，却不笑，眼睛向天花板望。

梅朵见梁铁不说话了，自己也觉有些累了，眼瞅着梁铁的脸，就这么傻乎乎地坐着。

"月亮上来了。"梅朵说。然后起身把灯关了，又坐回床沿上。

月光隔着玻璃爬进屋来，不知不觉爬满了一床，也爬了梁铁和梅朵一身。

"回屋睡去吧。"梁铁嗓音颤抖着。

"我今晚不……不想回去了……"梅朵嗓音也颤抖着。

"不……不行！……"

"我是你的老婆，为啥不行！"

"……"

"你说话呀，你说话呀！"梅朵一头扑在梁铁的身上，嗲声嗲气一阵之后，然后抬起头，"让我给你生个孩子吧，呵！"

"不……不行！"梁铁满脸冰冷。

"为啥，你说呀！"

"我，我，我不能……"

"那你怎么有的淑兰？"

"我受伤后就不行了，所以我不想让你进门就是这个意思……我对不起你梅朵……"

梁铁牛叫似的呜呜地哭起来，把床震得"咯吱咯吱"地响。

梅朵像是三九天当头浇了一盆冰水，直直地呆了，半天返过神来，狠命地撕扯着梁铁的衣裤，发了疯似的喊道：

"我不信我不信我不信……你试试，也许……"

梅朵哭喊着，然后脱得一丝不挂，如狼似虎地扑到了梁铁的身上"梅朵，你别这样，不然我会难受死的……"梁铁一把把梅朵揽进怀中。

昆仑山上那棵枯松此时此刻还了阳刚之气，梁铁猛然感觉到他浑身的血脉开始向下肢运动，运动。不一会儿，他全身像筛糠似的抖颤起来，一种无形的力量终于使他恢复了男人的本能……他竭尽全力将身体向梅朵压了过去……只听梅朵在身下一声幸福的呻吟，梁铁的心儿醉了，他多么想痛痛快快地"啊"一声，多么想唱一句"向前向前向前"那样激动人心的歌啊！

"嗨啦啦啦，嗨啦啦啦，天空出彩霞呀，地上开红花呀……"

梅朵从早到晚都把这支从电影上学来的歌挂在嘴头上，她越唱越想唱，越唱越觉得自在幸福。她的眼中正如歌中唱的那样，彩霞满天，红花满地，莺歌燕舞的世界。她心里舒畅得不能再舒畅，心花儿怒放得不能再怒放。她看什么什么好，想什么什么美，干什么什么顺溜，连肚中那个小东西也懂事地听话了，也不和她作对了，所以她和过去一样不呕也不吐。她兴奋得不知说什么好，暗暗发狠，将来有朝一日，她一定去城南关老爷庙里，拜拜天地，拜拜神灵，拜拜祖先。保佑她，保佑梁铁，保佑淑兰，保佑她的母亲还有那个夏志高，一切顺顺当当平平安安。她不知为什么，心头怎么突然跳出那个夏志高来。自己也说不清。

一天晚上，梅朵和梁铁在院子里闲坐，梅朵几次想把怀孕的事告诉梁铁的，话到嘴边又咽回去了，她一想才几天呢！这时候不是茬口，就没说。

那天早晨，梅朵把梁铁推到公园之后，然后挎着菜篮子去市场买菜，刚走不远，猛然觉得两腿间一股热乎乎的东西顺着腿弯往下流，她一下愣住了，一步也不敢挪。她的第一感觉告诉她，她身上来了那个两个多月迟迟不来的叫她猫咬猪尿泡空欢喜一场的叫她担惊受怕这么多天的,叫她白白受了那么多悲哀的讨人厌的东西!她真想骂天骂地想什么骂什么见什么骂什么痛痛快快地大骂一场!然而又有什么用呢?

她菜也不买了,挎着空篮子,急急慌慌往家里跑。进了楼她也不顾被舒畅的血喝得饱饱的裤子,一声娘没喊得出来,便一头拱到床上哇哇痛哭起来。直到梁铁被人从公园送回来时她还在哭,两个眼泡都被揉肿了。

经过这场打击,梅朵仿佛被一棍子闷了似的整日憋在房里不出楼。梁铁和淑兰以为她病了,三番五次劝她去医院瞧瞧,她都说没什么就搪塞过去了。等她完全恢复了精神,那一天她几日来第一次站在院子里看着湛蓝的天上那颗很灿烂的太阳的时候,她突然觉得她变了,变得连她自己也不认识了!

日子不咸不淡,倒也过得飞快。渐渐逼近年关,家家户户都开始活跃起来,像老鼠搬家似的一会儿一趟手脚不失闲。

这天晚上,梅朵突然对梁铁说:"停几天我想回家看看。"

梁铁说:"是该回去看看了。"稍停又说,"等办了点年货顺便捎回去。按道理我该随你一同去的,我这个样子也不好抛头露面,和你娘说,叫她老人家别见怪!不然等开了春,叫你娘进城过几天,这儿又宽敞。"

梅朵说:"好。"

那你怎么走呢!不通车不通船的,你又不会骑车子!

梅朵想想说:"还叫我那个表舅送我回去不行吗?"

梁铁说:"先看看人家有没有空。你现在和往日身份不同了,别叫人讲我们的闲话!"

"这个我会说。明天我去找他,有空就送,没空我自个走着回去。"

"你那儿若是能通车就好了,来去方便。"梁铁叹了口气,又说,"国家穷啊!"

"通不通车有什么关系呢?上次我不是走着来的吗?"

就在梅朵收拾准备回去的头一天,娘家突然托人捎口信来说她娘病了。

清晨,梅朵和李才干骑车子上路的时候,天还没亮透。灰不灰白不白的天空向地面泼着一层层冰冷的雾气。路上沾满了白盐似的霜,车轱辘轧上去刺啦刺啦地响。刚刚提拔不久的民政局副局长李才干这会聚精会神地扶着车把提着一颗扑腾扑腾的心,不敢四下张望。

几月前,他对梅朵在那个飘泼大雨的秋稞地里做完那件事之后,开始并不害怕，后来听说梅朵正儿八经成了梁铁的老婆，他这才吓得发抖，他没料到梅朵那个女人能自个找上梁铁的门，也没料到他俩一下子变成了铁打的营盘那般牢固。要是梁铁知道他对梅朵做出那种事，不要上纲上线就够他受的了！只要梁铁一句话，判他十年八年的也不为过，要知道你玩的谁个的老婆呢！他暗地把自己骂了个狗血喷头死了还该死，那有什么用呢？他只好蚂蚱枕着鸡大腿睡，整天揪着心过日子。

一月两月平安过去了，李才干的心渐渐放下了，他又骂自己蛇心鼠胆怕得过头了。他想以往他给县里那些喜新厌旧追求新潮流的有权有势的老干部拉皮条时，也不止一次做过这种事，那些乡下来的女人或者城中那些新派的女人，吃了他李才干的亏哪个敢吭声呢？哪个女人愿把刚刚才开头的好日子给毁了呢？况且女人遇上这种事，想捂还怕捂不牢呢，除非她犯神经病才把这种丑事向人抖露出来。她梅朵读书识字，这个账她会算清楚的，她才不犯那种傻病呢！吃个哑巴亏算了，她不说有谁晓得呢！

虽然事情平平安安几个月过去了，昨晚李才干接到梅朵的电话，心中不免还是一悸，还是使他担惊受怕多半夜。他怕东窗事发，把他刚刚上任的副局长给撸了。要知道他是吃了多少辛苦才混到今天这个位置的！可事到临头，他也只好硬着头皮撑呀！是福不是祸，是祸躲不过！他搬出"三十六计"反复研究，也没想周全哪条计适合他施展。

七八里路骑下去，李才干那颗心算是稳稳当当地装在心里了。他观察梅朵没一点想要报复他的意思。两人骑着拉着，一路谈笑风生。梅朵还把梁铁讲给她听的"大实话"说出来给李才干听。李才干乐得没人挠他胳肢窝就哼哼地干笑个不停。

太阳干净利落地从天边那片水几几的云彩中钻出来，顿时李才干的脸上也晴开日出。暖暖的西南风激荡着他那颗又有点骚动的心。他想着梅朵全身令人神往的部位，不知不觉裆中那个东西又蓬勃起来。他几次想对梅朵动手动脚，又怕惹出新的麻烦。快到家门口的时候，他看着梅朵没一点介意眉开眼笑地在他面前晃腰扭腚的时候，他禁不住大着胆子在她的屁股上不疼不痒地扭了一把。梅朵不但没气恼，还回头夹眼朝他一笑，使得李才干扬扬得意大半天。

梅朵娘见女儿回来，十分病已去了七分。她紧紧抱着梅朵，脸对着脸眼泪汪汪的，三句话没说，便失声痛哭起来。

"娘,有啥事等吃完饭再说吧,表舅还在外头站着呢!"

梅朵娘揉干了眼泪,招呼李才干坐下,然后把梅朵带来的年货做上几样,又开了一瓶白干酒叫李才干先喝。李才干也不作假,摆着表舅的架子,大模大样地憨吃憨喝。直把那瓶酒去了一半,他这才打着嗝儿站到一边剔牙去了。梅朵陪着她娘简简单单吃一点,然后把饭桌收拾停当,搬只凳子坐在屋当门,对着李才干说:

"表舅,你坐下。"

李才干一愣,不知梅朵要做什么,他偷眼瞅一下梅朵那张冷脸,心里琢磨了好一阵子,随后搬了一只凳子,坐下来之后又安分守己地去剔他的牙。

"娘,你也坐下,"梅朵看她娘坐下来之后,又说,"娘,有啥委屈你就说吧!"

梅朵娘干张了半天嘴却说不出话来,半响才说:"还是回头再说吧。"

"怕啥呢?"梅朵抬眼望望李才干,"表舅又不是外人!"

"是呀,表姐,你表弟在城里大小也是个干部,有什么委屈你只管讲出来,我替你做主!"李才干刺啦刺啦吐着剔出来的菜渣。

梅朵娘憋了半天,突然一捂脸哭道:"何疤眼不是人!……"

"何疤眼是谁呀?"李才干问。

"是咱们这儿的村支书。"梅朵说。

梅朵娘哭哭啼啼地说:"自从梅朵爹死了之后不几天,他就借着找反属谈话的机会霸占了我……以后,要是哪天我不愿意跟他,他就拿着大帽子压我,说我对社会不满,扬言要治我的罪,再不就拿梅朵撒气,他说他不费吹灰之力就可以叫梅朵和我一样变得人不人鬼不鬼的出不了门!我怕他对梅朵真会干出那种伤天害理的事,只好忍气吞生由他……造孽呀,他还得叫我一声婶子哩!自打梅朵一走,我也没什么牵挂了,横下一条心,不和那个猪狗不如的东西来往。前几天,何疤眼子召集全村人拿我当靶子开我的斗争会,栽赃我仇恨共产党……冤枉我说蒋介石快要打回来了是我散布的。他是有意捏我的茬呀!没有活路,我只好叫梅朵回来……"梅朵娘没说完,早已泣不成声。

"这个吃草倒料的东西!这个骑娘奸妹的东西!"李才干义愤填膺地把大腿拍得"叭叭"地响,"这还得了吗?这还有点儿王法吗!我去找这个狗娘养的算账!"说着"呼"地站起身,拍拍腚就向外走。

"表舅,要去你千万别动肝火。"梅朵追到门口说。

"不动肝火？"李才干疑疑惑惑地望着梅朵。

"你去大队部好言好语把何疤眼请到这儿来。"

"请他到这儿来？"

"对，请他到这儿来！"

李才干没费事就摸到了大队部，屋里一二十个人正在开会。李才干啥话也不说，冲着门便喊："哪个是何疤眼？"

屋里的人都被喊愣了，在这个一亩三分地的地盘上，能敢当面对何书记叫一声何疤眼的，可以说没有一个。人们对门口这个陌生的并没长三头六臂的男人担着心，谁也没回他的话，也不敢回。

"哪个是何疤眼？嗯？"李才干又耀武扬威地叫了一声。

这时，会场中间慢慢腾腾地站起一个人，他夹着洋烟，不慌不忙地走到门口，面对着倒背着手身穿四个口袋干部服的李才干看了半晌，然后才冷冷地问："你是谁？"

李才干已猜出眼前比这个一米五几个头的、浑身有股练达的大队干部风度的男人是谁了。他反问道："你就是何疤眼？"

那男人说："我是何疤眼，你是谁？"

李才干干笑几声："我是谁你不要问，等一会儿你就知道了！"

何疤眼面对着脸前比自己还盛气凌人的男人咕嘟半天嘴，不紧不慢地问："你找我有什么事？"

"什么事你心里清楚！"李才干眼逼着何疤眼许久，半晌说，"跟我走！"

何疤眼沉着冷静地收回目光，低头沉默了一会儿，把手中的烟头摔在脚底拧死，然后对屋里说："现在先讨论！"然后随李才干走了。

李才干和何疤眼一前一后进了梅朵的院子。梅朵娘老远瞅见何疤眼来了，只气得浑身乱颤，什么也没说，又捂着脸哭。

何疤眼一看这阵势，心里倒是一惊，但他马上沉着下来，他进门大大方方和梅朵打了个招呼，而后，自己拉过脚旁一只凳子坐下，若无其事地掏出烟来抽，好像来这儿做客似的那么随便。

"别坐！"李才干用脚踢一下何疤眼腚下的凳子。

这一脚把何疤眼的火给踢起来了，他什么时候受过人家这种气？脸上随即暴出一股愤怒："你算什么东西？"

"我是县民政局副局长李才干，要不要看证件？"李才干居高临下不温不火地望着他的对手。

何疤眼的脸上还是怒气冲冲，只是口气软了许多："你是党的干部我也是党的干部，你对谁这样！"

"你也配说你是党的干部？真不知'丢人'二字是咋写的！……你依仗权势欺男霸女，迫害红军干部亲属！"

这一炮击中了要害，何疤眼的腰顿时软了下来，可话中还是透着挺邦邦的硬："我欺谁家的男霸谁家的女？又迫害哪个红军亲属？你一一给我指出来！"

"人证物证俱在！"李才干一指梅朵的娘说。

"谁是人证谁是物证，我倒要亲眼看看！不过，你们私设公堂是违法的知道不知道？"他从身上又掏出一支烟来，边接着手中的烟屁股边说，"我先提醒你们，到时别怪我不念家乡之情！"

"何支书，"梅朵两眼逼着何疤眼，"你不是要人证物证吗，那好，过几天咱们法庭上见！"

何疤眼的腰一下塌了下去，正在接烟的那双手不住地抖颤。

梅朵一字一顿地说："我不是吓唬你，不要我们家老梁出面，也不说你欺负我娘多年，就说你借蒋介石反攻大陆威吓红军亲属这一条，你那个党员，什么狗屁大队支书从头给你撸到脚不说，不判你十年八年的，我就不叫梅朵！"

最后这一句话一下子使何疤眼屁滚尿流地颤抖起来，浑身那股威风一下泄气了。"扑通"一声直直地跪在了梅朵娘的面前："婶子婶子，求你饶我这一次吧！以后我要是再欺负你，你就一刀捅死我！……"然后又对梅朵哀求道，"梅朵妹妹，看在乡里乡亲的份上，千万别去法院，你怎么惩治我都行！……我该死，我该千刀万剐！梅朵，梅朵……"说着，何疤眼扬起自己两只手，左右开弓下死劲扇自己的脸。不多时，他的鼻子就被扇出血来了，溅了他自己满脸。

梅朵娘看着何疤眼那个孬种样子，虽说还没解足气，又怕闹出事来，只好朝梅朵偷递眼色。

梅朵这才说："想我们不去告你也行，你得答应我一个条件！"

"你……你说，梅朵妹……妹妹！"何疤眼生怕梅朵反悔急得有些口吃。

"你记得你扇自己多少嘴巴了？"

"这我不……不记得了。"

"不记得我也不为难你，你说说你嘴现在感觉是疼是麻？"

何疤眼有一句说一句："又疼又麻。"

"你现在用你的巴掌去扇他的嘴！"梅朵一指李才干，"多会儿扇得你手掌发疼发麻为止！"

两个男人和梅朵娘像是被人用定身法定住一样僵了。

"表侄女，你……"李才干下意识地用胳膊挡住脸。

"你还有脸喊我表侄女！"梅朵把脚一跺，"何疤眼，还等什么？动手！"

何疤眼也弄不明白是咋回事，既然梅朵叫打就打呗，反正出了事由她负责，接着扬起巴掌朝着李才干的脸上扇去。由于用力过猛，一巴掌就将李才干给扇趴下了，嘴里随即血花飞溅……

1960年这年刚打春不几天，天气还是冻手冻脚地冷。接着下了一场雪，很大，马路上足足有一尺厚。想不到一场西南风一夜之间便把积雪扫得像刮地皮那般干净。

梅朵今日起了个大早，她本想把楼外的雪铲铲扫扫的，哪承想，睁开眼却不见雪的鬼影。她便抱着把扫帚在院里空扫。然后又把家里收拾一圈，又淘了几把小米放在炉子上熬着，这才去刷牙洗脸。她这边梳洗好了，炉子上的饭也就扑鼻香了。她瞧梁铁还没醒，便挑起挑子去粮店买粮。

粮店还没开门，窗前已经排了许多人。有认识梅朵的，便主动上前和她点头打招呼，几句闲话没扯完，梅朵一圈便围满了人。

"梅大姐，"一个四十来岁的中年妇女拉着梅朵的手，"你是我们城里有脸面的人物，你得给我们往上头反映反映！"

"是呀！你得给我们大家反映反映！"几个女人叽叽喳喳齐声附合。

"反映什么"？梅朵不知东南西北望着周围一圈女人。

"哟，你还不晓得呀！"那个中年妇女把嗓门提高了八度，"听说粮店这月开始，口粮要配一半粗粮哩！你说叫我们咋吃？祖宗留下来的那些磨、箩子的，早不晓得跑哪儿发财去了，我们买这些粗粮回去又不能连皮吃！"

"谁说的呢？"梅朵也觉得这事很突然。

"都这么说！"几个女人又一齐说。

"总得有个理由吧？"梅朵说。

"听说和大鼻子闹翻了!"那个中年妇女翘着脚趴在梅朵的耳边说。

"哪个大鼻子?"

"就是苏联老大哥呀!"那个中年妇女说着把嘴一咧,"跟小孩捏尿窝玩似的,一会儿好一会儿恼的!听说,把这些细粮省下来去还账呢!"

"岂止是细粮!"又一妇女插嘴说,"听说那个老大哥还要鸡蛋、苹果呢。说是鸡蛋都要一般大的,用竹筒量着个,你想,这不是作孽吗?那苹果不光要一般大的,有疤有麻的都要拣出来呢!"

梅朵好生奇怪,自打她懂事起,她就会唱那支没有调门的顺口溜,如今还清楚记得:"我有一分钱,骑马到苏联,苏联有个老大哥,对咱和兄弟差不多;又给吃又给花,还帮俺建设新国家……"怎么突然翻脸不认人了呢!梅朵想了很久也没想透彻。

"梅大姐,你可得给俺们老百姓说句公道话哩!"一个沙哑嗓门的老女人说。

"对,帮我们找粮店的经理说说!"十几个女人一齐帮腔作势。

梅朵自小受家庭的影响,从不爱出风头。现在虽说身份不同了,但她不想去做那种抛头露脸的事。可一想不行啊!这么多的人眼巴巴地瞅着她,她能故意往灯影里站吗?又一想,不过是找他们头儿反映反映群众的呼声嘛,又不是什么了不得的大事!这么一想,梅朵便坦然了,又架不住一群女人的怂恿,只好领头进了粮店的大门。

找一圈也没找到粮店的正主儿,梅朵带人刚想转身出来,这时,从大门口走来一个三十上下推着车子穿一身干部服的女人拦住了他们。

"你们这是干什么?"穿干部服的女人问。

梅朵见一圈女人都装聋作哑了,便站出来说:"我们来找粮店的经理反映反映情况。"

"我就是。你们反映什么情况?"女经理说话像她身上那身干部服一样,威严得很。

"他们说,这个月居民的口粮要配一半粗粮是真是假?"

"我们是按照上级规定办事。"

梅朵没话可说了。自然是上头有规定还有啥好说的呢?

"你们只顾上头就不顾我们群众啦?"那个中年妇女挺身而出,"人家老红军梁团长对这事都有意见呢!"

女经理字正腔圆:"我不管什么老红军老八路,就是毛主席来买粮,

我也只能按规定办事！"稍停又说，"对于红军干部、军烈属一律不配粗粮。"说着推起车子走了，走几步又回头说，"我们也不想叫你们吃粗粮，也想叫你们整日白米洋面吃着跑入共产主义呢，可现实情况不允许我们那么自在地进入共产主义呀，有什么法！"说罢推着车子昂首阔步地进去了。

梅朵自进了城，还是头一回遭人家冷遇，心中委屈得要命。她不免怨起那个中年妇女来，你说话归说话，你提我们家老梁作甚？要是传出去，还说我们以老资格压人家呢！对于那个盛气凌人的女经理，要不是在这么多女人面前，梅朵真想和她大吵大闹一番！你能什么？再能还是个女人！你有什么了不得的？你觉得你最革命咋的？你和我们家老梁比起来，还不知要矮多少辈呢？呸！

梅朵愈想愈憋得慌，眼圈不由得红了，她粮也不买了，愤愤地挑起挑子，回家去了。

一上午一下午，梅朵都闷闷不乐，为着早晨那件掉价的事儿伤心。吃完晚饭，拾掇好碗筷，她又想起了早晨那件事，就讲给梁铁听。哪知梁铁还没听完，脸已气得乌青。梅朵后悔将这些婆婆妈妈的事讲给男人听，她本想劝梁铁几句说是事情已经过去了不值当为这点小事伤肝火的话，哪知梁铁却把难看的脸转向了她："你凭什么打着我的旗号蒙人家？你觉着我是做着七品官啊？人家能吃什么，我们就能吃什么，我们哪点比别人特殊？就觉着我身上穿了几个窟窿眼丢了一条腿吗？……我看你是修了，粗粮咋的，要是一年三百六十五天，天天安安稳稳地吃上粗粮，就算是你有福呢！……"

梅朵本来想梁铁会安慰她几句的，或是骂那个盛气凌人的女经理几句的，没想到竟对她发起了无名火。自她进了红军楼，梁铁还没有这种态度对过她，她一肚委屈未消又灌了一肚，泪水不知不觉滚满了脸。一句话没说，就"咚咚咚咚"地跑上了楼，趴在床上哭了起来。

"我告诉你，"梁铁挂着拐追到楼梯口，"从今天起，我们家不准吃肉，不准喝茶，节衣缩食给国家省着点儿，谁受不了谁滚！"

这几天，天空一直喜怒无常，西南角有块白鳞云像四蹄蹬开的马驹子在那儿撒着欢儿。梁铁每天从早到晚就这么傻不几几地坐在当院里朝天上死望，木渣渣地五官僵在那张没点儿阳气的脸上，一团团薄薄的白雾紧紧围住他。很久很久，他才用手去揉那双湿漉漉的雾蒙蒙的眼睛。

那晚他和梅朵生完那场气之后，他又变得和以前一样古怪了，整日不说一句话,十天半月不笑一声,别人同他讲话,他也是爱理不理的。这天,淑兰放学回来,和他说了半天话他也没"哼"一声。淑兰故意晃动着他的那条伤腿,说:"爹,要变天了,你的伤腿又疼了吧,我替你揉揉。"梁铁把淑兰搡了个趔趄,喷出三个字:"真烦心!"淑兰赶紧说:"那我给你揉揉心口窝。"梁铁不说话了,把眼睛瞇紧,任凭淑兰在他胸前揉,直揉得他眼里的酸水溢上双颊。

一场透雨,把泥土给灌饱了,接下来是一连几天的好天气。天空始终是透亮丝丝地舒畅,蓝汪汪地一泻千里。

梁铁不再去望天了,他觉着天空始终是一种色调一种形状没什么看头。他不喜欢叫人一眼看透的东西。

他拄着拐杖,在院子里东游西逛,这儿瞅瞅那儿看看,理理泛绿的花木枝条,又摸摸青头青脑的冬青。

梅朵和淑兰看见梁铁心境好转,也放下心来,也不理他也不问他随他去。

突然这一天,梁铁好像发了什么疯似的,把院子里的冬青树和花木一棵不剩拔去了。梅朵和淑兰眼瞅着他拔,也不敢问更不敢上前阻止,又怕惹他再犯傻劲。

梁铁不知从哪儿找来一把爪钩,坐在地上狠命地刨着地,然后把土里的瓦砾石块草根树根一点一点捡出来。每天除了吃饭睡觉,他就坐在那儿整着院中那一小块地。梅朵摸不透他想做什么,问他他也不说,要帮他他也不要。直到梁铁不知从哪儿弄来半口袋玉米种,梅朵这才明白过来。她急忙找桶提水帮着梁铁点种玉米。梁铁没有反对,但也没一点热情的表示,那张木渣渣的脸上始终没出现过笑模样。

玉米种下地之后,梁铁就一直坐在院子里瞅着他的那块玉米地,从早到晚他始终都是那种姿势与那种表情。直到地里冒出一窝一窝的嫩芽儿,他的脸上才浮现出一丝难以觉察的喜色。

梁铁早晨也不去公园了,下午也不下象棋了,把整个身心投入那块玉米地里。

梅朵倒落了个难得的清闲。开始不觉得怎样,找些针线活来做。渐渐梅朵就难受起来,家里三个大人能有多少针线活呢?况且,这些家务分不散她的心。她自己也不知道整天在想什么,反正打不起精神来,从早到晚,迷迷怏怏的,浑身发懒发困,就如哪辈子困死鬼托生似的!

夏志高一到下午还来，梁铁早就不和他对弈了，所以两人也没多少话说。夏志高一来就钻到楼上找梅朵闲扯。国家大事梅朵不晓得，家长里短夏志高又不在行，两人总扯不到一块儿。有时无话，两人就这么脸对脸干坐着，直到该烧晚饭了，夏志高这才起身告辞。

日子一长，要是夏志高一个下午不来，梅朵就像是掉了魂似的，没着没落地坐在窗边朝楼下张望，口干舌燥在那儿一望就是大半天。有时拿只鞋垫儿心不在焉在那儿纳，不小心就纳走了针，戳在自己白乎乎的手上，疼得她钻心。她就骂起夏志高来，直骂得自己眼泪汪汪地不住哀叹。

那一晚在梁铁房中，梅朵和梁铁尝到了人生最快乐最幸福最欢畅最使人走火入魔的那件事之后，她便搬到梁铁的房里住。可从那以后，梁铁再没有那种冲动了，有时梅朵想那事想得心神不定，便去撩拨他，然而梁铁好像一块冰冷的铁，任你怎么温存，他还是抖擞不起精神。有时梁铁也急得抓耳挠腮，两人在床上揉搓得浑身臭汗筋疲力尽还是枉然。梅朵突然想起来，也许分开一段时间住，梁铁还会产生那种莫明其妙的波涛汹涌的冲动来。后来，梅朵就搬到楼上住去了。一二十天过去了，梅朵再次有了那种欲望，可梁铁还是没有男人那种冲动。梅朵彻底失望了，她恨自己那晚为什么和梁铁做出那种事！也许，如果没有那晚的事情发生，也许她也就不会爆发出一次次撕心割胆般的叫春的。女人为什么想这些孬事呢？而且一想起来什么也不想干什么也不愿干怎么控制不住自己哪怕是万丈高楼也阻挡不住往下跳的那种感觉。她更恨自己为什么托生个女人，没白没夜想那些没脸没皮的事！她时常想，男人会不会也想那些事呢？这一段时间，夏志高上楼来闲扯，经常使她产生一种莫明其妙的冲动，常想男女之间那种事，想得她好苦好难受。

院外，一棵歪脖子槐树将涨满活力的枝子伸进墙内，活活撒撒在风中抖。这会儿，梅朵啥也不想做，啥也想不起来做，一个下午她就这样趴在窗台上，望着远边的天发呆。望着望着，不觉身上凉了，她拿过一件厚褂子披在身上，又趴在窗台望。直望得她双眼发酸发涩，心里烦烦的，她这才回身坐下，端过针线筐子，放在腿上，左翻腾右翻腾，却找不出一点活来做。没辙，他只好进里屋床上躺下。躺倒之后，她才觉得浑身是那么的疲乏，连动都不想动一下，她刚把懒懒的眼闭上，糊里糊涂的梦便把她缠得神魂颠倒，醒来却一丁点儿也不记得了。没意思透了！她想。

"你得给我找个事做做呀，要不我得给闲死！"一天她和夏志高说。

"你能做什么呢？你想做什么呢？"夏志高为难地望着梅朵。

"我啥不能做？我啥不会做？我还读了几年的书呢！"

"如今人心惶惶的，钱又不值钱，即使有什么事做，一月工资也不够你吃两天饱饭的！"

"只要我们家老梁在，还用着我去养家糊口？别说银行里还存着几千块钱残废金，就是一个钱没有，政府还能叫我们饿着啊？"

"你做点什么合适呢？"夏志高搓着手苦思冥想。

"什么事都行，不要钱都行，只要有活干就成。要不不给闷死，也得闷出一身病来！"

"哎！"夏志高一拍手，"镇委会烧茶水的老张头回老家了，正好缺个人，你看这事你合适不合适？一天烧两桶就够了，烧完了就完了，也不耽误你回家洗衣服做饭。就是不知梁团长同意不同意，你得慎重考虑考虑！"

"他才不管呢！他现在一心扑在那块玉米地里，啥也不问，如今我成了多余的人！"

"那我现在就找领导说说。"夏志高说罢掉头就走了。

事情顺利得不能再顺利，那天夏志高找镇领导一说，没等夏志高把话说完，那位领导便满口答应，还批评夏志高说：

"听说老梁的爱人又年轻又漂亮，又有文化，你怎么想起来叫人家烧茶水呢？再说这样做也对不住老梁的脸面。这样吧，办公室还缺个副主任，就叫她到办公室工作吧，一切手续我来办。"

当夏志高把原话学给梅朵听的时候，两人都高兴跟什么似的。

"我祝贺你，梅姐。"夏志高一把握着梅朵的手，久久不丢。

"我得好好地谢谢你呢！"梅朵手被攥得生疼，心里却十二分的舒服。

梅朵还从未被这样年轻的异性接触过她的身体。胸口不免一阵"扑通扑通"乱跳。她偷眼望着夏志高那张因激动而发红的脸，两只乳房突然支楞起来，鼓膨膨地胀得她心里一阵慌乱。

"赶明儿，你就是我的上级了。"夏志高的手不知啥时已被梅朵甜蜜蜜地抓住了，他不好意思也不想抽回手，因为梅朵那双手抓得铁紧。

"什么上级下级的，都是革命工作！"

梅朵觉得自己说的这句话既时髦又得体，她很得意地斜眼瞅着夏志高："小夏同志，你说对是不对？"

"对，对。"夏志高被梅朵瞅得浑身酸软无力，他怕时间久了，按捺不住那颗鼓躁的心，便又说，"天不早了，我该走了。"

"忙什么呢？我还有话和你说呢。"梅朵一把将夏志高推到床边坐下。她也挨着歪着屁股坐下，愣了半天才又说，"有个人很早就喜欢你了，不过，她不好意思和你说，托我……"

夏志高脑子里不知怎的突然一下想到了淑兰，但嘴里不好直说，便问："她是谁？"

梅朵停了半晌，忽然手往窗外天边一指。

夏志高蒙了："谁？"

"远在天边……"

"远在天边？"

"对！你识文断字的，下一句是什么，你不会不懂吧？"

夏志高头脑里开始像窗外那片晴朗的天空，突然间变灰了，变暗了。他坐不住了，不知所措站起身，嘴里接二连三地说：

"梅姐，梅姐，不能，不能……"

梅朵老半天不吭声，猛然转过身，拦腰抱住夏志高，滚倒在床上。

"梅姐，别这样，别这样，我怕……"夏志高气喘吁吁地低声哀求。

"你怕什么，上有天下有地，谁不是父母所生？把嘴给我你就不怕了……"

窗外的天渐渐暗下来，屋里静谧得很。两只不安分的蛐蛐及早巴巴叫了起来，把两个人的世界搅得一塌糊涂。

日子愈来愈艰难了，粮店供应的几乎全部是粗粮。每人每月那点计划各家各户再精打细算也不够半月喝稀饭的。每个人的肚皮仿佛成了橡皮筋，越扯越大。饿得快要发疯的人，只要能填饱肚皮，不管三七二十一，什么树根树皮树叶青稞稞百草头观音土见什么吃什么。天刚蒙蒙亮，许多人便一窝蜂向荒山野地奔去，寻找能够安慰肠胃的东西。

街面上得浮肿的人愈来愈多了，一些食品、粮食、饭店等部门都由各单位选拔彪形大汉守护，生怕那些饿红了眼的浮肿人来抢。早早晚晚出现在街口卖黑面馍馍的小生意人，也都是私私藏藏的一手钱一手货，既怕私人抢又怕官家查，加一百二十个小心，不见兔子不撒鹰。能买起馍馍的人就更不用说了，把馍馍抓紧塞在袖笼里，瞅准没人盯梢，这才顺街心一溜小跑撒丫子。

按当时情况，梁铁家的口粮可以照顾买细粮，可梁铁死活不要照顾，和群众一样不搞特殊。

个把月来，梁铁也不知道自己是咋回事，整日饿得慌，一丢下饭碗就饿，肚子撑得生疼还觉得饿，仿佛嘴中那个窟窿是个无底洞。

往常，梁铁家烧锅稀饭都够喝两顿的，如今烧得晃里晃荡的盖不上盖子一满锅，三口人还没放开肚皮就见底了。前两天，梅朵的母亲从乡下来，家中又多一口人吃饭，那锅就更嫌小了。后来，梁铁的饭量日见小了，慢慢梅朵也看出了门道，吃个半饱就不吃了，慢慢淑兰也看出来了，没喝几口便活喊肚子撑得要命，却偷偷地紧裤带。就这样，锅里的饭还是喝得光光的。

梅朵这个办公室副主任一上任，就被镇里派去担任临时组织的救济安抚队队长，给那些已不能动弹的还有一丝气的人送救济粮，给那些已没知觉的人送一领芦席，整日忙得晕天地黑。

这天晚上，梅朵刚回到家，一家人正坐在桌旁等她吃饭。梅朵洗好手，刚坐下身来，梁铁就把一封信递到她的手里。

信是当初梁铁团里的团政委如今在地区当地委书记的崔云峰写来的。信中说：人民生活困苦，饥饿而死的人日益剧增，我提议，凡是三五九旅老虎团还存活的人，有力出力，有钱出钱，在共和国生死存亡的关口勒紧裤腰带吧……

梅朵刚折好信，就听梁铁说：

"我已把那五千块钱残废金交给国家了。"

"什么什么？"梅朵仿佛被蝎子蜇了似的一惊，"你为什么这么做？老梁？你怎么能这么做，老梁？"

"为什么？老崔的信上不是写得很清楚吗！"梁铁平静的口气里却十分激动。

"你怎能凭一时的感情冲动就……你不为自己着想，不为我着想，也该为淑兰想想呀！"

"国家到了这个份上，人民到了这个份上，我们怎么能老想着自己呢？你天天不是和饿得发疯的和已经闭了眼的人打交道吗？"

"我不但天天看见饿死的人，而且还是眼睁睁地瞧着他们是怎样停止呼吸的，我有啥办法？"略顿又说，"我既不是玉皇大帝，又不是什么救世主，我只能为他们多添一把土，别的还能怎样？连我自个也不知活到早晚呢？我管得了谁？"

"你这个人，你这个人的心叫狗给偷吃了……"

梁铁嘴气得发抖，还想说什么的，一眼瞅见愣在一旁梅朵的母亲，又把

话停住，连饭也没吃，挂着拐气呼呼地进他自个屋去了。

梁铁捐款的消息，不知咋的传了出去。一时间全城上下都在议论这件事，有褒有贬，说法不一。有的骂梁铁是憨种，有的讲梁铁是将帅之举。省报头版头条发了这则消息，省电台、县广播站一连好几天在重要新闻栏目里作了报道。

说来也巧，正赶上县里开人代会，梅朵没一点思想准备就被人家请到主席台上就了座。等到有人把一张写着人民代表几个字的红电光纸别在她胸前的时候，她这才弄清楚是怎么一回事，激动得眼泪差点都要下来了。她走到哪儿，哪儿都有人朝她指指戳戳窃窃私语：

"看见了吗？"

"看见了。"

"那个女的就是老红军梁团长的老婆。"

"怎么啦？"

"你没听说？她家向国家捐了五千块钱呢！"

"了不得！"

"那可是了不得！"

梅朵听了这些话，不觉脸上发起烧来。那晚因为捐款的事，弄得一家人不欢而散，筷没响饭没动，都回房睡去了。梁铁因此还病了一场，虽说梅朵鞍前马后伺候他，可到现在，梁铁还在生她的气，一句鲜活的话都不和她说。现在想起来，梅朵倒抱怨自己不该那样待梁铁。梁铁那样做，也是形势赶的，再说有失就有得嘛！要不，她梅朵能稳稳当当地坐在那众目睽睽的台子上吗？她能受到这么多人另眼相瞧吗？她能受到这么多人的颂扬吗？她得到很多人都想却想不到手的人民代表这个荣誉吗？

还没等梅朵高兴过来，她又昏头昏脑地被推到了县妇联主任那个位置上去了。这是几十万妇女选的，她怎么能推脱呢？

说什么梅朵也不能接受眼前这个事实，翻过来倒过去想也觉得这是场梦，要不眼里怎么老出现那么多只女人的手呢？她狠狠地掐一下自个的腿，酸不溜溜地疼。

会一散，梅朵顾不得和那些生的熟的面孔以及向她祝贺的一拨一拨女人打声招呼，甚至对主席台那些露脸的头面人物伸过来手也没来得及握一握，就匆忙忙向家中走。

天真好,就若放在漂白水中漂过似的;太阳伸出温柔的手抚摸着马路;风温顺得像一只小绵羊羔子伸着舌头舔着行人的脸,叫人晕迷迷的想睡。路边叫不出名的白的、红的、蓝的、雪青的、粉红的花争相开放,一簇一簇的叫人看了还想看。梅朵走着走着,突然又想起"铁道卫士"中那首插曲来,不知不觉哼出了声:

"嗨啦啦啦,嗨啦啦,天空出彩霞呀,地上开红花呀……"

进了院门,梅朵的兴头还没收住,胸中那颗激动的心还在"扑通扑通"乱跳。

老远,梅朵就望见了梁铁的后背。见他坐在玉米地头上一动不动。她越朝前走越觉得不对劲,梁铁脊背上那细微的颤动使她心头走了神儿!

"老梁,老梁,你怎么啦?!"

梅朵来到梁铁的面前,见梁铁两眼直勾勾地死盯着跟前那块玉米地。

梅朵随着梁铁的目光望去,浑身一激灵,玉米地像是刚刚遭受过一场抢劫,玉米秸几乎一颗不剩,只有可数几棵病病恹恹歪地在地里。

"老梁,老梁,家里出了什么事?你讲啊!"

"……"

"这是怎么啦?老梁你讲句话呀,这到底是怎么啦?"

"他们饿疯了,连青苗也不放过。"

梁铁摸着拐想站起来,使了几次劲也没能如愿。梅朵急忙弯腰帮他。

"造孽哟!"梁铁拐杖捣着地,"还没灌满浆呢!要是再等个把月就好了。"

梁铁少气无力地抬头望一眼苍白的天空,长叹一声,眼里涌出两行泪……

梁铁病了,一病不起。梅朵拉他去医院看过两次,医生都说没什么大病,多吃点好的养养就好了。可这会儿哪有什么好的吃呢?梅朵瞒着梁铁去粮店弄来几斤白面,给梁铁擀了碗面条。哪知梁铁看到面条后,死死地追问梅朵这面是哪儿来的。梅朵拗不过他,只好说了实话。

"你是不是又打着我的旗号去唬人家的?"梁铁话里带着气儿。

"打着你的旗号又咋啦?我们是花钱买东西,又不是偷的抢的!"梅朵看着梁铁固执的样子,心中不觉咕咕嘟嘟来气,说话也没好腔。稍愣又说,"就凭你出生入死打天下,就凭你为国家丢了一条腿,就是白吃几斤面又有啥了不得的!"

"驴日的东西！"梁铁手捶打着床铺，"你替我摆什么老资格！你给我把面送回去！"

"要送你送！"梅朵虽说不是头一回被梁铁骂，脸上还像是被扇了一把掌那么红。

"好，我送，我送！……"梁铁从床上爬起来，一抬手，将桌上那碗面条狠狠地摔在了地上。

"你摔吧，你使劲地摔吧，从今往后，你就是饿死我也不管！"梅朵一捂脸，哭着奔出门去。

梅朵当时说的是句气话，哪知从那天起，一连五天，梁铁咬死口滴水不进，任谁来劝都无用，像死人一样闭眼躺在床上不说话。

这下梅朵和淑兰都着忙了，把饭端到床头，娘儿两个跪在床边求梁铁起来吃饭。两人嗓子都喊哑了，腿也跪麻了，梁铁就是不应声。

到了第八天，梁铁突然睁眼说话了："我想吃块红烧肉……"虽然声音很小，梅朵还是清楚听到了。她喜出望外，比那天坐在人代会的主席台上心情还要激动好几倍，颤颤地说：

"老梁，你等着，我去给你做……"话没说完，梅朵眼里便噙满了泪水。

梁铁今天显得特别精神，轻而易举地从床上坐起来，明几几的眼泡下面那双暗淡的眼睛里放出异样的光。他死死地抓着梅朵的手，好半天才说：

"我不该骂你……你知我的心！那面一定给人家送回去！"

"我送，我送，我一定送！你别想那么多了，安心躺一会儿，我去买肉给你做红烧肉。"

梁铁仿佛嘴里已经吃到了他特别喜欢吃的红烧肉，"吧嗒"一下嘴，上下唇都油光光地亮。

外头有雾，阴霾的天空中散发出一种甜甜的湿润。

梅朵转了两三家肉店，也没买到一星点的肉，最后在黑市上一块钱一片将她刚领的二十六块钱工资全部买了已经煮成七八成熟的薄得不能再薄的肉片。她好不高兴，那劲头不亚于小孩子盼到了年关。她拿了两张干荷叶将肉包好，不知是捧着好还是抱着好还是揣着好一溜小跑来到家，没顾上和梁铁说一声，就一头钻进厨房做起红烧肉来。固然佐料材料不全，但梅朵还是花一百二十分工夫去做。当她把那碗香喷喷的一闻就流口水的红烧肉端到梁铁床前的时候，梁铁不知什么时候已经靠在床头上舒服服地睡着了。梅朵看梁铁睡得那个甜样子，不忍心叫醒他，找来只空碗将肉卡上，坐在床边等男人醒。坐一会儿，梅朵怕梁铁的腰在床头靠久了硌疼了，就轻手轻脚帮他睡下来。当她的手接触到梁铁那早已变凉的躯体时，她一下僵住了，好长一段时间她这才返过神来，一把抱住梁铁，强忍着不让自己哭出声。唇咬出了血！两肩还是像筛糠似的不住地颤。

"天哪！……"梅朵再也控制不住自己的感情，失声痛哭起来。

外头一声低低的闷雷响过之后，憋了好几天的那场雨终于下了下来。那雨不紧不慢地下，直下了两天两夜才住。

办完梁铁的丧事，梅朵就去妇联上班了，还没等她把工作摸熟，突然有一天，县委派人通知她叫她不要上班了。她问为什么，人家也不讲，只说这是上头精神。梅朵不明白了，她一没犯法，二没出错，她是几十万妇女选的，为啥不让她工作了呢？

天天忙惯了，乍一闲下来，却闲得梅朵心急火燎般难受，鼻上唇上起满了泡。她隔两天就去找县委，问问到底因为啥停了她的工作。人家还是那句话：这是上头精神！

那天，梅朵在梁铁坟上烧完"五七纸"一回到家，见门口有两个干部模样人早已等在那里。

"你就是梅朵同志吧？"其中一个中年男人开门见山地问。

"是。"梅朵疑惑地点点头。

"我们是省里来的，想找你了解一下梁铁的情况。"

"了解梁铁的情况？"梅朵不由自主地重复了那个男人的话，"了解什么？"

"你知道崔云峰这个人吧？"

两个男人在院里的石桌旁坐下后，还是那个中年男人问的话。

"知道，他是老梁生前的战友，听说是地委书记。"梅朵认认真真地回答。

"好的。几月前，崔云峰曾给你们来了一封信有这事吗？"

"有。信是写给我们家老梁的。"

"信中说了些什么？"

"我记不清楚了。"

"你好好想想。"

"出了什么事吗？"

"这个……"那个男人把话停住，愣愣又说，"崔云峰是反革命，和上面反革命集团挂着钩儿……他经常散布反革命言论，污蔑社会主义……梁铁

也是主要成员之一,你要和他划清界限,这个……!"

"什么什么?!"梅朵像是做了一恶梦大声叫喊起来,"你说我们家老梁是反革命?!"

"你别激动,"那个做记录的年轻男人慢声慢气地说,"这是事实,这是中央和省里都挂了号的。"

"你要好好地与我们合作,有一说一有二说二,求得政府宽大处理。"那个中年男人又说。

"你说的崔云峰我没见过面,也不知道他的情况,他是不是反革命我不知道。你要说我们家老梁是反革命,我倒要和你们争争。咱不说他过去为革命把头系在裤腰上,就说现在,他要是反革命,能把五千块钱残废金捐给国家吗?你们知道他是怎么死的吗?他是饿死的你晓得不晓得?有这样的憨种反革命吗,把钱捐给了他反对的国家,而自己当了饿死鬼!……"梅朵几乎是一口气说完这番话的。

"过去是过去,现在是现在。有的反革命是不容易被一眼识破的。"那个中年男人掏出一支烟,点上火吸两口又问,"你好好想想,那封信究竟写了些什么?"

"我说过了,我记不得了!"梅朵心中烦烦的,她站起身,"你该问的都问了,我得去做事了。"

"那封信你找找看,看还能找着不?"中年男人也站起身。

"信是老梁接的,也是他拆的,如今他的人已经死了,要问你去棺材里问他好了!"梅朵气呼呼地进楼去了。

"你好好考虑考虑,"两个男人几乎同时说,停停又说,"以后我们还会来找你的!"

这年秋天,久旱无雨,方圆一二百里地的庄稼几乎叫蝗虫给吃光了。梅朵和淑兰娘儿俩就是在这一片"打蝗"的口号中被下放农村的。之前,梅朵曾叫夏志高给省里及中央写了十几封上诉信,几月过去了,音信皆无。

那天,梅朵和淑兰还没离开红军楼时,就有人来打扫房屋了,说是民政局搬来这儿办公。一出门,梅朵顶头碰见她的表舅李才干。李才干比过去胖多了,见了梅朵,尴尬分把钟便板起长辈的面孔说:

"……到了这个地步,你也别怨天尤人了,要怨就怨你的命……"

梅朵冷冷一笑,回头望一眼红军楼,啥也没说,夹起梁铁的两只拐,领着淑兰走了。

太阳当空,虽是入了秋,天气还是那般火辣辣的令人难耐,梅朵和淑兰都不觉走出了一身汗。

就在这时,一点儿云彩都没有的天空,却不知怎的下起雨来,"噼里啪啦"地一阵紧似一阵。路边没有树木也没有房舍可以避雨,娘儿俩就这么淋着雨在路上行走。她们心中暗想,有太阳在当顶照着,淫雨再猖狂,又能下多久呢?娘儿俩相互搀扶着,就这么一直向前走下去,她们坚信,到不了路的尽头,这雨便会止住。俗话不是说吗,太阳雨湿地皮,穿花鞋不沾泥。

后记

距上次出版《浊血》（2010年12月春风文艺出版社出版）一书已经整整3年了。3年来，我在新开辟的阵地——《小说月报·原创版》《青年文学》《创作与评论》《阳光》《鸭绿江》《中国铁路文艺》等杂志上接连发表了中短篇小说近30篇（部）。现在出版的《左左右右》就是我从这之中精选出来的9部中篇小说。其中有4部作品被《鸭绿江》《阳光》等杂志发在了头版头条或头条的位置。

这几年是我创作的鼎盛时期，除了以上的作品，去年我还创作了一部描写梨园生活的长篇小说，题为《齿白唇红》，被江苏省作家协会列为2013年重点扶持项目，目前，该书已与清华大学出版社签订了出版合同。前不久，另一部反映农村改革题材的长篇小说又与中国文联出版社达成了出版意向。

之所以将几年来创作成绩晒出来，就是证明我没有辱没"作家"二字，起码说没有辜负自己的梦想。

大约是30多年前的一天，曾经是我同事后来成为著名作家的王安忆发表了一篇题为《本次列车终点》的中篇小说，也许是受了这种感染，我突然间有了想当作家的梦想。此梦一想，随即招来一些同事的讥讽与嘲笑。眼球上挑着那句话——白日做梦！也难怪，一个只有小学程度的人想当作家，那不是白日做梦又是什么？我还就不服了，我就做给你们瞧瞧。那时我并不知道俄国有个叫高尔基的大作家，他的文凭比我还要低，只有两年的小学文化，假如我知道的话，我肯定会当面回敬这些家伙一个大不敬的眼神！

1984年，我的第一篇小说《陶秋姑》，发表在本地一本文学杂志上。杂志的主编先生，还专门写了一篇题为《丈夫的气概》的评论，并与著名作家赵本夫先生发表在《雨花》上的《"狐仙"择偶记》相提并论。记得当时我随徐州市歌舞团在福州演出，当我接到样刊时，心激动得就要停止跳动了，半晌说不出话来。手足无措地傻站在那儿好久。我本想将那本刊物当着众人面怒放一下，特别给那些讥讽与嘲笑过我的人一记响亮的耳光，可是我没有这么做。我想起了前辈"革命尚未成功，同志仍需努力"这句话。那天晚上，我默默地将那本还散发着油墨清香的"宝贝"藏在枕头之下，过几分钟就拿出来翻翻，固然我在黑暗里看不清楚那些可以令我炫耀的文字，我的心却能熟读每一个方块字留给我的悲欢。那夜，枕巾湿了又干，干了又湿，我失眠了。

后来，就因为发表了几篇小说，我有"身份"地调进了机关，当了一名内部报纸的编辑。不久，我的中篇小说《贱年之后那个冬天》在《花城》杂志发表，还刊登了我的一幅大照片。最为轰动的是，在我领到那张近700元的稿费单时，机关里立即响起一片窃窃私语：说我是不务正业干私活，质疑单位这么忙，他怎么有时间偷偷写小说的呢？还有的人竟然说我是"人在曹营心在汉"！要知道，当时我的工资每月才60多元，将近一年的工资呢，怎么不叫人说三道四呢！好在我平时对党忠诚，对工作勤勤恳恳，这场"稿费风波"才得以"风平浪静"收场。

我的工作很忙，经常到下面去，调研、采访、检查工作，在家上班也是忙得不亦乐乎，一上午一下午，匆匆忙忙就是一天，没有闲的时候。写小说就成了我的一块心病，一天不写，就觉得这一天白活了！怎么办呢？只有等下班了，别人都走了，我在办公室里写我的小说。饿了，吃几块饼干垫垫，每天都是写到很晚才回家吃饭。很多年了，一直是这样。

我的一个老老乡调到我们这个城市当市委副书记，不知怎么看到我写的小说，说我这个小老乡很有才气，并托人捎话，让我去他那儿玩。那时，我写小说写得正疯狂，哪有时间去他那儿串门呢？后来有人替我可惜，说我没有抓住机遇，当时如果与那个当副书记（后来转成一把手）的老老乡攀上了关系，说不定弄个一官半职呢！我笑，我的祖坟上没有冒过当官的烟。那时我只认小说，别的事情木讷得很。不过，我也庆幸自己没有攀上高枝，如果真要是当个县长局长什么的，难保我就是那种不食人间烟火两袖清风的好官，我也有七情六欲，坐怀不乱我怕我做不到。现在想起来，还是写我的小说好，没有什么"风险"，想写就写，不想写就歇着。可是，歇不下来，要是几天不摸电脑，手就痒痒，感觉这几天又白活了！

现在出书很难，全国出版社都改制了，为了生存，出版社也想出那些既有经济效益又有社会效益的或者畅销之类的书。所以，像我这种高不成低不就的作家，出书就不是一件容易的事情了。感谢北京燕山出版社的厚爱，出了我这本既没名又没利也不讨好的中篇小说集，尤其是在这个图书靠走市场的年代，我觉得我还是比较幸运的。

写这篇短文的时候，突然接到北京小说选刊付秀莹编辑打来电话，通知我发在今年《雨花》第2期上的短篇小说《一九七一年的思想汇报》被选刊选中，刊发在第3期上。能在代表小说权威的《小说选刊》杂志上发表作品，是我多年来梦寐以求的夙愿，感谢付秀英老师独具慧眼，给我圆了这个梦想。马年的运气我赶上了，我更得加倍努力，写出更多更令自己满意的作品来。今年时髦"马上发财"这句话，像我这样既不是畅销的作家也不是网络才子，估计财是发不了了，只希望自己作品能马上发表，一马当先，马到成功。

2014年元宵节于徐州绿地世纪城